ZUI

Zestful Unique Ideal

最世文化

Shanghai ZUI co.,Ltd

THE END

全宇宙
至 OF 此
剧 终

THE COSMOS

I

落落

著

湖南文艺出版社 HUNAN LITERATURE AND ART PUBLISHING HOUSE　博集天卷 CS-BOOKY

目 录
CONTENTS

Prologue / 序章

〖 "愿你拥有无限光明的未来" 〗
〖 "亏她说得出口" 〗
〖 "好像在看电视一样" 〗
〖 "我这个人没什么别的能耐" 〗
〖 "十几岁时确实不懂" 〗

"愿你拥有无限光明的未来" "Good luck" "我一直都在"。
她仔细贴着星星图案，
在 "未来" "明天" "一直" 之类的关键词旁闪闪发光。

【 "愿你拥有无限光明的未来" 】

　　草地上一块黑板报摆了有几天,大致内容说小区水管腐朽老化已经严重影响水质云云,拟召集各位居民代表开会讨论维权事宜。关键字用红色勾了一圈黄色勾了一圈,从三楼的窗户望去也依然醒目。

　　任玥拿着牙刷,旋开的龙头突突喷了几下,随后流出的自来水果然有些发黄。她朝厨房扭过头,母亲一边热着牛奶,同时与丈夫说话。

　　"当初我就对你说,租房子时多注意一下,不要阿猫阿狗就让人住进来,外面现在乱七八糟的人这么多,谁知道自己会不会碰上,结果你看看……噢!我连提也不能提了?戳到你神经了?这事就你烦心?……"回头瞥到女儿打开冰箱翻出一瓶矿泉水,"你干什么?"

　　"水脏死了!我要刷牙!"任玥没好气地答。

坐在车厢后排的几名女生一致朝她招手，任玥便又挤过去几步。她脱了书包给朋友。

"写完了么？"

对方纷纷从书包里翻出几页花纸，任玥逐个收过来，兴致勃勃地读一轮："什么嘛，把我写得好死样啊。"

女生们聚拢了脑袋咯咯地笑。

中考在即，分离就是近在眼前的事，班里最近比作业更繁忙的任务是许多份毕业纪念册，任玥买的活页本，考卷似的每人发了一张。除了男生们依然把字撑得很大，"你到底看了多少言情小说啊"或"少喝点珍珠奶茶，新闻里说是用塑料做的"之类令她稍感失望的留言外，女生们的内容则大相径庭，不仅行文密密麻麻也常常自配插画，更多的是"小仙女"之类让任玥从床上爬起来只为再看一遍的亲昵爱称。

"祝你考取理想的高中。"最是频繁出现。

"我女儿么，市重点先不说，区重点是没问题的。"任玥妈拿视线扫一圈周围的牌友，"其实你们说市重点又怎么样？十个里面有三个都是靠后门进的，剩下三个高分低能，再三个跟不上进度，最后能有一个冒出头就算不错了。现在外面马路上那些开宝马奔驰的，有几个是市重点出来的啊。我老公哦，七四年下乡去种田，恢复高考时连试卷都看不懂，但有什么关系，他们班有多少现在混得过他的？一只手举出来就能数得清，哦，还是遭受车祸被截过肢的手。"

"你尽说戏话。"牌友们总是心机转得快，一个个顺着接茬，"不过小姑娘么，成绩太好也没用，脑子清楚就行了。"

"确实呀，像我亲戚的女儿，读到研究生博士生又如何，二十八岁了依旧天天关在学校做实验，男友半个没谈过，钱也没挣多少。过去她父母多么趾高气扬，春节年年发邀请，酒店里摆几桌，说是团圆饭，全程都在显摆自己女儿有多厉害，现在呢，一到过节就像失踪了一样。"

"知道自己做了笔亏本买卖嘛。哪有赔了钱的还出来显摆的。"众人七嘴八舌。

"我就对我女儿说，老妈从来没指望你拿诺贝尔奖，什么科学家、艺术家、文学家，求求你千万别去干。有那些名号还不如将来争气点考出个公务员。记得我以前提过，住在楼下那女的有大半年不见踪影了吧？前面还担心别是煤气中毒死在房子里了，结果昨天突然乒乒乒乓忙着搬家，我一问，原来是嫁到英国去了，还拿出她老公的照片。要命哦，手上的毛那叫一个长，蚊子飞进去下个礼拜才爬得出来。但人家不嫌弃呀，就算卖身，拿的也是英镑啊，现在汇率多少，一比十？人活到这种份上，可以了吧？足够了吧？……哎，大四喜！"任玥妈哼哼地笑，"和了！"

四周不满声顿起："你最近运气好得邪门嘛，一礼拜的菜钱都让我们给出了。"

"好什么好，麻烦事一堆呢！"

"哦，那个租客还没找到？"

父母斗气的经过任玥仅仅听了个大概，第二天早上父亲也是冷了一张脸就出门，但仍然扔了沓资料在桌上，任玥拿过来翻几页，看清是份出租合同，半路夹了张身份证复印件，一张黑乎乎的陌生人的脸。

老房子早前以每个月三千块的租金出租——这是任玥和母亲所知道的事，然而才过一个月，租客便失踪了，或者说，无法取得联系。任玥父亲等了一个月，自己又偷偷找了一个月，最后觉得还是要对妻女说明。所以那天晚上的争吵主题难免偏向。

"你瞒着我干什么，算你伟大啊，算你是男人啊？不要自作多情了！"

"早点告诉你，你就能帮上忙？"

"嚯！那你这两个月来倒忙出什么结果了？"

"少听你啰唆两个月屁话就是成果！"

好容易等到两人的枪头方向一致，任玥已经回屋塞上了耳机，流行歌曲前奏响起之前零星听见母亲愤愤的一句"这种缺德坏死不光的"。

任玥妈的怒意也有理可循，因为租客的个人物品还原封不动地留在房里。"想扔不能扔，否则理亏的是我们——竟有这种事？！房子等于被迫闲置着，我哪受得了每月三千块的损失！就算有押金，也就一个月的钱啊，照样亏着啊！"她满腹牢骚，频频找人诉苦。

"怎么办？咨询了派出所，方法虽然有——把缺德坏的东西打包收拾走，我们就能拿回房子。但需要保管那堆垃圾两年。两年内对方不现身，才能随便我们处置。"她义愤填膺，"整整两年！整整两年！"

老房子是任玥打小居住的地方，虽然硬件普通，但好在地段尤佳，七十几平方米有卫生间有煤气，配上简单的家电也能租到不错的价钱。任玥妈原本想好了，先收几年租金，日积月累后也是笔丰厚的外快。"你读高中的学费我要出吧？你读大学的开销我要攒吧？"她回过头来盯着任玥看，"将来你结婚，嫁妆哪里来？反正你是房门一关，耳机一塞，电脑一开就什么都不用管。"

任玥恨恨地别过脸，可过一会儿又不得不转过头来："我周末要出去一次。"

"礼拜六，还是礼拜天？干什么？"

"礼拜六。班级里搞了个告别联欢会。"

"都快考试了还折腾这些乱七八糟的。"抱怨归抱怨，家长并没有否决的意思，"正好后天我跟你爸也要出门。"

"去哪儿？"

"去老房子里收拾啊。我昨天上门看了一次，那个缺德坏的垃圾还真是多，抽屉都装得满满当当，房间里居然还有张婴儿床！"

等任玥从母亲的唠叨中逃身出来，她躲回房间，桌子上摊着课本、纸笔，以及平均每天三四本来自同班同学的毕业纪念册，可谓业务繁忙。但回想曾有朋友收到任玥的留言后被感动得哽咽，女生内心的满足顿时毋庸置疑，这也大大助长了自己的干劲，她全情投入，连收藏许久的立体贴纸也不惜动用出来。

"你是我心中最……""你是明天的……"之类，除了为每个人都设置着光亮的头衔，偶尔也引用歌词，诸如"与你共度的年华，让我的回忆很潇洒"，等等。即便不可避免出现众多重复内容，但任玥自认为写来全是真心："愿你拥有无限光明的未来""Good luck""我一直都在"。她仔细贴着星星图案，在"未来""明天""一直"之类的关键词旁闪闪发光。

【 "亏她说得出口" 】

　　联欢会很热闹，最后合唱时人人都忍不住觉得自己是以一份成年人的情绪在悲伤，毕竟词写得那么壮丽温情，"希望"和"人生"就在唇齿间或扁或圆地定型，任玥和她的朋友们要在两三个小节里唱出它们的高与深，只有把过去十几年的日子放缓数倍来举证，直让她在回家路上，脚步也踩得有些虚软，等到手机响了半天，任玥接通后听见母亲的声音才醒悟过来似的站住脚。

　　"你到家了没？"母亲声音急吼吼的。

　　"就在楼下了。"

　　"那你到家后找隔壁徐阿姨借下他们的摄像机——我刚才已经打过电话联系好了——然后赶紧送到老房子来。"

　　"啊？干什么？要那个做什么用？"

　　"别提了。我和你爸收拾东西的过程还得全部拍摄下来才行，派出所的人也不早些提醒，脑子装在裤兜里，就这点办事能力……反正你赶紧过来。"

等任玥赶到，父母正等在房门前。任玥妈眉头稍微舒展，随后却再度烦躁地开腔。女生逐渐明白原来为了避免日后惹上麻烦，上门收拾的过程得有全程摄像作为证据。"免得将来对方反咬一口说什么存折本不见了金链条不见了，这种缺德坏就是门前列着两尊兵马俑你也拿他没办法啊！"

"我来拍吗？"任玥问。

已经很久没有踏足过，整个老房子完全变了样。任玥环视四周，目光里充满了陌生的碗筷、书本、衣物，垃圾筒换了摆放的位置，连床单也从熟悉的淡黄色变成天蓝色。整个感觉仿佛看着自己的衣服穿在别人身上，带来不适与嫌恶的心情。而书架旁边果然放着一张婴儿床，与它相呼应的是墙上原先贴着漫画海报的位置，此刻由奶粉厂家赠送的招贴画替代——金发碧眼光屁股的外国娃娃抱着等身大的玩具奶嘴。

"这家还有小孩啊？"她向父母发问。

身后窸窸窣窣的声音像扔下一把青菜的油锅般忙乱起来，任玥妈拿出七八个蛇皮袋，她顾不上女儿的疑惑，利落地把被褥床单连带着棉絮整个卷起。"你别来帮忙，你只管拍就是。"她喝住女儿。

"哦……没问题么？"任玥总觉得怪异。

"有什么问题。难不成房子就一直空关着？缺德坏倒是舒服，拿这里当免费仓库是吧？"任玥妈装满了一大包，又扫过床头的闹钟和几面相框塞住空隙，她随后指挥丈夫，"你下手那么客气干吗？我们又不是搬家公司，还帮着分门归类不成？只管往袋子里扫！"

退后几步，任玥站在角落，她举起摄像机，巴掌大的液晶屏幕看来还是昏暗，透过窗户的日光又被防盗栅栏划分，好像厚薄均匀的书页。随即母亲刺啦一声扯下了墙上的海报，草草地卷拢了装进袋子。

清明刚过的某天，餐桌上任玥妈用筷子咔咔戳着碗里的藕块，她脸色因为语调而涨红："今天老二给我打了个电话，提出想为老娘换块墓碑，说他去墓地的业务大厅问过了，大理石做的还是什么做的，大概五千块，想让我来一起分摊——你说他是不是没事找事？他这副姿态摆给谁看？我反正压根不会搭理的，当场就回绝了。"

"噢，是么。"做丈夫的喝口酒，却是很司空见惯的口气。

任玥回想起来，这应该是从清明扫墓延续出的故事。那次任玥也跟着父母去了。和往年相比，整个墓园不仅新辟出好几片，规模扩大后人流也急剧上升，私家车从园门一直停到两千米外的国道入口，任玥家搭乘的公交大巴就在这两千米上磨磨蹭蹭地挪了四十多分钟才终于抵达。

"可他就来劲了，好像拿着本演讲稿，完全是道德标兵的模样，一口一个'尽孝道'。又说我不该那么死抠着钱。我抠怎么了？我就是吞下一块钱也只肯拉出五毛钱的铁公鸡怎么了？老二也不看看他现在住的什么地方，我住的什么地方？他出门开的什么车，我出门骑的什么车？说难听点，我就算骑着自行车闯过红灯去撞他那辆马自达，交通法规还得让他赔我点损失费呢，连法律也判定我是弱势群体，凭什么我要跟着他一起给老娘换墓碑？"

"你弟弟现在过的日子和我们不是同一个水准，当然眼光也高了嘛。"任玥爸安慰道，"你听过就算了，别往心里去。"

"我就是气他这一点！我前年炒股想管他借点钱的时候，电话挂得那叫一个快，现在倒有脸回拨过来，这个垃圾货……"

"不过外婆的墓是挺寒酸的，比起外面那些新立的就好像是旧社会的。"任玥忍不住插嘴，"换掉的好。"

"……你口气倒是大的，你每个月挣多少？"任玥妈冷不丁遭遇内部叛变，语调瞬间拔高，连碗也放下了，"还'旧社会'，你知道什么是旧社会？说话轻飘飘！你天天喝牛奶吃蛋糕长大的，就以为你爸妈是银行行长了？钞票都是橘子皮，随手往外扔也不用心疼的？你爸妈挣点钱容易吗？你爸那个肝就跟定时炸弹一样，你妈我都申请提前退休了，每个月搜光刮尽总共三千块的退休工资，你数数清楚后面是三个零不是四个零五个零！你就是平时不三不四的书看太多了……"

"和这个有什么关系？"任玥跳起来，"东拉西扯有意思吗？！"

"好了好了。"任玥爸出来打圆场，"女儿也是对外婆感情深……"

"她深那她将来自己赚钱去换。反正我一分都不会出。凭什么，老娘过去又没对我特别好。当年那只玉镯子，一声不吭就送给了老二，还遮遮藏藏地怕我知道。她做到一碗水端平了吗？现在要我分挑，门也没有。早就两脚一伸烧成灰的死人，上面哪怕竖个金碑银碑她能看得到？"

话题好像也被什么东西推了一把"嘎吱"关闭，谁也没有继续吭声，任玥眼角里斜觑着母亲的侧脸，她刚烫不久的头发乌黑油亮，显得整个人更为理直气壮。也是任玥最为熟悉的那种气息——强硬的，不容辩驳。母亲好像一枚印章，对任何事物都拥有盖棺论定的权利。每每此刻，任玥总觉得内心里有许多符号跃跃欲试想挑战什么，但临到头却纷杂无章毫无用武之地。她想反驳母亲，与之大吵一架，或者更强一些——刺伤她。可她具备的终究只是一些气急败坏的情绪，它们有如气味刺鼻的硫黄、硝酸钾，或木炭，但依旧离最后那颗被火药发射的子弹还有太多太多的步骤欠缺。

曾经有过一次，任玥怀抱着某类阴暗的冲动对母亲说："你怎么这么市侩？"原本预料中会爆发的冲突，又出人意料地平静收尾，任玥妈坐在饭桌上剥着蚕豆壳，头也不抬地回答她："市侩怎么了，市侩又不算坏事。"

那一刻任玥哑然着，只觉得成年人确实拥有太狡猾的手段，为使自己的权威能够坚定立场，他们可以随时放弃准则。"什么时候开始，市侩变得不是坏事了？"女生完全嗤之以鼻。像自己母亲这样，很久以前她不知从哪儿搞来一件公交售票员的灰色外套，就为了享受乘车免票的待遇，三百六十五天几乎每次出门都像战士随身携带自己的武器那样穿了有近一年。"说声'同公司的'就行了，一分钱也不用出。"任玥妈口气里透着满足，"'公交''公交'，'公共交通'呀，什么叫'公共'你懂么？"……以及一如以往的理直气壮，不容辩驳。

就好像她眼下用相同的口吻宣布"市侩不算坏事"一样。

任玥仿佛看到一截被挤到尽头的牙膏，而母亲在桌角上压了半天，末了还会拿剪刀出来，总之要耗尽最后一滴的那种极端式的抵赖。女生毫不犹豫地扯着嘴角显出轻蔑："亏她说得出口。"

下午四点刚过，一家三口从老房子里离开。个个都被汗水搞得很是狼狈，也同时想起最近小区正在遭受的水质恶化事件。"物业本来就是一群废物，踢一脚他放一个屁，踢一脚他放一个屁，你不踢，他连屁都懒得放了。那怎么办，等他修好之前你都不洗澡了？你以为自己是什么？咸菜？越酸越好？"任玥妈一边催促着女儿，又回头向丈夫道，"赶紧把电话都打完吧。"

任玥爸爸挥了挥右手中的话筒表示已经开工。

他面前摊着一沓名片。

三人是中途返回的，打包的活并没有完成——整理过程中有个抽屉被打翻了，零星杂物掉了一地。其中包括十好几张名片，它们花花绿绿地覆落在任玥爸的鞋面上。他弯腰正捡，突然停手："等等。"

"怎么了？"任玥问。

"等等，我在想这些名片应该都是租客认识的人，或许我可以打电话给他们。"

"嗯？"任玥妈在脑海里迅速立论推论，接着她风风火火地把扫帚一扔，"没错！对啊！也许就能打探出缺德坯的下落！"

因而等到任玥皱着眉头走出浴室，她揉干头发后又把毛巾举到眼前对着灯泡仔细确认，疑神疑鬼是不是自己已经满头黄锈色。那时她便听见父亲打电话的声音。

"喂，请问是××小姐吗？你好，我是……

"我想向你打听……

"是这样的……"

他的语气俨然是柔和的，没有半点咄咄逼人，甚至也听不出焦虑。除了腾出的左手把面前一沓名片捻了又捻，让它们纷纷抬出一个翘首以盼的脑袋。

"你还站着干什么？还不去做功课？今天都没碰过书吧？"从厨房传来任玥妈的喊话。

女生看了眼挂钟："……不是快吃饭了么？"

"没那么早！别满心思都是吃！"

"你们小声点！"任玥爸按住听筒颇为不满地打断，旋即转向电话那头，"嗯，是的，很久没能联系上了，我就害怕别出了什么事吧。是啊是啊……房租倒算不得什么，也没多少钱，关键是令人很担心啊……"这也是回家途中父母商讨出的通话方针——避免对他人透露自己的本意，而将谈话重点落在对租客的关心上面。"你一说'拖欠了我们半年房钱'，没准碰上个通风报信的，缺德坏躲得更远。"任玥妈骑在丈夫并排，两人投入地商量。而那时任玥坐在父亲的车后座上，手里握着枚软绵绵的肯德基甜筒，充斥在她脑海的是如同进入重播阶段的毕业联欢会，还有许多份各具特色的毕业留言，一个个蛊惑性的词语再度跳跃而出，她好像草地上那块小黑板，远远看去全用红笔勾了一圈黄笔勾了一圈关键字。借由地表的温度，暑热带来迷蒙与甜腻的假象，使得整个世界又回到一些与幻想有关，与期待有关的轨迹之上。

【 "好像在看电视一样" 】

中考的排场比想象中平静。确实原本连新闻里也没有拿出多少篇幅进行报道。好像插播个广告的时间过后，待再开场便已是最后一门了。任玥在路上遇见同个考场的朋友，聊起最多的还是对之后漫长假期的安排。

"我妈说带我去日本。"

"啊？好羡慕！"任玥嘴巴张得老大。

"什么呀，已经缩水了，本来说带我去埃及的。日本这种小地方，没什么意思。"

任玥忍下自己井底之蛙的眼神："哦……真的？是哦，一点点大的地方。"

"对啊。哎，那你去哪儿玩么？"

任玥犹豫了半天，才使自己表现得平静，她仿佛也在语气里带出不屑的味道来："我么，打算让我妈带我去香港转转吧。"

"香港很无聊欸。也就买东西方便点。我用的倩碧什么的，香港要比内地便宜多了。"

"'铅笔'啊？真的吗？……唉，好像是有点无聊啦，反正就随便玩一玩。"任玥意识到自己必须尽快结束这一段对话，不然露馅是迟早的事，强烈的无力感甚至影响了她的发音，但女生想起还有一件需要咨询的要务，"你以前去一次香港，大概要准备多少钱？"

"我爸妈准备的，我不太清楚，好像上次圣诞去的时候，听我妈后来说，用掉八万多块吧。"

"天啊！八万块！"果然还是难以掩饰，"八万块呢！一次全部用完吗？八万块？！"她觉得难以置信。

就在中考开始前一晚，一家人抱着制造轻松气氛的目的在饭桌上闲谈，任玥妈以喜悦的口吻提起："周末我们就能存一万。"

"你打麻将赢了这么多？"女生没有放在心上。

"什么？哈哈哈。"任玥妈几乎捧腹，她转向丈夫，"你女儿以为我是赌神了，一个礼拜就赢一万？那倒好喽，我们还用追赶小康啊，换小康来追赶我们吧。"等她回到原先的话题，喜眉笑眼地向任玥解释，"老房子的租金快到手了。加上你爸上次厂里给的分红，凑一凑就可以存一万块呢。"

"噢……"任玥差不多忘了这回事，"找到人了？"

"找到她的朋友了。"任玥爸爸回答。

事情似乎就这样结束了，在它相对不平静的开端面前，还真是个出奇平静的结局。父亲最终在某张名片上找到租客的旧识。一切疑难便迎刃而解。对方不仅表示愿意垫付被拖欠的租金，"也答应过来帮忙解决掉那些垃圾，谢天谢地。"任玥妈双手合十，"好在缺德坏还有个靠谱的朋友。"

"嗯。"女生却不关心细节，对于母亲随后详细的描述含糊地搭腔。她右手按着电视遥控器，一轮过去屏幕上跳出两只米老鼠，推开城堡的大门后烟火点燃"HongKong Disney"的字样。广告如期唤醒记忆，早在迪士尼刚刚落户香港的时候，父母便许诺过"中考结束后带你去"的话。而此刻这个希望是被加热的爆米花，几秒内便在女生心里噼噼啪啪跳得满满当当。任玥明白原因来自母亲的马上我们就有一万了。这个数字对女生来说完全是万能的，任玥每个月的零花钱是一百，上个月还因为模拟考的失利被母亲扣了五十，而一万是多少张，一百张，百元大钞还有一百张啊。她干脆以为自己能够在香港好好畅享一番，而那究竟是怎样的畅享，早就远远超出她能揣测的范畴。

任玥的心里好像一面夕色的湖，泛滥着不可控的金色的希望。

"什么时候？"任玥回过神，"什么时候来交钱？"

"跟你爸爸联系的是周日？嗯，是周日。"任玥妈向丈夫求证后，拿过放在餐桌隔板下的台历，"刚好是你中考结束的那天。"

象征完结的铃声响彻在考场上，一种水流状的物质具象了每个考生的心情，它们迅速从每个人的身体里排空又浩浩荡荡沿着每扇门每面窗泻出，汹涌的规模影响了空气，但那么巨量的物质灌输进来，却无法分辨一切是变得浓稠了还是稀薄了，或者兼而有之。任玥捡拾着桌上的笔、尺和证件，晕晕乎乎地朝外走。内心并未轻松，反而无端沉重着。好像突然被插上电源似的，一些原本暧昧的事物瞬间轮廓清晰分明，失去了原本围绕着它们的美好词语。女生站在楼梯口，直到被朋友喊过名字。

"考完啦。"

"嗯……"两人分别耸了耸肩膀。

"我得去饭店了，我爸妈订好了位子。"

"嗯。"任玥哼一声。

"对了，如果你去香港的话，帮我带几件东西好么？晚上我把详细资料发到你的 QQ 里。有几张 DVD 我一直想买原版的。"

"……行啊，好。"任玥被提醒着，她想起此刻父母应该正在老房子里，做打点，进行交接，其中包括收取那笔租金的内容。这个画面一旦出现，她内心的水面又将船位托高一些，停留在接近五成把握的跃跃欲试上。

"朋友里还有人去日本呢。"回程路上女生打着与父母交涉的腹稿，"我的要求也不算过分吧……之前每年夏天我只不过去水上乐园欤，早就腻了。现在好歹中考结束，总该放松一下，读完三年了，这不算是件大事呀？那就当是一个小小的奖励不行吗？"她越想越觉得占理，所有能够支撑自己的论点像被风扶直后的草丛齐刷刷地站在边界上，整个局势看来一片光明。

同学中把国外都玩遍的人也有，虽然从头到脚用 "made in china" 的欧美货包装，但还是值得羡慕。平时任玥不敢奢望，可现在好歹有个 "中考结束" 的重大理由。"就是嘛，之前你们不也常常对我说'人的一生能有几次中考'么。况且早晨的新闻里还宣传香港游正在降价，机票打折什么，来回八百多块，便宜了许多……"她忽然咬住嘴唇，"八百……"

女生换了个姿势抓住公车上的座椅扶手。两条眉毛胶合在一块，书写苦闷的 "川" 字。先前那阵气势昂扬的浪潮宛如撞上巨大的壁障后以更加迅猛的姿势反弹回来，开始做清扫一般逐条洗去她的信心。

"……但不是收回房租了吗。"任玥重新抓起那根救命稻草，在心里默念数遍，"都能存一万块了欤。有一万块在了啊。"

任玥沿着楼梯跑了五层。她一握老房子的门把手，果然没有锁。打开门后，里面是父母和一位陌生人。房间里很凌乱，保持那天收拾到半途的样子，几个满满当当的蛇皮袋左歪右斜，路障似的倒在他们中间。

"你怎么上这儿来了？"任玥妈有些诧异，"考得怎么样？"

"不是说好了，成绩出来前不问的嘛！问了我也不知道啊。"

"这样也要闹脾气，哦……"任玥妈这时做起介绍，她对那位陌生的年轻男子说，"我女儿。今天刚刚结束中考。"

对方朝她递了一眼，任玥条件反射般脸红了，她低下头挨到父母身边。

"他是辛小姐的朋友。"当着外人的面，自然不能再用"缺德坏"的词语来称呼租客，任玥妈连声音都是不咸不淡的。

"什么？谁？"任玥还没转过弯来。

"就是租这套房子的辛追小姐呀。"

"哦……"任玥这才想起，似乎很久以前曾在那张身份证复印件上见过雷同的姓名。

"这么说，你也不知道辛小姐目前的下落？"任玥爸和任玥妈已经把饭桌坐成谈判席。

"要不是你们联系我，我根本不知道她原来住在这儿。"即便句子里包含感激的含义，可说话人的表情却露出相去甚远的阴冷。

"是曾经住在这儿。"任玥妈不客气地纠正，"整整三个月都没有露过面的人，让我们彻底糊涂了，到底算怎么个状况？我们急也急不上劲，找又不知去哪里找，就这样被拖着耗着，伤神又费力！她有责任心么，她有公德心么？"显然经过长时间的累积，任玥妈好容易逮住机会滔滔控诉，她像桌台上的一抹水渍，在纸片落到身上时迅速将它完全渗透浸湿。

任玥看向那个代表"纸片"的陌生人，他的神色并没有大变，维持自始至终静默的样子。任玥爸见状继续推波助澜："按道理说，我们还应当向辛小姐索取一笔赔偿金呢。别的不提，为了找到她，我请了多少次假？这笔误工费该怎么算呢？我老婆前些天上派出所打听，回来路上还摔了一跤，万幸没有大碍，但我们这种年纪的人，谁敢肯定有没有后遗症啊。"话音落罢，任玥妈配合地弯曲了右腿膝盖。

"这话是没错。"对方不紧不慢地扯动着嘴角，"就好比'按道理说'，我也没有替辛小姐支付房租和处理后事的义务，对吧？"

"这话又扯哪儿去了。"任玥妈当即打断进来，"我们随口提一下罢了，你就听进去啊？"

"我想也是。"男子似笑非笑，"租金我带来了。今天会和你们结清的。"

任玥立刻提高了警觉，竖起两只耳朵躲到父亲身后，同时拿眼偷偷地瞥着放在男子脚边的深棕色提包。

"辛小姐有你这样的朋友真是福气。那，阿姨也和你打开窗户说亮话。"任玥妈语调缓和下来，"这房子总不见得继续空关着等她回来处理……坦白讲，我也不打算再租给她。你应当理解吧，不靠谱的事总是早点解决的好，我们也后怕了。所以能由你出面处置掉这些东西，那是最好不过。"

任玥注意到母亲说出"这些东西"四个字时，陌生男子飞快地拿视线拂过那张婴儿床。随后视线坠落下来，复杂的笑容像几颗细微的盐粒撒在五官中间："没什么，不用客气。"他站起身，打开皮包后取出一个信封。任玥将目光投向信封开口处，胜利的预感仿佛河面上吹来的雾缓慢地打湿她的小腿。

任玥妈将挎包护在胸前，又用手肘将邻近的陌生人顶远一些。她着实喜悦，连公交车突然的急刹车也没能卸下她脸上的笑容。

"这下你总算放心了吧。"任玥爸在旁边调侃，"晚上睡得着了？"

"回家再说。"任玥妈不忘保持警惕，可没过多久还是被难掩的兴奋冲散了一些心理防线，她扯一把丈夫，压低嗓音，"上天保佑，终于结束了。"这时公交到站，她将任玥推到腾出的空位前。任玥被压到椅座上，随后手里塞进了母亲的挎包："好好拿着。"

女生乖乖地把它搂在怀里，即便房租早早被存进了银行卡，她的动作里仍然一副隆重。

"你说这男的是缺德胚的什么人？没一点关系会平白无故替她付钱啊？"如同电影结束，任玥妈和丈夫得以从剧中人的立场摆脱出来，他们用观众的角度津津乐道地点评，"但绝对不是夫妻，缺德胚要是结过婚，我上派出所会查不出来？"

"我最早倒问过女的结婚了没，她说没结婚，只是男朋友。"任玥爸想起先前出租时的碎片信息。

任玥妈便拿出一斑窥全豹的兴趣："那就有意思了。你看见那男的刚走进房子时的表情了吧，被雷打了一样，活生生的。我当时就拿准了，他压根没料到会冒出个小孩来。那副场面——好像在看电视一样，啧啧啧啧，不对，电视也未必有这么活生生。"

"她为什么要瞒着啊？"任玥按捺不住好奇。

"什么为什么？你个小孩子要知道这么多干吗？"任玥妈指指女生手里的挎包示意她集中注意力，又转回丈夫，"现在社会真是乱七八糟，商场厕所里生完小孩然后裤子一拉算完事的人都有。就在昨天的报纸上。"任玥妈随之又露出庆祝的微笑，"无论怎样，都和我们没有关系了。"确实连任玥也感觉到，恢复在自己与父母中间，那如同一层白色塑料膜般的轻快气氛，圆满的结果使它们庆祝性地爆裂着，"啪""啪""啪"三声，发出潦草而欢乐的声响。

"妈——我暑假时想去香港。"任玥将目光从褐色的女士包上移向身旁。

"去干什么？"

"去玩啊。好不好，让我去嘛。中考结束了，而且现在去香港有假期特惠欸。"

"你就是傻，什么'特惠'，羊毛出在羊身上，这里不剥削换个地方剥削而已。"

"不管嘛。"女生调阅内心罗列的一二三四五条，"你想想，你女儿一辈子能有几次中考啊？"

"你一辈子一次的事情多了，我可没有那么多资本每回都赞助你。"

【 "我这个人没什么别的能耐" 】

草坪上聚集了不少人，摆出的桌子凳子呼应着一旁小黑板上"维权大会"的字样。任玥推着母亲的自行车匆匆看一眼便骑出小区大门。等抵达老房子时，毒辣的太阳已经晒出她一身汗水。女生在楼下小卖部买瓶冰红茶，然后上了车锁往楼道里走。

爬到五楼转角，半掩的大门里传来动静。

任玥怯怯地敲着门："不好意思……"

房里的人停下动作转过头来，等他认出任玥："哦。你好啊。有事？"

女生迎着男子的视线到半路，飞快地在门后藏起小半边脸，她同时努力回想着，然后找到记载于某一页回忆上，父母闲聊里曾经提及过他的姓名。

"班霆……叔……先生？"鉴于对方的模样，任玥的尾音还是颇不自信地消音，但又找不到更合适的称呼了，女生吸了口气，"我妈让我来拿回……那些蛇皮袋。顺便看看，有什么需要帮忙的……"

这类昭然若揭的借口令她话没说完就先垂下眼睛——由于今天抽不出身，任玥妈便派女儿过来监督情况。"你多生两只眼睛看紧了，别让人乘机摸走属于我们的东西。"她指着报纸，列举有人趁搬家之际偷走房东的空调或煤气灶，"甚至连水龙头也被扭下来，防不胜防！"

"哦。进来吧。"对于女生出现的目的早已了然于心般，名叫班霆的年轻男子淡淡地应。

任玥找个角落坐下，很快室内的格局令她备感拘束，女生蹭蹭鼻子："嗯……今天就搬吗？"

"今天搬不了，这些东西得收拾一阵。"对方挽着袖子，将一个先前被任玥妈填满的蛇皮袋卸倒在床上。大堆衣服随即乱七八糟翻落下来，接着滚出两只玻璃杯、充电器和几块被压得不成形的沙琪玛。床上好像展示着某只怪物被解剖后，从它胃里找到的食物残渣。

任玥顿时涨红了脸："那个，要不我来帮忙吧？"

男子没有拒绝，让出站位给任玥，自己走进厨房，没过多久传来声音："这些锅子是你们家的还是……"

任玥探出脑袋："哦，是辛小姐的。"

"这个微波炉呢？"

"也是她的。"

"嗯，好。"

任玥见他又低头开了煤气灶下的两扇木头门，动作到此就停住了，好像有个孩童的手指不知不觉按上了暂停键，使他就这么定定地保持着姿势，直到两秒后找到下文——班霆蹲下身，伸出双手揉着脸，用力得仿佛早起的人在刺眼的阳光下清醒自己。随后一件一件，他从门里扔出绘着卡通图像的塑料包装。全部是婴儿纸尿裤或奶粉。

女生想起昨天母亲做的故事设定，她神色慌张地吞着口水。

"上回听你妈妈说，你刚中考结束？"倒是对方首先开了话题。班霆捧着大堆纸尿裤回到房里，将它们装进纸箱。

"……啊，嗯。"任玥将手里折叠好的衣服放到一旁。

"现在中考还考些什么呢？"等任玥一门门列举完，他笑笑，"仍然是这点老花样嘛。"

"噢……"

"已经放暑假了？"

"是的。"女生总算亢奋起来，"妈妈同意带我去香港。"

"哦？那好好玩吧。"

即便对方语气里大半是敷衍，任玥还是忍不住激动："会的会的。其实我都没想到我妈会答应。真的很意外。嗯……毕竟她起初并不赞成来着，开口闭口'哪儿来的钱''哪儿来的钱'……"那是经过将近三天的拉锯战后总算得来的不易的胜利。或许是母亲哪句话令任玥彻底失望，又或许是积怨的爆发——倘若那些"十点过后不准上网""八百块的大衣太贵了""手机还没坏为什么要换新的"也算积怨——总之女生哭哭啼啼了三天，内心的委屈和愤怒还是源源不绝。或许再长大些她能够明白自己的弱势与母亲的地位间，究竟是什么决定了它们的差异所在。是什么决定了她满怀的希望总是被轻易否决，好像那些前赴后继的鸡蛋一枚枚掷向石头。但眼下她只能用眼泪和几个单薄又雷同的字眼去控诉，如同拿着一把损坏的钥匙在门锁里徒劳地捅着想要打开。只不过，这次意外地响起"咯嗒"一声。任玥妈最终摇着头走到床边："你啊，真的不懂事，也不是小学生了，还一天到晚稀里糊涂的。完全没有'过日子'的意识。跟你说你又不听，也不知道体谅。"任玥依然把脸埋在枕头下，虽然两只鼻孔都被鼻涕糊死，她自己也憋得难受，可坚持底线不抬头，直到听见"算了，这次还是带你去吧"。

任玥重复当时破涕后的笑容，对班霆摇晃着身体："我都怀疑我妈是不是病了。不过昨天她已经带我去旅行社报完名啦。听说接下来还有申请通行证什么的，事情挺多的呢。我想去香港买个书包，呵呵，因为马上进高中了嘛。好在校服虽然统一了，书包还是可以自己挑的。听说香港的 adidas 和 NIKE 都更好看，内地引进的都是卖不出去的系列。真的假的呀？"

"好像吧，我也不太清楚。"班霆越过她，视线在房子里走一圈，将每一件物品又看成单纯的物品，最后他说了句"今天就到这里吧"，回过身把装满了婴儿用品的纸箱贴上封带。

将几个纸箱堆叠整齐后，班霆将一把额头的汗水："我想问下，你见过辛小姐么？"

"什么？哦，我没有。租房都是我爸爸去张罗的，所以我没见过她。"任玥停在房门前。

"是么。一次也没有？"

"嗯。一次也没。"

"嗯……好的。"

"你和辛小姐是熟人吧？"

班霆跟着走出屋子，他按下房里的电灯开关，整个声音也跟着暗了，像把许久没有使用过的刀在空气里冷漠地比画一条斜线："差不多。我跟她认识的时候，只比你现在大一点点。"

"啊，是吗……那好久了吧。"任玥吐着舌头，下半句却不敢说。"她现在都做妈妈了欸。"这句不敢说。即便是非常含混的气息，但寄宿在老房子里，真实存在着一层隐形的苔藓，它们产自属于别人的黑暗。它们是片湿冷滑腻的秘密。任玥琢磨不出具体情况，只知道自己应该踮着脚尽快悄悄地走开。

她在楼道口推出自行车。身后打出两束光柱，接着一辆轿车缓缓经过她身边。驾驶座上的班霆与她道别："回家路上小心。"任玥依旧紧张起来，女生拿出早已恢复温热的红茶瓶贴着自己的脸颊，目送那辆汽车的红色尾灯消失在路口。

只不过随着她骑过条条街巷，米老鼠和维多利亚港又成为脑海内的主题。毕竟这才是眼下的生活核心——她结束了中考，暑假将去香港旅行，然后升入高中，做个和小说里一样意气风发而成熟的高中生。怎么说的，如同那些被记载于毕业留言册上的句子一样，"愿你拥有无限光明的未来"，它们缤纷跳跃宛若被解封的魔法，从虚幻的名词变成了切实的物质，可以触摸可以呼吸，像块巧克力，轻易便靠某类苯字开头的化学物质兑现出快乐的感知。任玥伸直两条腿，一个俯冲下了斜坡，拐进自己家的小区大门。

草坪上吵吵嚷嚷，油锅里洒了碗水也不过如此——

有人拿着话筒在大声喊叫什么，有人跳上桌子。起初摆放成排的凳子横七竖八地沿着路旁的黄杨或躺或倒。那块写有"维权"字样的黑板同样不知所终。然后任玥才看见人群中心的母亲，她右手还扬着家里平时用来拖地的塑料水桶，高高地举着，从里面泼出的自来水仿佛要在阳光下搭出一条彩虹，而她指着好像被打蔫的蔬菜般傻眼的物业和居委会干部们："你们良心生在屁眼上了是吧，你跟我睁着眼睛说这水不脏？不黄？你们还真有脸。问题推了大半个月，'等待批准'咯，要'提报上级'咯，接着么'困难很多'啊，'需要协调'啊，讲起官腔来一个个都厉害得不得了，然后茶杯一端，股票看看，噢，涨了，手边的事情没空管了，要忙着加仓啊，噢，跌了，手边的事情更没空管了，没心情啊！当我们居民是傻子？！就这种水，我们要洗菜烧饭洗碗，我们要洗头洗衣服洗澡，不找你们解决找谁解决？告诉你们，这里都是小市民，我们看不到那么高那么远，我们就要过太平日子，只要我们有干净的水喝，不停电不断气，小区里有保安装装样子，我们根本不会来找麻烦！我这个人没什么别的能耐，为我老公为我女儿讨一口干净的自来水还是做得到的……"她还打算继续时，终于被人架开，反击的声音叫喊着："撒泼了！撒泼了！"任玥妈瞪着眼睛："你说谁？"同时拼命推搡围绕自己的几只胳膊，而她的领子很快被人拉扯着，混乱中漏出"刺啦"一缕声响。

任玥像根瞬间被整个掐灭的蜡烛，她急得大哭了出来。

"妈！妈妈！……"她扔下自行车追跑上去。

任玥爸下班回到家，看看沙发这头的妻子，看看沙发那头的女儿，他从冰箱里捧出半只西瓜："你们谁要？"见没人应答，又看看沙发那头的女儿，沙发这头的妻子，无奈地笑出声。

"我说，你妈妈这副表情我倒还能理解，可你又在哭什么呀？"他朝妻子使眼色，"你女儿怎么哭成这样？"

"我哪知道……"任玥妈突然想起什么，"要命，刚才不会打到你了吧？"

任玥拨浪鼓似的摇头，依然不出声，只是眼泪鼻涕如有神助，取之不尽用之不竭。她抱着纸巾盒，像个机械操作的手臂，一张接一张地不停往外抽。

"这小孩，搞不懂。"任玥妈疑惑地皱着眉，"对了，今天你去老房子看下来情况如何？搬走了吗？"

任玥点头表示"一切正常"，又摇头表示"今天还没"。换了任玥爸补充："刚才回家路上我接到姓班的电话，他说后天之前全部搬走。"

"好。好。太平了。"任玥妈拿过一块西瓜塞在女儿手里，"你到底怎么了？傻了啊？"

任玥抖着肩膀，把脸捂在手指中间，却还是看见母亲额头上一条深色的淤红印，她的头发也是湿的，没有完全擦干净的草叶，书签似的卡在中间，翻开就是那句"我没什么别的能耐"，任玥于是又被欲泣的冲动压倒了，她觉得身体不受控制，不知什么地方提供了巨大的源泉使自己持续不住地感到伤心。即便此刻没有语句可以说明，她的脑袋宛如一张颠倒的试卷，只留下"所以难过"的结论，但在"是因为"的横线上却找不到半个字眼。可始终有某个地方，如同具备相当的能量，提供她无须拷问来源的绵绵酸楚。只是任玥不清楚那个巨大来源的名字，不明白它究竟是什么，十四岁的女生被见识所赋予的词语终究太少，她唯有大致地猜，粗浅地评，愚钝地尝，单纯地哭。

【 "十几岁时确实不懂" 】

　　第三天上午，班霆在楼下等到了搬家公司的小货车。没有电器和家具等大件，上门干活的只有两名工人。班霆拿出事先准备好的香烟一人塞一根，然后站到走廊做简单指点。没一会儿楼梯上传来脚步声，任玥妈腋下夹着紫色的皮挎包，停在拐角处朝他喊："噢，人来啦。"

　　"嗯。"班霆对搬家师傅交代，"所有的纸箱。对，那两个也是。"

　　"你打理得挺快啊。"任玥妈朝屋里望一眼，显得很吃惊。

　　班霆没接话，靠着墙掏出手机看时间。

　　"东西是不少呢。"任玥妈转而自言自语，"也难免，还有个小孩子嘛。小孩子的东西啊，跟吃了发酵粉一样，一个月的时候承包了两个抽屉，三个月的时候就吞掉整个衣柜。"这时两名工人抬着箱子走到门外，任玥妈凑上前看一圈，摇起头来，"哎哎，我就说么，年轻人没有经验。你看看，纸箱上都不写清是什么，之后你整理起来多困难？你知道哪个里面是哪个？"

她语气充满热忱，令班霆也不禁踌躇："没什么，反正先找个地方堆放着……"他注意到任玥妈眼中正在发光般的信号，"既然还没找到辛小姐。"

"哦！哦！……也对，也对。"任玥妈连发着感叹，"听我女儿说，你俩很早就认识了啊？是念书时的同学吗？"

"嗯……其实也不能算。"班霆想把话题岔开。

"是噢？"任玥妈旋即跳到下一个环节，"其实说心里话啊，我们还真是挺担心她的，毕竟一下子消失那么久，你说我们是惦记这房子和房租，也对，当然惦记，对吧，不惦记才有鬼了，我们家不是大款，日子还是以一块钱一块钱为单位来算的。可是哦，总归还是有点挂记她的，万一有个什么事呢——你别怪阿姨触霉头，阿姨说的都是大实话。"她想从对方的脸上找到细枝末节的端倪，可供她推理出更加完整的因果，"你不知道她在哪儿哦？没有头绪吗？"

班霆将默然维持在指尖，他还能在动作上保持自己的条理，声音却多少需要几秒的预备，才能把它们葆得如往常那样森然："我不知道，也没什么头绪。"随后他利索地打算完结这一系列对话，扔出一个总能为家长们津津乐道的问题做诱饵："你女儿中考结果出来了么？"

"啊？哦，还没呢。"任玥妈一边拿眼睛巡视屋内的角角落落，一边积极地回答，"她呀，也就那个水平，不至于跌到后段么，前十名你也是不能指望的。但说穿了，考不进市重点也就考不进吧，这个又不是我们想进就进的。反正我一直教育她，女孩子啊，关键是脑子清楚——我真是三天两头跟她讲，只是我家那丫头听不进去，也听不懂。她啊，现在还满脑子漫画小说的，一点也不了解社会险恶。不过话说回来，也是人太单纯的原因。单纯不是坏事。你想，十几岁的时候谁不单纯？

可等她将来长大了就明白，单纯绝对不是'坏事'，但绝对会'坏'事。"她强调着不同的重音，好像面对着数百观众，起承转合，完全说到兴头上。语重心长的感怀姿态连空气也被煽动着升温了似的。

班霆不由得低下眼睛，他"呵"一声："十几岁时确实不懂。"

"可不吗。可惜我家那丫头啊，把家长的苦口婆心全当耳边风。让她少看点闲书，尽早对自己有个规划，不要成天稀里糊涂，否则等到将来想后悔都来不及。但没有用呀，将来什么的，她现在哪里体会得到，她现在就是不后悔呀。反而一个劲说我'老套''庸俗'，头头是道好像她才看穿了社会……噢……"手机铃声扫兴地打断了任玥妈的话头，她看一眼屏幕，急急忙忙地对班霆挥手道别，"我还得去居委会跑一次，先这样吧。你搬完之后把钥匙给我先生就行。"

"好的。"

"那再见。"任玥妈琢磨未来应当不会和他再有牵扯，便以总结性的感言做收尾，"这次阿姨真要感谢你。你是个挺靠得住的人。早点找到辛小姐就好了。"

"不客气……再见。"班霆站直腰。等到任玥妈的脚步完全消失，他才重新倚向墙壁，然后重新将手机举到眼前，大拇指侧沿在屏幕上刮了几行，打开短信的窗口。

停留在许久以前的内容：
"班霆，我是辛追。你也许不记得我了吧。"

Chapter . 01 / 第一章

〖 "你不会有问题的" 〗
〖 "这算什么话" 〗
〖 "我的第一反应是" 〗

辛追觉得胸腔积满酸楚，
它们像挤破的调味包，连呼吸也被染得斑斑驳驳。
她撑着眼睛，漆黑的视界却在这时放弃了落井下石，
转变成一种温柔的语言催化她的泪腺。

【 "你不会有问题的" 】

好像是口空煮了很久的锅子，蒸发了所有溅落在上的妄言。

七月中旬的天气一如既往，以炎热、潮湿和烦躁为养料。倒映在商场玻璃大门上的喷水池，阳光下贴了金箔般刺眼，衬得守在近处的人群是片黑压压的蝉蜕。辛追举着手，拈起父亲背上一小块汗衫布揉搓几下。

辛追父亲掉过头来："你热吗？水喝吗？"

"嗯啊，热死了。"太阳升高后，能够遮蔽的地方相应减少，站立的地方阳光接近直射，辛追还想往前挤一挤，但空间如同极度压缩的鲥鱼罐头，只能作罢。

"再忍耐一下吧。"辛追父亲抓起提包挡在十六岁女儿的额头上,"马上——还有二十分钟就开门了。"

辛追点着头,又忍不住回望背后里三层外三层的规模,她内心的紧张打成错综复杂的死结,使得小腿肚子也开始哆嗦。而贴在一旁的商场海报继续用鲜艳的色彩和煽动的词语渲染这个已经过分灼热的白天——"凡""前五位""免费获赠",其中占据最大版面的,仍然是"机不可失"四个字,像个传统却威力巨大的魔咒。

"还是有希望的,尽量冲在前面。"辛追父亲进行最后的战前动员。

"嗯。"女生指指玻璃门内靠右侧的电梯,"我们走那里,那里更近。"

"千万要注意安全啊,千万别摔跤了,那可划不来。"

"我知道的。爸爸你也是。"

时间到了九点半,仿佛是台被突然打开的电视,鼎沸人声瞬间倾巢溢出。辛追的手腕被父亲用力抓住,他拖拽着女儿:"辛追!门开了!跑!快跑!"声音里倾注着强烈的希望,他们挤进玻璃大门,在尚未开启的自动扶梯上三步并作两步地狂奔,大幅摆动着胳膊似乎要以此来阻挡身后的人群。眼见体力不济,气喘吁吁的辛追父亲朝女儿一挥手"你跑就是",俨然是副"别管我,你去夺取革命胜利"的烈士姿态。

辛追不敢笑,她只知道心脏跳到了喉咙口,有个单音节尖厉地来回拉锯,"嘀嘀嘀,嘀嘀嘀"。

手机闹钟显示六点整,辛追的梦结束得有些拖拉。窗外天光依稀,落着徐徐的雾。辛追在姑妈之前起了床,她简单洗漱完毕,拿炉子蒸了馒头又一边打水拖地。最近楼上装修,与噪音同样困扰的还有灰尘,姑妈家的地板变成了一方能保留她每个脚印的印泥。

连续几天,她下班回家端起饭碗的当口,楼上或许是拿了家伙正在夯碎原先的地砖,整个天花板同步着震耳欲聋的动静,肉眼可见的尘屑驾着灯光，把她傲慢地漠视着。

　　姑妈隔三岔五去理论，辛追则向公司申请改上夜班。说出来是一回事，实际上不过开着电脑打游戏，看看常去的论坛有什么新鲜话题。公司是个从事外语培训的民间机构，夜晚比起白天反而热闹。六个小教室里总是坐得满满当当。等到中途休息，虽然挂着"学生"身份可年龄跨度在三四十岁的人群鱼贯而出，和她一个前台聊天的很少，三言两语多是投诉类的"一次性纸杯用完了""空调暖气不工作"。

　　等熬到所有人员下课离开后已过九点，辛追检查完门窗和电源，换两趟巴士回家，车站旁一架固定的烧烤摊，老板和老板娘翻动着煤块，辛追挑了一串豆皮、两串蘑菇，最后被肚子里的饥饿央求着，又拣了一串馒头片。掏钱时手指都冻僵了，几个硬币掉得满地乱跑。

　　声音落在冬天的夜晚确实有些凄凉，但她不久前刚刚结束一段恋情，因而下意识里几乎欢迎任何悲惨的境遇前来衬托自己，包括楼上规模浩大的装修也成了雪中送炭式的恩赐。这副不问逻辑的别扭心态使辛追觉得自己依然幼稚得像个十六七岁的高中生。

　　只是这个联想令她的心情更加糟糕。

　　她恍惚已经不记得学校是什么，学校生活又是什么了。但仔细想想这句话又并不正确。她仍能清晰地回忆起自己的座位，第三扇窗的插销坏了打不开，地板上粘有难除的口香糖残渍，黑板旁边的电视柜由文娱委员掌管着钥匙，每周二下午的校会时他趾高气扬地打开柜门，掌握生杀大权的表情叫人讨厌……

　　其实她什么也没有忘，甚至它们被保管得太仔细，一把小刷子精心地打扫着血管般的脉络，那些空气中的停滞也只是等待复苏时的凝神屏息，一旦信号响起，就将变成重新上路的车，用失控的速度带着她扑进呼吸困难的风暴里。

更何况时不时，生产回来的女同事，照样拿着发现重大新闻似的语调朝她嚷嚷："最近都没见到你男朋友了啊？"

辛追僵着笑，调动全身的意志也无法软化它："啊，这个……他不会来了。"

"哎？真的分手了？怎么会？你们谈了那么久欸。高中同学不是吗？"同事们总是拥有大体上毫无建树，但随时可以击中要害的绝对存在感。

辛追知道多说无益，只能自寻出路，匆匆喊住刚巧路过的一位学员："你是口译班的吧？这次有份新的考试提纲你领过了没？"她低头翻找抽屉，余光里瞥见同事已经离开才松口气。

辛追恢复了往日的表情，淡淡地拧着眉毛，她的眉宇间从小保持一股柔弱而灰白的气息，像只冷却后的热水袋，提供一些无济于事的微温。

"给。最后一页因为复印机出了问题，有几行不太清楚，老师应该会在课上复述一遍的。"她将几页 A4 纸递过去。

对方扫一眼标头："好的。"又提出，"是这样，我正要出去给班里买饮料，要不回来时再取？"

辛追"嗯"一声。因而没过多久，走廊里有人提着两个大袋子一路到她面前，他朝辛追点点头，稍微举起右胳膊，辛追便将纸页夹在他腋下。只是不一会儿，对方又折返回来："买多了，这杯给你吧。"

"啊……"辛追原本想谢绝，又意识到这样做显得冷冰冰，"那我不客气了……"

"不知道你喜不喜欢这个口味，你爱喝甜的吗？"

这便是有些溢出寻常话题外的内容了，辛追下意识抬头，对方是个乍看很难判断具体年龄的男子，穿件冬天的深色风衣，年轻白领的斯文模样，一面之下还算顺眼，除了镜片后一双细长的眼睛，像走廊尽头一扇虚掩的门。

"谢谢。"她不做正面回答。

可对方脸上的笑容却不为所动，继续保持："在你上一任的那个前台，我过去总被她嫌弃买错了品种。"

一句话倒令辛追有所尴尬，她急急忙忙摆手："不不，没，我不挑的……"又为了表现什么般，凑着吸管猛吸了几口。

晚上辛追回到家，姑妈还没睡，不知在哪儿忙活着，而屋里明显在小处发生了变化，厨房角落摆着新鲜的橙子，有个塑料盆里盛着水，养了一把活虾，地上放着两只还没拆下标签的新拖鞋，粉蓝色的女款。

"表妹明天回来吗？"辛追摘下围巾，提着嗓子问。

"哦，辛追啊……"姑妈迎到玄关，"是呀，她学校考试早，上个礼拜就放假了。又说要先和同学出去玩几天，订的票明天就到。"

"是吗？明天几点？我去接吧。"辛追一边问一边走向自己的房间。

"倒是不用接。"姑妈的脚步声迅速追上来，赶在辛追打开电灯时凑到她身边，"正好跟你商量个事，婷婷大概下午就到……"

"我像之前那样睡客厅好了。"辛追急切地抢过话头，"不要紧的，没事，我睡客厅吧。表妹本来就难得回家，不能让我继续占着她的地盘。"

姑妈的神色中破出一缕难耐的喜悦："行，那从明天开始，你就辛苦这半个月。"

"嗯，好，没事的，我知道，没什么。"辛追不断地点头，用几个意义雷同的词语证明自己没有心结，同时笑得非常用力，像个焦虑的商人不惜亏本倾销自己的商品。

然而姑妈的准备工作持续到了深夜，辛追坚持不住，还是抱着被子去客厅躺了下来。炉子上煨着给表妹准备的粥，香味在辛追的嗅觉里追逐打闹，她连翻了几个身。

那天母亲就是坐在这个沙发上，她在眨眼间便骨碌地跪了下来，膝盖用一个可谓"干脆"的声音，完全抹去了原本包含在这个行为中的忍辱负重。母亲没有痛哭流涕，她反将表情掏出一种神秘的空洞，明明她跪着也说着卑微的话，对辛追的姑妈颠倒着重复的词语，到最后一口一个"救命恩人"。

　　"你要签协议也行，保证书也行，要我们每个月付房租也行，总之阿妹你一万个放心，我们不会有其他举动的，我知道最近电视上都放，抢房子的事情，亲戚住下赖着不走的事情，好像很多很多，但我们绝对没有这份心的。只是辛追现在跟我们离开就太作孽了。她一个小姑娘，离开城市能做什么呢。我和你哥是没有办法，我们那点钱，在这个地方已经没办法生活下去了，你哥还有病要养，就走吧，我们真的可以走，但辛追不行啊，现在都拼命往城里跑，我们怎么能让辛追还比不上他们。"她跪下来后裤管就往上缩了，露出一双黄色的脚踝，白白一层皮屑鱼鳞状地盖着，"你哥哥和嫂子，实在没能耐，我们是倒霉到头的人，我们是没有希望的。我们两个有再大的麻烦，也不会再来连累阿妹你，但辛追的事情，没有办法，不能让她跟着我们去乡下，真的不能……求你帮帮忙。阿妹你帮帮忙。"

　　辛追坐在沙发一角，她入了魔般盯着那两块非常"母亲"的区域，并不太清楚自己在记忆中存下了一些怎样恶劣的片段。可终究她一双眼睛像被荆棘扯下的鸟羽，带着最里层绒绒的温热，姑妈就是看见这一幕时心软的吧。

　　"……如果只是嫂子你说的住两年……虽然谈不上短咯，但也不是绝对不可以。尤其是暑假后，婷婷一去外地读大学，她的房间就可以让给辛追住。"姑妈一边拽着辛追母亲的胳膊，使她重新回到沙发上。位置是平起平坐了。三个人都清楚，只有位置是平起平坐了。

　　"这个世道，我要不帮你们——说难听点，也很正常。而且你们也清楚的呀，我真没少帮你们吧？一次？两次？三次了？有时候还真要想，怎么没个头的哦？没完的啊？我前世是欠我阿哥多少啊？一会儿要借钱了，一会儿又要借钱了，一会儿么，要借房子了，花样真不少，搞得我都觉得自己挺了不起了，对吧？本来么，没有哪一条法律专门规定，妹妹一定要帮助哥哥一家。是吧，没有的。但总不能什么事，只要'不违法'就行了，都以这条来做标准的话，那这个社会都乱套了。毕竟人不是这样做的，这样做人就太没品格了。"姑妈最后说，"反正你们也表态了，就这两年时间，那好吧，辛追可以住过来。就让她住过来吧……"她把句末的叹气拉得既重又黑，是病人看着连累自己多年的毒疮时，那种没办法了的叹气。

于是父母搬离了这个生活了数十年的城市，当时那番凄迷不亚于用斧子砍倒了一棵大树，可辛追犹如残存原地的树桩，替他们守住一个据点，说白了还是指望她能够长出重生的枝条。

"你不会有问题的，你不会的……"辛追母亲的手指一遍遍拨着女儿耳郭后的头发，让女生无端想到小时候看的电视中，孙悟空出发前在地上给师傅画了一道保护的咒语，使妖怪们都不能接近。因而等搬家的小货车驶离了辛追的视线，那弥留的触觉似乎是她仅能仰赖的安全感。

当然这番念头引来那时男友的一阵不满："想什么呢，不是还有我么。"他从笔记本上移出右手托住辛追的脸，指甲盖蹭着她的皮肤刮了几回。

辛追重新睁开眼睛。

姑妈还在忙碌着什么，灯光是一片片荷花瓣，把她的睡眠衬成寒意的水塘。

女生摸索着，从脱挂在脚边的外套里找到手机。屏幕上显示着日期和电量不足的警告。

她用两手捧着机身，把满心的卑微和无助都附注在这个动作里，辛追听见头发在枕头上不安地骚动，跟随自己逐行逐行找向前男友的名字。而按键还没有锁定目标，彻底耗尽的电池，像在她脸上关闭了一个发光的窗口。

【 “这算什么话” 】

"那你这两天就睡沙发吗？"

"嗯，没事的，姑妈用的不知什么牌子的电暖气，半夜都把我给热醒了，吃不消呢。"

"可你也不能就把暖气给关了啊，晚上还是冷的。"辛追母亲在电话那头担忧地提高了音调。

"知道知道。"

"婷婷回来要待一阵吧？那我最近就不过去看你了。"

"嗯，有什么事你给我打电话就行，是不用特地过来。"

"主要还积着许多东西想捎给你啊。要不下次毛头什么时候跑车，我让他去看你吧。"

"都可以。"

辛追母亲偶尔地来探望。上一回，她将几个塞得变形的布包往桌子上一放，虽然姑妈拦着直说"用不着，用不着"，但很快堆起一座土特产构成的小山包，甚至包括一大袋她自己炒的香瓜子："阿妹你尝尝，味道不比外面卖的差。"等到入夜后，辛追和母亲关起门来回到房里，母亲才又拿出两个袋子，"这些是给你带的。"她两手喜悦地发抖，"你知道这是什么吗，隔壁黄妈她女婿送的保暖内衣，但尺寸拿错了，你知道黄妈那个腰围，所以就给了我，还是一整套呢。虽然颜色老气点，要是肉色或粉色会好点哦。不过穿在里面的，没所谓吧。前些天我去商店看了看价钱，没找到一模一样的，但是差不多都要八百多块一套欸！"她抓着上衣的肩线在辛追背上来回地比，"难怪说是高科技，有红外线或者磁铁还是别的什么，总之特别保暖。你想黄妈她女婿是在外国人的公司里上班，发的东西肯定都很好吧。你今天洗完澡就换，听见么？"

"你要住几天吗？"辛追一边收拾着床铺一边问，可惜找不到多余的枕头，她垂下手正在烦恼。

"哪能呢？你爸爸离了我又不行。今天也是毛头送货，我听说车子正好经过这里，就让他带我来了。"辛追母亲把自己脱下的毛衣叠整齐后，往床头一放，表示就用这个代替，"所以明天就走。主要想着给你送点东西过来。"

"这些你自己用也行啊。"

"我可用不着，像这种保暖内衣，你每天上班下班，明年开始读夜大的话，路上得多辛苦，所以一定要记得穿……"辛追母亲稍稍放轻声音，"另外，上礼拜毛头去浙江，送了我们两只糟鸡，我也一起带来了，刚才给了你姑妈，不过你绝对别客气啊，饿了就去吃，记得？"

"妈，我知道的。"辛追眼看母亲情绪转低，绷起神经接话，"你老担心我饿到一样，你看我明明还比之前胖了点不是吗？"

"那倒好啦。"

入夜后两人便一起睡，辛追掀开被子坐进去时，里侧的母亲很是吓一跳。"脚冰得像死人一样。"她迅速找过热水袋放到辛追脚底，又叹着，"你打小身体里就没有火气，你爸总怪我，说是我怀孕的时候和他吵架把连你那份在内的火都给撒完了。"辛追一边笑，一边伸手塞了塞漏隙的被子，转而去关灯。

"在姑妈家还习惯吗？"辛追母亲每次来，都会惦记地追问同一个话题。哪怕明知道女儿的回答不会更改，却仍旧需要在这段反复中巩固她岌岌可危的安定。

"嗯，还行，蛮好的。"那个夜晚，辛追把脑袋凑近母亲，像种子希望钻出一个可以让自己安心扎根的暖热的洞。

"你姑妈——我们是真要谢谢她的，我们欠她的实在太多了，唉……节假日都不知道该怎么跟你姑妈联系，一条短信改个五六遍还是说不到点子上。"

"爸爸现在怎么样？之前提到的，别人介绍的医生去看了吗？"

"还没去。多少觉得不可靠。你知道，你爸再折腾一下就真怕受不了了。"

"嗯。"

"他眼下么，不发作还行，发作起来就痛得厉害。不过你别担心，已经比之前好很多了。"

辛追听得出哪些是安慰的虚词，望着房顶不说话。

"总之我照看得过来，有时候毛头也来帮手，上回你爸就是他背去医院的。"

"要不我还是跟你们住吧。"

"这算什么话。"辛追母亲立刻否决掉，"你现在才二十出头，跟我们去乡下打算干什么？会有好日子过么？会有前途么？你眼光那么短浅？"

"可是，妈，这哪是眼光短浅不短浅的问题呢？……我想为家里出点力，留在这里什么忙也帮不上……"

"你回来就算得上帮忙了？给你爸喂水喂饭就算得上帮忙了？家里现在最缺的是少个人端茶递碗吗？最缺的是这个吗？怎么还那么天真呢？我和你爸是没办法，我们是在这里生活不下去才走的，你怎么连最基本的这点也不懂呢？"

"……可是，妈……我想和你们一起住，难道不行么？"

"当然不行。"身边传来断然的回答令辛追措手不及，"以前就说好的，好不容易你姑妈能接纳你住下来，你就给我待在这儿，安心工作，然后抓紧进修，把本科文凭拿到手。现在你就打退堂鼓了吗？家里的事根本不用你操心。你爸不缺你到他床头做个百无一用的孝女，我和他，我们只要你将来有出息，这样我们家才能有希望。"

辛追觉得胸腔积满酸楚，它们像挤破的调味包，连呼吸也被染得斑斑驳驳。她撑着眼睛，漆黑的视界却在这时放弃了落井下石，转变成一种温柔的语言催化她的泪腺。

"妈妈知道你这阵不好过，妈妈也不会再说什么……"辛追听到母亲的声音再度响起，如同一个简陋的饺子，煮久了还是露出点馅料，"但你也不能因此就想一走了之，这样不好……"

辛追把脸埋在被子下："我没有想……"

母亲所指的还是女儿那次并不顺利的分手，她虽然远离在外，手里的风筝线还是感到了一次猝不及防的坠落，她敏感地给女儿打电话，可辛追那些天仿佛被沙网过滤，脑海里找不出大颗点的词语。她不愿意对母亲痛哭，一个句子隐去大部分内容后只留下两三个字。

"妈，别问了，你别问了……"辛追用肩膀或手肘轮流按住话筒，用力得仿佛抓着一个打到极限的方向盘，可眼泪已经昭告着决堤的信息，在她的衣襟前聚出一片开了洞似的印迹，而她就如同从这些瘀斑开始溃烂的一颗苹果，躲在角落里要将自己长出霉变的菌来。到了第二天，楼上更是加入电钻的伴奏，一副欲争高下的惊天动地，只有它突然停歇的时候，辛追才被刹那安静的周遭提醒着察觉自己的哭腔。她甚至一瞬吃惊于自己原来也可以拥有失控的音量。像支疯狂的笔，将原先细致的描摹完全破坏，毁成一张漆黑的纸。

要消化所有不被身体和意志所接受的改变，过程漫长而煎熬。好在每天还能发生大大小小的杂事，自己改上夜班了，门前的烧烤涨价了，表妹放假回来了，姑妈全家一起去杭州玩三天，最后当楼上的装修也终于宣告了结束，一串鞭炮喜洋洋地在草地上合奏几分钟后，新生活的篇章是从辛追头顶那块水泥板上展开的。

那么自己或许也能抓住这个暗示般的信号，在被人问起时，淡然地回答："是啊，谈了五年，但彼此觉得不合适，所以都结束了。"

"你还年轻嘛。"从课间休息中出来倒茶的崔洛川凑着杯沿喝一口，"这事迟早会经历一两次的。"

"多么七老八十的口吻啊。"辛追笑他。

"说得对，瞧我连喝水都怕烫。"一边说一边朝杯子里频频吹气，随后瞥见外教探出头比画休息结束，崔洛川放下腿，对辛追表示，"走了。"

辛追动动脑袋没发声。

她是在公司电脑内登记的学员资料里查到崔洛川的名字的。既然对方接连请了她三天奶茶，到第三次辛追便发觉似乎在"谢谢"前加个称呼更合适。同时跟在崔洛川名字后跳出的一行身份证号码也额外交代原来他今年三十五，比辛追年长了一轮。当初第一印象里所谓的"年轻白领"看来完全是建立在外表上所妄断的结论。

"这话太伤人了。"当彼此变得相对熟悉后，崔洛川曾经对此表示强烈不满。

"我的意思是你看着还是很年轻，跟二十几岁没两样。"

"越描越黑，越描越黑。"崔洛川摇着头慢慢笑，声音很温和，但似乎是一贯的作风，他那双细长的眼睛闪着不能用同类词语形容的光。

晚上九点半，辛追老规矩地锁了公司大门后离开，停在草坪上的一辆车朝她嘟嘟按着喇叭。辛追有些奇怪："哎？"随后她认出驾驶座上崔洛川的脸，"……你今天？"

"今天开车来的。"学校开在闹市区，停车难的问题辛追也曾听其他人抱怨过，"你家在哪个方向？送你一段。"

"……啊？"辛追犹豫着。

"哪个方向？"

"……我，南杨区的。"

"还真顺路，送你一段吧。"崔洛川打开靠她一侧的车门。

"是么……"

"嗯，正好要去那边办点事。"

对方没有细说，辛追却对"办点事"这三个太常用的笼统字眼并不信任："不麻烦了，不用了，真的，我换车回家很方便。"

"你要觉得不合适，我可以收你车钱，但到最后我会说没有零找，让你先留着下次再还我……但不觉得这样太烦琐了吗？"

辛追笑起来："那好吧。谢谢。"她取下围巾坐进副驾驶拉下保险带。在最初十几分钟没有对话的状况下，她全心全意对待手里那条从网络上购买的围巾，反复折来折去好像是项无限重要的事业。

"南杨区的话，挺远吧，平日里上班。"

"嗯，不算近。"

"但是每天这么晚回家，父母肯定挺担心吧。女儿不能回家一起吃饭，家长会心疼的。"

"……他们习惯了……"辛追觉得自己不算扯谎。

姑妈把表妹当成一块蛋糕，而母爱的目光就在上面挤满了一圈圈饱胀的奶油花，堆放不下她四溢的宠爱。表妹抵达的那天是周末，连姑父也从新加坡赶了回来。辛追推开房门时，表妹坐在沙发上吃着一盒冬天里相对减产的草莓，姑父在左侧，一边埋怨"懒成这样"，一边替女儿逐个摘去叶头，手心里攥了一把绿。姑妈则端着昨天熬成的粥，见辛追站着，顺便招呼她："饿了吗？给你也盛一碗吧。"

辛追看见表妹巨大的行李箱躺在房门后，五颜六色的衣服宛如盆花一样生长出来："啊……不用，我吃过了，刚刚，就之前。"她退到客厅一角，不自觉地在背后握起手，朝房间里的亲戚们觑着一副礼貌的微笑，却多多少少，好像放置在灯具市场里的某一盏小廊灯，她自身的光在这个更宏大的明媚中间完全无足轻重。

可这份局促对辛追来说却是毫不陌生的。她想起早在读初中时自己曾有过一辆老旧的男式自行车，黑色坐垫已经被磨得发白，永远有暴露的海绵露在外面，掉漆之类更是不在话下，于是在花花绿绿的车棚里醒目得仿佛文学名著中丑陋的敲钟人——对其他女生来说没准是避之不及的东西，可辛追安之若素地骑到了毕业。

"你算是上夜班的吧？白天做什么呢？"崔洛川与她的闲聊还在继续。

"嗯？"辛追想了想，"白天？睡觉吧。还真不知道在做什么。"

"呵，也对。"

"嗯，过得特别没出息……"辛追用指腹戳着自己的颧骨。

"真有趣。"崔洛川不明就里，只当她是无谓地发牢骚，"大家都是混日子罢了。"

辛追回过笑："你在哪儿上班？"

"一个老美的保险公司。"

"挺好的欸。"

"小姐，有'老美'两个字就算好呀，那你还是在'国际语言'培训机构里上班呢。"

"不是一回事啊。"

崔洛川没有接话，打开远光灯照亮路牌："下个路口大转还是小转？"

"大转，拐过去就到了。"辛追展开围巾重新系回脖子上，"今天真是谢谢你了。"

"别这么说，顺路的事。"崔洛川将车停下，"对了，刚才过来的路上看见一家不错的日本料理店，下礼拜天有空么，我请你。"

他的语气完全直白坦率，仿佛这不是追求而是公事公办的邀约。辛追原本按着车门开关的手指握了起来，重新抓住胸口的围巾，她相信连自己脸上的表情也比对方丰富数倍："……谢谢，但我礼拜天没有时间……"

"这样啊，那改天好了。"崔洛川貌似并不受挫，他洒脱地同辛追道别，"回去注意安全。"语气间的波澜不惊反而让女生质疑起了自己，辛追一直站到那两束车灯消失，等听到手机在口袋里发出铃声，她仓促地回神。

"妈？嗯……对，姑父姑妈带婷婷去杭州了。"辛追一边往家走一边说，"啊，我昨天发了工资，钱给你们汇过去了，你记得去查一下。知道啦，生活费我当然会留着，不然我吃什么哦。"先前降温引得她嘴角裂了口子，所以辛追这次没有额外费神往里掺些假笑。更别提这次的谎撒得格外弥天，补习学校的工资这个月晚发了近五天，辛追害怕母亲担心，用自己攒的那笔够不上"积蓄"边的数字先冒充了，也冒充自己一切安好的样子。

☄

【 "我的第一反应是" 】

辛追的工资原本也不高，转正后刚过三千，但她在拿到第一笔收入后全身充溢着喜悦，刚走出财务室便打通了母亲的电话，美滋滋地要和对方分享。电话里她踌躇满志的："给你们寄两千五吧，剩下的我足够了——要不寄给你们两千六？"

而辛追母亲同样知足，好像她们齐聚在一方小小的井口里，已经够到了那巴掌大的天空："好啊，好啊，现在你也赚钱了，又帮家里分担了困难，你爸爸知道也高兴呢，不过读书的事别忘了啊，别光顾着赚钱忘了读书啊——话说回来，你自己留的钱真的够吗，交通费什么的还是很厉害的吧？"

"好啦，你不用担心，交通费我用不了多少的，我最近新发现一条公交线，连地铁也省了。是啊是啊，所以，钱我够用的。读书的事情你也不用操心，一开学我就会去念的。"辛追右手探在衣服口袋里，从信封中重复着对这个字的直观认识。钱币纸张有肌理，除此以外，是经过无数次流传后，在人群的摩挲中被赋予的一层仿佛油蜡般的滑腻感。从小听大人教育说"钞票上都是细菌"，辛追不怀疑这一点，但当她用自己的手指和以亿计的细菌接触过后，心里有反感吗，知道是脏的，却没有担忧和反感啊，"这大概就是'钱'了吧"。

可惜那天就和当时的男友发生了争吵。对方自然出于好意，直怪她"给自己留的太少了，一个月怎么够呢"。

"为什么不够？我晚上上班时你还会送我，车费也又省了一笔啊。"

"可我也做不到每天都来送啊。月初才被现在的公司录用，昨天就被上头暗示怎么就我每天第一个下班……说不过去的。"

"到点就下班，这个很正常吧？你又没有提前，他们有什么好责备的呢？"

"……你不明白。算了。"男友举手似乎要推平眉心的山纹，"我是说，你别太苦着自己了。"

"……你又不是不知道我家的情况……我不苦自己还能怎么办呢？"

"每次你都这么说……"

"可我有说错吗？我又不像你，回家可以随便开空调，要开也得十点后。问问你这种少爷，知不知道现在十点后的电费有半价优惠？一来一去能差四五十块钱。这你知道吗？才不知道吧？你空调想几点开就几点开，电视想几点开就几点开，你根本就不能体会。"辛追将目光扭向一旁，将抱怨淋漓尽致地画在她的颈线上，果然不出秒，她惯例般地被重新搂了回去。男友的下巴在她头顶的发际里缓慢地犁。他不说话，却足以把无奈和不忍逐字逐句碾进辛追的身体。辛追低低垂着头，仿佛在后脑勺上依然生着气，可只有她自己明白，犹如从笼子脱逃的小蛇，她胸腔里早就甜蜜地游走出一条粼粼的路。

她伸出右手交握住男友的左手，像拉链那样每个指窝都严密地缝合起来。辛追知道自己的眼睛里饱含着富足的水分，让它们怎样也甩不掉那些矫情的"脉脉"和"盈盈"。她就用这对词语从一旁的玻璃反光上羞赧地看一眼。

那一阵子，她被迫与父母分开，借宿亲戚篱下，在一个不大不小的机构找到一份前台的工作，比草芥凡尘更加迅速而碌碌地隐没在世界中，可她赚到了人生首份工资，母亲也为此高兴，话筒那头传来由这份细小的进步催生出的长长一口舒气，还有，每次出现都会引来同事们一阵骚动的、挺拔而英俊的男生，是她的男友。上帝或许是给她关了所有的门，但留下的那扇打开的窗，却恩宠地敞露了全部的光亮。

沿着楼梯爬上四楼，哪怕搬来良久了，昏暗中辛追仍然很难找到锁孔，姑妈还曾开玩笑说门锁上都是辛追用钥匙尖划出的刮痕。

姑妈人确实好，作为家族里站在经济上层的人家，反倒没有寻常的警觉和冷漠，综合收入给了她足够的底气做一个既能相敬如宾也能雪中送炭的最好的亲戚。在辛追记忆里，姑妈大大小小的施舍已然很丰富。数年前辛追家出了事故欠下巨债，那天辛追放学回家，也是久违地见到姑妈坐在饭桌边，一旁辛追父亲诺诺地站着。不消解释，辛追也知道姑妈此番出现的意义，哪怕日后会被姑妈当成毒疮般看待，但辛追由着自己像父母一样——一半的身体是缩着的，一半却又硬着，在脖颈上硬着，在眼神里硬着，明知道自己是什么立场，却不由得在姿势里延伸出一份无赖。那是"任你怎么说都行，但请借我们钱"的无赖。一如濒临溺死的落水者，什么都无法让他们放弃求生的姿势，不管那姿势有多么低劣和不雅。辛追就这样脖颈硬硬地给姑妈倒上茶，看茶杯握柄如何被姑妈转来转去。无论站着还是坐着，姑妈都是高他们一头的。她的声音从高处响起——

"这十二万块借条你可以打，但说白了，我根本不指望你们还。这句话除了我心里有，其实你心里也有吧，所以不用藏着掖着了，干脆说出来比较好。"随后蜻蜓点水地掠辛追一眼，又回到辛追父亲身上，"你现在又没收入来源，再加上女儿还要读书，什么时候能帮你赚回本来还根本没个头绪。都穷得叮当响了，我就是再逼你，没钱就是没钱对吧。"

可当时的自己不明白啊，姑妈貌似盛气凌人的措辞下涵盖了足够的体恤。辛追只是将目光小心翼翼地移向父亲，她眼神楚楚可怜几近告解，全因为姑妈的那句话——"你女儿什么时候才能帮你把本赚回来？"辛追当时只有十六七岁，倒也明白什么叫对家庭缺乏贡献。有很长一段时间她交换穿两双白袜子，最后它们被洗成淡黄色，束口的橡皮筋也松脱了，走不了多久，便落拓地滑过她一半的脚掌。她大可以不满足，大可以黯然了伤心了觉得受到了虐待，期待换上和同班其他女生一样，来自香港，来自台湾的条纹图案、樱桃图案的款式——回家后看见自己的父亲穿着拖鞋，一双藏青色涤纶袜，大脚趾顶端破了洞后，露出一片灰褐色的指甲，辛追曾经问"怎么办呢"，父亲笑呵呵地说"换个脚穿就行了，洞眼换到小脚趾上就不那么难受了"，果然下一次大脚趾消失了，取而代之的是一个萎塌在父亲小脚趾上的布团——这样的事情不用太多次，女生也知道自己根本没有羡慕和向往的情感，更没有黯然和伤心的底气，它们太高和远，而她不具备类似的条件。她喝母亲在菜场门口买的袋装牛奶也认为不错，几件内衣外衣在里层藏着文静的同色补丁，辛追倒也任由这些质地不同的布料携手替她御一御寒。等赚了工资，她总算成了可以"贡献"的人，省出大部分收入去支援父母，里面也包括偿还欠姑妈的钱。当然她那点收入扔进债务，石头在深井里响个"扑通"似的就没了，可以想见填平的用时会有多么无力的长。可母亲说得没错，他们亏欠姑妈太多，多得已经有些危险，搞不好就得了"虱子多了不觉痒"的病，所以无论如何，不能让自己在这些亏欠里麻木下去，明知九牛一毛，也要一毛一毛地攒。辛追很清楚，每个月省下的仅仅是用来买一点自己和家人的地位，表示他们还没有被击垮成彻底的无耻，还守得住欠债还钱的天经地义。

虽然和丈夫女儿一起出门旅行了，但姑妈没有忘记寄宿的侄女，冰箱上贴着便条说有打包回家的牛肉蒸饺，"你要饿了就吃这个吧"。两室一厅在只剩辛追一个人的时候就让她感觉空落落的。表妹出现后辛追没有了"回房"这件事，在客厅里无所事事地站或坐。

她打开手机，有个陌生号码恰巧发来的消息："你好，我是崔洛川，这是我的号——不如存一下？"

辛追不知所措地在房间里踱起步子。她多少紧张着，面对这条摆明了追求预告的短信，仿佛小时候手滑摔碎了一只搪瓷饭碗，僵持在前几秒的慌神之中。

没等她思考更多，崔洛川的号码直接打来了电话。

"……喂……"

"喂，是我。崔洛川。"对方的呼吸里送出笑，"还没把我的号码存起来吧。"

"我刚刚才看到你的短信……"

"'刚刚'，哈哈，我知道。"

"有事吗？"

"也没什么大事。到家了？"

"嗯。对了，你怎么会拿到我的号码呢？"

"这个不难吧。况且我要为我的线人保密啊。"说得倒也没错，两人都在同一个地方进进出出的，"在做什么？"

辛追知道这个问题之后就很容易开展出一次耗时的闲谈："准备睡觉了。"

"这么早？现在才十点。"

"也不算早了……"女生握着手机，"今天还是要谢谢你送我回来。"

"别那么客气，放松点欸。你之前不也一直有人开车接送嘛。"

"哎？……"

"所以现在没有车接反而会不习惯吧？"

"……别这么说。没有这回事的。"

前天晚饭过后，姑父从行李中翻出一瓶从新加坡捎来的化妆品送给辛追。然而正面背面都是英文，辛追看不懂，去求教表妹。表妹一脸的笑容显然是没有从网络聊天中退尽，弯着一双眼睛看辛追："怎么啦？"

"哦……这个，婷婷你知道是什么，怎么用吗？"

表妹接过来粗略地看一遍："洗面奶啦。"

"是吗，洗面奶？"

"是啊。"

辛追回到卫生间，正是入睡前，她在镜子前小心地挤了一截出来，啫喱状的，合起手心打圈，却迟迟没有泡沫生成，哪怕涂到脸上，仍然满脸透明的黏稠。她有些惶恐，拿起包装又读一遍，除了最简单的几个介词，大段的说明依旧在她脸上严严实实地糊了起来。

她没有办法，再度找到表妹："好像不对……"

"什么？"表妹弯弯的眼睛在分辨出辛追的踌躇时不由分说地绷直了，"嗨！这个不是传统的洗面奶，是要用化妆棉沾了擦的。"

"啊？啊？这样啊？"

"你也太急着用了，我还没详细跟你说呢。"

"不是的……"辛追感觉一场发生在脸上的事故，它们渐渐地几乎要凝固起来，把这张尴尬又窘迫的面具烫在她的五官中间。

"对了对了，你最近会出去约会吗？等我从杭州回来好不好？"趁辛追在洗脸，表妹从她背后探出脑袋。

"哎？"辛追抓过毛巾。

"我回来后还没见过筱臣哥哥呢。"

"……没什么好看的。"

"怎么没什么好看？筱臣哥哥多帅啊。"表妹唯一对辛追投之以关注的就是她的恋情了。曾经小女孩看见辛追的手机桌面，花痴状地叫出一个高八度的音节来，好像谁一脚踩中了橡皮小鸭。

"不会了……"

"啊？什么？"

辛追觉得这个事实比自己想象的更加难以启齿，但她强迫自己说得轻松："我们俩已经分手了啊。"

表妹当即瞪大了眼睛："哎？！为什么？怎么了？你和筱臣哥哥？发生了什么啊？为什么会分手呢？为什么？你提出的吗？他提出的？为什么呢？怎么回事啊？"像一排缝纫机落下的整齐针脚，严严实实地追着她。

辛追好似也被这几个字缝合起来，有着挣脱不掉的宿命感。何止表妹呢，同事们、母亲，甚至她自己，每天在胸前走出一排细密的孔，然后一根红色的丝线穿梭，构成这个痛楚的问号。

"为什么呢？"自己其实也控制不住在最后询问对方的吧，"你哪里觉得不行呢？哪里不对吗……为什么呢？"她发觉原来泪腺是可以独立工作的，以至她还来不及感受到痛苦，但是眼泪可以自行积在下额上，"筱臣？……贝筱臣！"

"……我上个礼拜碰到了过去的……"贝筱臣顿了顿，"我们过去的同学。"

"啊？谁？怎么了吗？"

"……名字我想不起来了，反正是之前的高中同学。"贝筱臣笑得有些苦，"然后对方也问起了你。"

"……嗯？那是？出了什么事了吗？"

"他问我'辛追现在怎么样''还好么'。"贝筱臣重重地靠向车椅背，手撑住下巴将头扭向另一侧，因此似乎原有的后文就此被生生地阻挠了下来。

"所以呢……怎么样了？你说这个是什么意思呢？"

"没……不是……辛追，你自己意识到了么，今天，仅仅是刚才，你追着我问那顿饭最后付钱时，我有没有用优惠券，直到跟我生气了……"

"怎么了？不行吗？好歹是我专门下载后打印的啊。"

"不过二十块钱，有那么严重吗？"

"……你怎么这么说呢……二十块节约一下有什么不好呢？"

"……"辛追能感觉男友忍着一口很长的叹气，欲言和又止就在里面焦灼地拉锯了两个来回后，他朝辛追转过脸，辛追知道最后是欲言赢了，"节约没有错啊。"男友的声音像等不及晒干，被勉强穿在身上的湿衣服，凉得直达心底，"那又不是坏事。如果我手边有这份优惠券而故意不用，那肯定是不节约，但既然是无心的，忘记了，那性质就是不同的啊，你犯不着那么不愉快吧。"

"所以我不是也跟你说了吗，你不在乎这张优惠券本身——你会忘带，就说明了你没有节约的意识啊。像我的话，就绝对不会遗忘的。"

"停，暂停一下，别又绕到之前的话题上去了……这样不行……这样下去……和以前不一样了，我也不知道，怎么就和那时都不一样了。"贝筱臣把手指按在鼻梁两侧，"你知道么，我听见那个问题时，第一反应竟然不是'辛追她现在挺好'或者'她现在挺忙'，我的第一反应是……"

"什么？……你的第一反应是什么……"虽然强烈不安的预感早就堵在了辛追的喉咙口，可她挣扎着追问了下去。

"……"贝筱臣再度将自己放置进了沉默里。

"……你说呀，你觉得现在的我是什么样呢？你说啊！"她将手指深深地抓进自己的大腿里，像潜意识里知道台风将临的树，拼命地让根扎得越深越好，只为从之后摧枯拉朽的危机中存活。

"辛追……"贝筱臣深深地吸了一口气，"你不认为这段日子，自己过得太俗气了吗？"

答案好像不是由对方"说"出口的，而是一根从空中掉下的黄色稻草，停在骆驼的背上，刹那间整个沙漠摇摇欲坠。

自己的眼皮像是被什么野蛮地扯开着，使辛追在震惊甚至恐惧中说不出一个字来，而她觉得自己的电池已经完全耗尽了。她将停在此刻的姿势上，此刻的表情上，她的记忆也要终结在男友的最后一句话上了。

"不俗气吗？"

辛追父亲举着一张报纸，摊开在辛追面前时合出了一阵兴冲冲的风："乖乖，厉害吧？这个商店大手笔啊。"

女生读完两行硕大的广告字以及塞在角落里密密麻麻的详细说明，可就像他们的空间构成对比一样，再严苛烦冗占尽主动权的补充条款也没有毁去辛追被点燃的憧憬："真的？"

父女俩早晨六点赶到商场门前，一直等到十点，被人群顶进了玻璃大门。辛追跑得再快，跑得几乎跟跄，也无从考虑姿势是否优美，可到了四楼西侧的服务台，仍旧远远地落在许多人身后。原来有许多人举着手里的宣传海报，对满头大汗的工作人员捶起桌子："我当然是前五名！谁说我不是？""自行车你们给不给？给不给？""这个情况你们要给个交代！""我们从早上六点就开始排队了！""我五点来了！""我三点半就来了！"

等父亲气喘吁吁地赶到，局势已经失控了，陷于混乱的人流把辛追挤在角落。而她捏在手心的印花被汗渗透，图案甚至要留在女生的虎口上。

上面写着什么呢。一行镜像的彩色字："年终送礼""凡前五名客人""免费获得""自行车一辆"。

辛追握着拳头，让自己不要那么迅速地红了眼眶，她咬定了哪怕一丝哭腔也是失败的预兆。但怎么办呢，怎么办呢？现场有几百人，自行车只有五辆而已，轮得到她吗，轮得到自己吗？辛追在人群外围找到频繁穿梭的父亲，他眉心间常年不退的沟壑似乎模拟着前路之难，随后他朝辛追一点头，眨眼便消失了。原来父亲抄到商场顶层，找到门店经理，哪怕当其他人都纷纷散去后，辛追父亲纠缠着对方一直游说到夜晚，终于父女俩带着胜利的消息打道回府。门店经理嘴上说着感动于你们的"精神可嘉"，但目光里是彻彻底底唾弃这父女二人的"死缠烂打"。"不就是一辆自行车么。"坐在转椅上的经理连尝试去理解的意图也没有。可辛追不必理会这些，她坐在印着商场名字的黄色自行车后座上，开心地甩着腿。

"我前面还担心会无功而返呢。"

"那怎么行，我们等得那么辛苦，当然不能放弃。"

"嗯。还好没走啊。"

"是啊，你看其他人，看看没什么希望就回去了。"

辛追和父亲互相补充着一些类似"有志者事竟成"的渲染，好像两人都隐约明白就是依赖了这样的说法，让新添的自行车加了太多分，一下就从门店经理的不屑中摆脱了出来，冠上他们自己定义的胜利与骄傲。

"你明天就骑这辆新车去学校吧。"

"好啊好啊。"她圈起胳膊搂住父亲，蹭着一脸的满足和疲劳。

第二天辛追起得还早一些，梳了头，又把昨天已经收拾好的书包重新拿进拿出一次，她喝牛奶的速度有点快，手背从嘴角一擦，把等待了一晚后的笑容也擦了出来。辛追和父母道了别，从楼梯拐角搬了自行车到外头。她甩腿坐上去，接近一个上坡，忍不住俯下身，脚踏板蹬得意气风发。因为联想到了那些电视上的广告，她像所有十六岁女生容易产生的幻想一样，让自己悄悄进入一颗虚拟的镜头里，光线是好的光线，风也是适合的风，从她额头冒出的细密的汗带着年轻化的粉色，路人们果然都很匆忙，无暇顾及一辆稍显特别的自行车在马路上踩得全是兴奋。

但有个声音从不远处招呼了过来，叫着辛追的名字。辛追赶不及回头，一辆载了人的自行车靠近了，前头那个算是陌生，呼哧呼哧喘着气，支着腿坐在后座上的那个则朝辛追比出个拇指："好拉风的车啊！"上面迎风招摇的就是男生的笑。贝筱臣在车后座上摆尾似的一动，前头的朋友车把就不受控制地歪出去，惹出连篇的抱怨。一前一后的，车轮胎走出彻底歪歪扭扭的一条线。

倒是没有放下的手，仍然笔直地举着，超过辛追了，仍然举得坦白又明朗。很不谙世事的坦白和明朗。

Chapter . 02 / 第二章

〖 "当然记得啊" 〗
〖 "你会更觉得我绝情吗" 〗
〖 "这家人感情真好呀" 〗
〖 "你不能仍然跟过去一样" 〗

所以有人说十六七岁是没有时间概念的，
这话一点都没错。时间犹如不存在，
它好像是一个巨大又阴暗的阴谋，静默地隐去了自己存在的气息，
把所有人迷惑了之后，才在日后露出流水落花的真面目。

【 "当然记得啊" 】

　　贝筱臣算不太清楚和辛追认识了有多久。当中疏密不均地出现了"聚"与"离"的几段，两人的关系一变再变，邻居，搬走的邻居，重逢后成了校友，凑在一起让他看得满头烦闷，于是男生一股脑地端起来，不管中间如何，他从源头开始算。

　　依赖一个倒叙的镜头，朝日降成夕阳，雨水把落叶重新续上树梢，小路变成脚印，高挑的人影仿佛被抽走了编织的线，一圈圈地缩小——

　　那天，十三岁的贝筱臣由父母领着，下了车，楼梯必须两级两级地跳，忍着不愿喘气，原本晒黑的脸由此热腾腾地红起来。

　　他倒是习惯了"搬家"这件事。还处在奋斗阶段的双亲，下棋般为实现目标步步为营地挪了五六次。难怪他小小年纪便称得上交友广阔，这回也一如既往，笑容早在搬家车边已经犹如名片似的开始派，路过的新邻居们就此停了下来，问一声"你们从哪儿来啊"，问一声"小朋友现在读几年级啊"，很快让贝筱臣一家知道了附近的小菜场不便宜，要去远一点的市集，最近的银行在前面转弯，以及"喏，那边是公共浴室"。在每家每户都普及了淋浴房或白瓷浴缸的现在，从没有进过澡堂的贝筱臣更好奇着那块贴有"辛勤浴室"纸案的玻璃门。

他聚精会神地凝视，脑门在玻璃上压出一个小男孩放学后热乎乎油汪汪的印子。等父母喊他回去时，一条摇着尾巴的黄色小狗从不知哪里跑出来，紧接着有个年纪与自己相仿的女孩跟在小狗的后面。那画面非常普通，随便哪天随便哪个城市随便哪条街上，随手一剪都是这样日常市井的画面，让小时候的贝筱臣不会察觉有丝毫特色，只留待他在未来里一点点重温出什么叫"源头"。

"什么人会来这里洗澡哪？"是还挂着一脸"小屁孩"标签的男生对辛追说的第一句话。

坐在自家柜台后的辛追从杂志上抬头，看着这张陌生面孔。对方的话很容易就能被理解成一句带有嘲讽性质的反问，尽管脸上没有匹配的表情来印证。

"你想干吗？"还是没有好气地回答了他。

其实辛追已经注意到了，最近出现在街边的小团体里多出一个成员，小店外拆剥冷饮包装的固定人群里多出一张面孔，拿一台旧手机称霸多时的孩子王也乖乖让了位，当贝筱臣把 NDSL（便携式掌上游戏机）扔给一阵欢呼的其他人，凑近辛追和她养的小狗时，辛追总算看清那个刚搬来的家伙有一双爱飞舞的眉毛。

"它叫什么名字？"贝筱臣问。

这次没有生硬地回绝。"叫球球。"辛追说。

"球球啊……"丝毫没有害怕被咬到的迟疑，蹲下来伸出手去摸，接着又抬头，"男的？"

"女的。"

"哦是吗？球球呀。"语气竟然奇怪地变得更温柔。

打那天起，贝筱臣便踏破辛追之前无意画出的界限，像是发现了讨巧的方式，每每都停在辛追视线里，却是冲球球招呼着，手里变花样似的换了一轮牛肉丝鸡肉干，球球尾巴摇得欢欣鼓舞，跑得更是一溜烟，带头把属于小主人的三八线抹杀了，之后干脆绕着男生的腿，一圈圈转成了热烈欢迎，让贝筱臣就这样合情合理地被欢迎了进来。

说是"邻居"，但事实上他们躲过了更深的"朋友"，只因不好意思用，在那个年纪里看这个词语，尤其是面对面时，立刻像碰到烫手的锅盖一般瞬间缩走，嫌它装腔作势。明明不记得从哪天开始，连固定外出的队列也有了——打头的贝筱臣，中间是辛追养的小狗，女生走在第三个。回来时则倒一倒，辛追领衔，贝筱臣拖着步子殿在最后。哆来咪，咪来哆似的歌，中间夹杂两声球球的汪汪叫，唱得一天就过去了。而他们把这样的"邻居"做了快两年。

大大咧咧的男生常常胡来，和他的小团体们比赛谁能"踩着"泡沫塑料在泳池里走得最远，没多久泳池加派了两位救生员，接着捣蛋鬼们又测试把自行车轮胎的气都放光的话，可以骑多少台阶，后来听说有人屁股三天都不能落座，差不多到开始打扰四邻的时候了，有男孩提议把街上的门面涂改掉吧。

"什么意思啊？"贝筱臣问。

"就好比，喏……"队友指着辛追家的大门，"'辛勤浴室'那几个字，改掉它呗！"

"改成什么？"

"随便。要么直接涂掉就好啦。"

"一点也不好玩——一点也没意思——"贝筱臣一屁股蹲成失望异

常的样子，嘴里的不屑放得很长，待对方被激将后反问那他有什么主意啊，贝筱臣才把头掉个方向，将目标锁定到倒霉的"娸美小铺"上。等辛追看见小铺的女老板叉着腰在"真土小铺"的牌子下大骂，她想也没想就对站在身后的贝筱臣说"你们好无聊呀"。贝筱臣一边把肩膀缩成虚心接受，坚决不改的真诚，一边把自己的午饭分了三分之二出来说是给球球吃。

"不用的。"辛追很强硬地拒绝，"这东西不能给它吃。"

"为什么啊？"

"它吃这么好的东西反而会不适应的，胃口养刁了怎么办？"

"不懂不懂，给它吃好的反而还不对啊？不懂不懂。"贝筱臣蹲下身将小狗抱起来，"再说了，球球的寿命只有十二三年哦，将来我一定会有丧子之痛的，得抓紧时间把它喂好一点。"

"'丧子之痛'？什么呀？"

"就是孩子先死掉，做父母的很痛苦。"贝筱臣把昨天新闻里的话题拿来充实自己的词汇量。

"……乱讲什么啊！"辛追两颊一瞬红了，"什么'父母'啊！"

"啊？"贝筱臣用全然不解的声调，"就是爸妈呗。"

辛追急得恨不得去打他的头，可看也知道自己还差半口气够不到，她下意识想等一等，等到以后身高追上这个坏东西后就照他额头狠狠敲一下，但没等这天到来，一辆搬家车几乎以一模一样的车型，一模一样的位置，停在了贝筱臣家门前。贝筱臣的父亲实现了又一次的伟大突进，新名片的材料挺括得割手，烘托着头衔一股掌握生杀大权的豪气。但他留给老邻居们的形象还是和蔼可亲的，邻居们都说贝先生真厉害啊，才过两年就要将全家带到更加漂亮的居所里去了。邻居们把手挥得各种情绪，羡慕祝福，或是一丝嫉妒，围着车头的是片高高低低的小树林。贝先生从窗口连声往外说有空下次来我家玩啊热烈欢迎，车上车下大概只有贝筱臣一个人当真了。他被父母夹在中间，于是只能从后视镜里竭尽全力地看，想把最后的这封邀请在折射反射里送出去，结果当然是利落的失败，搬家车在发动时一阵突突地颤抖，等过了路口，两边的景色绷成越来越直的线，贝筱臣知道和辛追的关联就此中断，他们被断成了"小时候的朋友"。这个词从此他可以大大方方地用，再装腔作势，再肉麻也没有关系。就算日后重逢时他已经脱胎于孩童时草率的稚嫩，但脸上的笑容仍然瞬间便找回了这个称呼里所有的友善和天真。他笑得如同再亲切不过的"小时候的朋友"，朝同样是"小时候的朋友"的辛追踏出步子去。

要回忆之后两人的重逢——谁也不免在下意识里将场面隆重化一点，有前奏有烘托，踏出步子前有倒计时般的"五""四""三""二"，然后是面对面时一秒归零的静止，这都算合理的铺陈，被人之常情渲染得不可开交。只不过贝筱臣每次回想那一天，原本留给他的铺垫配额，却被他自己也不明就里地大幅度提前——和辛追的重逢是早早地，打他坐着的地铁里揭幕。

已经升入了高二，十七岁的男生在周末晃晃荡荡的地铁车厢里头一顿一顿，睡意始终如同起床后穿到一半的外套，兜头罩住他的半身。车到一站，他揉着发顶，才从意识里稍做挣扎，懒散地睁开眼睛。

贝筱臣收了点瞳孔，雾蒙蒙地眯着看向对面，发现座椅的角落放着一碗出自便利店的熬点。

还冒着热气。两根竹签长长地扎着。整条长凳用一溜的空交代了它"弃物"的属性。

"谁扔在那里的？……"在没有其他人的时候，整个车厢用空旷圈出隐形的小舞台。于是纸碗成了道具，被男生的目光专注地追着——

车门打开，三三两两的乘客中有位五十多岁的大叔径直走来，所有意图在快步中被踏出明确的声响。他放下原先拿在手里的厚厚的待售报纸，拿起了纸碗后，转身面对贝筱臣落了座。

显然是很高兴，对于自己的收获，因而根本无惧可能不妥的食物来源，大叔嘴动得没有半分尴尬和踌躇，途中甚至用眼神寻找着四周，俨然在等待有人可以交流此刻的满足。

于是贝筱臣毫不介意地冲他笑了起来。和所有青春期的少年一样，亮着一口好牙，心无城府的样子，笑是因为替对方觉得高兴。末了大叔大约吃得热了起来，摘了头上的帽子，被捂了许久的热气快要形成肉眼可见的阵仗，噔一下释放得彻底，大叔在头顶捋出两圈汗淋淋的圆，放下连汤也饮尽的纸碗，手撑着双膝，松一松腰又扳一扳肩，最后他呼出一口气，象征休息结束，把自己从椅子上撑站起来，帽子爽快地夹在腋下，重新拿起成堆的报纸。贝筱臣以为不是自己的错觉，大叔的动作流畅了许多，推销的报纸哪怕遭遇接二连三的拒绝后，背影也没有丝毫消沉的样子。

临出车门前贝筱臣突然倒回上半身，从椅子上捞起已经空空如也的纸碗，男生把它带到了站台的垃圾桶边，他情绪还是一如既往地好，并没有细究那来自潜意识里无声的肯定——"不是挺不错的吗。"

"挺好的啊。"他发自肺腑地想。

"妈，我出地铁了。什么？哦，这是我问陌生人借的电话，我的手机忘记带啦——哎，好，停！先别念，总之我已经到站了。"贝筱臣撑着站台边的栏杆，"没有问题，肯定不会迟到。说了下午三点开始嘛。反倒是你和老爸，去得那么早。葬礼欸，又不是赶集，舅公即便是睡着也会嫌你们吵吧——啊啊啊，好啦，我这可不是不孝，我还给舅公带了他生前最爱吃的三丁包，他在天之灵一定开心……嗯，行，行，我十五分钟后能到吧，不多说了，拜啦。"

贝筱臣将脸从话筒上移开，一旁举着手机的女孩仍然保持姿势像处在霜冻末期的植物，只把满心羞涩融在顶端。

"谢谢。"男生礼貌地点头，旋即又展开热诚的微笑，"我提议的这个方法不错吧？完全不用担心我会是抢夺手机的骗子哦？"

"……不，不会啦，其实我没有怀疑……"女孩子连忙解释。

"其实以后有人管你借手机，你也可以这样要求，根本不需要接触嘛。毕竟现在骗子太多，小心点总是好的。今天谢谢啦，拜！"他画出告别的动作如同被理发师合上的剪刀。

十七岁的时候，他看起来什么都比之前更好，晨跑裤腿挽到膝盖的好，睡觉时将校服西装向前反扣到头上的好，拿手绝技是坐在教室窗口倒翻出去的好，表情里百分之七十和"笑"有关的好。好得像拔起啤酒拉环后冒出的小丛透明泡沫的姿态。用同班男生满是忌妒的诅咒说，把天时地利人和都占尽的好运是不存在的，今天受欢迎的程度必须要有晚年的凄凉来平衡，或者干脆更直白点，"贝筱臣，你去吃大便吧！"这话让贝筱臣听见后像个被戳破在手指上的泡泡糖，"啪"一声，笑容放得很大："不是你跟我说它很难吃的嘛。"

他可以再洒脱一点自在一点，以至人生大敌里，排行第一的还是起床。午后父母轮流打来电话，催他去参加一个远亲长辈的葬礼，他把自己半梦半醒地穿越了整个城市去往举办仪式的会场。初春的傍晚，湿共鸣了阴冷，云深处藏着蠢蠢欲动的雷，还没有传递过来时，一切像首只有小提琴演奏的曲子，一个长长的音符挥动着翅膀般逆风飞。

告别仪式时被压缩释放的悲痛大概是挤尽了最后一滴，到了后面的环节便没有半点富余，庞大的家族人群把附近的饭厅坐得满满当当，第一轮酒水上来后，气氛干脆升级为热热闹闹。原本也是，故去的长辈将近九十高龄，而这是个如眼前所见一般的庞大家族，再加上长辈生前工作单位的代表们、徒弟们，退休后在一块活动的协会成员们，一个圈子连着一个圈子，每一个圈子都具象出长辈那一连串这个"长"那个"长"的头衔。场面便丝毫不像初次参加葬礼的贝筱臣想象中凄切了，大家连连说着"喜丧"。贝筱臣被亲或疏的面孔一会儿推到这里，一会儿推到那里。直到一只原本陈列在灵堂的花圈被摆到室外的空地上后打火点着，原先仿佛无止境的聊天才告下一个段落。

"这是什么啊？"贝筱臣问父母——黄昏时的过堂风帮助火苗迅速推进，舔出局部的燥热。尘屑纷纷扬散，黑色颗粒染进空气。白色的绢纸和金色的箔花发出噼噼啪啪的声响。对此风俗，长辈们给来的解释只粗浅地说"从上面跳过去就行了"，贝筱臣听完后翻翻眼睛"明明是'跨'过去嘛"。他不仅将动作篡改，甚至能加个状语"轻描淡写地"。火苗够不着他的裤腿，气愤似的越烧越旺。男生回过头，对面的人群在上升气流中轻微地被扭曲。

很快，好像掏口袋时带出里面的钥匙掉在地上那样，一声细小的"叮"——贝筱臣注意到人群中的某一个，有着微妙违和感的某一个。他无意识地上前半步。

半步上前，燃烧的黄白纸花更近了，竹木的骨架如同挨着他的脸嘎嘣作响，挽联上的字化作了灰烬，迷眼的烟也顺便捣在他的呼吸里……贝筱臣一步步把它们剥开，让"认清"成为一道渐进的过程——

"……哎……真的假的！辛追？是辛追吗？"男生亮开惊喜的嗓门。

合是两年，分也是两年，分开两年后，会面来得毫无征兆，贝筱臣恍惚觉得，好像先有的一段一段，再有的一帧一帧，最后有了一隙的听觉推动着他，一隙的触觉干扰着他，一隙的视觉里，他在那儿确定没错，是小时候的朋友，叫辛追，是童年的邻居、女孩，比自己小一岁，养过一条小狗，家里开着所大多由老年客人光顾的、不那么热闹的公共浴室。

他知道自己在当下没有补充那么多有的没的，他仅仅激动地朝辛追走去，两三步就沾到了她："真的是你？哎，怎么我才看见你呀？"

"啊，呵——好多年不见了。"辛追的意外感似乎淡得多。

"为什么呀？辛追欸！为什么你也来我舅公的葬礼了呢？……你一个人，还是叔叔阿姨也来了？"贝筱臣四下张望，脖子转得满是生长期中，每块骨头都在互相争夺空间的性感，"你现在在哪儿读书呢？该读高一是吧？我读高二的话，对。你在哪个学校呢？"

"你到底想我回答哪个问题呀。连珠炮似的，好八卦哦。"

"啊，看到叔叔和阿姨了……什么，哪里八卦啊。"贝筱臣不以为意，心里的惊喜在互相兑了数分钟后，渐渐退去了"惊"而只剩下"喜"来，"说真的怎么你也会来呀。原来你和我舅公也是认识的吗？是叔叔或者阿姨那边吗？"

"原来是警察叔叔查户口。"辛追忍不住，"回复警察叔叔，好像是我妈妈那边，算是和你舅公认识。"

"咦，之前都没听说呢，世界那么小？"

"世界一直都是很小的啊。"

"嘿嘿，我们多少年没见了？你倒还和几年前一样，没怎么变嘛。"

"你还记得我之前是什么样吗，就这样信口开河。"

"当然记得啊。"他语气里俨然有一丝委屈。

辛追呵呵地笑了，正一点视线，让自己的打量变得隆重起来，由此男生也在察觉她的隆重后站得更端正了一点。原来时间布局得多好，辛追想，匀称地让童年的玩伴长出了青春期的样貌。什么该是青春期的呢，把眼下的贝筱臣拓个印，他就是商标。辛追完全可以想象现在的男生成为高中里合情合理的风云人物，在学校食堂吃午饭时，再胆大的女生们也只能空出一个位子却又在外围紧密环绕着他，她们的目光没有直视，却尽数记录着男生的一举一动。于是他仰笑时的幅度是自然的，哪怕昨天在电脑前泡过了头以至今朝换上一副黑眼圈，也只让贝筱臣的眼窝看起来更深邃了一点。

"长高好多。"辛追举起手臂比出两人的差别。

"是吗？"

"还好你没有恐高症。"

"什么？"

"不然也许会害怕得不敢站起来。"

"哈哈，哪至于。"再会的地点有些奇怪，可在贝筱臣的印象里那只突显了一切的何其特殊，"你等下就走吗？"

"应该吧。"

"辛追你还住在老地方吗？没有搬过？"

"没呀。我哪像你，才住三年两年的就要走。"

"呵……"贝筱臣抓着头，"哎，你家的那个浴场还开着不？"

"没开了。"

"是哦？为什么呀。"

"没为什么啊。"

"哦。"贝筱臣头低成一个他自己也没有发现的亲切，背后已经燃尽的火苗把他的裤腿还是舔得热烘烘的。但他全然地专注着一份久违的开心，开心于意外产生交集的人际圈让自己迎来了重逢的朋友。

辛追也长高了一些吧，即便增长的幅度与发育中的男生完全不能比了。而她的声音似乎低了点也更软了点，笑容也和过去不太一样。当然具体哪里不一样，贝筱臣是说不出来的。他的目光落在辛追的手背上——女生举在他眼前的五枚指甲透出淡紫色，像刚刚采完了浆果。

不可思议。

【 "你会更觉得我绝情吗" 】

第四杯见底的时候，吧台的桌面好像洒了水，摇晃起液态的甜腻的光。贝筱臣动一动手腕，酒杯里的冰块是骰子，只是总也不能把醉意送到终点。

离席的同事回到原位，用胳膊肘捅了一下他："十二点半了，差不多了吧。你明天下午不是还有培训么？"

"知道。"

"行啦。都已经两个礼拜了……真放不下就去复合嘛。"同事阿槐善意地揶揄，等接收到贝筱臣神色里的抵触，"果然，又嫌不中听了哦。那我说什么好呢。这种事啊，原本外人不管说什么，你也不会觉得合心意吧。"

"都说了拉你过来只是当司机的。要开导，居委会阿姨比你还经验丰富。"

阿槐用手机边沿敲了敲柜台："这么看来你没事了。走吧。"

贝筱臣支起身体站直。临江的酒吧，夜风就悬在头上海藻似的搅，发现了目标后，便一股脑地向他寻过来，好像要把二十五岁的他作为今天最重要的猎物捕获进腥热的黑夜，继而用酝酿已久的混沌安葬他。

有阿槐负责驾驶，贝筱臣就安心缩着脖子假寐。只不过被酒意麻醉的神志，很快新的发现顶替了它的空白。他连呼吸也变得犹豫，因为有些原本非常缥缈几近虚构的物质，却自说自话地强行从嗅觉里为他打开了联想的豁口——辛追不会出现了，但她留在这个空间里的影子，连同她曾说的每句话，她放过一杯奶茶在中控台上，仿佛还留着圆形的痕迹，而到底是从她身上哪儿发出的香味呢，头发、衣服，还是手呢，居然已经在这里结下了网，让贝筱臣觉得，他一丝一毫也不能动。

"还醒着？"阿槐察觉到，"酒量不错啊。"

"刚才，你说'去把她找回来'是吧？"

"什么？啊，对啊，你同意哦……"瞥到对方的侧脸后，却知趣地住了口。

"我这几天过得一塌糊涂——你也知道的，我心情很坏，该死的，精神集中不起来，一直恍神，电梯失控成什么样，我的智商就跟着它一起什么样地掉。这两天上头训我都快训上瘾了吧。"贝筱臣支个自嘲的笑，神情又迅速晦暗下去，"我当然很想她啊，没事就想，而且想起她的时候就难受，总之整个人都没法正常一些……但奇怪的就是，我怎么也没法产生'去和她复合吧'的念头……一点也没有这个念头。"

"……看不出啊，你居然是个挺绝情的人嘛。"

"连我自己也这样搞不懂，到底是什么，特别大的一个障碍拦在那里，没有一丝余地，让我再想，再闷得慌，但它根本不和你讲道理，上来就一票否决。"

"到底怎么了？你们俩出了什么事吗？"

贝筱臣盯着被车灯打亮的有限的路："我要说'根本谈不上有什么事'，你会更觉得我绝情吗？"

大约半年前的一个周末，贝筱臣坐在火车站的候车室里。不时有瓜子壳打着他的鞋边，和这个场地所散发出的包容与杂乱一样，邻座上边吃边聊的中年夫妻亢奋的手肘偶尔撞着青年的腰。贝筱臣在几秒后站起身，握住手机踱向角落，话筒里的声音却不给他任何能插嘴的机会，劈头盖脸地像倒置了一个装满黄豆的袋子，两三颗在重音下蹦出老远，"不公平"和"凭什么"。

"好啦。好啦。我们谁也没有料到吴叔叔会出事，我还能留住工作，爸你已经应该满足了。"

"本来你就没有半点过失。跟你一点干系也没有。唉……"显然儿子的从容无法安慰到自己，做父亲的依然忧心忡忡，"这份工作多好啊，可惜了。"

"至于嘛，我现在也没被怎么样啊。你不是也说了，从头到尾我就是不知情的，更别提参与了。公司想查就让他们去查好了——哦，糟糕，我每天都一到下午六点就准时走人呀，这下暴露了。"贝筱臣还提着开玩笑的心。

"你啊……还是不了解。事情没有想象中那么简单的。你吴叔叔的事一出，离他最近的你绝对也被怀疑上了。你无论怎么清白也没有办法说服的。所以以后不论发生什么，你都会是最先被殃及的那一个。"

"行啦，越说越夸张，妈说你'沉迷'谍战片，果然没错啊。有空还是看看韩剧吧，你看我妈多好，成天说我长得像韩剧里每一个男一号。真的，放心吧，儿子没那么容易被抓去灌辣椒水的。"

"你还是不明白……"

"行了，爸，现在我们也做不了什么。你再担心也没有用——先这样吧，我该检票了。"

"哦，登机了？"

"哪儿来的登机，在火车站呢。上次不是告诉你了么，这个周末我要陪辛追回家。"

"啊……对，看我，真是糊涂了。不过，怎么不是飞机？为什么没买飞机票呢？"

"没什么，辛追说……"贝筱臣找到刚刚从小卖部返回的女友，"就这样吧，先挂了。"他迎上去，"哎？"

"我没有买。"

"怎么？"

"前面就跟你说啦，这里买东西不划算。你又不信。"辛追一个劲地摇头，"你猜猜，这里的康师傅卖多少钱一碗？"

"可我不是给你钱了么？"

"你猜嘛。"辛追将两百元塞进贝筱臣的手里。

"再贵也贵不到哪儿去吧……"

"其实刚才就说了没必要买啊。吃的喝的我都带够了，你觉得少，其实不少了。而且，你不知道这种地方，就是我说的康师傅——要卖十五块一碗呢，十五哦，不是明摆着斩人的嘛！你要去当这个冤大头吗？"

"十五块的话，买两碗也没关系吧。你呀……"贝筱臣拉住辛追的手，这份熟悉的触感又提醒着他女友的娇小和瘦弱，于是他环出一个拥抱的姿势，把辛追守在自己的上臂里，"这么会当家啊。"

确实，那会儿他依然温柔地站在一段恋情里，如同一个可靠的端点，让辛追和自己之间得以延伸出柔韧和幸福的红线。他乐意也毫不顾忌地把身心悬挂上去，倘若有风，无非是微风，把女友的头发美丽地吹乱，而贝筱臣伸出手去替她关了一侧的车窗。

他扭过头去凝视熟睡的辛追。即便没有丰富的词语在此刻把自己轻飘飘地簇拥，可至少贝筱臣很清楚占据了心脏的甜味。

葬礼上的重逢后没多久，辛追转学来成了他的学妹，两人原先已经消失的邻里关系被重新修改作校友延续下去。"校友"这个词很浅，同他们之间的交集一样。一旦有了轻易达到照面的可能，反而不会时时刻刻都揣着激动的心了。平均三天里有一次，能够在晨练的操场上发现对方，贝筱臣盯着辛追的后脑勺看了几秒，心里平铺直叙地想着"哦，辛追啊"，衬着个晨光下懒洋洋暖融融的微笑就算完成一个惯例的走神，从没有期待当她也察觉自己后完成一场别有意味的对视。除了有时习惯性翘掉自习课，瞥见走廊尽头辛追提着水桶和拖把悠悠地走，贝筱臣自觉地站下来，可他没有无事献殷勤的癖好，脑海里模糊却坚持的概念让他知道人都有自尊。一直到辛追放下水桶，撑住腰为受累的脊椎做运动，贝筱臣才走上前去。

"哟。"他说。

"啊。"辛追朝他客气地笑笑，手里的东西则顺理成章地被交接出去，"高二的课程这么轻松呀？"指的是他的不务正业。

"今天轮到你们班吗？"贝筱臣问。校门口检查风纪，食堂里维持秩序，以及课间打扫卫生，每周都换一个班级。

"是欸。"辛追点完头端详出一些异常，"你眼睛怎么啦？"

贝筱臣伸手把坠在眼皮上沉沉的不适用力地揉了揉，但它们在他松手的片刻又回到了原地，从起床后就是这样，他一双眼睛被肿胀的眼皮拦截了至少三分之一的视野："怪我妈，昨天早饭她换了个黄油的牌子，我大概是过敏了。"

辛追对他戏剧化的愁眉苦脸安抚地笑了笑："也是飞机上发的吗？"

"啊？不是欸，我妈买的吧……"贝筱臣一边用两根手指将眼睛往上支又往两旁拽，在她面前无意地更换着各种鬼脸。

"哦。我以为黄油都是飞机上发的。"半路辛追让一副出格的怪腔逗得停下来捂嘴笑，等贝筱臣跟着问下去，她又把话题接起来，"嗯——大概是，我一个邻居阿姨老是出差的样子，就会给我妈她从上面拿下来的零食。葡萄干啊，还有花生米啊，还有小面包什么的，有时候还有黄油。"辛追叠着手，下巴撑在拖把握杆的顶端，她刘海前有一枚发夹，看得出原本有一层黑色的涂漆，但剥落了大半，现在内层的铅色被日光照成淡金，将她苍白的脸镂出点睛似的一笔。于是那会儿站在她对面的男生被这道细小的光在瞳孔中撕出一个豁口，贝筱臣从眼睛开始凝重和温软，像一只驶进夕阳的单桅船，斟酌半天后他说："飞机上的零食还是挺好吃的……"

辛追歪着脑袋看他："是吗？你常常坐飞机吧？"

"也不算'常常'，顶多假期里出去玩的时候。"

"我还没坐过呵。"

"以后总会坐的。"男生朝她动动脑袋，还来不及去细想"没坐过飞机"的标签其实可谓罕见，那会儿他们守着一段恰如其分的距离，辛追看见贝筱臣放学后身边随行着别的女孩，她波澜不惊地注视一秒，心里依旧如同水彩绘制的花，没有枯萎和凋零这些失落的事。

所以有人说十六七岁是没有时间概念的，这话一点都没错。时间犹如不存在，它好像是一个巨大又阴暗的阴谋，静默地隐去了自己存在的气息，把所有人迷惑了之后，才在日后露出流水落花的真面目。仿佛是手表上那一圈互相咬合的齿轮，却突然由一周一圈变成了一秒一圈的疯狂转速，从"恋爱"到"分手"在瞬间便穿过了两人的身体，让内心原本的恒星迅疾地走到尽头后，高中自然课上说它会在最后崩塌成一个连光也无法逃走的黑洞。

"可我当时真的什么也不懂——我的意思是，我仅仅知道她家境不好，但我的理解就到这里了。我非常心疼她，也就到这里了。我当时只能做出这些简单的反应。"

"还以为你醉了，原来没有啊。"阿槐等待着红灯跳转的三十秒前，安下心来听贝筱臣的话。

"十六七岁的人能真正理解什么叫'生活压力'吗，拉倒吧。我家虽然不是富豪，可从小，桌子上就放个玻璃罐，里面塞着一百或五十，父母都不管我，只要想用就尽管拿。所以你说，我能完全理解'没钱'是怎么一回事吗？"新的手机问世一个月就拿在了手里，不小心被人偷了，上午他还趴在课桌上垂头丧气，下午出校门到路口的电器行逛一圈就又收复了失地。来得都轻巧，都没有负担。"没有了"后面跟上的就是"那买呗"，"不够啊"后面跟上的就是"去取咯"，仅此一个箭头，直接又昂然，是两点之间必然最短的那个距离，让他视作真理那样不当回事地留在心底。贝筱臣想起有一次，他赖着朋友的车上学，看见不远处有个眼熟的人影，近了认出是辛追，可目光的重心始终不由自主地偏移向她身下的自行车，等贝筱臣仔细看清涂刷在车体上的商场赠品标记，他心无旁骛地冲辛追笑出一份满满的赞许："那只让我觉得她很好啊，她很坚强啊，她果然和其他女孩子不一样啊，我甚至觉得她骑着商场的赠品自行车也很可爱——但背后到底发生了什么，代表了什么，我一点也没有概念……简直蠢到家了。"贝筱臣伸出双手揉着眼睛。

"那姑娘这么穷？"阿槐多少也见过一两次，对辛追的印象虽说不深，可还是好的，"跟我这个凤凰男比呢？我老家家里都没有房顶的。怎么样？"

贝筱臣嘴角斜出敌对的不悦："你闭嘴吧"。

【 "这家人感情真好呀" 】

这是份类似的暗示——贝筱臣之后才察觉出来，不然为什么他的记忆会从那只抽水手柄开始入画呢。是的，又和过去曾经的事例高度类似，看似不相关的两者将理由藏得毫无破绽，蓄势待发地只为了在日后携手揭穿时更显凄然。

马桶上的抽水手柄——孤独地悬在那里，悬在视线中央。先前贝筱臣从沙发上站起来，"我去下卫生间。"他对辛追说，随后又转过头看着辛追母亲，"阿姨，我用下卫生间。"

"好的好的。"辛追母亲忙不迭地跟着起身，把他视若贵宾地一直送到厕所门口，然后她拉住贝筱臣，"我们家的马桶，抽水坏了……呵呵……所以你别用啊。"她似乎为尴尬的表达而笑着，但神色还是坦然的。

"啊？"反倒是贝筱臣有些无措。

"哦，用那个洗脚盆里的水冲好了。"辛追母亲指着地上一个红色的塑料盆，水有二次使用过的痕迹，浮着一层黄色的沫，她继续解释，"没办法，我们现在只好拿洗菜或洗衣服后的水来。"

"行。我知道了。"贝筱臣点着头，并且跟着赞扬了一声，"很环保呀。挺好的欸。"他不知道自己正露着和十几岁时相仿的微笑，就算有小部分的丢失，但贝筱臣知道自己没有作假，这仍算得上是"新鲜的收获"，他大可以宽宏地褒奖。

他站在狭小的卫生间里。开了灯后，看清洗手台上摆放的几样东西，化得剩一半的肥皂带着半凝固的泡沫陷在皂盒里，也有两罐面霜，只是标签早早地脱落了，必然也弄不懂到底是什么。墙被水泥刷得很白，墙上挂着一把鬃刷和一面粉色的塑料小镜子，照出贝筱臣脸上的一口叹息来。

而当贝筱臣解完手，尽管之前才被叮嘱着"坏了请不要使用"，可他一个走神，仍然习以为常地按下了抽水手柄。等发觉后，第一秒里贝筱臣还在埋怨自己，但随后他那副潇洒惯了的五官开始收拢到一起，像被踩了一脚刹车。

抽水并没有坏。

是好的，没有坏。

贝筱臣很快明白过来，它和这个位于小镇上，长长的走廊外晒满了各家各户的内衣，也有砖块堆出的简陋花盆，里面种着两三根青葱的家一样，和这个在茶几下垫着一沓报纸用来维持平衡的家一样，和这个厕所白得刺眼的家一样——无从回避的窘困让节省成了生活的核心。

贝筱臣推门出去，他回到房间，踌躇了一下依旧告诉了辛追母亲："不好意思，阿姨。我忘记了……"

"啊？什么？……哦。"辛追母亲赶忙摆手，"也没什么啦，没什么。反正那个手柄一会儿好一会儿坏的，只要有水出来就可以了。"

"嗯……"贝筱臣没有再说什么。他转向辛追。她正在给医院里的父亲打电话，抱着膝盖，两脚放在阳台上，身子则仍旧靠着屋内的墙壁，头发一半深了，一半散发出仿佛谷物的香味。

贝筱臣将手抚摩着辛追的头发，辛追抬头看他，眼睛里还是潮湿的。

"晚上，你一个人搭床睡行么？"挂了电话后辛追问男友，声音里显而易见的害羞，让贝筱臣不知怎么也紧张了起来。

"当然可以啊。"他抓抓后脑勺。

"只是那张行军床很老了，睡起来会不舒服的……"

"我才没所谓。"他说的一如所想的。走进这户人家的时间越长，潜意识里便越加不敢放松，好像面对千疮百孔的塑料棚，忙着查漏补缺。即便如此，当贝筱臣在入夜后躺上床，情况还是略微超乎想象。钢丝床褥分成前后两段各自塌陷，只有中间的铁制横杆还挺立着，如同一个倒置过来的麦当劳招牌，让他实在不知道怎么把背和腿摆平了，身高在眼下反而成了不利条件。辗转良久后贝筱臣唯有爬起来，自己动手，找来行李箱垫在垂荡的钢丝床垫下，又不忘赶在天亮前，再把行李箱挪出来。

所以第二天贝筱臣这样回答辛追："还好，有点像睡水床的感觉。"

"是吗？"辛追大概是相信了。

"你睡得好吗？"

"还好呀。反正家里这张也是我爸妈从之前的老家搬回来的旧床了，不知睡了多少年，大概比我岁数都大。你大概见都没见过吧，床垫是用很粗的棕绳编成的那种。（贝筱臣老实地摇头。）不过从几年前开始，也许是睡得太久了，绳子都从中间开始慢慢地断了，结果整个床就开始朝中间塌下去。"

"哎？"贝筱臣津津有味地听。

"所以每天早上，我和我爸爸妈妈，醒来的时候都会发觉，哎，又都挤在了一起？——因为不管我们三个怎么睡得尽量分开，免得不舒服，晚上都会随着床垫，慢慢地滑向中间去嘿。"辛追手心拢成碗状，贝筱臣便陪她用类似的眼光看那装着三颗心的碗。

"嗬，这家人感情真好呀……"于是贝筱臣也做了最后的结论，这样的事，他知道其中有艰苦，但更多的，他像一直以来的自己那样，看向积极和光亮的地方，卖报大叔在眼前呼哧呼哧地吞下一碗被人丢弃的熬点也好，女友家的每双拖鞋都破着鞋面也好，而他内心仿佛搭满了镜子，让所有黑暗都无所遁形，他停在光里就只消眯一点眼睛，笑出置身事外的爽朗，"挺好的啊。"

等到他转身进卫生间去刷牙，很快注意到昨天那个抽水手柄被拆走了，剩下一截暴露在外的长螺栓。

"是这样，昨天晚上彻底坏了，所以今天我买菜时就拿出去修了。"辛追母亲在他背后利索地解释。

"嗯……嗯，我知道。"青年含着牙膏沫发出表示赞同的声音，一不小心还是吞下一点，阴凉却发辣的喉咙。

"你自己可以？"阿槐把车钥匙扔给贝筱臣后问。

"没问题的。你呢，打车回家么？"

"不然咧？"

"今天谢谢了啊。"

"车钱你出吧？"阿槐开着玩笑，见贝筱臣手伸进西装内袋，赶紧拦下他，"恶心我是吧？你还是快进屋吧。你父母肯定担心，尤其上次你出那事之后……你也替他们二老想想。"

"……哦……"贝筱臣抬头，家在十七层，因而也看不出是否还亮着灯，"八成是睡了，没事的，前面已经打电话通报过今天不要等我。"

"你觉得呢，老人家会这么听你的话？"

贝筱臣搭电梯到房门前，掏出钥匙扭转门把。果然沙发上，母亲依然坐着，只是听见了声音后，她从困顿中醒来，当然难免抱怨："真是的，这么晚。"她上前接过儿子脱下的西装。

"等你到现在，也不替你妈妈想一想。"

"早说了你先睡觉啊，不会有问题的，会让朋友开车送我回来。"

"'不会有问题''不会有问题'，这种话以后不要讲，我不信的。"做母亲的连连摇头，"心啊，就是悬着的……现在闭上眼睛想起你上次的样子，都还会害怕。"

"我没少胳膊少腿的，擦破了点皮而已，妈你何必那么紧张。"

"什么叫'我何必紧张'啊，一点也不懂事。"推了儿子一把后，"快去洗澡吧，换洗的衣服都替你放好在卫生间了。"

贝筱臣开了灯暖，等他脱下最后一件上衣，镜子里露出了他肩膀上的一片伤口。像在皮肤上蛰伏了一只飞倦的鸟。不算惨烈，却也不是父母们能够忽略的无足轻重。他试着转动胳膊，倒是已经没有之前的不便感了。

于是他又想起辛追。仿佛伤口，当痛感消失，烦躁的痒也渐远了，身体总会摆脱它曾经霸道性的限制，恢复了自由的活动。

虽然并没有具体地说出"分手"两个字，但噬咬在自己胸口的词语，连贝筱臣也很清楚，一旦施放出去，必然是无可挽回的结局。它没准更像一个凛凛的耳光，似乎已经在她脸上甩出可闻的声响。而女生的脸色就在一阵惨白后剧烈地泛红，像为了储存更多屈辱而先做了彻底的清扫。

辛追的眼泪同样烫在他的手背上："……你怎么会这么说我呢……"她更换递进的词语，"……你怎么能这么说我？！"

但贝筱臣知道自己已经没有任何气力，这不是两个人共同承担就能让各自肩膀上的重量减少为一半的小学算术题，他还在和内心不可捉摸的无力进行着拉锯，而手背每烫上一滴，都仿佛给无力感加了油，他终于完全放弃了抵抗："辛追……"

女生架开他的手："……到底为什么？"睫毛宛如雨后的翅膀，湿漉漉地低垂着，"我……'俗气'吗？你觉得我'俗气'？……"她每重复一次，就像赤脚又爬一层玻璃碴的山。在那煎熬般的前行里，她一定是不停地想起过去，也许从两人在童年时的熟识就开始回忆，也许她又复习到了十六岁时的重逢，这个男生不时地出现在身边，朋友般的，温暖的朋友般的，潇洒的朋友般的，呵护有加的朋友般的——她接连想起所有被浸泡在校园雨季里经过放大的美好片段，也不足为奇。

"只是因为那张优惠券而已？就因为这个吗？"当回忆已经让她无从消受，女生瞬间变得盲目起来。

"不是的……"贝筱臣抓住她的两手。但他也清楚，自己不能解释。

"那是什么？是因为上次雨刷的事吗？我害你出了车祸？你不能原谅我吗？"

"不是的……"贝筱臣感觉到肩膀后的那只鸟似乎动了动眼睛。

"我已经对你道歉了……对叔叔阿姨也道歉了……"她低下头，眼泪开始无节制地掉，"我真的不是故意的……"

"辛追，不是因为这些事……"

"那是什么呢？你嘴上说不是，其实每一件都是吧？每一件都是。加到一起后，你终于不能忍受了。你觉得我是个'俗气'的人了。就是这样吧？"她的眼睛里突然多了锋利的什么，像找到了创口的一抹盐。

有一阵，路面管制的原因，许多学生改坐公交，包括辛追。而她一路小跑，好容易赶上车，很快就察觉自己那双皮筋松脱的旧袜子开始止不住地往脚掌下滑落，直到露出她的一半脚背，可偏偏今天穿着浅口的皮鞋，它们完全将自己的害臊放大成无地自容，展示般陈列给周围敏锐的乘客们。

她没法正大光明地在这里脱了鞋调整袜子，只能徒劳地想把两只脚藏进角落，而每次绞动身体，额头便渗出细微的汗粒。就在这时，有人移到辛追的身边，放下自己的书包在她鞋旁——体贴地，甚至有些霸道地掩住辛追的尴尬。

"原来我今天也没有骑车去上学是为了这事啊。"贝筱臣看着她，"你呀……"他一边摇着头一边笑，"你呀……"

她一双感激的眼睛像接下蜻蜓的亭亭的花苞，神情里却还保留着方才未退的不安，至于那双闹别扭的袜子——贝筱臣低头再看一眼——褪出她跳着一双红色血管的脚背，颜色里过渡着辛追全部由浅至深的羞赧。在他看来，必然是可爱的。

如同一束光可以被镜子反复折射到身体每个角落，他真心地认为这一切都能用美好的一面来接受。

必须等到日后，好像一层层剥开了皮的笋，贝筱臣才恍然大悟地明白，辛追是单薄、消瘦、温和、安静，或者更夸张的无欲无求，可实际上，她更是窘迫、节衣缩食、家庭经营多年的浴场倒闭后每况愈下的苦涩，她追着一份天文数字般的欠债跑了一年两年五年八年，跑得穷困不堪。

辛追是无能为力，是贫穷。

它们从一个饱含着感情美化的形容变成现实中难以掩饰的真相。"真相"两个字常常和"揭穿""败露"关联，贝筱臣知道辛追从来没对自己隐瞒什么，被揭穿和遭败露的都是他的幼稚压根站不住脚。他自诩的洒脱和无谓从来都带着察觉不到的傲慢，连同他所有爽朗的释怀的笑一样，并且这份傲慢永远不能被摆脱，只要辛追和自己过的不是同一种生活，他们的差距就是傲慢本身，他越试图表现对这份差距的不在乎，他的迁就他的躬身他的跟随他的包容，他所有迎合辛追的动作便拟作这份傲慢本身。

但在更早前，重逢的那个阴霾天，辛追比出手感慨无非几年不见，男生蹿出了篮球队员的身高——

她的五枚指甲是淡紫色。可那会儿贝筱臣完全没有反应过来，这仅仅是因为春寒的天气里，女生冻得不轻。她身体不好，衬衣外的一件罩衫更是单薄。

他只觉得这颜色不可思议。

【 "你不能仍然跟过去一样" 】

傍晚开始下了雨，辛追等在邮局门前。雨不小，很快裤管划分出深浅两截，成为一束被插进花瓶的月季。把雨伞夹在下巴和肩膀中间后，辛追抱起手里的纸箱往车站跑，一路摇出零碎的声响，说明母亲又寄来许多五花八门的杂物。

临到家时，姑妈给辛追发来短信，问她是否已经路过了超市："如果没有的话，帮我买两盒鸽子蛋回来吧。"姑妈下午要出门探望一位朋友，这事辛追先前便在饭桌上听过了。她停在路口犹豫了几秒，雨势持续加大，折返回去就是三条马路，多少有些麻烦。不过辛追最后咬咬牙，掉过头加快了步速。

超市开在菜场旁边，辛追把雨伞插在门前的塑料桶里，问一声营业员："哪里有鸽子蛋？"说实话，如果不是姑妈提起，她完全不知道还有这种东西。

"什么？哦，就在那里。"营业员指指堆在一旁的栏架。

"谢谢。"辛追抱着箱子凑近过去，很快她吓了一跳，"十块，一颗？"

"对啊。"坐在柜台后打着毛衣的营业员续上辛追的话头。

"好贵啊……"一盒十颗就是一百。

"鸽子蛋嘛，最补了。一般的鸡蛋不能比的。"

"嗯……可是，好贵……"她喃喃地重复一遍。

"一分价钱一分货的呀。"营业员斜着下巴看她，目光已经不自觉地移出"打量"的轨迹。

辛追出门没有拿钱包，口袋里只有几张十块。她知道这次的任务完成不了，姑妈虽然不会加以责备，可辛追多少有些悻悻然，心里知道自己是在一盒禽蛋面前败下阵来，但与此同时，依然在不断轮回着惊讶的慨叹："居然要一百块……"

等辛追重新抽出雨伞走出超市大门，她穿过一旁的菜场入口，两三个被大雨所困正急于早早收摊的小贩朝她拼命招手："萝卜要吗，原来四块一斤，现在便宜卖了。"另一个则推销着两笼韭菜。辛追正要抓住绿灯的倒数几秒穿过马路，有个声音追上了她。

"鸽子蛋——半卖半送——"摆摊的女人戴一副深色的袖套，黝黑的脸色很好地诠释着什么叫勤劳朴实，而她敏锐地捕获住来自辛追的目光，立刻热情地拉开嗓门，"小妹你看一下不？只要四块一颗，绝对值得。"

"四块钱？"辛追很疑惑。

"那是，这种东西，我们自己家养的，你看旁边的超市里卖多少？至少八块吧？"被辛追纠正说是十块后，女人的音调夸张地飞上一个台阶，"是啊，你看！多狠是不？那种地方最宰人了，不像我这儿，绝对实惠。"眼见辛追还在徘徊，她利索地挑出一颗，"你看看，你来看一看呀。我这个保准是好东西。阿姨不会骗你的。"

"我买十颗的话，多少钱？"

"原本要不是这个天气，我也至少要卖四十的，今天生意实在不好，算你优惠三十四吧。"她见辛追的手已经无意识地伸进了口袋，迅疾地拆下一个塑料袋，"我给你挑，还是你自己挑？"

姑妈已经在门前换着鞋，她见到辛追，升起安心的神情："啊呀呀，还好你赶回来了。"接着问，"买到了吗？"

"买到了。不过，没有包装的。送人的话，要紧吗？"

"没包装？"姑妈接过辛追递来的塑料袋，"算了，也还好，反正我跟周阿姨也熟，没所谓。"

"这个好像很补啊？是吗？"

"对，你周阿姨的孙子刚满两周岁，听她说之前就一直给小孩吃这个，营养很好。"姑妈站起来，抓过玄关墙壁上的提包，地上还有一篮水果，她挂在手腕上，"行了，那我出去了。晚饭你姑父和妹妹说要出去吃，你就一起去，哦？"

"好的。"辛追将纸箱放在茶几上，拆开后，果然还是一些宛如母爱般琐碎而平和的东西。辛追将两罐酱菜放进冰箱，又从塑料袋里拆出两条睡裤，母亲另外附了纸，上面说虽然布料不是全棉的，但她已经洗过好几次，现在摸着还是很软的吧。

等差不多收拾妥当，表妹从卧房里懒洋洋地走出来，她冲辛追皱起眉："什么味？"

"有吗？"

"好像是酸菜，还是咸菜？还是什么？"

"……啊。"辛追明白过来，"不过我已经放进冰箱了。"

"好熏哦。"表妹不做更多评价，手在鼻子底下挥一挥，走进卫生间里去刷牙。

　　和姑妈先前的计划一样，辛追跟着表妹和姑父在附近的餐厅解决了晚饭。回来路过面包店，表妹拉着姑父说想买些甜点，辛追陪同走了进去。"你也选个什么吧。"姑父朝她客气地招了下手。

　　辛追挑了一块乳酪蛋糕，表妹凑近脑袋来瞄一眼："你买这个吗？这个我吃过，非常一般的。"

　　"啊，会吗？"辛追很是懊恼，可随后又腾起了满心的不甘，她差点要像个母亲，用不舍和无奈的目光注视着自己被认定为"缺陷"的孩子，"……也许还不错呢？"

　　回到家时，姑妈已经先一步在了，她迎向辛追："之前让你帮忙买东西，花了多少钱？刚才我走得急，现在给你吧。"

　　"哎？哦，是三十四块。"

　　"三十四？"姑妈自然诧异，"你在哪儿买的？超市现在搞促销吗？"

　　"不是超市。超市的要一百呢。我是在菜场外的摊位上买的。"

　　"……三十四块，你买到十颗？"

　　"嗯。"辛追终于意识到什么，当她看见姑妈好像尝到不能承受的冰饮，用牙齿吸了一口气后，"……怎么了？"

　　"你前面说在哪儿买的？"

　　"路边，有人摆了摊……"辛追用力地咽了咽喉咙。

　　"要死了……"姑妈这样判断，她重重地叹口气，心里的不满经过几层克制的过滤，最后露在外就是一个苦恼的锁眉，"你怎么……"但她终归是五十岁的习惯说教的妇女，"你是图便宜吗？这有什么便宜可图的呢？你不知道，鸽子蛋根本不可能卖到那么便宜的价钱，除非一个可能——是假的。"

　　"……"辛追手指间已经塞不下她惶恐的小动作，"假的？"

"现在外面，用什么色素染一染，化学剂加一加的假东西多得是，新闻里昨天还放的，你应该也看到了吧……唉，你这孩子真是，节约个什么劲呢？我这还是送人的，万一人家的小孩吃出什么问题来，我这是要出大事的，你知道吗？"姑妈急匆匆地从衣架上取下外套，回头对丈夫嘱咐一声，"我现在上老周家去一趟。"

"把东西拿回来吗？"

"肯定啊。"姑妈只要稍稍松开手中的绳套，她满脸的不悦便忙不迭地从袋口里跑了出来，"辛追，姑妈其实不想说你什么，你也知道的……姑妈也不是想很严厉地指责你，但你现在不是小孩子了。如果是以前，你意识不到，你弄错了，我们还能看成那是因为你还小，你只是好心用错了地方，你还是个很节省的好孩子。但现在你已经二十三了，你不能仍然跟过去一样。"

"对不起……真的对不起……我不是故意的……"辛追在嗅觉中抓到熟悉的酸涩。

"故意，或者不是故意，没有用——你这种说法，就跟小孩没有两样。不是因为'哦，你也是好心'，就什么都没关系了。就像我前面说的，你现在不是读小学时的你，读初中时的你，你甚至不是读高中时的你了，不能老是用你一直以来的观念，'少花钱，就是好的''只要初衷是节约，就都是对的'。知道你现在要省，要攒钱还我们，但不能让自己没了章法，没了基本的辨别能力。你能明白吗？"

"可是……"辛追觉得脚下的路好像在朝一个方向微妙地旋转，以至她即将走到某个熟悉的过去。

"像今天这样，如果真的酿成什么后果，你不会让人觉得可怜，值得同情，你只会显得……怎么说呢……"姑妈没有太多感情方面的顾虑，她依然站在长辈的角度上指点，"很没有见识。"

"所以意思是……"终究是，走到了那个刻骨铭心的地方，"'俗气'吗？"

辛追坐在卫生间，膝盖上摆着之前姑父替自己买的蛋糕。盒子用两块透明胶带黏着，撕下来后也继续之前死守的作风，怎么都甩不掉，辛追在指腹上一直对它们施力，机械和发狠程度是被逐渐叠加出的，搓到胶带完全失去黏性，最后是两颗焦黄色的小球。她眼睛一直看着蛋糕，人回到一动不动的凝滞里，成了雕塑，连垂下的刘海也纹丝不动。但她听得见耳膜里嗡嗡一片，是空气里放着无声的鞭炮，身体里的血被炸得失色了起来，逃窜得一阵阵灼热。

勺子挖出了硕大的一块，将近三分之一，所以嘴必须张到极限才行，接着便被浓郁的甜香堵死。太没有余地了，没有喘息的空间，透不了一口气，饱满的甜腻里因此屡屡发动着反抗的干呕。

辛追揉一把脸，揉到了很淡的水渍，整张脸现在就是个矛盾体吧，一半的咸和一半的甜在上和下，内与外里唱起了对台戏。

"怎么办？"她脑子只留这一个念头。脸上的水渍擦一次就深一次，她意识不太到自己在哭，脑子里就剩一个念头。三个字的一个念头。

"怎么办？"

（"我上个礼拜遇见了高中时的同学。"）

（"其实我也没想到，这么巧，会碰见。后来对方也问起了你。'辛追现在怎么样'，'还好么'。但我居然回答不出来。"）

（"我听见那个问题时，第一反应竟然不是'辛追她现在挺好'或者'她现在挺忙'，我的第一反应是……"）

"怎么办？"

没有办法改变，"怎么办"。

甚至连意识都不曾意识到。

"怎么办"。

钱不多，就要省——原来不是真理般，可以让自己仰仗一辈子的规则。那怎么办？

要抛下那些小家子的、狭窄的观念，那些俗气的观念——但要怎么做，一点也不知道。

怎么办？

虽然自己一直习惯了拮据的生活，从小就习惯了在这样的生活里尽一切可能地放低要求，可是眼下，行不通了。不是读初中时的自己了，也不是读高中时的自己了。已经不可能像过去一样了，而是要大气起来，要骄傲起来，要用和其他人一样的思维去考虑，用那些不会被生计所迫的人的思维，去买原价品，去正规的明亮干净的超市，去丢掉腋下破了口的衣服。欠着债的借口行不通了，别用欠债来当自暴自弃的理由。

脑海中那根已经磨损出光泽的尺子，度量要从之前的斤斤计较，豪爽地扩张，再扩张。潇洒点啊，别那么缩手缩脚的，穷酸样看着就难受，知道么？穷酸，酸是什么意思？让人要按捺不住遮一遮鼻子的，更懂规矩的人忍住了，眉头尽量皱得不动声色，但他们心里还是止不住地继续想，这人怎么这么小家子气，这么没出息，没见识，少拿"节俭"两个字当借口了吧，粉饰出的自尊可笑至极。

辛追脸上的苦涩如同层层递进上来的潮汐，最终要吞噬出某种仇恨与自我仇恨的崎岖线条。沿着鼻尖往下滴的眼泪在空了的蛋糕盒里起了声响。

可是啊，即便是别人觉得"不怎么样"的蛋糕，到了自己嘴里，还是会由衷地、不可收拾地、一败涂地地觉得，居然是那么好吃的，明明好吃得要死。根本没有办法说服自己"这个其实不怎么样，有其他更加好吃得多的呢""别那么没见识"。她身体里每一个从幼年开始成长至今的部分，都在置大脑的命令如罔闻般，全力地赞美着这份"不怎么样"的美味。仿佛是铅块拴在了脚上，巨大的重量扯着她的身体，让她一再地、一再地，用仰视的角度，徘徊在世界的下游。

"明明好吃得要死……"

可是不能这样想。

——"你不觉得俗气吗？"

那要怎么办？

——"不俗气吗？"

不能跟过去一样。

她该怎么办？

Chapter . 03 / 第三章

〚 "律师肯定有主意吧" 〛
〚 "不然，当初你为什么做律师" 〛
〚 "看样子是没有办法" 〛
〚 "只要你能过得了自己那一关" 〛

人情斩不断的，法律是不是就能斩断。
是不是就能手起刀落毫不心软。还是人情远比法律更冷漠，
很多时候被人情撕碎的关联还能在法律那边讨得一次生机。

【 “律师肯定有主意吧” 】

有人推开了门，似乎是在那里张望了一会儿，又含糊地喊了一声，怯怯地发着沙，仿佛声音是陌生的新道具，难以指望它确实地唤出什么。大概正是因此，它在长久无人应答的结果前萎靡了下来，退堂鼓打到最后，访客一只脚缩回门外，突兀地撞翻了保洁工摆在那儿的铅筒。

伏在书桌上的班霆直起身，盖着肩的西装滑到地面。

对方是个二十出头的年轻女性，一件玫红色的帽衫，牛仔裤的膝盖部位绣着珠串的图案。接到班霆的目光，再次开口的声音却更沙哑："哎……"迟迟不见下文。

"你好？"班霆捡起外套穿上，迎到门前。

女孩鼓起勇气："这里是……"伸出脖子去又回顾了一遍墙外的铭

牌，"'彬伦律师事务所'？"

"嗯，请问有什么事？"班霆朝前台的位置扫一眼，没有人，估计前台女孩去吃午饭了。

"是这样的，这个，我想来问问……"对方连忙翻着自己的背包拿出一张纸片，"这是借条。我想问个事。"她不等班霆开口，"我妈写的借条。去年，不对，前年年底来的，家里包鱼塘，她管人借了三万，是问亲戚借的，不过不熟，真的不熟哪。现在两年到了，钱就要还，可这借条，当初虽然内容是我妈写的，名字也是她签的，但这个手印不是她的，是我找我朋友盖的……对的对的，不是我妈的。"

班霆明白了，但没作声，眼睛在递来的借条上扫个来回。"借款人"旁落着一枚红色的指纹。

"这借条还作数么？"女孩问。

"作数。"

"可手印不是我妈的呀。"

"没有用。依旧作数。这钱你们仍然要还。"

"啊？"一扫原先的拘谨，女孩像原先被堵塞的下水口重新打通那样，冒出突突两个混浊的水泡后卷起迅速的小漩涡，"手印不算数？没有用？那还要按手印做什么？不是说签名得加手印吗？手印要是不对，这借条还能当真？没骗我吗？"等她终于在班霆面前被迫放弃自己不满的申诉，班霆看见女生从一侧牙齿施力，好像拔着一根埋在身体里的线头，扯一把，再扯一把，就要露出尾端的针了，"那有什么办法可以不还那笔钱吗？律师肯定有主意吧？"

那年班主任亲自上门，她骑自行车走了两站，背上汗气如烟，一如此刻火急火燎的心。她坐在班霆父母面前不时掏出手帕擦拭额头的汗水，面前的铁观音来不及喝就开门见山："……其实，读法律我也觉得未尝不可，毕竟出来后做律师什么的，还是门不错的行当，倘若做得好，收入必然也不差。但我终归很诧异，也非常遗憾，明明生物科系才是他最适合与擅长的，报考的话铁定不会有问题。之前去大学里参加比赛，班霆可是得到他们系主任的特别点名，如果将来班霆要读硕读博，系主任一定亲自推荐……"班主任从两位家长的表情中接收到"同感"的讯息，抓紧追问，"那现在是怎么了，突然说要改读法律专业？十拿九稳的长项说不要就不要了？太出人意料啊，是有什么原因？"

头顶的空调发出工作时不连贯的哈欠，远处的饮水机随即呼应上来，打起间歇的饱嗝，多多少少像受不住室内沉默的气氛，采取了这样消极的化解。

"是什么原因呢？"班主任不愿放弃。尽管不到一分钟的等待里，她也明白了事情绝非"没错呀，你说他到底在想什么，猛地来这么一招我们做父母的也毫无防备啊，现在的孩子个个都不得了，主意大得你拦都拦不住……"这样聒噪地抱怨一通就能了结。

"我们还在问……"班霆妈妈末了出声，把"但是"两个字用力地藏着，麻痹了她两条原先生动的眉毛，它们此刻垂得有点寒碜。

"决定了吗？……太可惜了啊。"班主任也在这副眉毛上看出了端倪。每逢家长会，前来出席的总是这位母亲，相比之下，做老师的对班霆爸爸稍微陌生点，显示这依然是个分工明确的传统家庭。而和所有其他家长一样，班霆妈妈在会后挤上讲台与班主任进行面对面的简短交流，"我儿子最近表现怎么样？""哦，班霆妈妈啊？很好啊，班霆一直很稳妥的。"倘若还能赶在下一个凑近的家长前挤出几秒，班主任脑子里又走一遍，也许会补充一句："不过他跟大家更热络一点就好了。"但她很快摆摆手："当然这不算什么缺点，班霆不错的，上次月考年级排名又进前十了。""唉，我也说过他那性格，可他净当耳边风呀。毕竟这小孩就那是副德行了，改也改不掉。"嘴上是责备，两条愉快的眉毛却毫不避讳地把一个母亲的心底明明白白地披露着。

所以自然没有料到，"很好的""不错的""可以的""没什么问题""你应该放心了"，笔直向前的记号，却落在了这样一个炎热而困惑的傍晚。

班主任在楼道里解着自行车车锁，等回过神，脚步已经停在身后。班霆提着一袋书，也是满头热气的样子。他站在楼道口，堵着一片蝉鸣声。

"老师好。"

"噢，班霆你回来了？嗨，你看，老师原本还打算找你好好谈一谈。这么不巧。"班主任瞄着表盘，无奈还有其他问题需要去另一户家庭解决。于是在这草率的楼道里，她只能就着隔壁传来的犬吠声，草率地问："怎么突然改志愿了呢？老师很吃惊啊。"

又一次表露自己的疑虑时，班主任忽然无端地想起来，有一件发生在许久前的事。午后在办公室里，和班霆对完周一的升旗仪式讲稿，她突发奇想地征询："建一个我们班自己的网站页面，把班里每个同学的照片呀资料呀放上去，还可以更新活动的大事记之类的，你觉得怎么样。"可惜男生持否决态度："其实班里的同学都上外面的社交站点比较多，自建网站不怎么流行了。""是么，怪不得——"班主任点开某个网站页面，"喏，这是我的老师做的，原来也在这个学校教书，书法课，你肯定不知道了，这课早就取消了啊。所以他退休后肯定闲得发慌啦，之前还学起电脑，几个月下来，搞出这么一个……"班主任用鼠标画出方框，圈起首页上的标题，"'老王和他的书法生活'。呵，这就是他自己捣鼓出来的个人主页。不过你看，下面的流量统计，一个多月了，才二十次访问，里面大概十八次是他自己，两次是我贡献的。根本没有人去嘛，可惜了'老王'字是真漂亮的。"班主任呵呵地笑着，"所以老头挺失落，一直说关掉算了。"她随意地提着又草草地把话题结束。

班霆在网页被关闭的时候也收回了视线，"差不多是这样。现在没什么人上网会去刷——这些地方。"他面无表情地接一句，"至少得去相关的地方推荐一下才有人知道吧。"

所以当几个月后，班主任想起去看一看恩师那可怜巴巴的页面还健在与否时，被累积到 1000 多点的访问人数吓了一跳。再看首页，"老王"明显受到鼓舞，每两天就会更新一幅新的笔墨："怎么搞的？"她当时百思不得其解。几乎直到此时，班主任面对咫尺外的男生，仿佛从外壳上破裂的一道细缝，心底强烈的暗示从缝隙上照进豁然开朗的光线：是班霆你吗？

"……志愿是有什么原因？你不是一直都很喜欢生物么，一下子改学法律，是对法律感兴趣？"等班主任意识到先前的问号完全石沉大海了，她回到主题上。

"嗯，确实是因为感兴趣才报考的。"班霆说得很普通。

"哦？'感兴趣'？"可班主任认为自己并没有误会那一丝名叫"隐情"的气氛，"突然之间啊？"

"嗯……"

"是怎么了吗？"

"其实也没怎么。"

"……这叫什么话？"班主任眉头略锁，训斥的口吻等不到沸点，急切地想要溢出，"像你们，寒窗苦读几年？十八年吧，说一个'也没怎么'，就可以想干吗干吗？真是潇洒。我还以为'心血来潮'四个字永远不会和你有瓜葛，没想到，居然连你也不例外。"可班霆沉默了下来，他的沉默并非是在思索如何回答，四下没有跑出半个在他内心撕扯的字眼，反而只有师长的质询惨淡得如同在一个真空的塑料管中，不见任何挽留任何附和地直直掉到了地上。班霆的沉默是他不想说也不打算说。他在等老师放弃。

隔着一米，仍旧能看清男生严严实实不留余地的拒绝，即便他笼罩着一层青涩的从容，却不会更改结果。这让做老师的在感觉不快之前，首先庆幸着——和家长之间的沟通虽然未见成果，可多少不会有真实的碰壁的尴尬，毕竟面对一个十八岁的少年时，每一次捉襟见肘都让自己显得难堪。

"唉……"她长长叹口气，预告接下来是为自己铺设台阶，"你们的未来都是你们的，不是老师的。所以老师也只能建议。当然你们可以不听，可我仍然要尽到自己的责任。学习法律虽然也是不错的选择，我想你做这番调整是有自己的理由的，只是老师希望你更慎重——班霆，你从来不是冲动型的个性，在我印象里也一直非常理智和识大体，所以这次老师更希望你好好地想一想，听听周围更多人的意见，可以么，你能至少答应老师这点么？"

"可以，我答应您。"只留出一个尊重性的停顿，班霆很快点了头，简单而迅捷，好像一个再巨大的数字乘以了零后，便不复存在。

"……唉……"班主任这次真正地叹出气来，她推起自行车，"好吧，那我先走了，你要加油啊。"

侧出半副身子，班霆目送班主任的背影带着最后的不甘在树影下消失。蝉声终于能趁着这个空当往里倾泻，几乎没住他的脚踝。

【 "不然，当初你为什么做律师" 】

"你遇见的不能叫极品好吗？借了钱想赖账而已，只算初级水准哎！我在前一个律师事务所负责接电话，跟你说，来咨询的什么妖魔鬼怪都有，凑一凑都够拍《西游记》了，绝对大开眼界噢。回去跟我妈讲，这才叫真正的社会真正的人生啊，我心智年龄一下从二十五变五十二有没有，一双眼睛看穿红尘看穿浮华有没有，从此没有什么再能吓住我了有没有？！"同事小田甩着马尾，把脸从电脑屏幕前扭出来，惯性地使用咆哮体，"当时的事务所擅长民事，所以数量最多的咨询就是问怎么离婚后不给对方一个子儿，'我要他（她）净身出户！''痰盂罐和马桶都别想带走！'——人生观都被拖黑了有没有？！从此要变身不婚主义者了有没有？！"

"小田啊，你的不婚可不是因为这个吧……哈哈哈。"另一位前辈结束了午餐后也回来了，他开一个不痛不痒的玩笑，接着转向班霆，"我出去的时候，没什么事吧？"

"没。"班霆站起身，"另外，昨天您说的谈话笔录我已经整理完了。"

"好。等会儿我来看。对了，王律师昨天跟我说，上礼拜接的股权转让纠纷案，你把资料看了，然后整理一下里面的争议点给他。具体材料，小田那里有。"

班霆点着头，一旁的小田男孩子气地拍他肩："所长很看好你嘛。已经开始派我给你打下手了欸？"语气倒是纯粹的玩笑。她不讨厌这个进步飞快的实习生。虽然当初曾凭面相咬定班霆绝非善类，却又很快推翻前文，把评价改成了"他只是看起来冷漠，心还是很温暖的，很有内涵的"，小田绞尽脑汁，文绉绉地总算把班霆形容成了一只保温瓶。

半年前的四月，小田和班霆因公去印度，两人抵达奥兰加巴德时已近凌晨三点，门口只有一辆当地的"嘟嘟车"守候着。车上是个六十几岁的老人，朝他们一笑半口牙齿都不见了踪影。小田起初吓得躲到班霆身后，没多久却已经流利地和老人砍起价来。班霆听她把老人二百五十卢比的要价砍到了一百八卢比，忍不住瞄了女生一眼。最后小田朝他胜利性地挥手，两人坐着小车一路前往目的地。到了终点，班霆翻出皮夹，小田动作更快："先用我的好了。"抽出两张一百面值的纸钞递去。老人接过后，整个笑开了花，班霆听见他嘴里蹦出感激的词语，一个接一个，没有牙齿的凹陷起起伏伏地运动。"哎，不是给他的小费啊，他要找钱的呀，说好一百八，哪有额外的小费啊……"小田和班霆对看一眼后，凑近老人，刚要开口，班霆拉住了她。

"算了。"他简略地决定，"就当是吧。"

"可，说好的欸。"

"算了。"班霆把皮夹里的纸钞刮了一遍，"不好意思，现在没有二十块面值的，等找出零钱以后，我来还你。"

"……好啦，区区二十块，更何况是公款。你别在我面前耍帅了。这便宜不能让你占。"小田多少有些不好意思，可她旋即释怀着，歪过脸把班霆看一圈，贼贼地冲他笑，"哟嗬嗬，看不出嘛。"她彻底壮起胆，像一个识破了魔法的观众，笑嘻嘻地要拔出插在柜门上的长剑，可是手伸到半路又停住了——下了车的班霆就站在离她一步之遥的地方，冷淡地观察她脸上蠢蠢欲动的兴奋。小田不矮，可依然落后班霆一个倾斜的仰角，他就能天然地把这份回应变得居高临下。因而没花几秒，小田像瞬间被抽掉了脚底的地板，她又掉入了魔术师新的机关——

她发现面前这个被笼罩在昏暗灯光下的青年，长得那么好看。

"哎，哎，我说，你走法律这条路还真是对了。"一个礼拜后回国，小田把筷子插进飞机餐的鱼肉里，口齿不清地对邻座上的班霆做点评，"像我这种，拼了老命也不会有多大成就——噢，我指的是在律师这个职业上啊，毕竟不能一棍子打死嘛，我前面的路还很长呢……咳，说岔了。你知道所长招人第一看什么吗？你猜。"

班霆回看她一眼算是鼓励她继续演说。

"业务能力吗？业务手腕吗？——那些倒也不能彻底忽视。不过，嗨，最最重要的是什么？是什么？"小田自顾自完成答辩，"是长相。做律师，尤其是做个成功的律师，首先'性别男'，其次'长得帅'，否则就压根别想。有些律师往法庭上一坐，代理人自己看了都心里不舒坦，更别提法官了。所以啊，你真是选对了行。像我这种女流之辈就难熬了，永远打下手吧，顶多接点上头挑剩下来的案子维持生计，谁的猫被谁的狗咬了，谁的皮肤被美容院搞成大理石之类……可怜我家里的二老啊……"她越说越远，锡纸饭盒被戳得歪歪扭扭。

"但最初又选择了这一行。"班霆认为有义务把她抓回来。

"这也不奇怪嘛！因为律师神气啊、拉风啊，最重要的是，赚得多啊！"小田抬起下巴，连眼睛也傲慢地微眯，仿佛不满这个提问的必要性，"不过呢……我也是年幼无知，被太多香港电视剧洗脑才走上歧途的。唉，荧幕里头的律师个个开跑车住豪宅，走上法庭后，那叫一个能言善辩啊，气宇轩昂啊，'法官阁下，控方似乎忽略了重要的一点'，哪一点？——'本故事纯属虚构，如有雷同纯属巧合'。"

班霆被撞出一个笑："起诉 TVB 去吧。"

"代理律师就聘请你来出任咯，看在同事的分上打个折扣哦。"小田又加了一杯橘汁，"喏，我前面听所长漏过风声，等你研究生毕业后，他打算把你留下来着。你考虑过吗？"

"目前还没。实习完再说吧。"

"实习可和正式录用不一样欸！等执业证书到手，起码不会再被打发去调查什么印度新娘了。"

作为上司派下的工作，那次班霆和小田去为一桩人身伤害案的辩护做前期准备。四十八岁的男子，残障程度五级，童年遭遇车祸后，失去双臂。这样的人自然难以成家，于是他掏出毕生积蓄，把六十万元给了一个二十二岁的女孩，并和对方约定两年内生下后代，随后他们结为了夫妻。只是不到一年，女孩提出离婚，争执爆发后，她拿剪刀戳穿了丈夫的脾脏。女孩有个中国父亲，但母亲是印度籍，作为辩护方，事务所安排班霆和小田一起前往印度调查情况。

"我都不知道该同情谁，就觉得这个世界上啊，苦难的人到处都有，层出不穷，他们到底是怎么个苦难法的，你绞尽脑汁假设出来的也不过是九牛一毛。所以有时觉得自己买不起名牌包也不算什么了，下雨天打不到出租车也不算什么了。"虽然在去程上已经说过类似的话，可小田觉得必须加以复述，"而你见过没，那个'印度新娘'？"

"没见过。"班霆叉起十指，瞥一眼机窗外的云层。

"估计长得一般，我看照片上也很一般，本来嘛，好看的怎么也不会沦落到卖身吧——而且才六十万的价钱，照我看，这把剪刀早捅晚捅，迟早要捅的。"

　　大概真的恨到极致了吧，班霆听王律师提起，年轻的妻子曾经连续一个月从马桶里舀出水来给自己的丈夫喝："基本每次做这类事，她都直接当着丈夫的面，把饭桌上他的杯子夺过来，走到旁边的厕所间里去盛水，丈夫气得踢翻，她再盛，再踢翻，再盛，这样的行为可以持续整晚。"

　　"你觉得案子会怎么判？"小田问班霆。

　　"王律师说，不会很乐观，但也不会很悲观。好在原告的性命保住了，而且法官必然会考虑妻子也有值得同情的地方。"

　　"也对。这个时候打同情牌才是最有把握的。毕竟被告也挺惨，六十万，结婚还要为对方生孩子。"小田念念不忘那个价钱。

　　"'同情牌'……"

　　"怎么啦？"小田注意到班霆折出一个足够锐利的句尾，上面明明白白敞着他的不悦。

　　"嗯？"班霆看着小田的眼睛，一秒后他把整个人埋进椅背，那是不准备继续的身体语言。

　　"怎么了嘛？"小田的好奇心只增不减，她用餐具的尾端戳一戳班霆的衬衣袖管。

　　"类似'其实好人也有可恨的一面''坏人也有可怜的一面'——这种套路，最近多得让我有些受不了。"

　　"哎？"小田呵呵地笑了，"那你当律师完全是选错了行嘛，做律师就是要把别人认定的好人说成坏人，别人认定的坏人，说成有苦难言的好人啊。"她边说，边落下一半视线在班霆两手间，他的食指轻叩着缓慢而规律的节奏，"不然，当初你为什么做律师？也是想赚大钱？"女生的音调一如往常般昂扬，丝毫没有在"赚大钱"三个字上缩手缩脚。既然此刻的社会，每个人都把欲望坦然地挂在脸上——想做有钱人，渴望生活富足，首要目标是追求经济上的宽裕，旅游、手表、珠宝、房子、车……没有了羞怯自然也就没有了顾虑，一如人类第一次发现在海滩上大面积地裸露肌肤其实是理所当然，不应受到拷问和指责的时候，最后他们干脆赤条条地躺倒着，布料稍多的泳衣反会遭到鄙视。

"是因为这个吗？"

那个夏天，原本只是送荔枝进来的母亲，站在儿子的书桌后留着没有走。她用这个动作，为所有内心矛盾的对白拉开序幕，强制它们分出条理和逻辑后登场。

"明天几点到学校？不用七点那么早吧，去填个志愿而已。我记得你之前提过好像是九点……啊，说到这个，明天你爸的车还没法用，要不要我替你订一辆出租车？"

"不用的，我搭公交去就行。"男生从电脑前转过身，母亲已经在自己的房间里有一手没一手地收拾起来。

"那好。明天我会把小谊接过来住两天，你知道的，她现在……你叔叔婶婶的手续还没办完，让她待在那个家里，总不是什么好事。"

"我明天中午就能回家，小谊我去接好了。"

"嗯。"班霆妈妈把手里一件 T 恤折完又拆开，又折完，似乎始终无法满意，但班霆很清楚，那是她在和心里矛盾做纠葛时的无意识投射。果然没一会儿，班霆妈妈淡淡地说："志愿就定了？法律，是吗？……其实我还真不想劝你，原先，我老觉得生物学成后也不知道能从事什么行业，担心工作不好找，可既然是你的兴趣，从你的兴趣出发，这点总不会错的。但突然说学法律……不是因为钱吧？"她陷入完全的自言自语，"你哪知道什么赚钱什么不赚钱呢。你才没有这些实际的概念。"班霆看见母亲像蔬菜被一刀切掉了根部后，所有叶瓣纷纷松塌下来一般，忧郁调动着她的五官，又让她的两条眉毛在其中艰难地挽救着凋零的局面，"……所以，的确是有什么别的原因吧。你不想跟妈妈说的，别的原因？"

她说完最后四个字的瞬间，班霆脸上浮起极浅的冷笑，须臾又化作水汽般被吹散了，温度从他的眼睛里悄悄溜走。它们差不多就要临摹出那个"别的原因"真正的样子，使它具体化了立体化了，几乎成了一个形状。

这些被做母亲的巨细无遗地看在眼里，她用十成十的把握相信了，儿子是在默认。

把果盆收拾进厨房后，班霆妈妈回到客厅，沙发上丈夫还在看着今天的报纸。

她在丈夫身边坐下，腿上不自觉地憋了点劲，于是那个入座比平日陷得深，足以传递到一旁，让丈夫察觉她的心情。

可班霆妈妈始终不能放弃言语上的挑明："……那明天就让他这么去了啊？"

"就这样吧。"做丈夫的从报纸里抬头，语气中是对结果的许可，看见妻子神情中丝毫没有减轻的忧虑，他无奈地劝，"既然你一开始也觉得生物这个专业未必找得到工作，改学法律不是合你心意了么。所以你就不必抓着原因不放了。"

"你说得倒轻巧，我肯定要担心啊。"她忍不住说，"搞不好真是和那个女孩子有关呢，不然怎么会突然之间……"

班霆爸爸不吭声，好像报纸上的新闻十分有趣拽得他眼神又紧了一些。这根线绷到最后，仿佛一下被松脱的水桶，从井口重重地掉了回去，由他胸前叹出一口气。等再抬起眼睛，父亲用力地望向儿子的房门，用力得似乎是希望能够借此看见这个节骨眼上做出选择的儿子，他的未来生涯。

【 "看样子是没有办法" 】

律师事务所里接待的角色之丰富，班霆在实习过半后差不多习惯了，为了钱，为了情，之所以为了情也多半是为了钱，男的女的老的少的都得争，而且不知是不是身处律师事务所的缘故，他们争夺的姿态都比往常更加有力和直接，半点遮遮掩掩的羞涩或软软弱弱的犹豫都不会有。早上一个六十岁的阿姨在这里哭瘫成软泥，中午换成讨薪的员工团体，总算有了一个消停的午休，前排的小田从转椅上弹跳起来，动作里明显就差一个直到嘴边的"yeah"，而她马上回过头冲班霆压低嗓门："我出去一下哦，就二十分钟。等下要是有人问，你就说我感冒了去对面药房配个药。"

"要我替你圆谎,也别增加额外的难度。"班霆伸出食指比了个方向。小田的显示屏上,"英国摇滚乐团×××××来华演出,现场购票地点×××××"的横幅海报跨了满屏。

"哎,啊,忘了……"小田赶紧更换成一则写到半途的文书,"谢啦。"加快步子,人影匆匆便消失不见。

而大门很快又重新打开,难道是忘了带手机还是钱包,班霆心想着,眼睛看过去,有个年轻的高个儿男子右手还停留在叩门的尾音上。

"请问王律师在么?我姓贝,先前和他预约过的。"

班霆站起来,没一会儿他从对方的神色里看到了与自己不相上下的困惑和恍惚。只是它们在化学药水里褪出黑白黄,终究要恢复一个可见的影像。班霆拂去语气里的不自然。"未免太巧了一点。"每个字眼却不可控地往上跑,要凝住他冷淡的眼角,他的心情越往下沉,它们就越是明显,几乎像积在冬天玻璃上的霜花。

"呵……"贝筱臣朝班霆翕动着鼻翼,轻轻地笑起来,"还真是巧。"

班霆让自己和从前一样,他像把测完体温的温度计甩了三两下,神情随之恢复到往常的刻度:"犯事了?把尸体埋在哪里了?"

"让你失望了欸。"贝筱臣继续笑,"不过我好吃惊啊,你现在做这行?"

"嗯。"

"也对,这种没有人性的地方确实比较适合你。"

班霆不为所动:"所以你来这里是?"

"公司里有个事过来咨询一下,和你们这里的王律师预约了一点。"

班霆看时间:"王律师?估计很快就回来。"

"好啊。"贝筱臣在一旁的沙发上坐了下来,他目光在四周转一圈后,重新落向班霆,"有五六年没见了哦?"

"是吗?"班霆的目光落在更近的地方,使他看起来仿佛半闭着眼帘,"才五六年?"

"辛追好么？"班霆听见自己发出这个读音，虽然只是须臾一秒，可他终究又对自己发出的这个读音感到深深地质疑。它们像一道经由十几道工序的菜，最后却是摔碎在地上。可他依旧尝到了，有碎渣割出了血腥味，从班霆的身体里沤出缥缈的伤感。

"……还是忍不住哦？"贝筱臣稍微压抑了一下自己应有的嘲笑。

"看样子是没有办法。"班霆回得冷，但声音里坦白着那些从很早以前便开始的因和果，一下子在班霆的脸上照出暗色的却近乎羸弱的光。

"感谢关心。"尽管先前没有意识，可贝筱臣迅速回过神来，自己只是暂时忘记了这份两人间几成惯例的对抗，他久违的斗志重新回到了原位。

"你还没有回答我的问题吧。她现在怎么样？还好么？"

"啊……"贝筱臣脑袋稍稍歪出一个思考中的角度，"是啊，我没回答呢。"随后把更接近青春期时的傲慢和顽劣，明明白白地沿着他的下巴线条送上。二十五岁的贝筱臣冲着班霆耸一个不痛不痒的肩，转而迎着刚刚踏进门的王律师走了上去。

小田蹦蹦跳跳地回来了，犹如捧着颗大松果的动画角色，两手献宝般全情呵护着一张纸，因而椅子是她用屁股拱出来的，键盘是她用胳膊肘推开的，越俎代庖的行为里充满了得偿所愿后的幸福，但很快动物性的警觉让她立刻停住了动作，她朝班霆瞄一眼。

"怎么了吗？"小田坚信自己没有误会空气里残留的那一缕异常。桨虽然远去了，涟漪还在。

涟漪里的班霆看她："怎么？"

"……哎？你……哦……没，不是，我以为你……"

班霆侧出一个淡漠的斜角算是反问。让一声"死人"在小田心里打了几个折扣后磕磕绊绊地忍在了嘴边。她重新坐正，回到膜拜演唱会门票的典礼中，很快她便好了伤疤忘了疼地又回头来冲着班霆问："有客户？会议室关着门欤？王律师回来了？"

班霆静静地吐了一口气，朝她顿首："是的。"

"有什么案子吗？"

"不知道。"

"男的女的呀？"

"男的。"

"哦！年纪大不大？帅吗？"

"一秒钟把这里变婚姻介绍所。"班霆回到电脑前。

"谋不到钱，能谋到个对象也不错吧。"

班霆朝会议室里扫了一眼后："那你加油吧。祝你成功。"

"突然之间这么正能量，是有什么阴谋吗？……算啦算啦。"小田拢起肩膀，把门票再度摊在手掌上，"我有这个就够了嘿。"

一丝蓝光之后是白光，接着一片橘黄色把班霆的眼睛小范围地擒住了，很快扑在他整个脸上生涩的绿色，变化的光亮大概是瞅准了目标彻底的失神，瞅准了他此刻暴露的空白，机不可失地要把每一笔下得更重。他两手摊在桌沿，但指关节拟着一个抓的弧度，于是看不出到底是漫无知觉还是暗使着力。可是对班霆来说，在他的意识里，自己并不是这样一动不动地坐着，让电脑的屏保图案跳出来旋转了至少十几分钟。他觉得自己应该是拿起过杯子，然后打开过文档，不仅打开过一个，也看过其他几个，他好像还听见过电话铃响，回头看看窗外时对面楼有人正在走廊上疾跑而过，他看过墙上的钟，他伸出腿然后又觉得不舒服再收回，他揉捏过眼睛，他清过嗓子。

他觉得自己明明没有停过一刻的动作，按部就班，有条不紊，他很擅长那一份有条不紊。但班霆也知道，那堆在瞳孔里胡乱作画的线，已经涂完了赤橙黄绿，并且开始了青蓝紫，而自己的双手和其他部位一样，始终没有任何意图，要改变此刻的姿势，它们全部都不想动，不打算动，不希望动，他被自己固定成一个疲惫但默许的姿势，要好好地看一看，过往如同一只抛出去很久的武器，就算过去再长的时光，但等它重新露面时，却是一枚带着多么刁钻和精巧角度的回旋镖。

那个夏日的黄昏，班霆填写完志愿的笔在手上转了半个不成功的圈，磕掉到地上，一滚就径直滚出房间，完全是要与之前的落笔彻底撇清关系的决绝。

桌子上有打开的电脑，也有闪动的屏保曲线，一团乱麻似的无穷无尽绕个没完。他也是过了许久才回过神地动了下鼠标，让电脑重新回到先前搜索的浏览器网页上。一段段蓝黑色的字中间有特属于他的焦点，被红笔圈出似的，集中在"赔偿""诉讼"和"审判"上。

他环顾四周，被母亲不知道叠了几次的 T 恤放在床尾，空调运作的绿灯温和地亮着，玻璃杯下有一圈水渍，穿过百叶窗的光把他的志愿表切成昏与明的细条。笔迹已经干透了，是看不出有任何伏笔的清爽干脆，只在填写日期上做了最后一位数的涂改，落笔后他才想起这个月是没有三十一天的。

他心里没有底，但有底没底压根不重要，他对于将来要学习什么从事什么完全空白，但它们都不重要，所有的未知都不至于让他产生实质的不安和担心。他相信自己更多是出于兴趣，和最初对生物的兴趣一样，当初他仅仅是好奇所谓"活的"到底是怎么个科学意义上的"活"，多翻了几本课外书，然后就跟着报了班，只不过被老师相中后就往竞赛路上走远了点。和现在对法律产生兴趣没什么太大差别，人情斩不断的，法律是不是就能斩断。是不是就能手起刀落毫不心软。

还是人情远比法律更冷漠，很多时候被人情撕碎的关联还能在法律那边讨得一次生机。

无非是兴趣，不过是兴趣而已。谁规定了让人喜悦的兴奋的才是兴趣，冷的硬的奄奄一息的照样可以牢牢地钳住他心里的一角，带来同样程度的冲动，让他慢慢地漫漫地生了要刨根问底的决心。

班霆仰向椅背，入夏的气温钝得很，切不过窗户的范畴，房间还是倾斜式地冷了下去。

【 "只要你能过得了自己那一关" 】

透过事务所小会议室的磨砂玻璃只能看见外面大致的轮廓，而贝筱臣当然分辨不出哪块是哪块。他甩甩还在烦躁中的意识，把话头拉回到正题上。

"王律师，您好，这次谢谢您了……是的，就是之前和您在电话里提过的，啊，您叫我小贝就行，对……关于事件定性和该怎么确定之间有没有直接联系的问题。

"嗯，我确实只是受轻伤，我没有大碍。但当时副驾驶上，是上司。他有骨折。

"他的年纪？大概五十不到，四十八九岁。

"不，没有那么久，也就一个月前的事情了。那时赔付了他医药费，而且当时他也没有什么不满，还一个劲劝我别担心。

"所以我也没有想到，这次的调职突然会轮到我头上，因为按道理来说，就是不合理的……

"嗯，我父母比较难接受。他们一直说，我是被连累的——之前公司曾经有个高层出过事，而我和他沾点亲戚关系，所以我爸就说以后只要我出了任何纰漏，就等着好受吧，于是，这次的车祸在他们看来就是我生生撞到了枪口上。嗨，我其实挺乐观的，'三十年后仍然是一条好汉'嘛，但他们让我一定要来咨询一下，这事情有没有解决的办法？"贝筱臣揉一把头发，刚才还维持着熠熠之姿的发型多少有些气馁般倒伏下来。

结束咨询后贝筱臣回到驾驶座上，捏了捏鼻梁两侧的穴位，打开方向灯的时候，也带到了雨刷。

在干燥的玻璃面上，两支黑色的雨刷发出艰涩的摩擦声。

他屏息一秒后，握在方向盘上的手缓慢发力，血液像理发店门前的转灯一样，缠绕着或躲或涌上来。

事故发生在并不遥远的初春。贝筱臣载着上司去外市开会。上了高速没多久，突然的雷雨以铺天盖地之势倾覆着，一层层的水幕几乎像刀一样要削弱他紧绷的神经。贝筱臣早已把雨刷开到最高速，可还有些不能招架的感觉。就在路程差不多过半的时候，贝筱臣突然发现视野像倒塌的帐篷，向两侧轰然融化下去，随后便是暴烈的雨，用囫囵的吃相朝他吞了上来。

"怎么了？！"上司惊慌地大喊。

"……"贝筱臣用仓促的意识捕捉到两支断裂的雨刷从车窗上飞走的轨迹，贝筱臣急踩着刹车，却已经没有办法控制整个车身在自暴自弃中旋转起来。直到撞上一旁的隔离带，变了形的车门朝他的身体毫不留情地招呼着新鲜的伤口。

"雨刷为什么会突然断了呢？"刚才在会议室，律师也曾经问起。

"……因为，用了路边洗车铺推荐的，应该是劣质货吧……"

"这样啊？其实省那些小钱没有意思。你看，差点闹出人命来。"

贝筱臣双手交叉在胸前，没有说话。

其实不能责备辛追的。当时是自己着急回电话，才让她留守在洗车铺。

她那份理所当然的好心——既然比起正规厂商处标出的几百元，几十元的数字对她来说，是种完全无法拒绝的喜悦的发现。一如她过去从十几家网店里淘到最实惠的围巾，换购来划算的被面。

"试试嘛，如果真的不错，以后可以少花冤枉钱啦。"雨刷更换完后辛追跟着贝筱臣坐进副驾驶。

"二十块一对？会不会太便宜了？"贝筱臣理智地感到不妥。可辛追把眨眼的速度放慢到一个惴惴不安的弱势。

"难道便宜不好吗？"

"不是不好。"贝筱臣连忙否认，"很难相信而已。"

"不要疑神疑鬼啦。你就是不知道什么叫过日子。"

"呵……"他伸出手臂搂辛追的肩膀，持续的笑容在嘴角快要挖出一个深深的酒窝，"是啊是啊，有你知道就可以了呗。"

从律师事务所回到家的那晚，贝筱臣认为他把这辈子可以表现出的轻松劲都演完了，嘴频频动在了大脑前面，夸完这个调侃那个，窗帘洗得干净，菜真是香啊，爸你要加茶吗，妈我帮你剥个橘子吧，但贝筱臣妈妈的脸色仍然维持铁青。她先是站起来走进卧室，重重地关上门，而没等剩下的两父子完成面面相觑，又再度走了出来，完成第二次愤恨的摔门行动。贝筱臣知道自己的争取终究还是收效甚微，他刚要酝酿出最能为长辈接受的赖皮般的笑，贝筱臣妈妈把自己坐在沙发正中，坐成裁判的位置，对他说："你也知道，我对辛追的态度，到目前的情况，若说我还对她能够好好地看待，那你真的要求太高……"

"妈，但我不会因为你反对就离开辛追……"贝筱臣立刻打断进去。

"我知道，你别急。"而做母亲的也没有让步，"你先听我说。我很清楚，不是我说让你们分手，你就会和她分手的，你完全有你自己的判断力和感受。所以我是让你好好看一看，你们之间的感情，你好好看一看，你看看清楚，你觉得它有多少可以维持的可能。'笤帚疙瘩上打茧'，听说过么，意思就是结不出好果来。你们现在还年轻，当然可以花前月下，不食人间烟火一样地谈下去。但这也只是你所处的境况。你根本不能想象她是以怎样的心情和你一起出去吃饭，让你请她看电影，接受你送她的礼物。你想象不了的。也许她现在也没有察觉，但我坦白告诉你，不用很久，你们脚要踩到地上了，要开始接地气了，就会发现有些事情是一开始就注定没有办法的。你们之间生活的态度——你和她，你们谈到'生活'两个字，都根本是截然不同的东西，要在里面一起处，怎么处？她家之前打那场官司，底都被刨空了。听你说的，到现在都还没还清债务吧。如果没有那场官司，也许情况还会好一点，但现在，你让她跟着你，无忧无虑，想怎样就怎样地谈恋爱，那是你太天真。"做母亲的为了让这番苦口婆心能再立体一点，眼睛已先一步泛红，她早就从儿子扭向一边的视线里知道自己这番言论的收效将一如既往地微不足道，但恰恰是，她深知也只有自己出面当恶人，带来的伤害才是最小，言辞再怎样不留情面终究是言辞，纵有决裂的气势挥出的也不过是空拳而已，况且里面还处处都留有她的迂回和不忍，远不及将来会直接从儿子心里撕开的口子来得粗暴。她毫不怀疑会有这一天的到来，什么都会得到验证，克服不了的终究克服不了，逃避不去的始终逃避不去，差距不仅仍在而且愈加巨大，原本维持在两者间的桥梁开始不堪地嘎吱作响，然后崩出一场心灰意冷的硝烟。就算她现在打的每一针预防针都会被儿子视为白费功夫，但贝筱臣的妈妈知道自己决不会错。有一次她结束旅游回家，儿子在家里对着一锅外卖的馄饨，可能是闷太久，皮和馅分别黏成两个群体，自说自话变成了面疙瘩和菜糊，她不用问就知道是谁送来的，时间久了，她太了解这些围绕在儿子生活里，充满了"攒""捂""凑""捧"式动作的感情奉献。看儿子一双筷子也动得很慢，她放了包，换了衣服洗完手，倒杯茶然后跟儿子闲聊了两三句，说完天气说星期，同时好像没什么要紧似的，她走上前去，掂起饭盒说："不饿就别吃了。"仍然是没什么要紧似的，合上盖子把它扔进了一旁的垃圾桶。做母亲的当然一眼就能看出儿子来不及设防后的诧异和一点气愤，但那真的只是"一点"，的的确确只是"一点"，她再清楚不过。儿子从桌边站起来，看着垃圾桶，在等待迈出第一步的动力吧，但最后他只是边给出一个不满的皱眉，边走进自己房间甩上了门。

就是这个了，已经在儿子心里生出的裂缝，是自内而外的力量，要把它撕得大一点。

"你总说我对她苛刻？我对她苛刻又怎样？有什么用吗？到最后真正会对她苛刻的是我吗？她目前的境况难道是我苛刻出来的？我的话也许对你没什么影响，但我希望你别想成是妈妈要逼你们分手，我也没这么大能耐。只是你必须想清楚，你能过得了自己这关，那妈妈一点也不会说什么，只要你能过得了自己那一关。"

但你过不了。贝筱臣妈妈几乎不无失落地看着儿子。终于有一天，她看见门被推开一个虚脱的角度，弧形里站着贝筱臣，过了片刻又没了人，她迎上前，门前一袋原先她放在那里打算待会儿丢的垃圾不见了，倒是贝筱臣的包摆在一侧。又等了良久，她换了鞋走到电梯走廊尽头的窗户往下张望，黑乎乎的夜景里，小区公共垃圾桶应该是在右下角，她目穷地搜索半天也没有结果，只好替贝筱臣收拾了包回家。小姐妹的电话在此刻打来，阻挠了她正趋于不安的心旌，对方拉着贝筱臣妈妈絮絮叨叨地哭诉自己刚刚遭遇家庭变故，内容重大得让她找不到可以打断的机会。电话从头到尾一共两个小时，差不多在挂断的时候贝筱臣妈妈已经穿好了外套打算出门去找，贝筱臣倒是在那会儿露面了，电梯门送出一张疲惫的脸，让夜风吹出毫无规则的灰黄，她赶紧问你去哪儿了啊，扔个垃圾扔了两个小时？儿子一路漠漠地点头，促使她不由得回头看看是不是后面跟着个落了拍的魂，直到儿子站在卫生间，一边在水龙头下搓手一边回答她，因为垃圾桶都塞满了，所以他在等垃圾车来了把它们清空，车一直没来，他就一直等着。贝筱臣妈妈愣了，脑子里转不过逻辑的弯，看儿子把洗手这件事做得空洞又细致，十根手指被揉及的地方，血色才在下面慌不择路地活动，她反应过来，立刻替儿子把冷水调成热的。一上来的水温显然烫得过度，贝筱臣飞快地揪起眉心，等他随后搓了一把脸，再开口，声音半哑得陌生："我们分手了，今天。"做母亲的能从儿子的背影里读出他一句不乏恨意的"让你说中了啊"，但她也知道此刻自己不是胜出的一方，她何来的赢呢，她的赢就意味着儿子的惨败。他都这样了，不知道该做什么，思路里处处死胡同，所以在楼下两排落尽了叶子的银杏树下坐两个钟头也没什么不合理，他还在寻找一切时间，可以想清楚自己是对是错，对得有多失败，错得有多无能。

贝筱臣妈妈递去的毛巾已经巴巴地晾在空气里不知多久了，最后还是被她悻悻地挂了回去，她让贝筱臣独自留在卫生间，替他关上了门，坐回客厅后又打开电视，音量也调高了不少，广告里喜洋洋地介绍新口味的碳酸饮料。她的视线全停留在电视前一寸的地方，感伤地劝自己，不会有事的，都会过去的，不必太担心，假以时日，都会过去的。几乎每个人都会有这一段，先是高兴得不知该怎么办了，想到一段话，或者一次亲吻，好好地坐在椅子上也会仰面摔倒，脑袋朝地上磕得旁人都发晕，他却还有一腔重温不尽的喜悦垫在下面充当保护，再来就是不长不短的相处，当终于有一天察觉自己的叹气数值已经严重超支，就该轮到断腕般痛苦的抉择了，刀犹豫了很久，好不容易提起一口气压下去，在那狭窄的接触面上迫不得已地再碾一碾，为了能干净地切断所有连线——看，很多人都是这样过来的，再等一会儿吧，一个月三个月，半年一年，结成的茧子，也是护甲，让他终于能迈过一个名字，就算步子会停滞片刻，但终究会跨过去。

只不过，快要料事如神的贝筱臣妈妈也不知道，至少那一天，贝筱臣撑着洗手台的台沿，水龙头哗哗地冲成一个模糊的象征，他就水揉了几次脸，又回想起那个声音，没有跨过去的声音问他："辛追好么？"贝筱臣忽然惨淡地笑了笑，自己根本没有赢啊。

Chapter . 04 / 第四章

〖 "这里还有个法院啊" 〗
〖 "你们之间没有感情了吗" 〗
〖 "不能打官司" 〗

如同世界上其他的悲哀一样，她也可以，
黑洞般地吸走所有光明的力量。
不论是到哪里，遇见谁。

【 "这里还有个法院啊" 】

地处中心城区，四周环境可谓优雅，环绕的梧桐训练有素，不限季节地营造着浪漫的色调。不远处的街角，白天聚集着卖西瓜的小摊，晚上就改成烧烤的油烟香味。一如寻常般，沿街两侧开着餐馆、小卖部、五金店或理发厅，并没有因为紧邻着的是一所中级人民法院而流露出丝毫的慌乱。

离约定时间还算充裕，辛追将注意力转向一旁，法院门口巨大的电子显示屏上，播报着近期开庭的案件信息："20××年10月19日09点30分，在第五法庭（三楼）公开审理杨大妹诉卫菲一案（扶养纠纷）""20××年10月19日09点30分，在第二十六法庭（九楼）公开审理徐国彰诉盛熙科技有限公司一案（股东资格确认纠纷）""20××年10月19日10点00分，在第二十三法庭（八楼）公开审理胡天淳诉马悦婷一案（职务侵占罪）"。辛追一条条地看，在四周以"食尚""香""美""顶尖"为关键词的广告牌中间，这些黑底绿字的内容，越是机械和枯燥却越能吸引眼球。时不时有等候红灯的路人，在辛追身旁与她一起抬着下巴，哪怕身上还带着刚刚从地铁中脱身而出的汗臭，却不妨碍他们立场坚定地获得某种满足，也对，既然自己没有遇上持刀的歹徒、狡猾的骗子、贪婪的盗贼，也没有被刻薄的公司、寡义的亲戚所陷害，既然仍有那么多倒霉鬼在这幕电子告示牌上构成生活的底线，为旁人奉献出可以骄傲对比、暗自庆幸的故事来，那么何乐而不为，从他人的不幸上构建自己悄然的满足。

辛追听身旁的大婶不自觉地念出屏幕上的字句："哦哟，连'走私毒品罪'都有啊。"她接应到一旁辛追的目光，便回过头来补充了一声，"作孽呀！"丝毫没有隔阂感，从辛追喉咙里得到她附和性的一声"嗯"。

昨天傍晚，辛追用抹布擦拭着桌台上的西瓜汁，盛了盘后端到客厅，在表妹放假回来的这一个月里，她已经对"反季水果"有了充分的认识，虽然核心总是绕着"昂贵"两个字转不开，远远近近地叫她慨叹一番。

"辛追也来吃呀。"姑妈抱着刚刚收下的被子，又回过头对自己的女儿念叨两句，"不是说了让你去切的嘛，这个也要麻烦别人的？"

"我刚涂完指甲油，怎么动啊？"表妹婷婷伸出十根手指垂睐在自己满意的目光中，转眼看见辛追。

"婷婷马上就走了，到时候辛追你就睡回原来的房间去。"姑妈掸着一条枕巾说。

"干什么干什么，我还在这儿就已经赶我啦，太猖狂了吧？"婷婷玩笑性地嘬着嘴，两手在空中甩一甩，"这瓶指甲油送你，反正我用不过来，省得浪费。"婷婷的慷慨也是大刺刺的。

"不用啦，我又不会涂。"

"练嘛，练着练着就熟了。而且，你不记得了吗，我以前做美术作业——大概小学一年级时的事了，不对，或许更早？总之，那时我老把颜色涂出框去，我主要没那个耐心嘛，后来你教我，只要先沿着轮廓内侧勾一圈边，接下来上色就没这个问题了。"

辛追来不及讶异："是吗？"

"是呀，噢，不过这跟涂指甲油没什么关系，指甲油可不能这样涂。"婷婷察觉到辛追的惊奇后，"你不记得了哦？那会儿我不是常常上你家的澡堂去洗澡嘛，每次都带着作业过去，吃完晚饭，做完作业再回家。"

"啊。"想起来了，在尚属于"童年"的往日里，姑妈和表妹都曾做过"辛勤浴室"的客人，"好像有一次，因为里面太闷热，你还晕过去了啊？"

插话进来的是当时暴跳如雷的姑妈，她朝女儿比出一个高度："不过让你站在板凳上穿棉裤而已，就我回头收拾洗头膏那么一刹那，你就从凳子上直直栽下来。"姑妈的语调还能轻松复习昔日的惶恐，"'砰'的一声，到现在我也记得很清楚。而后你就开始两个鼻孔一起出血，止不住，就这样齐齐地往外流。"那天姑妈抱着因为低血糖而昏厥过去的婷婷冲了出来，对着柜台后的辛追父亲一通气急败坏地怒斥："又不通风！温度又那么高！这下你看看！这么破的浴室开来就是害人的吗？婷婷要是留了什么后遗症，你当心，不会因为你是我哥，我就会随随便便放过你！"

好在强大的血亲关系，和表妹幸运的无恙，终于让这点风波化为记忆里的小插曲，等到多年后，便可以和炸破了新外套的鞭炮，运动会上脱臼的胳膊，外婆一颗被包子粘掉的牙齿一起，任凭当事人用单纯的语气重提了。

"所以后来我们家买第一套房子的时候，我最关心的是浴室。"姑妈的声音跟着她隐没在表妹的卧室里，再回来时，她提着一袋装满的垃圾，"姚婷婷啊，你越来越不像话了，饮料喝一半就扔？这里面就至少两瓶，一点节约的意识都没有！"

婷婷冲辛追耸耸肩："好啦，妈你刚才说到一半的是什么来着，买房什么的。"

"噢，我是说，那时买房，我最关心的是浴室，我和你爸也是这么说的，'一定要有个至少能放下浴缸的浴室，我要让一家人有个可以安安心心洗澡的地方'。"姑妈把话题总结向家庭命运的变化，仿佛她从那次澡堂风波里得到了一个女主人应有的成长，结局如此励志，故事也顺理成章地满溢出鸡汤似的香味。辛追无从得知自己是在哪句话后开始挂上空泛的微笑，但能听见仿佛是被风吹响的呜呜声，穿过了布满大大小小洞眼的一面墙。

"对了，说到这个，辛追啊，我这里有几张 SPA 会馆的票，明天就到期了，你和婷婷去吧。"

"哎，她不会去的啦……"婷婷打断进来，然后将眼睛冲着辛追，"明天有约会对吧？"

"啊？……不是约会啊，不是的啊。"辛追脸红在声音上。

"又没什么的咯，反正你和筱臣哥哥分手很久了，重新找一个又不奇怪。"将语意用全然相反的口吻，仍是表妹在十九岁这个年纪所擅长的敌意表达。果然一旦牵扯到特定对象，对于表姐的不忿还是带着未散的余温，明一块暗一块地要皲裂在空气里。

事情缘起之前接到的电话。辛追记得，自己下意识重复对方的邀请，"电影院？"三个字刚说出口，沙发上的婷婷很快射来了敏感的视线，使她几乎有些赤裸裸地被盯着，辛追拿着手机躲到阳台上，很用力地摇着头："看电影我就不去了，谢谢……"

但电话那头的崔洛川直接打断辛追："可我没说是'看电影'啊。"他发出游刃有余的笑声，"我只说希望约你在电影院前见面。"

辛追被堵住了，她抓住内心冒头的不快："到底有什么事？"

"我们公司明天要搞个宣传活动，定了几名礼仪小姐，偏巧她们耽搁在上一个活动里了，赶不过来，这不我正到处拉人来帮忙呢。"崔洛川依然不卑不亢地说。

"哎？礼仪小姐……可我没做过啊。你找不到其他人了吗？我们学校不是还有个前台……"

"我联系过啦，她正在外地呢，也是赶不回来。"

"但是……"辛追觉得依然摇摆不定。

"行么？算我拜托你了。"接着仿佛是才想起来，"当然，还不至于厚颜到请你无条件捧场，我们公司对于这次活动都是会给予相应费用的。"

"……"辛追冷不防听到一个改头换面的"钱"字。它如同得到一系列许可的盖章，因而完全合情合理地站在了最后，甚至正因为它的出现，才令原先疑窦尚存的事情变得扎实起来："可我行吗？……合适吗？"

"哪里不合适了？辛小姐，我认为你是很好的，你没有问题。"崔洛川诚恳得简直像一把睡进了鞘的刀，"希望你明天能来啊，就当是一份轻松的零工，行吧？"

渐渐地，五六个似乎和辛追去往同一个场地的女孩在法院前集合起来，彼此虽然不认识，最后不知是谁先开口说"怎么挑了这么个地方啊"，让产生同样意识的人瞬间聚拢到一起。

有人扭头问辛追："你旗袍带好了吗？"

"我？对，带好了。"

"哦。"对方转而抱怨着，"搞不懂哦，为什么还要我们自己准备衣服，不是应该主办方提供的吗？"

"大概是怕万一准备的出了问题让我们有个备用的也好吧。"辛追想，先前在电话里也是这样对母亲解释的。

"我上次给你带过来的那件还真派上用场了啊。"辛追母亲继而问，"最近怎么样？婷婷也快开学了吧？"

"大概吧，哎，妈你不用那么担心。婷婷在，也不会对我有什么影响。反而每天晚上都有好多菜，我跟着享福呢。"辛追急着表达喜悦，"爸爸他最近还好吗？"

"还好，挺好的，最近倒是很不错，对啦，前天，有两个他的老朋友还来看他。不知道你还有没有印象，以前经常来浴室洗澡的，你一直叫他们阿奎叔叔和小三毛叔叔。"

"小三毛叔叔我记得！以前他每个礼拜都会带我去吃烤羊肉串，啊，他过来看爸爸了吗？……不过阿奎叔叔是谁，倒没什么印象了。"

"啊，你果然不记得了，阿奎叔叔有个女儿，跟你年纪差不多，你忘记了吗？小时候你们还为一条头绳吵过架的。"

"有吗，哈，的确没有印象了。"

"后来我们浴室关门的时候，你阿奎叔叔也来帮忙搬家了的。而且你爸第一次发病的时候，阿奎叔叔也曾经到医院去探望过，不过当时你恰好不在。"

"嗯。是吧。"

"前天他们来看你爸爸，坐到很晚才走的。不仅吃了午饭，吃完以后又聊了很久。"看来那次旧友的拜访让辛追母亲忙得不可开交，但她心里非常愉快，她不仅去买了熟食，又打扫了一次房间，连茶叶也新打了二两，"小三毛叔叔的儿子已经结婚了。你阿奎叔叔么，现在和他太太分居着，倒不是感情问题，是因为工作需要。"她滔滔地说着，好像对当时家里久违的热闹仍恋恋不舍，"他们都劝你爸，养好身体最重要，其他别想太多。你阿奎叔叔最逗了，你猜他告诉我们什么，说那年我们家开的公共浴室关门时，他为了纪念，从我们当时处理掉的储物柜里搬了一个回家，放在自己的卫生间。直到现在还留着。他还拍了照片给我和你爸爸看，真的欸，上面'辛勤浴室'四个字都在。你说说，他好玩不好玩。"

"哈？真是的……"

"最后临走时他们留了两千块钱。"之前愉悦的音调到此刻平缓了下来，"我开始说不行不要的，但你阿奎叔叔解释说，这次来都没有准备买礼物，因为买了，如果是我们用不着的鲜花水果，也没多大意义，反正都要花钱，不如把这个活，辛苦点，让我来替他们做了。"

辛追听得出，母亲的描述中，把这番说辞讲得合情又合理："那后来收下了？"

"我也推托不过，就收了——这样一来，或许月底我们就又能凑出一万还给你姑妈了啊。"

"嗯……"无奈的笑容沿着辛追的脸颊拓出一层阴影。她没法理直气壮地开心。辛追完全可以想象，没准连那几盘熟食，父亲的老朋友们也没舍得多动筷子。他们绷起神经，互相使着提醒的眼色，在餐桌上避免自己继续探听辛追家的近况。既然已经从周遭的居家环境里体察得出，这个失去了经济来源的家庭并没能摆脱当年倒闭的阴影，更别提获得电视剧一般天翻地覆的逆转了，原本预想中的交流也就变成了朋友单方面的汇报吧。她记忆里轮廓稍微清晰的"小三毛叔叔"，和稍微模糊但听上去根本是个好人的"阿奎叔叔"，仿佛为了掩饰内心的遗憾，五十几岁的大汉语速被不由自主地快进了一倍多——

"辛追现在怎么样？挺好吧？我算不算得上'从小看着她长大'啊？这个小姑娘心地最纯真了——你们又当我是说笑了吧，可我不是在乱说呀，喏，我原来每个礼拜带她去吃烤羊肉串。我肯定次次都跟她说，你想要几串自己点，结果她从来都只买两串，其中一串还是要分给我的。而且哦，第一次带她去的时候，卖羊肉串的不是往上撒香料嘛，你们家的小辛追啊，紧张死了，一直拉着我的衣服说'小三毛叔叔，让他不要加了，不要加那么多了'，我问'怎么了，你不喜欢香料的味道吗'，你们知道她怎么回答我啊，'香料也要收钱的吧'，我笑得哟，腰也直不起来。唉，辛追小时候实在是乖。不过，我大概有——从你们浴室拆掉后就没见过她了吧，也有八年了？"放下手里的啤酒杯，似乎是一个预先说明，自己的感叹无非是酒精作用的产物，"大哥和嫂子，你们实在太辛苦了⋯⋯"

前来接送的班车过了二十分钟才出现。司机从驾驶座里探出脑袋来冲女孩们挥起手臂："对不起对不起，我迟到了——"

"搞什么嘛！"女孩们一个个甩着不悦的口气鱼贯上了车。

"这里还有个法院啊？"司机把目光瞥到一旁。

"对呀。"情绪更上一层的"你还好意思说"。

辛追塞在最后一排座椅的正中间，装着旗袍的塑料袋拥在胸前，她向左或向右转头，窗外的景色被身畔的人影剪得支离破碎，一角的树干，一环的车轮胎，一个由动转静的站姿，一条灰色的裙子，一只被风戏弄的塑料袋，一双伸出又收回的手。车一直往前开，越过丛丛嘈杂的人群、密集的店铺和浪漫的梧桐，仍是法院圆顶上的一撇弧线。

【 "你们之间没有感情了吗" 】

在更衣室里换上了红色的旗袍，辛追又用别针把空落落的腰兑紧了些。房间里除了她以外的女孩们，暂时没有搭话，自顾自在脸上扫着粉或夹着睫毛。

一个很寻常的保险推广活动，有主持人和嘉宾，还有小型的乐队和歌手，半个小时后，远远近近多少站了半个扇面的观众。到了有奖问答环节，便需要辛追这样的礼仪小姐穿梭着递话筒，答对了便把事先准备好的礼物送上。不算累，何况也看了热闹，她就没有懊悔答应了这桩差事。趁着空隙，辛追发现了站在舞台后侧的崔洛川，正和身边的同事聊着什么，十句话里掺三个不温不火的笑。辛追等了一阵，谈话却始终没有完结的苗头，让她已经准备好发出的致谢的笑容，慢慢地又被卸下了。

方才临出门时，辛追干脆把头发绑得更简陋一些，同时她驼起一点背，确保自己看起来足够萧条。她在婷婷面前走过，特地招呼一声："我走了。"等到表妹抬头看过自己，辛追才隐隐松了一口气。

　　不是什么约会，绝对不是。不是什么"和前男友分手数个月后""可以找下一个了"。

　　雪很大的一天——不怕死地来回忆那么一下的话，真是雪很大的一天，白色粉末从北往南要分解了整个城市。马路上随时有骑车人摔倒，起来后像沾了厚厚的糖霜，半边都甜了。辛追扶着车把爬起来，迎着劈头的雪片怔怔地站了一会儿，而它们甚至还来不及在她的额头着陆，仅仅是一个靠近的意图，也转瞬被女生灼热的呼吸所融化了。

　　她看见空气里由自己呵出的白烟，说明体内的温度与外界拉出一个怎样的差值，而它们还在持续地扩大着。待机动车道上轰轰驶过一辆巨大的铲雪车，前面的推铲快有一人高了，原本失去踪影的路面就是要靠它重新刨出来。铲车碾得地面直颤，但就算它过去，辛追还是站不稳。二十分钟前贝筱臣那个冠在她嘴唇上，标记着数字"第一次"的吻，也结结实实地由记忆里回击上来——

　　他们站在风口，以至辛追的嘴唇被压上什么的时候，那个已经预备好的静止里，她猝不及防地打了个喷嚏。

　　遭到中止的接吻，像一个手臂挥在中间喊了"停"。

　　辛追的脸煮成虾子红，人绷得一触就碎，只能定定地睁着眼睛对视贝筱臣，丝毫没有察觉自己释放出的信息宛如求救。而显然同样在消化这个突兀的插曲，男生脸上是让辛追更慌神的凝滞，但忽然之间，一层一层，如同从碗底重新搅起，他如同辛追所有记忆里一样噗地笑了——像是来救她，贝筱臣再度吻了上来。

　　几乎同时吻着辛追在刚才的喷嚏后挂下的鼻水。

　　"等一下……"辛追双手抵着他的肩膀，这多余出来的味觉让她惊恐又羞涩，直到交换的触感从先前的尴尬和窘迫中彻底摆脱出来，舌尖上是被电到的酥麻和战栗。

她的要求毋庸置疑地没有被受理，故而那是个分为前后两次，持续了很久的初吻。足以让辛追无论在发生后的几十分钟，还是几年里，依然能够在心理的路途上随时轻易地摔倒，地面照样哐哐地发颤，天空中雪花一粒一朵然后一团团地下。

"辛小姐，差不多了，今天真的太谢谢你了。"活动临近尾声，崔洛川不知从哪里冒了出来，"等一下你只要站在台上，后排的位置，拍一张合影就行。"

"噢，好的。"

"辛苦了呀。"

"没有的事。"辛追捡起之前打的腹稿，她温文地朝崔洛川笑，"其实你不用谢我的，这活既不累，也挺有意思，反而帮我打发了一下时间。"

"你能这么想，我当然是更开心的。"崔洛川拍拍她的肩膀。

见他与自己站成了平行，出于礼貌，辛追指指横幅上的公司名称开始了攀谈："你们公司似乎挺有名欤。"

"你对我们这行还有了解？"

"嗯……过去给我父亲咨询过医疗保险方面的事，所以大概知道些。"

"这样？呵，如果那时我就认识你的话，一定会告诉你这里面有多少陷阱的。"

"会吗？不应该是会给我设多少个陷阱让我跳吗？"

"哈——"崔洛川剩了眼睛没有笑，"难吧，你冰雪聪明呀。不是吗，至少五次了吧，从来没有成功请到你和我吃一顿饭。"

辛追噎住了，她晃过神："瞎说什么呢……"

"噢？瞎说吗？那等会儿这边的事情结束了，晚饭能和我一起吃么？"

这未必是新鲜的方法，可对辛追来说依然不那么熟悉，尤其是对方正直直地望着她。辛追交叉抚摩着手指，坎坎坷坷地拗着每一个指尖："你真的太客气了……"

"所以能赏个脸么？我在语言学校的课很快就上完了，之后要见你会变得很难吧。"

"下次……"

"要是这次你拒绝了，我以后永远不会再提这个要求了。"倘若把这段话复制成两份后重叠到一起，那便俨然成了某种类型的威胁，可当此刻它是被崔洛川带着一丝自嘲的笑容说出口时，辛追听见大概像是靠近底部的弦被拉响了，于是心里发出了低沉的长音。

"嗯……好吧，那就今天晚上。"

"呵，真的？谢谢。"崔洛川没有表现得眉开眼笑，只是在站姿上换了下腿的重心——辛追觉得余光里他略略地靠近了些，"其实我也要谢谢悉尼奥委会。"

"啊？"

"'如果今年我们申奥不成功的话，以后我们再也不会申奥了。'——当年他们击败北京的原因就是这个吧。"

辛追哧哧地笑了："你倒是什么都知道点啊。"

"总之，晚上见？"

"……嗯。再见。"

直到崔洛川的背影走成巴掌大，辛追才重重地松出一口气，她抱起胳膊，思前想后的，等下要记得给姑妈打个电话告诉一声晚饭不必等她了，那是不是相应地，婷婷也会知道，"明明否认了是约会，那现在这算怎么一回事呢？"女孩会在嘴角裁出精妙的弧度，用来挂上自己的耻笑，连同放下筷子的动作，也重得在桌台上拍出一个"咔"字。

"算是怎么一回事呢？"辛追跟着同行的女孩一起站到谢幕的舞台上，广场上越是华灯盛放，她内心越是一阵寒意的熄灭。

早在自己家的"辛勤浴室"还没有关停以前——虽然那可得是抖落一层灰的"以前"了，某年某日敲锣打鼓搬来了新邻居。贝筱臣总是踢一块石头或者捏着一个游戏机，手里的西瓜一掰为二，塞大份的在辛追手里，与此同时，嘴上却使着一个男生可以对女生采用的全部欺负，三天两头说着"你家浴室怎么去的大多是老头老太啊""你一点力气也没有欸""球球又胖了，万一被人偷杀了下火锅怎么办"，男生说得单纯，"一言成谶"四个字即使写在眼前也不知道要怎么念。有天傍晚，贝筱臣刚走到辛勤浴室附近，远远看见辛追的脸，虽然小却浓缩了全部的慌乱和恐惧。贝筱臣由走换成跑，随之看清女孩手里捧着的球球，它从辛追两手间的缝隙里到处地垂落下来，嘴角吃过肥皂似的一团白沫，腿在空中偶尔地踢着什么，旋即一阵剧烈抖动，让两个小孩都吓得一时没了主意。辛追压着眼泪，但极限就在眼前，贝筱臣从她手里接过球球，他唯有判断球球病了，四面八方却都看不见答案，贝筱臣迈开腿觉得该去医院，心里也知道有一半是不靠谱的，但手里的痉挛越是多一阵，给两个小孩的选择就越是少。

　　贝筱臣托着球球往前跑，辛追再焦急也还是落一点在后面。她嗓门拉出哭腔，却不愿出声喊"等一等我"。眼见贝筱臣的身影又小了一寸，辛追右脚上的鞋都跑得断了系带，她在踉跄之余发现男生的步履停下了。

　　辛追往他那里追去，大概是问了什么的，只是自己也听不清了，她被眼泪鼻涕糊了喉咙。贝筱臣转过来的时候球球看不见了，运动服里倒是鼓起一团，渐渐失温的一团。辛追把手抓到上面去，说："你干吗啊？你把它拿出来！你有毛病啊？"贝筱臣只管把衣服包得紧："不能让你看。你别看。你现在别看。真的啊。"辛追拳打脚踢上去了，终于从他的衣服下摆掀出个口，然后球球就噗一下掉到了地上。

　　辛追眼睛睁了两秒，下巴上一瞬就积满了眼泪。她哭得什么也看不清楚，模糊的视线里，贝筱臣盘腿坐在地上，脱了外套把球球包在里面，等辛追想起来，一边哭一边把外套的绒内里翻过来，再给小狗重新裹上，"因为你穿得外面都是灰啊"，她手背抹眼睛，突然想到"中年丧子"的玩笑话，所有的悲痛刹那翻倍地袭来了。等到辛追已经可以顺利地开出以前小狗的玩笑，贝筱臣却在刚刚入住两年后再度搬了家。

辛追没有送行，她坐在柜台后面，尚未开始营业时大门紧锁，房间里暗得像个阴谋，因而贝筱臣的脸就这样坦白地贴在了门玻璃上，辛追知道贝筱臣看不见自己，他头顶盛着火辣辣的太阳，局限了他探索的范围，直到最后被搬家车的喇叭声强行按走。

或许再也没有比这更加完整的青梅竹马了，连消失也遗憾得恰到好处。辛追大约明白自己是少了一个朋友。而这个粗心里也时常闪现出细心的长腿朋友，也许会在他们都老了时重逢才姗姗来迟，也许会只在传闻里被谈起，他进了什么高中，进了什么大学，去哪里工作了，又和谁结婚了，又或许，一辈子都不再有瓜葛，干干净净地成了永别。

如果是那样，没准也很好。

至少对今时今日的她来说，这些空泛的设想奢侈得让她心痛。

就好比"我们的价值观……金钱观不一样……没有办法继续恋人的关系"，这种话永远不可能出现。

"你们之间没有感情了吗？我还是不太明白，你又没问他索要什么，又没让他送你名表名包，又没有让他替舅舅支付医药费，为舅舅养老，没让他帮你还债。所以，至于吗，没有感情了？就没有了？"曾被分手消息打击到的表妹，久久地对原因刨根问底，似乎辛追的说法没法解答她内心最大的困惑。也是了，十九岁的表妹，当然是以感情为至高无上原则的，难以意识到越是细小的数字，只要在前面打上"￥"的标志，就越能成为新的裂痕。

有一年入冬后，天特别冷，婷婷开了空调又抱着一条毯子坐在电脑前打字，转过脸依旧冻成麻木的白，她朝正在出门的辛追瞥一眼，细声细气地问："要出去吗？"

"嗯啊。"辛追戴上手套。

"那么冷哎？还出门？筱臣哥哥约你？"

"倒不是他约我。"辛追推开门，语气里的笑意瞬时白白地扬出去。到底下了一礼拜的雨，走过两条街，寒气便层层渗透就差最后腐蚀她尚且滚烫的心脏。等到辛追从馄饨店里端着一盒外卖出来时，手指抖得快要按不准贝筱臣的电话号码。

"你吃饭了没？"她声音酿着微量的蜜。

"还没，不过（辛追下面的话还没跟上）外卖在送来的路上了。"

"嗯？又叫了外卖？我刚才电话一直打不通，原来你又在叫外卖吗？一直吃快餐不好啊。"

"不是快餐，我一个朋友新发现有个外卖网，可以替你去任何饭店里买单，然后送上门。所以今天我打算试个粤菜的饭店。"

"嗯，是哦。"辛追记得男友提过今天家里只有他留守，所以她才特地出了门。

"以后我们也可以试试欤。"话筒那头还有电脑音箱播放出的游戏音效声。

"像这种的，外卖费怎么收啊？"

"还真不便宜，二十块一次。"

"啊？只是外卖费吗？外卖费要二十块？……那还真的不便宜……"五块一两馄饨，买三两就是十五块，剩下的差不多够自己坐个公交来回——这样才能凑满的二十块。不过当时她还是勇敢地跨过心理的不适应，鼓起勇气，应该是有鼓起勇气地去敲了男友家的门。馄饨从几层保温袋里剥出来时，塑料盖内壁里成片湿气凝成的水珠聚出几道水痕洒了一地，她忙着笑出脉脉温情而全没在意。

活动舞台上的环节也进行到了尾声，辛追的旗袍下胳膊是冰的，但在场的群众正被有奖竞猜的环节调动出最高的热情。活动礼品辛追在开场前已经见过了，一枚钥匙扣和一个应急用手电筒。做工什么都很扎实，看得出具备一定价值，以至她也有点心痒痒。也难怪在获得奖品的观众里，辛追听见了他们喜出望外的声音。"你看不是蛮好！家里放个手电筒，万一停电，还是很有用的。这种的话，我自己花钱买买，又觉得没必要，现在有的送不是好极了。"四十出头的阿姨和同伴分享自己的喜悦，辛追顺着看她，心里不由得软软地高兴着。

世界上的人用许多不同的种群进行了区分，男的和女的，高的和矮的，喜动的和好静的，积极的和消极的，分成阵营站了边。辛追知道自己面前也有一条沟壑，分隔出的另一世界里，贝筱臣或许很早就属于了那里。他们以"两个世界"的不同标签做了多年的好朋友，却误以为标签已经隐形，不见了应有的效力。"朋友"里允许了太多的不合适，包容了一切的分歧。直到未曾遭受挫折的关系，一旦变化为"恋人"后，刹那开始传来的响声，在时日推进下现出了幕后的原形——螺栓螺帽，绞动的机械手臂般将那根红线越扯越紧，直至断开，一头悠悠地落在了他的世界里，一头栽到了她的脚下。

富裕和贫穷，优渥和困苦，要不干脆换个更通俗的说法，有钱和没钱。

对，"有"钱和"没"钱，有"钱"和没"钱"，就是他们无从否认，无法抗拒，无以更改的差别。迟早有一天，连她也会意识到，自己必须解决的问题，也许对他人来说压根没有成立的意义。一张优惠券，一次外卖费，不过是开端，之后肯定有一张电影票、一次手续费、一瓶矿泉水、一对刹车配件……只会增加不会减少的小事，带着一个"￥"，对她的感情进行无节制地拷问。她所结交的男生并非千万富翁，可购物前不会刻意检查标签上的售价，被问起"如果增加五百元，可以将 B 套餐升到 A 套餐"，往往回答说"可以"，听到一个二十元的外卖费，心里觉得好像是比寻常要贵一些，但也仅仅停留在"觉得"上。他健康的父母双亲，明亮的大房子，家里的第二辆车，从来都从背后给予无形的安全的支持，让他在觉得"今天很累""肚子很饿"后，继续合情合理地觉得"二十块外卖费有些多，所以更要叫几个昂贵些的菜才行"。而这样的"继续"和"所以"，都是辛迫不可能实现的心理。

感情呢，不是还有感情吗，只要还有感情啊——再次饮鸩止渴似的回忆最初的接吻，曾经的狂喜和眩晕，身体深处的战栗，居然并没有成为有力的武器。理应所向披靡的名为感情的武器，能够填海移山的武器，完全没有展现它强大的生命力。它不是早就在无数的诗歌和雕塑里不朽了吗？但恰恰相反，一旦察觉自己上阵后要解决的问题是印着几块几十块售价的长方形小贴纸，是那么多幼小真实，市侩丑陋的挫败，如同蚂蚁的噬咬，它更快地萎靡下来，像一个破旧的充气筏，宁为玉碎地要沉下水去。

——所以，感情这个东西，也难怪没有了吧。

【 "不能打官司" 】

　　等马路上完全没有了崔洛川开的那辆马自达的车灯余光，辛追转身往家走，到了楼梯口，婷婷的脸只剩被手机照亮的一块青白，随着她转来转去的步子像环绕着地球的月亮，两人就是借着这么一点零星的光照，同时被对方的出现吓了一跳。辛追的声音已经不自觉地瑟缩了起来，还在犹豫要不要解释两句晚餐时的去向，婷婷迎向辛追的脸上却没有预料中的那份不忿，哼了一声模糊的招呼就把完整的脊背转给了辛追，但就算隔着她的身体，手机屏上的那团光依旧渗透性的，怎么都护不住似的一团。辛追不由得回头打量了几次，最后还是问了声："怎么了吗？不回家去吗？"

婷婷没有应答，单是这个脊背便构成所有坚决的否定了。等辛追进了屋，姑妈姑父已经睡了的样子。房间里黑漆漆的，唯一没有填严实的就是婷婷房门下漏出的一条黄光。辛追开了灯放了东西，看一眼墙上的钟，愈加摸不着头脑，一点忧心来回炒得煳煳的，在她心上黏了锅底，她忍不住打开大门下了楼。

　　婷婷已经站到了大楼对面，挨一点马路上的光，整个人明亮了些，因此焦灼的样子也变得一目了然了，仍然坚持不懈亮着的手机屏格外放大了她五官中的慌张。蓝与白都是最热衷这份神情的颜色，浓墨重彩地要描写一个词语叫"失魂落魄"。连同婷婷察觉到辛追时，都没来得及先表达被监视后的不满，辛追乘机问："没事吗？"

　　婷婷看了看辛追一秒，吐了个开头："我一个朋友……"辛追觉得婷婷说的潜台词是"男朋友"，但她没有打断，等后面时间地点事件的补完。而婷婷每说一个词就差不多要盯着辛追看一会儿，时时刻刻还在考量这个对话对象值不值得自己的吐露，辛追察觉到比画在自己身上的卡尺了，尽量站得更像一个年长些的表姐，附和的态度也努力淡定些，又解开外套想要披在婷婷身上，可惜这份情在此刻的婷婷看来是没有必要领的，婷婷直接一侧肩膀。辛追不受挫，把外套搭回胳膊，平静地抚摩两下，把话续上去："你朋友是聚完餐？从饭店出来了，后来呢？"

　　"嗯……他喝了两杯后就开上了车。"婷婷顿在大家都心照不宣的地方。

　　辛追心里"啊"地喊了一声，婷婷的手机屏打断她们两人的面面相觑，跳出了一串活动的信息框，她便立刻把和辛追的对话放到一边，手指脱序地敲着屏幕，信息后接着是拨号，辛追识相地让远点，但无论如何事情还是明确了。她隔着十几米看婷婷演一个名叫"愁容"的独幕剧，想要捕捉出一个大致的轮廓，把那个酒后驾车的"违法分子"在脑海中建立得清晰一些，但对方显然被婷婷隐私般地保护得很好，什么也泄露不出来，辛追脑海里只有婷婷长久开着的电脑，大概这就是婷婷和男孩之间最频繁和有效的通路了，聊天记录的框在不同的电子产品上来回切换，却不影响感情的牢靠。

婷婷的电话结束在几句拉着嗓子的恶言恶语中，辛追听不出那是在威胁她自己还是威胁谁："我不管！我要想办法！你要想办法！"后头的内容不变，但主语频繁地换来换去，大概谁都可以，只要能够"有办法"，是什么人根本无所谓。

力气费尽了大半后，接下来是缓冲性质的眼泪，辛追掏出还剩小半袋的纸巾，想上去塞进婷婷手里。婷婷这会儿扭过头，她露出仿佛今晚第一次看到辛追的神色，之前储存的信息好似被更新过，固守在两人之间的那份懒得伪装的高低差此刻是干干净净地消失了，她对辛追说话时的语调比刚才积极了许多，充满了发自肺腑的热忱："姐，你认识派出所的人吗？或者你的朋友里，有人认识派出所的吗？交警的也行，做交警的最好。有吗？"

辛追被婷婷押在最初的称呼挠了下心口，毕竟两人之间年龄相差不大，无论婷婷和辛追，都从不用"姐姐"或"妹妹"彼此称呼，但婷婷此刻一下就把它献了出来，而且是不假思索地，说话前的踌躇和别扭都没有，她不由得有些唏嘘："你朋友现在是什么状况？"

"刚在医院验了血，说是死定了，酒精绝对超标，要被拘留的！我去问过了啊，搞不好就要被判刑的。怎么那么严！有毛病的，真的有毛病的！吃饱了撑的，都几点了，还在高架下面设卡检查！"婷婷一心护卫男友的立场，是非对错先顾不上了，这些总有其他人其他机关来一寸寸清算，所以留她做一个黑白不分的人没关系，虽然不出几分钟，她就会找到其他需要仇恨的对方，"有什么好喝的吗！真的不明白这些人，是有多蠢多空虚啊？！酒有什么好喝的？！脑子进水！进酒了！真是活该！关进去算了啊！"

辛追等她把之前跳了无数次的因果圈再批判一遍，骂两句是人之常情，毕竟最后该怎样还是怎样。婷婷又看了一眼手机，大概撒下去的网捞上来都是一场空，垃圾或海草，所以连辛追也是可以被她指望一下的了。

"你妈妈和你爸爸——"辛追刚张口就被打断了。

"绝对不能跟他们讲的。"婷婷的脸和声音不由分说地冷下去，再冷点又多了份央求，"不能的。"

"嗯……"辛追觉得自己有半只脚站进了当事人的圈子，"但新闻上说，酒驾最近查得是挺严的。"

"就是呀！"婷婷又一秒恢复成气急攻心的"家属"，"蠢不蠢啊，蠢得我都不知道说什么了！居然还自己往枪口上撞！"她想起自己抓着辛追的手的原始目的，"姐你有认识的人在派出所里工作吗？听说可以进他们内部系统把记录删掉的，罚钱就算了，但至少别真的被抓进去啊。"

"我这边，我认识的人里……"辛追认真地想了想自己生活圈，还真不意外，就是个一巴掌差不多能比出直径长的小巧的圆。她平日没什么娱乐，和学生时代的朋友也疏于联络，家到公司两点一线的——辛追忽然沉吟了下，婷婷发现了这个似乎带着希望的细节。

"有吗？有认识的人吗？反正能先托关系去问一下就行了？我这边问了好多哦，但都不行啊。"婷婷此刻相信无论物质上的差别是否鲜明，自己终究只是个象牙塔里十九岁的大学女生，辛追不一样，好歹是踏上了社会的，社会复杂得多丰富得多机会也多得多吧，所以辛追周围能搅起的可能性同样应当比自己多得多才是。"反正，先问一声也好的。姐，你有吗？"她的手指凉凉软软地握着辛追，是过去从来没有出现过的一幅画面，做妹妹的缠着姐姐，手指黏着姐姐的手指，求她能不能让自己咬一口奶油雪糕的，类似这种画面。

一脚踢松了插头后，电脑屏幕迅速地黑了，辛追爬到桌子下面去，这会儿便看见一双皮鞋停在了桌子那边："看来我是真的惹人讨厌啊。"

　　辛追探出头："什么？"

　　崔洛川笑在语气里："躲得那么干脆。是昨天的晚饭让你不愉快了？"

　　"才不是呢。"辛追拍了拍手掌，支着椅子站起来，"电脑插头松了而已——哎，怎么又……"

　　崔洛川双手搭住屏幕两端："学费收得厉害，却连台好些的电脑也不肯配哦？"

　　一旁滑过看热闹的同事，甩着刚刚洗干净后的饭盒，冲崔洛川说："还说呢，你们班的课今天就全都结束了吧，你要再往下读千万别选这里了，我们工资都晚了好几天没发了。"

　　辛追连忙摆手："哪有啦。"

　　同事转过来笑她，一根食指恨铁不成钢地在空中戳了戳："你就是傻。"

　　辛追等同事消失在门后，眼睛转向墙上的表格："啊，真的，口译班明天就结束了欸。"

　　崔洛川流利地顺着话题："还会再见面的，是吧？"

　　"嗯……昨晚谢谢你请客。"辛追立刻低头看桌面，如往常般不打算交出目光，但她忽然旋即抬起了头，和崔洛川对视了片刻，对视里是有信息的，她还不自知的状况下眼睛已经加了点戏，足够让崔洛川发现异样了。

　　"嗯？"崔洛川等她开口。

　　但辛追还是退却了一步："啊……你们上课时间到了。"

　　"哦好。"崔洛川点点头。

　　辛追见他要转身："那个……"她口气尽量轻松，"你公司做车险吧？"

"做啊。怎么？有需要？"

"哦，不是……车险的话，和交警局打交道多吧？有熟人吗？"

崔洛川顿了顿，回到辛追面前："什么意思？交警局？你说交管局吧？怎么了吗？"

"没没，我就咨询一下。"

崔洛川的笑容却是带着点不留情面的揭穿："看你的意思是哪种'交道'了。"外教在门口比了催促的手势，崔洛川朝教室看一眼后主动伸出手握住辛追，摆了一个很合理的幅度后再放开，"有事就跟我说，没关系，多个朋友多条路呗。"

"好……我知道。"辛追把被握过的手插进衣服口袋里，仍有很大部分的陌生阻隔她对崔洛川产生明晰的好感或反感，她不太清楚这些认识上的隔阂到底从哪里来，总是如此根深蒂固，倘若流落到婷婷那里，就能得到一个"你这是自卑下的自我保护"之类，小大人才会发出的结论。

但这会儿婷婷提不出一如既往的性子了，辛追早上起床时，婷婷已经武装完毕，在玄关换好了鞋。辛追挨近去问，表妹马尾甩得一圈出征般的凄凉傲气，嘴里嚷嚷着她才不管让不让探视，好容易熬到早上了，她煎熬了一晚的担忧就算最终要隔着几道墙，也好过在家里干巴巴地待着。临出门，婷婷的指头如昨夜一样在辛追的手腕上深情地用下了力气，女孩挂着老大两轮黑眼圈，但涌出的泪线还是很透明："帮帮我。"

从教室里鱼贯而出的人群里，崔洛川直接把方向定位在了辛追身上，使她之前酝酿良久的措辞不再需要一个艰难的开端，更何况崔洛川首先开了话题："我之前认识个客户，关系还不错，他叔叔是区大队的，哦，不对，刚给他发了消息，升到市里去了，你遇到了什么问题？

我帮你问问看。"

辛追大大地松了一口气，一边赶紧给婷婷发消息，一边忙不迭地道谢，崔洛川听得一直发笑，敞着的领口下面喉结一动一动。辛追过会儿才意识到自己这次难得地把对方看了那么久。

崔洛川虽然大辛追一轮，但现在年轻人都往老成里扮，年老的——好吧，说崔洛川是"年老的"显然用词不当，但不影响要表达的意思——看起来总是一份瞒住了时间的生鲜年轻。只不过凭辛追的眼力尚不足以琢磨出来，崔洛川长出她去的那部分其实在许多外观细节上都有了精确的体现，化成一种隐藏很深的风范，在毛衣的颜色和纽扣的形状，眼镜架的用材和皮鞋的款式上，不言不语。

其实除了崔洛川外，家里的婷婷也算得上在辛追眼里成了彻底的另一个人。过去总是跋扈得很漂亮，骄傲得也很迷人，和她一个寄居的表姐保持最好的不冷不热的关系，从不打算扮演出与己有关的要害关联……这样的婷婷现在是彻底退回到"年幼"点的"妹妹"定义中去了。行为和语言里都是彻头彻尾的依赖，在路口等辛追的时候，缩肩跺脚的姿势里渗透着过往难以想象的无助感。就算事件中心的那位男主角到了此刻，辛追也不知道他长什么样具体是个怎样的人，但没有关系，婷婷独自就能把两个人的关系演绎得淋漓尽致了。辛追一边跟婷婷讲解那其实也算不上复杂的"解决方法"，一边不由自主地朝婷婷的眼睛里看进去，里面是一会儿自顾自燃烧起来的希望和一会儿又莫名其妙熄灭下去的失望。

"有多大把握呢？他跟那个人很熟吗？你跟他很熟吗？"

"只能先试试看，他去托人问了，就这样，现在也只能先这样了吧。你别急……"辛追不知道自己是故意还是无意的，最后一个问题她没有回答。

"能不急吗？我明天一早的飞机欸……"婷婷明显动过赖着不走的念头，但她没有别的办法瞒着父母，只能被迫看时间变得紧迫。

"你去看过了么，情况怎么样呢？"

"我看得见什么啊，也只能东问一点，西问一点。说是血液里酒精含量有197，你知道197什么概念吗？我也是查了才知道，法律允许的只有80！"婷婷的刻苦劲都在这二十四小时里用得差不多了，"按照《刑法》第133条，就是危险驾驶罪！官司吃定了的！"

辛追听表妹一个个往外蹦这样的词语，想也没想就说了一句："不能打官司。"

婷婷愣了下，没明白："什么？哪里啊，他这种根本都算不得'打官司'好吧！《刑法》欸！提起公诉后面肯定是直接吃牢饭了啊！"

辛追回过神："哦，哦，我懂你的意思。但我也不是……唉，总之你别急。"

婷婷不可控制地刚想翻个白眼，但更快地意识到辛追此刻的作用和地位，她立即低头换了副表情，复位到最初的无助里去："要花多少钱，都没关系的……"

辛追觉得自己应该替婷婷和她那位男友好好地把婷婷此刻的样子见证下来，她是认真地这样想着。非常适合婷婷的身份说的一句话，对社会运转规则的臆测里兼具狭隘和世故，但更重要的是，辛追在听到这句话的一刻是那么久以来，她觉得婷婷最接近类似"公主"身份的瞬间。在感情之下，物质啊财富啊根本不值一提，钱只是道具，用来铺成路也好，削成矛也好，哪怕是用来点燃取暖也好，都无非是道具而已，和需要达到的目标之间，是天远地远的高下之分。辛追突然非常替婷婷高兴了，不是每个人都能有这样不容置疑的爱情，她不由得在自己的想象里把那个男生的模样勾勒得更英俊温柔些，为了更配得上婷婷这样的不顾一切。

"难道你要出钱吗？"辛追知道自己是明知故问，但毕竟想到了另一个问题，"他家人那边呢？"

"别提了，他这种一穷二白的。"婷婷不知什么时候，已经不再和辛追打马虎眼，彻底默认了对方的男友身份，"不然也不会在外面接活当司机了。"

"哦……"辛追忍不住很怜惜地揉了揉婷婷的脸，"小祝英台啊。"

"哈？"婷婷反应了几个圈，"什么呀……不好！最后那俩人都死了好吗！"

"好好好，我错了。"

婷婷反拉住辛追："……我明天就要走了……姐……"

"我知道……有消息我马上通知你。"

"他不能吃官司的……"

"嗯，这事没人会想的。"

晚上辛追下了公交车一路走，雨是随后就溅下来的，一副预谋良久的样子。辛追忙着跟崔洛川联系，屏幕上一会儿花一个字一会儿花一个字。过了下个路口，她冷不防迎面撞上法院入口的小广场。入夜后的建筑，更加森严而可怕，调配着不同比例的黑，在里面安置层出不穷的惩罚和罪过。

她的步子变快，但寒意仍从脚底往上爬，爬得她打了一连串哆嗦，连被雨水打到也反而觉得雨水是比她热的烫的。她没有回头，知道背后有一块黑色的屏幕，没有滚动信息时它比周围所有的夜都要黑一层，现在它就这样逐渐地注意到她了吧，它有了类似活物的眼睛，盯了上来，盯着她的背，她的走姿，会不会再过去一阵自己就会被它认出来。会不会被它认出来。

"哦，你欸——我记得——"

辛追的身体里犹如突然挤破了一颗胶囊，流出无色无味的液体，却无从判断是否有害，而它已经沿着自己的心脏缓慢地流淌了下来，会在日后的某一天突然洗清她血液里所有的不祥，重新换上幸福的冲动，还是扼住最大的动脉，恶狠狠地要酿出一个悲剧后果，辛追不得而知。

她仅仅知道自己果然没有忘记。

辛追家穷了那么多年，但也是"穷"出一副层次来的，有高低起伏，有轻重缓急，至少童年里她和许多同龄人的差距算不得过于明显，那会儿放眼整个社会，但凡脑子不太灵光，缺乏雄心又疏于算计的大众，盖的都是同一条薄薄的被子，辛追家在里面分到点烂败的棉絮，也算不得格外特殊。她无知无觉地跟着父母一起过至少不缺温饱的日子，就算贫苦也不自知，毕竟"穷"这个词依旧由长辈们扛着，再拉一个社会大环境做垫背，因此落不下具体的伤害在她头上。她仍可以翻自己的旧杂志，买零嘴，扔两颗给球球，认识新搬来的朋友或者送别认识数年的朋友。

直到她升入高一时，那年秋天，冷清了十几年的浴室突然一夜之间热闹非凡。有位七十出头的老人在浴场里滑一跤磕破了额角，送到医院没等第二天便过世了。老人的家属们理所当然地悲愤，上法庭要将责任追究到底。漫长的官司一打就是大半年。

细节有很多。传票是 EMS 快递送来的，虽然早有准备，但当门真正被敲响的时候，再多的心理建设也瞬间失效。开门的是父亲，察觉到不祥后，辛追和母亲互相挽着手站在他背后。送文件的快递员高高胖胖，说话也响，语气却是异常地无关紧要："是你吧，你叫辛勤哦？身份证带了吗，给我看下。嗯，那这是给你的，法院传票，麻烦你在这里帮我签收一下证明你们收到了。"

辛追父亲接过蓝色的信封，看起来还是薄的，刀刃似的薄。辛追当时还想着，如果不签收呢，如果就是不签收呢，死活不签收呢，不承认收到不行么？不承认那发生的一切就要开始，有用吗？

随着快递员的离开，门也关上了，将炸弹和辛追一家关到了一起。父亲拆信封的时候脸色近乎绝望的静谧，他从里面抽出了几页纸，辛追已经命令大脑将视觉关闭，最后只锁住了一枚鲜红的法院盖章。

太阳似的，闭上眼，它也在那里。

睁开眼，它照样盖在墙上，盖在父亲的额头上，盖在绿色塑料拖鞋上，盖在报纸上。

然后母亲在她背后大哭起来，让辛追在猝不及防中一个激灵。

好像一个词语，看的次数太多，累积到一定程度后就会奇怪地变得不认得。有大半年里，忙碌的事务让人根本无暇去考虑别的。不可能继续维持营业，父母被迫把浴室关停，辛追还要读书，高中的课本比想象中更多，父亲光是为了地板的"摩擦系数"问题就走遍了全市所有的建材市场和研究院，家里只有收集的各种材料袋堆得最为整齐。

差不多就是从那次事故之后开始，完全是可以目测的程度，看得见家长一点点矮小下去，屋檐上嘎吱作响，以至辛追不得不站起来，她就算得踮脚也要开始出力了，没有任何余地容许她还能躲在过往的生活里。可惜哪怕撑着六只手，还是难以避免局面朝下狠毒地垮一垮，让她的肩头一下砸出了实质的感觉，什么叫大难来袭，真正的大难，衬得以往的童年生活无非是和蔼可亲的"资源匮乏"而已，稀里糊涂的温和与包容，和之后要一分钱一分钱绞起来的锁套完全不一样。

真的完全没有损失，几乎值得骄傲一下自己的记忆力。

就是法院。就是这里呵。

区中级人民法院位于城市中心，很多条公交车可以直达。

公交站就在距离大门十米外的快餐店前。

法院的铁门一侧是传达室，坐着个态度不佳的阿姨级法警——其实也拿不准算不算法警，就听见她拿起话筒往里拨着号码，用忽然亲切而尊敬的口吻称呼着："喂，黄法官啊？我小孙呀，你现在不忙吧？这里有个谁谁谁说要见你？你知道这事吗？"而往左绕，有扇边门，里面是间貌似负责递交文书的办公室。不知谁就会在那里突然指着玻璃里的工作人员大骂起来："不要脸，你们就是国家的蛀虫，这个案子你们就是给我拖，还想再给我拖？"

回来，绕回来。法院的大铁门另一侧，就是真正的入口。进入前需要经过形似机场安检的通道。照相机之类的器材会被要求取出，并额外寄存，随后才可以真正踏足法院内部。

门前的台阶很高且宽，站在那里的时候没有遮挡。太阳笔直的照射下连影子也无处藏身。

可是，不对，那天其实同样下着小雨。

——没有忘。

辛追停下了脚步，她回过身去，看着那块由黑色的电子屏幕领衔的建筑。

——认出来了吧。

十六岁那年，她来到这里，为了变成被告的父亲，他从一个消瘦的中年男人，分化成绿色的电子墨水小方块，名字被一层层押解着，滚上屏幕来。就在这个十字路口，有多少人曾经看见呢，被公布的几百几千个倒霉鬼里也曾经有父亲这么一个人——

时间：×月×日10点30分

地点：在第四法庭（二楼）

被告：辛勤

事件：人身损害赔偿纠纷

雨有点密，辛追抹了一把脸。

——从那天后。

辛追不自觉地耸了耸肩。前路上缀起一层湿得发亮的树叶。

——你觉得我现在看起来是什么样子？肯定是个不意外的样子吧。

崔洛川的短信问她在哪儿，辛追回他，我马上到。

——抠门？俗气？节俭？落魄？潦倒？穷酸？都行，都行，都差不多，八九不离十。一点也没有出乎意料的反转啊。连同父母，服服帖帖地和"贫贱夫妻百事哀"这句话绑定在一起，再没什么好的，什么都不行，包括他们的女儿在内。自己是尾随着他们的，一百种悲哀里的一个了。如同世界上其他的悲哀一样，她也可以，黑洞般地吸走所有光明的力量。不论是到哪里，遇见谁，"悲哀"是渗入了她精神的词语。而且它不同于一贯服务于文艺的造作表述，凭借一连串红得发腥的法院公章，让这份"悲哀"格外有名有实。连过去美好的人和事，恋爱和亲吻，都无法抵御更不要提对抗。犹如没有尽头的余震，没等新砌的墙刚刚竖立，一条河流刚刚成形，一个鸟巢刚刚在屋檐下湿润地完工，就要把它们全部都清除为零。

——对，"从那天后"。

Chapter . 05 / 第五章

〖 "我爷爷是受害人" 〗
〖 "一副你永远是对的，你不会出错，你总是占理的态度啊" 〗
〖 "如果你非要把话题扯到这里" 〗

或许是时间已近黄昏，整个室内像被什么放了烟，
于是一切都慢慢地蛰伏了、懒怠了、放弃了。
它们把自己变成厚而又厚的被子，
变成一块吃到半路就再也咽不下去的发糕，变成一双青白的眼睛，
拿它去看无处可去的人生。

⊛

【 "我爷爷是受害人" 】

真事：

那年给爷爷收拾遗物时，班霆跟着父母一起去了爷爷住的地方。是在一个弄堂的拐角上，楼梯里完全没有灯，纯粹靠摸索。直到父亲站在二层尽头打开了门，班霆的视线里才终于出现了光亮。

男生看着本地用来形容居住窄小的"鸽子笼"似的屋内。一旁的橱柜里还放着爷爷生前用来看报的放大镜。和其他老式家具最格格不入的是一台冰箱。几年前父亲和叔叔一起凑钱给老人买的。但听说后来爷爷觉得它耗电，除了夏天以外，其余季节都没有使用。

父母忙着整理，班霆则走到冰箱前蹲下，他侧过肩膀，伸手摸到塞在后面的电插头，一点点抽出来，把它插进了墙角的插座。

随即，"嗡嗡嗡嗡嗡……"空气里响起了冰箱压缩机停止许久后，开始重新工作的振动。

"嗡嗡嗡嗡嗡……"

节奏近乎空白的温柔。

那边传来了"你干什么啊"的问话，见没有回应，就又重复了一声。

当年的电视台曾播过一条新闻。

尽管电视台每天早上、中午、晚上，包括深夜在内都会报道各种大大小小的消息。多到最后能令人觉得"桂花提前开了也算新闻？""猫爬上树不敢下来也算新闻？"或者"老人摔倒离世也算新闻？"。

年少的班霆第一次觉得电视离自己那么近。因为屏幕里出现了父亲的面容。他对着镜头说："老人在你们这里滑倒，是不是事实？""因为滑倒而去世，是不是事实？""既然这样，浴室为什么不该承担责任？"被电视略微放大的既有父亲的体态也有表情上的愤慨，整个人都是陌生了一点的。

而这是一条也许对任何人来说都无足轻重的消息，夹杂在马路消防龙头被撞和小区物业与居民的纠纷之间。电视仿佛只是罗列各种人的幸或不幸，发牌一样分完。有些能成为别人饭后茶余的谈资，有些连谈资也成不了。匆匆看过，知道，然后忘掉。那么这样做的意义在哪里，班霆想，好像硬塞到别人手里的广告传单，被看一眼然后带远几步再丢弃，似乎一切目的仅仅是为了"被别人知道"。

那次新闻里也播放了大约十几秒长的对那位浴室经营者的采访。班霆看到和自己父亲差不多年纪的中年男人，当然精神上老了至少一轮，眉毛和胡楂全部花白，皮肤更是撑不住，全部的颓容挂在上面，拽得他说话也没有能量了，嘴唇动得非常吃力："怎么会呢，怎么会是我们的错呢？我们没碰他没动他，走了几十年的地板啊。"

叔叔婶婶当即抓着班霆的父亲直说："这人装可怜给谁看？这副腔

调，想给谁看？怎么不来拍我？我当场哭给他们看！演戏谁不会？"

班霆父亲被追得烦躁起来，立刻换了台。等第二天早上班霆在电视里看了完整的重播，后面还跟着一个小尾巴。后面还有被告人的妻子和女儿，出来各自短短说了两句话。只不过被刻意安排坐在虚焦里，晕成一片灰和一片白。表达的意思都差不多，"这个官司打得太冤枉了"。

真事：

奶奶走得早。二十多年前因一场病很快就离开，剩下爷爷独居，膝下两个儿子轮流探望，逢年过节接来住两天，也就如此了。所以班霆听见爷爷在浴场摔伤，并没有感觉难以置信。只不过"摔伤"两个字却演变得过于迅速，父亲还是带来了坏消息，将近深夜一点的时间，班霆从床上重新坐起来，换上衣服跟着父母去医院见老人最后一面。长辈说的就是这几个字，"见最后一面"，班霆想着想着，一股不愉快从身体里烧了起来，脸色发阴，但话还是忍在肚子里没说的——直到那时候，他仍不认为事情会糟到无可挽回，长辈们的措辞在他听来就是自暴自弃的乌鸦嘴。母亲让他锁门，男生拔下钥匙后握在手里。到了医院，爷爷却是连眼睛也没睁开一次就走了，人在白布单下雕塑出一截瘦骨嶙峋的轮廓线。

等第二天做母亲的去上班时，注意到钥匙扣上她出差从云南带回的大象挂件，硬塑料质地的，不知怎么已经完全捏坏了，大象轮廓拗出奇形怪状的曲线。好像是被人用了很大的力气捏过。

把手指在 GPS 屏幕上划了两下后，内容显示经过这两个小时的路程，现在已经离出城不远了。郊区的马路上车流虽少，却导致大型工程车们一辆一辆把速度开得飞快。副驾驶上的小田时不时抽气，末了班霆用余光扫到她把中指贴在玻璃上，似乎这样就能起到有力震慑对方司机的作用。

"等着好了，会有上天来收走你的！还是一块一块地收走你！"小田眼睛瞪大一倍，中指咬着那辆远去的水泥搅拌车不肯松口。

"是银湖路吗？银湖路多少号？"班霆打断她坚决的诅咒。

"我看看。"小田翻着记事本，"116 号。哎哟，离我生日很近。"

"哦，是么，你生日几号？"班霆一边沿街锁定着门牌号码一边问。

"3 月 27。"

"……"忍不住回过头去好好地访问了一遍女孩的脸，班霆一脸"算你得逞了"的无语。

小田在胜利中咯咯地笑起来："嗨！嗨！别生气嘛。啊——是那个么？'青祖敬老院'？"

"'喜福敬老院'。"班霆在路边停下，同时拨出电话向对方通报自己已经抵达的消息，"是的，我们已经到了。嗯？是么，好。"挂断后他将车驶入敬老院的大门。

从面前的楼房里迎下来的女子系着一条酷刑似的腰带，早在第一次和对方接洽时，小田便已经暗暗地给她起了个女王蜂的绰号。据说年近五十，可保养得相当好，小田都颇受刺激地为自己买了两盆绿萝放在电脑前，说要消除辐射，呵护肌肤。后来还是班霆三不五时去给那两株濒临夭折的倒霉植物浇浇水。

"王律师把你介绍过来的时候，对你评价很高呢。"和小田打完招呼后，女子和班霆握了握手。

"还有很多需要学习的。"虽然见证遗嘱谈不上是多么复杂的工作，更何况他也只是协助有执业证书的小田，但之前班霆也曾听见委托人和上级的对话。"我知道其实不找律师也行，但毕竟找律师的话可靠一点，这事保障齐全总是最好，免得将来生出事端。你再多派个人给我吧。钱不是问题的。"

那次她一闪一闪在脸侧的两枚耳环，今天换了更丰盛的设计，和班霆说话时它们像在一边摇旗呐喊的仆从："人差不多都到齐了，你跟我上去吧。"

班霆转头看小田："走吧。"

"你去过敬老院吗？"来的路上，小田曾经和班霆闲聊。

"没有。"

"我奶奶住在敬老院里。是在南边的，不过也基本上处于郊区位置了。"

"哦。"班霆将注意力投放在导航信息上，并没有察觉话题从此轻轻地断了。等一个逐渐成形起来的动作由他的视野里变得明显——小田的手指在窗户按钮上失控，外来的风被忽开忽关的入口奏出一首单音节的曲子来。

班霆侧过脸去，小田忙不迭地道歉："啊，不好意思……"她飞快地收回右手，又用左手交握上去，乖乖地塞在两腿之间。

班霆没有搭话，红灯时他停下车。

"我和我奶奶很亲的，从小。"

"嗯。"心里明白了七八分，但班霆转开话题，"见证书的草本，我们没忘带吧，还有录像机。"

"什么？这些都是今天最重要的，我会忘带？拜托你是来协助我的欸。你怎么不干脆问我今天有没有忘穿内衣啊？"

"要我问吗？"班霆面无表情地接口。

"啊？……得了啦！"小田脸一红。

敬老院由三栋楼房组成凹字形，中间被克扣出的就是小小的广场，晒得半干的拖把和倒扣的铅桶是主角，几位在一旁零零散散漫步着的老人，当他们把动作放得太慢，他们的脸孔上已经存不住怎样鲜明的表情，只是懵懵懂懂地履行着临到尽头的"活"，"活"得比道具还少一份生机。

跟着委托人，班霆和小田往三楼走。

"老太太现在精神还好吧？"班霆问。

"今天一天都挺好的，思路也算清楚。"

"在这里住了几年了？"

"送进来也有五六年了。"

"很久了啊。"小田插话道。

"没有吧。"委托人很是客气般对小田笑笑，随后却依然是对着班霆说的，"比较过好几家，这里环境算是很好的了。设施也全，逢年过节什么的活动也很丰富，价格高点就高点呗，老太太开心就好。"

"嗯。"班霆心无旁骛地应，目光掠过一间间开着门的活动室。有陈放着报纸的，大概就是"阅览室"了，有间屋子挂着"娱乐室"的牌子，经过时他朝里探一眼，房间尽头摆着台电视机，四周多少坐着几位老人，尽管他们有的低头打瞌睡，有的半仰着头望着天花板，真正在看着电视里的娱乐节目的也许一个也没有。

一旁的墙壁上挂着黑板，上面写明了这周的菜单，小田上去读了读，回来后凑近班霆嘟囔："至少吃了六顿豆腐。"

委托人家的老太太住在 302 室。走进去，房间挺大，一共摆了六张床。除了最后一张旁围满了因为立遗嘱而赶来的后辈们，其余五张床多是被床头柜上剥到一半差不多黑透的香蕉，或是一个浸着假牙的水杯所陪伴。班霆刚要开口说话，靠门的二号床上猛地传来了痛苦的呻吟，连贯的，又异常真实，仿佛在旁人所看不见的地方，的确有一排残忍的獠牙正在咀嚼老人的意识。小田和班霆同时定住脚步，反倒是委托人转过脸来："不要怕，不是什么大事。老年人，就会这样的，有事没事要叫两声。"

小田立刻正色道："我不是怕。"

或许是时间已近黄昏，整个室内像被什么放了烟，于是一切都慢慢地蛰伏了、懈怠了、放弃了。它们把自己变成厚而又厚的被子，变成一块吃到半路就再也咽不下去的发糕，变成一双青白的眼睛，拿它去看无处可去的人生。

那年，爷爷刚过世，班霆的父亲和叔叔便开始着手要控告浴场经营方。漫长的诉讼历时近八个月，最后宣判时，因电视台提出追踪报道的要求，双方一起出了庭。尽管在之前已经得到了胜诉的风声，但白纸黑字"二十四万人民币整"的判决上加盖"第一中级人民法院"的章，仿佛就能为爷爷盖上瞑目的棺木。

判决当日班霆坐在去区法院的电车上。雨天让此刻的车厢空空荡荡，除了他与司机，只有一名中年妇女在前排打盹，以及另一名穿着他校制服的女生在走道邻侧坐着。再过去两站，那位中年妇女也下了车，变成包括班霆在内只剩两名乘客。

班霆闭着眼睛，没多久一个颠簸从他手里夺走了雨伞，沿着车厢地板跳了两下，滚到那个女孩脚边。

班霆朝她看，女孩抬起胳膊把伞交还过来，可惜走道的距离稍稍超出，于是她干脆站起身了。

这一动，女孩裙子口袋里的笔掉下来，顺着电车正在拐弯的势头，滚到了班霆脚下。

"啊。"意识到时，她压住了声音的下半部分。

班霆和她对视了一秒，垂下手指捡起笔，于是好像一场不平等的交换，作为生活花絮似的开始又很快结束了。

明明到下一站还距离着可观的路程，可女孩早早地站到了下车门前，食指不断掀弄着车门的黑色胶条。

大概是快迟到了所以很焦虑吧？班霆漫漫地想。口袋里的手机此刻响起了铃音，他接过来，一看来电人，心里做好了准备似的空了一个洞。

"嗯，妈？结束了？结束了么？"

电车上了坡顶。

"判了吗？我们赢了？哦，赢了？……嗯……赢了啊。"

带着逐渐的加速度开始向下驶去。

"哦，知道了……我为什么要开心？爷爷这官司不管什么结果都跟开不开心没关系吧？你们真奇怪……哎，又干吗，我也没说你啊，行了……嗯，好，我应该也快到了。"几乎与此同时，班霆觉得空气在自己身上仿佛被一个红灯叫停，它们踩下一道无形的急刹车，却还是无法避免往身后的女孩上，碾出长长的惨白的茫然。班霆迎上一些目光，仍然用先前的淡漠打量对方——果然她的神色不能再死寂一些了，带着不能复燃的绝望。

"……嗯，那挂了。"合上手机后下一个动作就是对视过去，他颇不客气地开口，"有事吗？"

女生已经将手掌完全地紧紧塞在了车门缝隙中，似乎那里是整个堤坝面临决裂的创口。她张开嘴，前几个音都是哑的："……你是……请问你是姓班吗？"

班霆没有点头，表情里却是可以肯定的答案。

"你是去法院？"

班霆"嗯"了一声。

"你爷爷……"女孩的每个音节都如同一条检测出地震的指针般颤抖。

班霆朝她点点头，心里完全明朗起来，原来虚焦的镜头对准后，就是这样一个人。

"对，我爷爷是受害人。"他用黝黑的瞳孔盯着女孩，"你认识他？"

【“一副你永远是对的，你不会出错，你总是占理的态度啊”】

当小田跟随自己走到床褥旁，看清躺在上面的老太太时，班霆感到自己的胳膊有一秒时间被迅速地抓住了，急切得好像他是入夜前最后一对出现在山谷中的车灯。

“怎么了？”班霆用眼神发问。

“没……”小田松开手，嘴角却依然是咬着的。

“妈——妈？”委托人弯下腰去凑到老太的耳朵边，音调提高了，语速也放缓了，两枚耳环像举起手对所有人示意着“安静”，“现在律师都到了，之前我们说好的事，你还记得吗？要我再为你重复一次吗？”

“姆妈脚很痛啊……”老太太举起手，上面坍塌着她布满了斑点的皮肤，它们像被人遗忘在窗外的被单一样，再强一点的风就可以让它们完全脆化成碎片。

"知道的，你一直喊脚痛的……我们今天，你看，大哥、二哥、三妹都来了，你看到了吗？"

"看到的。姆妈脚真的很痛啊……"她将脸转向班霆，随着身体虚弱下去，脸色也在青和黄之间不健康地勉强着。原本也是，眼见老太太越来越虚弱，子女们才会急着要先确立遗嘱。"毕竟八十二岁的人了，很可能今天就是最后一天"，而小田和班霆就是这次被他们请来见证的律师，要将老人与两套私房，价值十五万元的金首饰和老人自己的九万块存款，确定成板上钉钉的、机械却公平的协议。

"脚疼，那二哥给你揉一揉啊……"一边用手指拽着兄长的肩膀，委托人继续着自己良好的耐心，"遗嘱的事，今天要定掉了哦。房子怎么分，你还记得吗？我们之前都说好了，你记得吗？房子，19号和23号两套，记得的哦？"

"姆妈记得，姆妈记得。那年我在19号里生了老大，后来又生了老二……姆妈那个时候才25岁，你们爹爹是第二年死的，姆妈带着老大，还有老二，住在19号里，楼梯又黑，姆妈摔跤啊，断了以后又没有接好，姆妈腿到现在都疼啊……"她的眼睛看着天花板，混浊的表层反而过滤出清晰的往日。

"是啊，现在19号的房子，你跟我们说好，要留给我和三妹的，你记得的吧？老大老二拿23号那套？没错的哦？"

"姆妈想回19号……姆妈想回19号去……姆妈想吃红烧带鱼，姆妈不想住在这里。"

"带鱼你不能吃的，鱼骨头要是卡住了怎么办。医生说你不能吃的。再说了，这里的伙食很好的呀，你为什么不想住啦，你回去了，我们也没有时间照顾你啊……好啦，今天不说这些……你要听我们的话，今天把事情办完，我就接你回19号住两天。"

"好的好的。房子你们拿去。你们通通都拿去。你们不会骗我的。"

"怎么会骗你呢，今天律师也在，今天律师来做见证人，我们肯定不会骗你。"

老人将目光投向了近处的班霆和小田。她的眉毛一半是白的，眼角宛若对称般点着同样的分泌物。眼皮已经完全地被地心引力说服。她整个人是青色的，陷在黄蜡色的目光里，却已经是，她剩余在人生中最后的全部"活着"的成分，希冀着他们。

回程的车上，小田坐进了后排，一路没有吭声，再多违章的土方车也没能让她像先前那样精力旺盛地咒骂起来。

过了二十分钟，小田追问上来："我开不了窗吗？"

"嗯。"班霆肯定了她的发现。

"……为什么？"

"上锁了呗。"

"为什么啊？"

"怕你把遗嘱扔出窗外去。"班霆说得一派认真，但小田也没有着急地抢白回来。

"有空哦！"最终她翻个底气不足的白眼，语气里的戏谑却点缀着一个泛红的鼻尖。

"我奶奶住的敬老院，和这里差不多。当时也是，我爸带我去看奶奶时，他描述得很好，就跟今天那个女王蜂讲的差不多，'吃得不错''住得也好''老人们在一起还能经常聊天''热闹多了''看护很完全''天气好就出来走走'。而我当时就信了。但没想到，真正去到那个地方，我就觉得非常非常地失望和难过，我甚至觉得我爸也好我妈也好，怎么能做出那样残忍的事，怎么把奶奶送去那样的地方。"小田的伤感一个字一个字地上涨，"其实你要说，真的很糟吗，或许是不至于，地方都还算干净，护工们手脚很勤快。可那到底不是奶奶该住的。奶奶就应该是家里的一宝，是要一直伺候到最后的。她开心了，所有人才会开心。现在倒好，天天住在敬老院里，不就是让她一心等死吗。和同室的其他老人聊天？交朋友？能交朋友吗？看个电视就觉得幸福了？她现在的视力和听力，没有人解释根本不知道电视里放的是《新闻联播》还是相亲大会。出门全是荒郊野岭，只能跟蟋蟀似的在那么一点点的操场上从南转到北，从北转到南，这样就是散心了？不是老年痴呆都被逼成老年痴呆了吧！"她吸着鼻子，内心的悲愤正在不断地提升落差的高度，接着就要从上面倾泻下更加滔滔的水流来了，"那里明明是个和医院，甚至和监狱差不多的地方，我真不懂怎么能有人那么厚脸皮地把它描述成天堂了。反正我从来都不信那些屁话，说什么'是为了老人着想'，明明就是自己自私自利要逃避抚养义务。"完全不需要班霆的任何反应，小田在后排恨恨地拗着自己的手指，"我不知道自己该去看奶奶，还是不该去看。不去看她，奶奶会更寂寞的，但去看了她，我觉得她的难受和我差不多。我奶奶也常常跟我说，'奶奶很想回家去住''奶奶不怕一个人住着的'。我没有办法，只好跟着劝她，'一个人住万一出什么事真的很可怕'，可奶奶对我说……她跟我说，'她现在心里的苦更可怕'。"

"你父母现在还在工作？"班霆在此刻问。

"什么？哦，还在工作。要再过两年才退休吧。"

"家里住几楼？"

"五楼。"

"是么？"

"嗯……怎么了吗？"

"其实你说的那些，我也认为挺对的。但在目前的情况下，你也清楚，可能这是唯一的办法了吧？"

"哎？……你说送去敬老院这件事吗？"

"嗯。"

"如果不能接回来一起住，比起把老人独自留在自己的空巢里，可能还是敬老院更能起到人身保障的作用。"

"你这话说得……比起杀人，偷窃就可以原谅吗？"

"直接用刑事案例来偷换逻辑可不行。"班霆将车开上高架，每三十米一盏的路灯，是经过计算，最能够覆盖掉每一寸黑暗的分配吧，"如果还没有办法以自己的力量把老人接回家来照顾，还是现实一点的好。养老院至少照顾也周全，万一有什么意外，毕竟能够第一时间做出反应。你觉得没温情没关怀，完全是自己想太多。动嘴责备别人总是更容易的。"

"……什么意思啊？你在说谁啊？"

"我没说错吧，要是可以，你也一定很早就把你奶奶接过来住了。做不到的背后也是有很多'无可奈何'的原因的，不对么？"

"哈？！"小田终于发现今天真正的目标，"这算什么？你又知道什么了？真不敢相信！"

"这二十四万可是老爷子留给我们的额外遗产啊。"走出法庭时，班霆的叔叔表示，"老爷子也算帮我们做了一件好事。"身为原告多少有些松口气，毕竟马拉松式的裁判带来了一个六位数，以至叔叔一见班霆便忍不住挥出一个好消息的手势，幅度里充满了振奋。

只不过十几米外，被告方的父女就站在一起，已经很难判断是谁在扶持着谁。女孩垂下的左手里抓着文件袋，十八页的判决书，不仅在班霆的手里，同样的一份也发给了败诉的被告。但那枚法院的印章，对她来说也许是敲在命门上的钉子。她诺诺地用右手拉着自己的父亲，就再也没有别的力气，抬起眼来看一看不远处的敌人——更何况今时今日，一个被赋予了效力的结果已经将两者的关系确定为胜和败，二十四万的数字带着一连串她无法准确数出的零，让她连单纯的抗争意识也消失殆尽了。

"挺可怜的。"感叹的是班霆妈妈。

"为什么？"

"哎？"她冷不防遇见来自儿子的反问，嘴巴动了动，却不知该从哪个层面去回应。

"他们再怎样也不应该由我们来可怜吧？"班霆的眉头皱出近乎厌恶的排斥。

倒是一旁的婶婶和叔叔都笑起来："你这个小孩倒是蛮厉害的。"他们又问，"等下去饭店吃一顿么？算是庆祝。"

父母还在沉吟，班霆先出声否决了："我不去了。"他解释道，"今天的作业非常多。"他从父亲手里默不作声地抽过装着判决书的牛皮纸袋，被问到了就回答一声"想看看"。

回家的路上，赶上高峰，车速迟缓，却也让班霆有了足够的时间，在后座上一字一句把十八页判决书看完。必然也有拗口的长句，但他来回读几遍，就能基本明白其中的逻辑。世界上的所有判决书或许都采用同样宛若冷漠的口吻，却保持了最大的公平，虽然每次读到文中把爷爷用"死者班某某"代替的时候，男生收回膝盖，转头看向窗外，被凸出了轮廓的是背着橱窗灯光的匆匆行人。

"爸，判决上还写，我们也没有起到良好的监护作用。"在晚餐的饭桌上，班霆捻着筷子提了一句。

"当时对方不就是咬着这一点来做辩护的嘛，听了就气人，我们还要怎样监护呢？我们都是上班的，又没和老爷子住在一起，我们有千里眼吗，有顺风耳吗？我们未卜先知了？能感应得到他去洗个澡也会出事？"班霆爸爸一定难以接受外人的指责，"我们算做得很不错了，每个周末要么接老爷子过来住一晚，要么我们过去陪他吃个饭。有点什么状况，立马带他去医院。还不够吗？"

"如果可能的话，我们也很想把爷爷接到一起来照顾的，放他一个人住毕竟有风险。但你也看到了，你爸爸去年刚刚把工厂扩建，妈妈的审计工作更是每天都要八点才到家……爷爷住进来，和他现在几乎没有什么改善。"班霆妈妈的语气温柔些，"而且你想，爷爷只住我们家么，那叔叔不用承担赡养义务了？所以也要跟叔叔商量这要怎么分担的吧？那你婶婶同不同意？他家的小谊年纪又小，论懂事肯定不及你。所以啊，这种事都不是你想得那么简单的。"

"我知道的。"班霆眼睛看着近处的桌布纹样，想了想还是没有说——爷爷大概是不习惯，甚至有些畏惧，每次住到班霆家时，总是畏畏缩缩的像个担心挨批的小孩。有一天班霆提前放学到家，没带钥匙，他就敲门。听见房门里传来电视的响声，料是爷爷自己开了电视在看。等一会儿，门没开，他接着敲。依然没人来开门。到后来班霆不得不担心，他手握成拳头。而那时，房里的电视声消失了，几秒后，爷爷打开了房门。

"还好吗？没事吧？"班霆问。

老人没说话，神情残留着慌张。

"……爷爷刚刚在看电视吗？"

"没，没有看。我就坐在窗口晒太阳而已。"他飞快地否决。

班霆心里有些沉，然后男生无奈地苦笑着："没事的，爷爷你只管看好了啊。"

"没有看。我真的没有看。"但老人依旧不肯承认。

就算在平日的饭桌上，偶尔也能够看到趁着大家都关注着电视的刹那，爷爷突然动作变得矫捷了起来，筷子直接落到一块牛肉上，然后赶在不被其他人发现时把肉塞进嘴里。到日后班霆父母都有些不愉快，等送爷爷回去后难免提起来，直说不知怎么就养成的贼骨头做派，要吃肉就大大方方吃啊，谁也没不许，现在搞得这么偷鸡摸狗，外面人要是知道了，弄不好还怀疑是他们虐待老人。班霆想起有时候被他目击的爷爷偷肉吃的当下，那个瞬间他比爷爷更尴尬，好像自己误伤到了什么，只能更迅速地转移开视线。而随后，他也渐渐地不再要求父母尽量多接爷爷过来住两天，他已经非常明白，爷爷在他家绝对算不上舒服。爷爷要收拾桌上大家吃剩的果壳，抓在手里满满两把，结果漏出一条方便跟踪的小路，班霆妈妈就只能沿途叫过去："爸，爸，你别动！以后你都别动，不用你帮忙的，你坐着就好！"要不是一把沙发椅在这会儿挡了她一下，怕接下来就该脱口而出"你净添乱"了。可惜到了下一个傍晚，班霆放学回家，看见爸爸依然对爷爷生着气，这回是爷爷拿着用来刷马桶的钢丝球刷了洗脸池："说了让你别乱动，你又不懂，自说自话瞎弄，帮我们省点事不行啊？"这次连班霆妈妈也没有上来打圆场，看得出她气得比丈夫更深。

"十全十美的办法——连整个国家都想不出来，养老问题不光愁在我们家。隔壁、楼上、楼下、对门，都会愁，全社会都会愁。"班霆爸爸叹一口气，"有多少人能够做到100分？别提100了，给你选的只有0、30和50，还能怎样呢，我们只有尽力做到50，也只有如此了。"

"50分。"班霆跟着重复一次，顺势看自己的手掌，张开又握成拳。

"难怪王律师会额外把你塞进来，能够那么'冷静'地看着一切发生，果然是个'好榜样'。"小田唯有不断提高嗓门来表达自己的立场正确。

"你也不用拐弯抹角。"班霆的语调里是足够的自嘲，"如果需要表现自己的感情丰富，我一开始也不会选择律师这个行当了。"

"你的意思是我是个不专业的律师咯？"

"'我的意思'对你来讲很重要么？"

"……当然不重要。"

"那你还计较什么？"

"……你是不是从小就这样啊？"

"不明白你指什么样。"

"冷血至极。"

"哦，是吗？"

"是的。一副你永远是对的，你不会出错，你总是占理的态度啊。你人生遭受过的最大的挫败不会是早上想去买咸豆浆结果只有甜豆浆了吧？"被自己最后精妙的联想也逗乐了，小田有一瞬想笑的骄傲，接着她迅速直起背，准备好应付来自前方，黑发青年必然不留余地的回击。可班霆没有作答，他将沉默无限地延长下去。小田最初难掩获胜后的得意，却渐渐缩起了肩膀。当她意识到自己没准真的就像动画里那只松鼠，自以为成功地从冰面上拔出了橡果，可从深处传来的动静，却将冰川的裂缝一直撕开到地平线——她在班霆的默不作声里一阵心虚。

【 "如果你非要把话题扯到这里" 】

　　带了一阵的孙子几年前就离开自己回到他的父母身边去了，但班霆的爷爷应该没有那份视力去发现之前的小男孩被时间飞快地磨亮，更何况属于班霆的"成长"，内心要远重于外在：如果不出意外，未来他会频频和"理智派"这种词语挂钩。有一半的声音在称赞这些人合适的距离感，称赞他们得体的冷漠和始终如一的清醒，另一半的声音则一如既往指责他们毫无人情，而等在后面的必然有一句"迟早有一天咎由自取"。也难怪，历史上太多可以罗列的事例，至今仍能听见它们倒戈时的叹息，无数双眼睛都目睹过一个个理智的人如何溃不成军地瓦解，能够支撑他们的基石转眼不复存在，宇宙的规则翻脸不认人地说失去就失去，剩一张陷入深切混乱的脸，如同遭到报复一般，之前所有被摒弃的情感都在这一刻逆袭而来，要从他的软肋里见血——

已经太多了，真实的、虚构的、被影片镜头扫过的、被小说家记载的……但幸好缓慢地融化在自己斗室中的老人不需要考察这些花哨纷杂的案例，他眼睛到后来无可奈何地差了好多，有时候看见高了一截的影子朝自己走来，还要花点时间去想想这是谁，听到淡而灰的声音喊自己，倒更要花点时间去想想这个声音是谁。而比起现在，当然是早年的记忆要清楚许多，很早很早以前了，他身体健康没有大碍，隔壁人家是个孤老太太，他时不时帮忙去买几袋大米扛上楼，扛到最后一袋发现什么时候破了个小孔，他喊一嗓子，还在读小学的孙子就找个碗一路跟在他身后，托着托着，班霆手里是小半碗的米。孤老太太感激不尽了，从罐头里拿糖要给小孩子吃，班霆摇头，反而是做爷爷的接过来。晚饭他就一边含着糖一边烧，知道孙子不爱吃甜的，手里的勺子把一半的白糖又抖回了玻璃瓶去。回想到这里，已经满是白发的老人眼睛里清晰了起来，他动了动嗓子，但喉咙太哑，像干涸的水泵榨着那点有限的唾沫上下打了几次，终于等到有效的湿润后才发出声音，他说："小霆啊，在看书哦？看什么书啊？"班霆于是抬头，把老人刚刚无意中掉落的糖果又塞回去给他，然后把书的封面朝爷爷亮了亮，解释说："之后有比赛。"爷爷却必然不知道，已经升入高中的班霆，理科比文科拔尖一点，但生物成绩最好，脱氧核苷酸和溶酶体对他来说亲近得像邻居。差不多一年一次的省级生物竞赛，在升入高二前班霆已经参加了两回。

所以爷爷只是安静地点头，舌头里动着那枚椰子糖。

班霆又把书打开。

想来那应该是最后一次，也没什么特别的最后一次。

然后是一个礼拜五，"然后"的意思却是"爷爷意外去世，一场官司开始，历经良久的拉扯，终于得到了可接受的判决——之后"，这样的一个礼拜五，一块写着"热烈欢迎各位参赛选手，预祝大家取得好成绩"的黑板摆到了赛场门外。风和日丽得很，太平盛世得很。班霆没有来过这所出任考场的高中，三三两两聚集起来的"选手队伍"里，又唯独他的这款校服落单没有同伴。一个在过去的比赛中有些面熟起来的邻校男生大步踏上冲他招呼："哟，把握大吗？"一旁的几个女生连忙抓住机会直直地看着班霆。

班霆指指男生脚下："你踩到花苗了。"没等对方明白过来时又说，"这大概都不能算生物常识，而是道德常识了？"

离开考还有不到半个小时，班霆发现自己坐的位子似乎刚被人作弊使用过，写了满满一桌面的铅笔公式，他的淡色袖口包括手腕都染上了大面积的黑。班霆犹豫了一下，看看手表感觉时间充分，便离席去这附近找洗手池。

虽然是完全陌生的校园，但按照一般的规则来推算，多半都是按楼层分割。好比双层的走廊尽头是男用，单层的走廊尽头是女用。班霆看一眼楼梯口的"女用"标志，继续朝楼上走。

进去前特别确认了一下门上的"男用"标志。

一推门却看见一个女孩站在洗手池边。

他心里一凛，反映到脸上虽然消去了百分之八十，但还是立刻退了出来。视线扫到了门上的"男用"标志。圆形下面是倒三角。再标准不过，他的视力没有问题。换言之，随后匆匆开门的人，搞错的是她。

在看清对方前，脸上自然没有挂什么表情，一点点的放松里混着更远一点的傲慢，等拿去了前半句的时间状态后，他在那一刻整个人浓郁了起来，头不由自主地往上拔了拔，为了让之后的对话跌出一个更清晰的高与低的落差。

真是奇怪的再会地点。

班霆看着辛追说："巧了。"

第二次见面时，彼此的立场早已了然于心，只不过对班霆来说，他把辛追的身份注解以不能排解的敌意——或许连"敌意"这个形容都是被抬举了的，如果可以，班霆希望调动最微小而鄙薄的力气让自己的血液在胸腔里流动。

女生的脸在红和白中间无法协调，但态度是摆明了的，也是一秒之内被削成尖锐状的语气："现在是打扫的时间。"

"哦，是么？"好像也是挺合情理的答案。

"你不是我们学校的。这里周四下午第二节课后都是由学生负责的打扫时间。"每个字的吐出都有点像绑上了镰。

班霆继续把话往下接："不能用了？"

"最好还是换个地方。"把门打开点，让男生看清里面的拖把水桶。

"哪里还有水池？"越是看出女生的反感，他越是不打算结束对话。他念头中间是很单纯的"恶"着，没别的，就是要延续对方的不快。

"操场那边。"辛追手往右边指，眼睛则不悦地看着左边。

班霆往旁边掠一眼："我大概不够时间走过去再折返回来。"

空了一秒，差不多是那种形成转场的空了，班霆听见女生呼吸重了起来，再开口："你说话习惯这种口气的么？"

班霆侧过下巴，眼皮静静地掀："什么口气呢？"

"……好像赢的人那样的口气。"

"好吧。"他看着女生说，"如果你非要把话题扯到这里。"

不提太遥远的事，班霆从五岁起由爷爷奶奶照顾一直到十四岁，可以回顾的记忆太多。

只说不遥远的事。老人年纪大了，相关身体状况难免减退，最后打电话都听不清，无论班霆在这里说什么，爷爷只是在电话里自顾自地提着嗓门："很好，是啊，我很好的，小霆啊，爷爷很好，你不要担心啊。"

只说不遥远的事。爷爷喜欢的椰子口味糖其实停产很久了，后来全要靠班霆在网络上购买后再给爷爷送过去。去医院"见"完爷爷后的第二天，快递来敲门，拆开纸盒里面是刚刚送抵的两袋椰子糖。班霆自己剥开吃了一颗，果然很甜，是他不喜欢的但爷爷很喜欢的甜。

"我家的不幸，不会因为是建立在你家的不幸上就变得轻了。既然两方都有受害，你们可以被任何一个人来感叹可怜感叹厄运，但无论是谁也不应该是我们。对，我们可以原谅你，但是我们没有义务原谅你。你要是觉得法院判决的赔款让这事看起来变了味道，也只是你把自己当成受害者那样，你给自己加多了一个'无助'的砝码，你觉得自己委屈吧，你觉得自己倒霉吧，但你怎么觉得都跟事实没有半点关系。我爷爷有说因为要这二十四万元而死吗，他有这样委托你们吗？你们只是在司法上输了官司的败诉方，你们输了只说明你们的过错是被判定的，你们的过错是板上钉钉的，懂么？法院说了，是你们，害我爷爷丧了命，是你们。不要因此把自己强调成受欺压的弱者，说着说着还真把自己说信了吧……"

辛追的手掌直直扬到对方脸上，真真正正"打"断了他的话。男生重新抬直头后，一个清晰的红印在眨眼之间就浮现出来。

"我本来以为你会更早一点出手的。"若说痛，当然是痛的，只是痛得太肤浅和平常，不小心被一根外露的铁丝挂到，或者降温天的寒风都能带来类似的感受，而你对铁丝或风能说什么呢，它们给予的一点点伤害根本没有与之计较的必要和意义。班霆把眼睛蘸得更黑了："话虽然难听，但说错了么？"

声音的最后一息消失在空气里。它们果断地带着类似毒素的物质，班霆感觉和女生之间的空气正在预备随后的剧烈变异。

如果不是随后出现的不速之客走到自己的背后，并且握住了班霆的肩膀。不是搭，是用了些微力气的握住。于是班霆回头看了那个陌生人一眼，视线跟着要落向那只手的时候，对方开口让班霆又看向了那人的脸。

"怎样，该结束了吧？"

"这得问她吧？"

贝筱臣没有因此把问题转向辛追，继续看着班霆，眼睛保持着浅笑的轮廓："可我在问你欸。"

真事：

官司宣布判决那天早上，班霆醒来后没有立刻起床。他伸手挡住眼睛，让动作维持了几分钟。

梦见了爷爷。

梦里自己削了苹果给爷爷，老人牙不好，苹果削完切成一小块一小块，但爷爷也咬不了，多半是含在嘴里尝个甜味，可尽管这样还是吃得乐呵呵的。

于是在梦的最后，男生拿了凳子坐在爷爷对面，矮腿小板凳，他将身体温和地架在手肘上。梦里班霆把一个电视遥控器塞进爷爷手里，对他说："奶奶走了没事，以后我养您。"

Chapter . 06 / 第六章

〖 "不是骗子发的吧" 〗
〖 "其实学校里的事你大概都不记得了哦" 〗
〖 "没位子了吧" 〗
〖 "丰衣足食才会来谈荣誉和耻辱" 〗
〖 "那你用得着的时候再叫我" 〗

她和她此刻的一切，是和班霆有关的。
是合理是牵强，是致命是寻常，却仍是有关的。
一张桌子吃饭似的有关，影子些微融着影子的有关，
味觉和嗅觉近在咫尺的有关。

【 "不是骗子发的吧" 】

婷婷的行李箱绊过了门槛，在外头走廊上落出重重的声响，姑父
赶去开车先一步下了楼，姑妈拿着一个手挽袋，轮廓下胀出一些电子
用品的弧角，她不急于给婷婷，转过身来要关门。

辛追站在玄关，语气上很是家常的："我来关吧。婷婷一路顺风啊。"

"嗯，我走了……"婷婷就隔着她母亲，和辛追在几秒里把眼神交
流了个尽，但若说"交流"，实际上是婷婷在那短短的时间里恳求得没
有停息。辛追想到昨天夜里，她们两人偷偷地从家里走出"越狱"式
的蹑手蹑脚和胆战心惊，深夜一点了，寂静的路上她跟着婷婷一前一
后地拐弯，前一个步履匆匆急不可耐，后一个惶惶不安左右为难。辛
追看着婷婷就穿一身睡衣，赤着脚踩在鞋后跟上，鲜橘色的路灯光毛

茸茸地渲出她从马尾中逃逸出的散发，然后婷婷突然就站定了，她转过身朝辛追看一眼，辛追醒过来，婷婷已经走到了银行的自动柜员机操作间前。

房门关上了，辛追便站到阳台上去伸出头，几分钟后，隔着楼下茂密的树荫，婷婷推着行李箱，姑妈跟在后面，走成了送别的样子。婷婷走得有些慢，走得仍是不大情愿，没准落在姑妈眼里，是一番格外感动的场景，她看得出女儿的眷恋了，只是无论如何也猜不到背后的原因，猜不到就在五六个小时前，临行前夜的女儿压根没有踏实地在自己的床上睡出一身酸软，反而是和借宿在此的表姐一起，深更半夜的在自动柜员机前完成她"营救计划"中最重大的一步。

辛追总觉得必须再阻拦一下，她盯着表妹手里的银行卡紧紧地看："可以吗？姑妈不会知道吗？知道的话你怎么说呢？"

"至少一时半会儿不会知道的。"婷婷的声音冷静透了，接着手伸进睡衣口袋，从里面摸出个东西在辛追面前摇了摇，"怕有短信提示，你看我连她的手机也带上了嘿。"充满思考周全没有死角的自信，好像这件事中最核心的关键无非是手机短信而已。然后她直接对辛追下命令："你的卡呢？给我。"

辛追下意识往裤兜里摸，比起掏，意图更接近于藏。婷婷便径直挖了过来，利索地抽出辛追的银行卡，然后把自己关进了操作间的小门。玻璃下露出婷婷的睡衣裙边，和匆忙出门而趿着鞋的脚跟，这个季节里，还是冻得惨白，等再转过来，她推开门，把辛追的银行卡塞进她手里："转过去了，七万。"

辛追的手指一紧张，阻力不由得大了，但卡片还是顺利地划了进来，切开什么东西一样的自在。她心跳立刻加快，拿着薄薄的银行卡，一个个无形的零都是带着重大任务的，要等待她做一个关键的信使，罗密欧与朱丽叶当年的悲剧是如何产生的，不就是那个背负了真相的信使晚到了一步没能传递出消息么，她愈想愈害怕："这，真的不行吧？

姑妈之后要是知道，肯定会气我的。而且，你不觉得实在很冒险么……那边也说了，又不见得百分之百会成。"

"没关系的。"婷婷手握上来，想从身体里挤出点热量去安慰辛追，"你别担心嘛！不会怪到你头上的，这都是我心甘情愿的，怎么会连累到你啊。我妈那边我以后会解释的。现在只要能帮到他，什么方法都行。我没所谓的啊。"婷婷语气又轻松了点，试图篡改事件的性质，"再说，又不是几十万上百万，就七万块而已，也还好，总比抓进去要好啊。就算万一不成了，钱多半也会退回的吧，你别吓成这样。"

婷婷当然可以从辛追的表情里推断出，当崔洛川传递来这个数字时，辛追的眼睛一下子瞪得有多大，她都忘记了拍掉外套上的那层雨水，任它们往里洇，大概辛追是从那个瞬间，一下觉得事情不会如她想象中那样，又或许她自己根本从一开始也没有做任何想象。但辛追的顾忌和担忧一起，被披在身上的水渍沤成了新的怀疑，她看着眼前的崔洛川，重复他刚才说的话："疏通费？七万？要七万？"

"嗯，我问过了，一开始那边说十五万——看你吓得，十万完全是说说的，砍掉一半，七万块差不多可以了。"

"是吗……真的吗？"辛追不自觉地把自己往后退。

"嗯，应该可以了。"崔洛川把她往还没有关门的餐厅屋檐里让了让，"行情就是这个价格。"

"……"辛追长久地咬着嘴唇。

"你问下你亲戚吧，行不行。这种事也给不了很多考虑的时间。你问下她，有答复了就告诉我？"

"好……"辛追在那时回想表妹的脸，不用猜也知道婷婷一定觉得这好歹是个方法，或许连"好歹"也用不着，就是个方法，是她一直在找的方法。有了路子，那钱当然不成问题。婷婷当时几乎把所有希望都注向了辛追，辛追对这份急需里的盲目再了解不过，于是她抬起头认真地看着崔洛川，他也是刚刚从另一个地方匆匆赶来的样子，眼镜片上雨痕划着残留的细线，辛追想让他看出自己的负担所在，视线里倾尽了可怜兮兮的力气："谢谢，谢谢你……那就麻烦了，就靠你帮忙了……"

崔洛川被她看得静默了一瞬，然后伸出右手来包裹住辛追的右手，动的幅度还是很小，是份很客气而细微的"揉"，他朝辛追点点头："客气什么。"

所以当辛追看着右手里被塞进的那张打了七万元的银行卡，婷婷已经了了一件大事似的轻松下来，频频跺着脚说冷死了快回去吧，辛追只能跟在她后面，婷婷的步履和来时有了天壤之别，但辛追的则几乎没有什么改变，还是惶惶，还是为难。她追上去："真的没问题么？你这样帮他？"

"没事啦，都说了没事啦。"

"好歹七万块啊，不是个小数……"

"唉，不是小数又怎样。"婷婷被追得终于回过身，恢复了她一贯大大咧咧的宽慰方式，"都说了和你没关系嘛。"辛追从婷婷略带不耐的神色里察觉到，果然是自己又犯了没出息没见识的毛病，无论是崔洛川还是婷婷，对这个数字都没有流露出丁点大惊小怪，唯独她看见一个五位数就觉得呼吸困难。而事实上，婷婷的话的确没有错，七万元来或去，都和辛追没有本质上的联系，她只是单纯地面对这个数字，对这个数字代表的金钱感觉到了压迫。

姑父载着婷婷和姑妈的车开出了小区的曲径，辛追在阳台上定定神，手机跳出崔洛川发来的短信，给了她一个账号，辛追吸口气回复他："收到。"又故作轻松地问："不是骗子发的吧？"过一会儿接到崔洛川的下一条："我不是骗子，我只是个普通的房东，我在外地不方便，所以麻烦你打到这个卡号里，是我太太的卡。"辛追有些松弛下来，动动嘴角做了个笑的表情，又沉吟了片刻，她再次给崔洛川发信息："谢谢啊。都靠你帮忙了。"

七万块转账过去后，来自银行的短信通知她余额又恢复成她最熟悉的平凡数字，提醒了辛追也去跟婷婷汇报一声，但差不多过了近一个小时，应该是等飞机落地了，婷婷才短短长长发了四五则过来，念念不忘的是希望事情得到解决，果然一旦距离拉开成异地，再也贡献不了有效的付出，婷婷昨晚刚被激发的信心又很快偃旗息鼓了。而她一露怯，辛追就得及时站成有力的支持者，婷婷一句"该不会"，辛追一句"不会"，婷婷一句"那万一"，辛追继续"不会"，手机上橡胶的按键只在固定的那几个字母上吱吱地响，她在心里同时自问自答地做演习，以确保能第一时间安抚表妹的种种猜测，各种理由被筹集起来，而里面最天经地义的，还是那句在她心头盘旋良久的句子"因为给了钱""既然是很大一笔钱"——"所以""那么""那么""所以"一锤子一锤子地完成了对那份"免死状"的鉴定。

　　这个逻辑是如何被确立起来的呢。读书时辛追在放学后跟着母亲去逛超市，母亲选一双棉鞋也能乐在其中地试上半个小时，尽管最后还是没买，可仿佛也体验到了在商场中挑挑拣拣的名为"消费"的乐趣，而一旦入夏，母亲便最喜欢带着辛追去水果摊位前。她们直奔荔枝的货架。母亲手上还拿着佯装挑拣用的塑料袋，却侧重在同时从枝条上偷偷扯下一两枚荔枝，迅速地剥壳后塞进辛追嘴里。从最初的乘人不备到后来的堂而皇之，末了在脸上升起早已熟练的厚颜与强硬来。哪怕不断有人翻来白眼，或者一句句更明显的话语挑明了"买不起就别吃"，但这些都没有动摇母亲的决心，甚至它们使她越挫越勇，似乎已经将自己的贫穷作为铠甲般层层武装在外，使一切都变得理所当然。等她们带着那份不堪的"满足"离开超市，母亲又从兜里掏出一只身兼重任的塑料袋，印着超市名称的袋子，即便已经在长久的循环利用下皱皱巴巴，但母亲从脖子上解下围巾或者摘下帽子往里一塞，就成了名正言顺的消费者，带着辛追坐上了超市提供的免费购物班车，两个人一来一回省下了八块钱。最早时她们曾经被赶下来过，就因为两手空空缺乏物证，占便宜的企图太明显，但第二天母亲就想出了这个好办法，一只被赋予了全新使命的塑料袋帮助她安然地赚起了一个个的八块钱。其实这样的人在免费班车上并不罕见，尤其上下班时段，辛追能从人群中不断辨认出他们，拿着一样的塑料袋当道具，从司机的睁一只眼闭一只眼下幸存出愉悦和轻松，以及依然不敢松懈一条名为"无耻"的防线，抵御假象中可能的各种批判质疑。

大概在这样的时刻，辛追也曾经含混地想过"有钱就不会这样了"，不褒也不贬地想过，不爱也不恨地想过。"要是有钱就好了"。

可官司的判决下达后，为了筹集二十四万的赔款，这句话被明里暗里地不断说了出来。有时候是母亲自言自语。她常常什么也不做，数小时地凝固在饭桌边，但内在全是碎成粉末的意志和精神，一眼可见的危险状态。母亲一只手微微地拨弄着桌上的一块零钱或五块零钱，声音仿佛开口后数秒才渗进空气里，和空气发生了新的化学作用。所以母亲的眼睛能够定定地看见它们、望着它们、确认它们，在这个屋顶下冉冉飘着的"没有钱"。

有时候是母亲对父亲说的，有天天刚亮，辛追看见父亲早早醒了，坐在桌边吃一碗东西，三五口匆匆忙忙解决了便换鞋出门。她迷糊地翻身问，得到的回答是父亲今天得赶早去外地求人。等到辛追起床，她看见父亲放在桌子上的碗，里面还剩着两条宽粉，女生刚奇怪这明明不是父亲一直都爱吃的么，她顺手拿起碗去闻了闻，飘来一股确凿的馊酸味。母亲此刻一把推开门追着喊："好歹午饭你一定要在他家吃了，不管他借不借钱。"

这样的事情，根本不知道该说给谁。该怎么说。"爸爸你注意点身体吧""坏掉的东西再省也不要吃啊""妈妈你别害怕"，可是辛追不认为"我觉得你们太辛苦了，让我很心酸"——类似的话能让父母宽慰而不会更加悲哀。大人们总是努力营造一切尽在掌握的样子，"点穿它"怎么会是一个善意的念头。

也难怪当初她十几岁的眼睛里久久地涨满了泪花，对于冷不防出现在自己校园里的官司原告方，只要想到二十四万这个数字，后面每一个零都像绳索一样紧紧勒住她的脖子。女生觉得自己有充分的理由，在心里怀有和那个名叫班霆的人完全不相上下的怨恨。

不管是什么原因，无论是什么缘由——母亲头发白了半扇，买了最便宜的染膏自己动手，结果耳朵脖子上死死印上了黑色，无论如何也洗不掉，宛如戴上一顶滑稽的钢盔。另一边，被风吹走的雨伞已经没了圆形的轮廓成了三角状，辛追眼见着父亲依然勤勉而狼狈地要在巷子里把它追回来，他佝偻着背还有些同手同脚，裤管让风抖出两截触目惊心的细杆。

等父亲站在厨房里，辛追放下书包走去问"在干吗"，父亲举起右手说："伞骨断了两根，我想再修一修，结果不小心将502胶水弄手上了，你看，粘在一起了呵。"

紧紧并拢在一块的中指和无名指，让辛追最初甚至觉得好玩，她拉住这两根手指，一边问："分不开？真的分不开？"父亲笑着说："502，名不虚传呢。"

可最后这依然不是有趣的事故，而是必须解决的麻烦。在热水里泡了半天，结果还是没能软化父亲的两根手指，辛追用手去捏了捏，结了一层硬茧似的，戳也戳不动。于是做父亲的指示女儿："你拿剪刀过来吧。"辛追从抽屉里拿出剪刀，父亲点点头："你帮我把这层硬皮剪掉。"

结果两人端着板凳坐到窗口。辛追调整着姿势，将剪刀蹭住父亲的手指说："万一剪疼了，你要叫啊。"

"我又不是在受拷问呵，不会忍的。"

她很仔细地睁着眼睛，将那层硬壳慢慢地剪下来。也是这时，看清父亲的手指，每个指甲盖旁都起着黄色的硬皮，而手背上的皮肤里，一点点的深灰色、淡褐色，好像迁徙中的小小的野象群，她问："这是什么？"

"老年斑啊。"

辛追一下抬起眼睛："啊？"

"怎么啦？"如同"你没想到吧"一般的轻松口吻，"爸爸老啦。"

辛追调整着剪刀的角度，越过那群苍老而迟缓的象群，在一片消失了知觉的皮肤上做着清算。老去的老去着，死去的死去了。

可这照样被评价为"博不到半点同情的"——

辛追的巴掌甩得三分痛快，那声"啪"同时也击碎了她一直以来的坚持。她总想着也许能熬过去吧，一边把早已巨大无比的愤怒和悲哀都欺瞒在一个笼子里。可此刻它们被通通地释放了出来，以至连原本文雅的说法也放弃——她发现了自己多么地"不爽"，她也可以"不爽"着，她只管坦然承认内心顶了天的"不爽"，没有必要躲躲藏藏心虚。她把或许从良久前便开始酝酿的不爽交给自己的巴掌甩了出去。

真的是从很早很早以前就有了那一巴掌的冲动了，判决的法院前，去程的电车上，从信封里撕出起诉书的刹那，还是留藏在更早的过去，当她一年获得一次买新衣的机会时，面前这个傲慢的原告，大概早就堆满了一柜子忘记长相的新鞋吧。

因为施力而充血泛红的手心，又在随后被辛追捏成苍白的拳头，施力有多大受力便同样有多大，辛追却还是觉得不够，拳头捏不住那句一直以来的话。"我没有钱""已经没有钱了""钱呢""钱呢"。

所以，如果当场没有贝筱臣的出现，辛追无法预计自己还会做什么。尽管仔细想想她也确实做不了什么，一个耳光对向来温顺的辛追来说足以构成突破。但毕竟是，在贝筱臣毫不放松的目光和右手作用下，班霆甩开这停顿的几秒，头也不回地走了。

可辛追知道，那份借由五指宣泄的恩怨对自己的意义远胜过对班霆。她不是没觉察出，赔款数字破门而入的刹那，辛追纷杂而沸腾的念头里一定有一个"我要钱"。母亲瘫坐在桌边时，父亲在衰老中淤陷时，她条件反射般产生过那个念头，就是那个念头，"我要钱"。它一行行一列列地被码放在辛追心里，拿起来摇一摇，没准还能听见自己细细的声音封在当中犹如一颗小石子，四壁中碰出寥落的声响。她想过的，第二天醒来一睁眼原来全是梦地幻想过；路上捡到一个装满了现金的包地妄想过；床底挖出了一个尘封多年的宝盒地痴想过；忽然原告方放弃了赔偿地空想过。她坐在房间里，清点着每处角落，好像一夜扭转的美好神迹还在它们之中。可惜辛追只能目睹这个念头向空中伸着徒劳的触角，最终在他们一家微不足道的那点社会价值里迅速枯竭。

她打出的那个动作是失败的成熟，等结束后又恢复作成熟的失败，朝贝筱臣看了半秒，半秒后贝筱臣叫着她的名字，接着拖出大段沉默，辛追明白自己家的事还是传了一些到他耳朵，又经由刚才的一幕落实。她当然不打算接这个话题，比个手势说要上课了，拍拍贝筱臣的胳膊让他走。等中午午休，辛追在学校食堂又看见了他，排在队列里，身高让他突出，他用手随意扒拉着头发，伸完懒腰又跟背后的朋友开着玩笑，很具体的笑容从眼睛到喉结完成了，他的生活基调始终保持在这样的轻松里。差不多就是这样。一直也是，小时候短暂相处过的邻居，几年后重逢，朋友，也许可以套上这么个称呼，但熟悉么，算不上真的熟悉吧。对方是只为游戏通关和考试小抄烦恼的男生，爱笑，擅长笑，性格称得上好，随后某天听说了一件挺可怜的事，当成难过的新闻想来找辛追求证，眼睛里拿捏不准该用怎样的神情。果然啊，从"随后"开始就有点格格不入地变味。他想朝女生的苦难里温柔地潜一潜，浮力也始终会拒绝他的意图，结果只是沾湿的一件衣服或者一双手。辛追不由得抿出一点笑地想，丝毫没有被外人的糟心事影响到贝筱臣，看起来才是最好的。而这个念头则在日后不停地被验证，延续并贯穿到两人的合与分。

辛追在沙发上辗转，婷婷最后发来的信息加了个表情符号，拥抱的意思，辛追有点动容地软化，她正在斟酌回复的字眼，语言学校的同事打来了电话。

"辛追吗？"喊完她的名字首先蹦出个三字经，"财务刚才发的通知你看到了吗？"

辛追握着电话："在哪儿？QQ上吗？我还没有开过电脑……是今天又发不了工资了么？"

同事语气立刻高昂起来："对啊，越来越过分了，这次都快拖后一个礼拜了！"

辛追关心的问题很浅："那是说到下礼拜就能发了？"

同事自然很不悦："什么？你太天真了！公司这个礼拜发不出，下个礼拜就他妈的能发得出来啦？我可有经验，你向别人讨过债没？今天跟你说明天给，明天跟你说后天给，后天说他病了没有时间去汇钱，等你再打电话过去就干脆不接。没钱就是没钱，不会因为过一个礼拜就改变的。"

辛追想想这话一点也没错，前二十年是贫困，未来的后二十年八成也是潦倒，虽然听起来灰暗，却是许多人在不断破灭的幻想中，攥在手心里余烬般的真相。

"那怎么办呢……"辛追打开了电脑，看到了弹出的通知，几句故作镇定的行文宣布公司财务状况正在调整，发薪日改至下礼拜。

"我们正在组织明天去跟公司谈判，你来吧？"同事末了问她。

【 "其实学校里的事你大概都不记得了哦" 】

喝完拉面的最后一口汤，额头在这个人声鼎沸的狭小店面里配合地冒出了汗水，和户外大相径庭的季节在室内轰轰烈烈。班霆眼光找向桌角一侧的纸巾座，里面早已空空如也，再看同行来的老朋友商亮，在桌对面坐成一座喷火前夕的山，两腋下浇灌了新的色块，只是看的那几秒里，色块面积似乎又扩大了些。班霆环顾四周，仅仅一名服务生的配额在此刻的高峰时段中显然被透支了：两个声音喊着要结账，三个声音招呼说要添茶，还有几只扬招的手八成是预备点单，让服务生匆忙的笑容间满是讨饶。

墙壁上果然张贴着继续招聘人工的广告，有些粗糙的笔迹开出了两千两百元的薪水，广告纸单薄了点，透露出之前还曾有过的标价，虽然只相差了一百元，但能感觉到店老板在提升时的百般不情愿。

"你赶紧去隔壁……"从门后探出头来冲自己的服务生嚷嚷到半路，

店老板的目光找到了班霆，他一愣，"哎呀。"

班霆松开嘴角同时颔了个首，在喧闹中打一个动作上的招呼。

店老板拿着一小沓百元钞塞给服务生："去换点二十和十块的给我，零钱全用完了。"然后很顺势地就着班霆的桌子撑住右手。老板五十来岁的人，袖子挽得很高，不算胖，可身上带着一股臃肿的油烟气，让他在视觉里变得膨胀起来，而这倒像是他自己的保护色，走到哪儿带到哪儿，似乎只有在这份市井家常的躯壳下才能活得最安心。

"有一阵没见你来了啊！"他一张口，跋扈的音量也很符合店里的"饕餮"气氛，"最近很忙噢？"讲话是和班霆一对一的，态度里毫不客气的"旁人勿扰"，因而先前在旁赔笑的商亮也很快察觉自己的出局，乖乖退出面前的奇特社交圈，低头翻着手机相册。

班霆斟酌不出什么有新意的客套话："这里生意还是很好。"

"哪能呢，现在——"老板瞄墙上的钟，"也就这个点，再过一个小时你来看，人影都没了。"

"做餐饮的不都这样吗，已经很好了。"

"你是不知道啊。"老板的长篇大论刚刚起了个标准制式的头，兑换完零钱的服务员回来了，老板特地招呼了一句，"这位先生的钱还没付吧，哦，还没？那就别结了，记得了？"

"啊，不用。"班霆赶紧出声，又瞥到商亮果然在使劲憋笑，班霆迅速掏出钱包，"我得付的。"

"搞什么呢。不就二十块钱的事。"老板不由分说朝他的胳膊给了一记粗暴的击打，眉头更是皱出一副单纯的凶狠来。这副表情拿去和老婆吵架"干"，或者训斥员工"白痴"，在工商检查组走后咒骂对方"傻×"，都是再合适不过，为他成就一个野蛮又狂躁的小店主形象。原本也是，从班霆读高中起便开始光临的这家面馆，最初便是凭借店老板粗暴的待客之道而受到了广泛关注。问一声是不是加了味精的会被骂；雨天把伞撑进店门的会被骂；一次性筷子的塑料套没有扔进纸篓的会被骂。而许多人兴冲冲点一碗特大号的牛肉面，就为了听老板对自己一顿斥责——接近咆哮的语调在柜台后哐哐地响："点那么大你吃得完吗？你要敢剩下一根面条，浪费掉一口汤，你就试试看！"难免有人第一次不识规矩地碰了灰，四十出头的男客人提出要打包，得到了三字经的问候，哑了两秒当即不甘示弱地要跟老板吵一吵，到最后两人演功夫电影似的干起了架，店里的客人们一哄而散，等到店老板凭借略胜一筹的肱二头肌再度巩固了自己的开店方针，回头看到一碗碗还没有结算的空碗摆在各张桌上，心里喊一声"妈的坏了"，他啪地一拍桌子刚要开骂那些吃霸王餐的，倒把唯一一个还坐在店里的男生拍得转过脸来。老板在那时盯着班霆看了须臾，评价这个高中生倒没走么，眼睛也够利，总之整得自己跟江湖里那些绝世高手似的。老板平日爱看武侠小说，眼睛还真的朝班霆的两手扫去，当然是没什么独门武器的，班霆的右手里只有他的手机，而班霆之所以没参与，甚至没有在意这场近在咫尺的骚乱，因为就在五分钟前，班霆爸爸给他发来短信："今天收到法院转过来的赔款了啊，爷爷的事情总算是结束了。"

　　那会儿店堂里多少显得新一些，地板还没有被油垢覆盖，墙壁算得上雪白，桌角们也都很锐利，是要经过许多次的摩挲后才会在几年后秃成一个圆润而意犹未尽的疙瘩。

　　他给父亲回消息："知道了。"眼睛在手机上停了一会儿，敲一串在脑海中的结句"全都结束了吧"。

　　班霆垂下手，他没有关注背后正由三字经穿插的吵骂声、突然撒落的一把筷子和被纷纷推开的椅子们。

　　他心里只浮现一个想法，结束了。

　　爷爷可以不用继续和"官司""死者"联系在一起了。几个月来，爷爷仿佛只能在法律文本中逗留，他的名字前没有任何情感性的形容，只有一个失去温度的标签，怎样都难以变成一个普通的"逝者"，他几乎被草草埋在了这场官司里，听人用经过堂皇装饰的言论，可依旧辩驳着"死得是不是活该"和"死得价值多少钱",想要准备一些温和的词语去悼念都根本不能。

但至少,终于都结束了。

班霆突然觉得身体奇怪地急速发热,像抓实一把雪后在冰冷中间总会感觉到反抗性般的灼烫,全副的血液集中起来要冲过一个关卡。直到身边发出的响动,让他回过神来,他看着衣衫在刚才的打斗中被扯得乱七八糟的店老板,手伸进口袋,问他:"可以结账吗?"

算起来应该是从那天后,他被无形的默契拉扯成这里的常客,这个"常"字倒也未必频繁,每个月去一到两次而已,但店老板总是记得住他,每回都要免他的单,把那些武侠小说里写的"义气"两个字用牛肉面来体现。这回班霆依然拒绝不过,拒绝了就是与老板割席断交,罪过或许是滔天的,后果或许是严重的,所以他只能眼看着商亮笑得肩膀抽个不停,从账台付完款回来后揶揄自己:"这么多年了,你的'感情生活'还是老样子啊。"

这天早些时候,踏出电梯时班霆便有一丝不祥的预感,待推开办公室的门,看见小田正前仰后合得像个标准的不倒翁,随之她回过头来,冲班霆格外凶猛地挥了挥手后,露出在她手臂夹角间,一张从小一起穿开裆裤的死党的脸,让班霆整个心一沉。

见面先被撞了肩膀,随后被拍了背和胳膊。力气都是不小的。男生大刺刺的行为,多少年都没有变。

"太让我失望了,居然没发福吗?"反倒是原来比班霆还瘦的商亮,皮带明显地紧了,最外侧的扣眼也绷不住,一个父亲的身体在这勒痕下面让幸福和压力双双作用地膨胀了。

"哪像你,在这方面是高手。"班霆一边脱外套一边调侃。

"不愧是律师大人,犀利,下次我女儿的玩具被其他小朋友抢了,一定请你来辩护。"

"不如你把你太太的电话留给我，这样将来你们离婚，也方便我做她的代理人。"

"怎么这样呢。你就那么想拆散我和她？虽然我和你没有在一起，但我们还可以做朋友呀……"

"来福，我们人狗殊途，还是别做朋友，好好做主仆吧。"

"……什么'来福'？！你才'来福'！你还'旺财'呢！你还'狗剩'呢！"果然这个绰号是商亮从小到大的雷区。

而在一旁眼睛瞪圆了半天的小田，此刻终于爆发出一阵尖厉的笑声，同时上来有些忘我地抓住班霆的手臂："哎呀呀呀，太有趣啦！你也可以很好玩嘛。"

"他这叫好玩吗？他这能叫好玩吗？"商亮还念念不忘，"问问以前被他荼毒过的那些老师、同学，问问那些受害者，好好听听他们的控诉。"

"啊啊我听说啦，你的事迹。"看来在班霆抵达前，小田已经和对方有了长时间的充分沟通，她朝班霆比出一根带着"啧啧"声音的食指。随着这大半年接触的深入，小田已经没有像最初那样惧怕班霆总是一脸的拒人千里，她如同愈加胆大的孩子，偷偷翻过禁区的栏杆，发现自己原来没有大碍，便情不自禁要走得再深一些。

班霆见状转过脸来质问死党失责地看守："你又鬼扯了些什么？"

"才，不，告，诉，你。"商亮干脆和小田比了个默契般的 V 字手势出来。

班霆见他们两人瞳孔里闪烁着相识恨晚的光亮，内心腾起一片大势已去的嗟叹，他扯过商亮的肩膀："别磨蹭了，走吧。"

"不是在这里聊么？"

"我饿了，边吃饭边聊吧。"

两人一前一后出了门，班霆仍能感觉小田黏在自己背上，近乎第一次看见大熊猫时的狂喜而好奇的观众视线。

"那个女孩说，很想跟你做一次同班同学试试看啊。"商亮站进电梯还不忘调侃，"不过我抱着慈悲为怀的精神，好好地劝说了她幼稚的念头。"商亮转过脸来对班霆乐呵着，"其实学校里的事你大概都不记得了哦。那么早的事了。"

"有些记得有些不记得。"班霆眼睛看着电梯外的风景。

下课铃刚响，从教室后门冲出拿手背擦眼泪的女生，一路埋头疾步，撞了不少人，包括下一节课的化学老师。年过半百的老头看不懂这些年轻人的举止，"怎么啦"的询问声也只等到一个渐渐远去的悲愤背影。后来化学老师才从同一间办公室的生物老师那里听说了原委。

"那个班霆啊，我今天让他的同桌起来回答问题，女孩子翻了半天书不知道说什么，我说'不知道是么，好'，就顺便喊坐她旁边的班霆，'换你来'。"女老师喝完一口茶，"结果你们知道他说什么，他跟我说'老师，你以后不用叫她了，直接叫我就可以'。"

接着她说："怎么啦，怎么啦，这情况难道很频繁吗？"

简直频繁到每天都会发生。

同桌的女生功课欠佳，每次被老师点名提问后十有八九支支吾吾，而大部分老师都会就近选择"那么同桌，你来帮她回答"。班霆便接在女生后站起来。今天，昨天，前天，几乎天天如此。次数多了以后，终于他忍不住直接建议说："老师，以后直接喊我就行了。"

同桌的女生自然没把这话当成一种关照好好接受，反而在女厕所里锁着门呜呜哭了半天。五个隔间的女厕所原本就坏了一个，现在运能再跌一成，让排队的人或多或少都听说了一点班霆。尽管当事人之一的他也明白自己的欠妥，想了半天，最终往同桌的课桌上多放了两包面巾纸算是"致歉"。

事实上他无情的盛名早已远播，连正对全班疯狂训话的老师也会冷不防被班霆提问："请问老师，唾液淀粉酶需要多久才能分解一片菜叶？四十分钟还不够么？"让那片黏在门牙上的绿色险些要在全班报复性的哄笑里羞成红色去。

"但你上次同学聚会没来，好多人，对，都是女生，都管我打听你呢。你说，为什么啊？"选在面馆谈工作也会挨老板骂，两人午饭结束就换了地方，在茶吧落座后商亮继续对班霆的"感情生活"津津乐道。

班霆看着饮料单："想来扫我的墓吧。"

商亮脸色顿时嫌得不行："呸呸呸。"

两人问服务生点了饮料，等待的时分有了片刻的沉默。从分开至今也有近三年，班霆不上社交网站，跟朋友之间的联络就更少一些。即便是读书时关系最铁的好友，但之后也随着踏上全然不同的人生，自然而然地失去了联络。

"我家闺女，瞧。"商亮大学还没毕业就跟女友扯了证，因而眼下女儿都一岁了。

"哦，挺可爱。"

"算啦，不为难你，让你冷着脸违心地表扬，大概只会给我闺女折寿。"

班霆无奈地放下茶杯："喂。"

"律师的工作，不像我们这种普通人想的那么风光吧。"

"和电视里放的当然不能比，况且我还不算正式的律师。"

"但也快了啊。"

"嗯——"

"很好欸……"

"有事你直说就行。没关系的。"死党刚才狠狠地灌了一大口茶水，班霆看得很清楚。

"嗨，毕竟，那么会儿没见了，一碰面反而是希望你帮忙……多难堪啊。"商亮有些尴尬地挠头。

"对我来说更难堪的是和你一起在这里喝茶。人生污点。"班霆故作不耐烦地挥手，"你说吧。"

"碰到个倒霉又麻烦的事，你现在还单身？单身是吧？我猜就是——别瞪我，你不知道为人父母有多累。心烦的事情简直层出不穷……"

等班霆回到事务所，小田正埋首在电脑前。听见动静，她敏感地挺住背，用漏洞百出的姿势想要挡住屏幕。

班霆毫无探究的意图，问她："王律师他们几时回来？"

"没说欸。"

"之前那起财产纠纷，卷宗我已经整理完了，资料也查好了，就是那沓。"班霆指指小田手边的档案袋。

"先放我这里吧。"

"好的。"班霆抽过椅子坐下，右手撑着太阳穴压了几秒后，倏地抬起眼睛正对上小田鬼鬼祟祟的视线。

"……"小田冷不防被抓个正着，尴尬得说不出话。

"怎么？"

"哦……没……没啊？怎么了？有什么吗？"

班霆眉尾勾出一个无意的上扬，随后他看一眼自己的手表："我出去一下行么？"

小田正愁没有可以转换的话题，她大力地点头："好啊好啊，要有什么事我也会打你电话。"

从窗口反复确认了班霆已经走过马路，小田才吐一口气，她打开刚才匆忙关闭的网页，灰色的背景上写着班霆高中学校的大名。在一栏"学校新闻"的导航下，记载了"获奖纪录"的旧档里，小田就是根据先前听来的消息，果然被她找到了班霆高二时获得省级生物竞赛一等奖的新闻。

"今年五月十三日举行的……"她窸窸窣窣地念着文字，鼠标在网页的配图上变成了可供点击的手套形状，小田按下鼠标左键，新窗口里原先仅有邮票尺寸的照片被数倍放大。逐行清晰起来的像素如同倒下的多米诺骨牌般，等最后一块也现形完毕，十七岁时的班霆被清清楚楚地投射在她的眼睛里，几乎如同对视。

等察觉落在自己两颊上的热度源自她情不自禁地屏息，小田简直是心慌意乱地用鼠标关闭了那张照片。

总算逮到班霆的旧识后，她很懊恼自己问不出什么关键的问题，都打擦边球似的，没一个触得到核心。她问商亮，班霆学生时就这样啊，凶巴巴的，一句话噎死人，也会受欢迎吗，朋友肯定很少吧……问题都是相似的，因此答案也是相似的，相似的答案告诉她，班霆人缘不好也不坏，大多数人都不怎么敢接近他，结论——真是白瞎了那张脸。

"你肯定也是吧。"商亮笑哈哈地说。

小田回想自己最初果真是类似的孬德性行。可对外说起那个新来的实习生，一旦要描述班霆的样子，与其苦思冥想在形容词上翻新，倒不如干脆一句话总结"看着他你就不想说话"，除了小田会恶搞般加上一个"被吓的"，但实情她再明白不过。

小田吸一口气，重新打开了班霆当年的照片。即便已经是被二维化后，单纯的细小色块，一格一格，细细地织着一个人十七岁时的样子，小田以为那句总结是对的，就是这样，"看着他你就会变安静，不想说话只想看着他"。

小田知道自己还是忍住了最想问的问题没有问，她不愿意问。

【 "没位子了吧" 】

　　照片上的人多少有些失真，还是会有的，一个媒介向另一个媒介的转述过程里，增添一些又克扣一些，不同的媒介坚持不同的描述法则，这个法则却连它们自己也可以随时推翻。难怪一个人从来不可能被一张照片就概括了。他（她）在这里能够变得和蔼，真实的人格没准压根就不沾边，他（她）在这里能够忽而犀利，日常里却总是被形容为乖巧。照片只是被截取的某一瞬，非常奇特地既肯定着他（她）又不停地否定。辛追也是见过那张照片的，原本竞赛结果要在一个月后公布，中间遇到件邻省选手为了高考加分组织作弊的事，于是班霆这边的选拔就来回复核了几次，生生又拉长了一个月。

辛追在学校前的宣传栏上看见班霆的照片。两个月过去了，离那个巴掌。和他本人不像，辛追以为。她没有当即认出班霆，在那则海报前路过了几次，雨前的晨，雨后的昏，但都没有发现。等发现后——班霆的照片原本只为了介绍辛追学校的选手得了二等奖才顺便补充一等奖是谁而刊出，所以辛追感觉自己认不出来很正常——算是小的一个方块了，四色打印，一看就是校委那台打印机的成品，缺黄色，所以整张海报都幽幽地发蓝，难怪更加不像。

　　辛追停了有一会儿，不长不短的，她在整理自己内心到底是源于麻木还是气馁，还是放弃后的空白，好一阵唏嘘的空白。才两个月而已，对她家来说，正是对"债务人"这个头衔认命得最痛苦的时候，可她失去了对这张照片的沁入骨髓的情绪，以至可以干脆地忘记他，良久认不出他，认出后也唤不起先前手掌上曾经繁殖过的那层复仇细胞了。她大概也知觉出，而今自己家最大的敌人，不是这张失真的照片，而是债，是穷，是没有钱。

　　最大的敌人从来都是没有钱。

　　浴室彻底关了，一家人换了更小的房间住，所以辛追才转到眼下的学校，她在新学校里和贝筱臣不期而遇算是其中难得让人喜悦的事，辛追回到家却没有说，帮忙择菜的时候，辛追母亲提起明天两人一起去参加街道组织的旅游好吗。

　　原来为了谋得新的工作，辛追母亲四下打听可以疏通的渠道，得知请求的对象明天会坐进那辆旅游巴士，她早早准备好了求人的说辞，拖着辛追一起，两人在第二天出发。

　　辛追起初不怎么乐意，好在女孩上了车便慢慢找到了自己的兴致，下巴搁在玻璃窗框上，眨着眼睛看，耳边则陆陆续续听见母亲对那个在街道办工作的年轻女人扯着话题。母亲的声音热情又亲昵，也是许久没有那样饱满的情绪了，好像一条已经皱皱巴巴的桌布要铺得笔直，其中的勉强与顽强一样明显。母亲对那女人聊着最近的电视，夸奖对方的眼光和口才。不知过了多久，母亲捅捅辛追，让她把买来的散装巧克力沿着车厢发一圈——以街道为单位的旅游团，大多都是熟人老邻居。辛追一路分到最后，是母亲和那个街道办的女人坐在末排，"给，给……"特别强调似的，母亲从袋子里抓了三大颗给到对方手里。

两个小时后抵达景区，有下车拍照的、透气的，也有留在车上打瞌睡的。辛追坐在座椅上，继续下巴搁在窗框上，看母亲在湖景边替人照相。

大概过了几分钟，辛追原先松散的视线像惊觉到伤口后的白细胞那样凝聚了起来，她挪动两个位子，坐上街道办那位年轻女人的位子。

同样临窗的座，窗玻璃下就是专供烟民使用的烟灰盒。

有一簇古怪曲线的彩纸，在那个烟灰盒盖下如同水里急需换气的人，顶开一条缝隙后探出半个挣扎的脑袋。

辛追将盒盖打开了。

比大脑更快反应的是眼泪，没有停顿地一下子掉成线。

里面是被强行硬塞进去的三颗巧克力球。烟灰盒的空间有限，所以它们勉为其难地压制在一起，完全扭曲变了形。包装彩纸破损的地方沾满了烟灰屑，像刚刚打了一次头破血流的仗。大概是自己和母亲都没有想到的，临出发前一天母亲特地搭车去市中心的食品公司买来的巧克力，原来一点也不受欢迎，倒和垃圾没什么区别。眉心一皱，想着"这什么啊""谁会要吃呀"，就可以把它们偷偷毁尸灭迹的，和垃圾没有区别。

直到母亲和对方重新回到车上，辛追把头低低地埋在膝盖里，用尽力气可还是控制不住泪腺。母亲一句句的恳请好像降温剂那样扩散着："麻烦你帮帮忙了啊，先谢谢小许了呀。能够成功那是最好呀。"一边她拍着女儿的肩，"辛追？辛追，以后都要麻烦这位许小姐帮忙了呢，我们都要谢谢她啊。哎，听到没。哎，辛追，听到没啊？"辛追做不到，光是把脸抬起来就做不到，母亲终于有点不悦起来，她趁着空当凑到辛追耳边小声说："你怎么啦？怎么那么不懂事呀！"辛追此刻或许怀有相等的不满，"妈你什么都不知道！""都被别人当傻瓜了，但你还是什么也不知道！"只是这类情绪终究没有转化成标准的愤与怨吧，它们都被同样深度的哀怜吞没了。辛追清楚，维系在自己家的，只有互相之间，舔舐伤口般的不忍和落魄，连一寸容得下喧哗和争执的土壤都不具备。

　　再过一天，学校宣传栏上的海报换了，化学竞赛在那里独自骄傲了数日后施施然成了旧闻，新的一张贴了上去，周末学校将组织去看马术表演，每人交八十块钱。反倒是那张海报第一时间把辛追留了下来，她盯着被刻意写得很小的"费用：八十元"几个字，那才是自己遭遇的又一个敌人。敌人手下有兵有将，大的将让她换了学校搬了家，小的兵让她放下摊位上一颗新鲜的桃子去捡旁边一堆半烂的桃子，让她对老师请假说家里有事参加不了集体活动了。老师家访时见识过辛追的境况，房间里一共四个人，八只脚上的袜子独独老师的那两只精致得近乎失礼，让她莫名坐立难安，匆匆就告辞了，从此对辛追在群体活动中的缺席全部睁一只眼闭一只眼地默许。

　　于是到了那天，辛追没有去学校，又得装成去学校的样子，白天背了书包离家后想想还是就这么闲逛吧。她逛了一扇扇橱窗，一排排柜台，街上到处都是好看的东西，物欲或明或暗地驱赶着她，辛追路越走越窄，拐进一个弄堂再拐出一个，到了她完全陌生的一个巷口，两排高大的梧桐下，一间破糟糟的面店借着斑驳的树影朝她充满邀请地眜了一眼。辛追看着就饿了，口袋里捏着五块钱，还有三枚硬币在凑数，她一步上前，有个中年男子站在店门口，抱着双臂，一抬便抬出一份格外不善的气息，他的眼睛挤出光来看辛追，问的是店老板的语气："吃面？"

"⋯⋯嗯，是⋯⋯"与此同时更快的是瞥了一眼墙上的价钱，发现还有几类在自己可以承受的范围内，辛追安下了心，"但是，没位子了吧？"

"拼桌呀。拼桌不就行了。"

"哎？"

"进去，里面⋯⋯"店老板朝里搜一眼，"最里排，还有个空座，你去拼桌。"

辛追被他通篇的祈使句挥舞得有些发蒙，迈着脚步就朝里走了进去。

桌边坐着一个穿校服的男生，背对着，辛追看不真切。她挪着步子到对方面前："不好意思，老板让我过来拼桌⋯⋯"

"哦。"几乎没有彻底地抬头，仅仅为了拟一个语气而动了动下巴而已。碗是半满的，他的手边摊着一本书。

但是辛追原本按在桌面的手指飞快地，一根一根从内部开始振动，为皮层镀上一圈激动的浅红。

她毫不犹豫地想扭头就走，但下一秒又忍住了，因为男生完完全全地对视了过来。

和那张泛蓝的照片真的不太像。他的眉目还在照片的否定和现实的肯定中被暧昧地拉锯。

【 "丰衣足食才会来谈荣誉和耻辱" 】

等语言学校的所有员工开始懊恼自己的大意，会计的人影早就消失得无影无踪，员工们又用了几个小时来心存幻想，自欺欺人到底维持不了太久，终于所有联系工具开始忙碌起来，蛛网一般地将任何细微的动静都即时传递了出去。辛追被这轮频繁的消息闹去了睡意，到了十二点，大家推断出了一个最坏的结果，为了能够从更坏的结果中挽回一点损失，已经有人开始担心是不是该去公司抱回一台电脑做工资抵扣，每个建议每个用语都带着强烈的劫富济贫理念。当辛追开始担心没准又要和同事们一起上次法庭，她的心情瞬间恶劣透顶，逮着正发来晚安短信的崔洛川，简要地描述了一段。

"是挺难说的。"崔洛川没有给予空洞的安慰，打来电话替辛追出谋划策，"抱电脑这种事倒是太不聪明，一台电脑能值几个钱，还累个半死，你可千万别去。"

"是吗……"辛追不知道自己能做什么，她是人群里那些多半会被推着走上一段的类型，越是喧哗混乱越是没有出头的勇气和清醒的心力，只等挨到稍稍空隙的地方，才能把自己从盲目中收拾出来，"大家都怕再等下去就彻底扑空了。"

"你什么打算呢？"

辛追眉头间的神情苦苦的："最后我要搬电脑的话，你可别拦着啊。"

"哎？哈，好啊——那我明天陪你一起去。"

辛追没料到自己之前出言的不慎，一下懊悔起来："不不，我没那个意思？"

"没事。"崔洛川把辛追的婉拒直当耳旁风，"你一个人去，万一碰到点什么事情就不好说了。这种时候你还有什么可勉强的呢？"

第二天一早，崔洛川比约定的时间更提前了十五分钟等在路口，辛追能知道是因为刚刚才下起的雨已经在他的车盘底下留出一个刻度似的尚且干爽的地面。等辛追上了车后，雨势也越大，天阴得隆重而舞台化，让人突然增添出一种通往结局的悲壮感。这份悲壮里满怀了辛追最恐惧的不祥。

崔洛川往她手里塞了杯尚温的奶茶，辛追这才从焦虑了一晚的疲惫中挤出点精神扫了他一眼。难得胡楂凌乱，袖口折得一高一低，有镜片挡着也照样能看出眼睛里的红血丝正和辛追做着不屈不挠的比拼。

"你昨天也没睡好吗？"

"嗯。"

"不用担心的，怎样都会首先保证老师的工资吧，所以你们的课肯定能继续上下去……"

崔洛川走神似的醒过来："啊？哈。你忘了？我的课已经念完啦。"

他撩手刮了下辛追的鼻子，"还有空担心我哦。"

动作来得很突兀，辛追僵得不敢动，她拿不准是该生气还是该笑笑模糊掉焦点，于是她发怒也不是装傻也不能，只好呆呆地把脸转向一边看着窗外，等车再开一会儿，她念起前情："那，交通队长那里有消息了么？"

崔洛川打个哈欠："啊？噢。还没，我等会儿再打电话问一下。"

辛追有点抱歉："不，我不是……你很辛苦了，最近一直在麻烦你……"

崔洛川看了她一眼，笑得挺动人。

公司里还没有堵上大批讨薪"民工"，辛追到得算早，然而消息已经在通讯媒体上火速地接力跑。据传大老板在澳门迷上赌博，名下除了他们这所语言学校目前还残存外，原来同一栋楼里隔了五层的另一家亲子中心也挂着他的法人名字，前两天忽然蒸发得干干净净，八成就是蒸发给了那几家"葡京"了，家长们缴的费用成了红一沓黄一沓的圆筹码，一把一把地消失在同花顺后面。所有人立刻神经紧绷，总觉得霓虹灯照出的妖冶光芒已经把自己的工资一张张燃尽。辛追回想起来，自己也不是没见过，几十个群情激愤的家长，一个个手里挥舞着四位数以上的付费发票，直到现在还时不时埋伏在楼前，希望能够抓到偷偷回巢的骗子公司老板。联想至此，员工们再也按捺不住了，个个都闻风而动。辛追还在处理手机上那些"要命""完蛋""死定"的感叹号，崔洛川在办公室里来回走动了几圈，他虽然处处透着困乏，眼睛的血丝倒是把目光染得格外直接，然后他瞄到了辛追抽屉上插的一把钥匙，把辛追拉到走廊上："我记得你之前说过，一些简单的报销账务，是你这边先做了，再提上去的？"

"是……"之前两人一起吃饭时，辛追提起过自己的工作，碰到个空调坏了，复印机要换新的，或者业务活动的餐费，辛追常常顶半个出纳在用。

"手边没有这笔费用吗？全都已经交上去了？"

"一报完就交出去了，没有留啊。"

"交给谁呢？"

辛追指指里屋一张办公桌："都锁在那张桌子里等会计来了取。"

"那钥匙你有么？"

"有一把。"辛追的声音碰到这个肯定的词语时烫到般一下子缩了回去，"哎？什么？"

崔洛川看着她的神情没有因为辛追瞳孔中放大的质疑而减退半分，他抬起手腕看看时间："现在已经七点了，等下如果有更多人赶来就不好办了。"

"这钱能拿吗？"

崔洛川笑得有点微妙："怎么这个时候你还能站在他们的立场上去考虑呢？学校考虑过你吗？"

"但……性质还是不一样啊。"辛追几乎有点后悔，虽然心里还不甚明白到底后悔的是什么。

"什么'性质'？现在还有考虑性质一不一样的余地啊？那原本就是属于你的工资份额，学校不给你，你除了等他们突然放下屠刀立地成佛以外不做任何准备了？"

"我有点害怕。"

"不用害怕的。"

"但……要不还是算了……真的……"

崔洛川静静地抽了口气，然后用右手推了下镜框，由镜片轻微变形后的目光遭到了一丝扭曲似的："出乎我的意料啊。"

辛追一怔："啊？什么出乎你的意料？"

"你呗。"

"我怎么……"

"不觉得吗？连我都把此刻的状况比你想得更严重吧——都到了影响你生计的地步对吧？至少我是这么觉得，但现在看来，我好像是比你更急一点……"

"胡说，我怎么会不急……"

"还真没有感觉到，我觉得你还是心存许多侥幸，老盼着有转机有转机，而你知道这说明了什么吗？说明其实你还没有进入最艰难的地步嘛。不然的话，为什么好像连我都比你更赞同应该干脆一点，狠气一点呢？如果到了涉及自己能不能存活，日子还能不能过下去的地步，没人还会做你这种温柔的保留。我记得有一句话，大意是粮仓充足才能知道礼仪，丰衣足食才会来谈荣誉和耻辱。如果连生存也得不到保证，考虑自己是不是做了什么耻辱的事，那岂不是太多余。"他末了缓和气氛似的笑了笑，"好吧，知道你原来没那么情急，其实我也算是松口气。我不过是认为，这其实一点也没什么问题，公司拖欠你工资，没错吧，所以拿回自己的工资有什么问题？难道还规定了说这张一百元只能是用来修水管而绝不可以发给员工？比起抱电脑，我说的反而更合理不对吗？"崔洛川再看了一会儿辛追，朝她伸手，"不如钥匙给我吧。"

"给你？"

"给我。"他见辛追右手防备性地插进了外套口袋，便温和地顺着她的袖管摸了进去，"你别想太多了。搞不好里头一毛钱也没有呢。"

钥匙没经过多大周折就被崔洛川拿走了，辛追虽然跟着他，却不由自主地始终多保留了几步的距离。刚才崔洛川说的话既多又快，而且他的语调一直在起起伏伏，稍微一错神就让人以为是在责备，转耳又听成了怜惜，接着好像还带着些挖苦和嘲讽，但等人正欲追着上去仔细分辨分辨，听到传来的到底是抚慰啊。辛追心里的纷乱不给她时间找出最短的捷径，她以为自己也无非凭着单纯的生存本能，有人给自己掏了一个漏出光来的洞，那就先循着白色的小小的路去吧。毕竟仔细一想，崔洛川说得没有错，她何来多余的"温良谦恭"留给这个学校呢，温饱都还快打上问号的时候还留着闲心想君子么。尤其被质疑到"还没有进入最艰难的地步"时，那个瞬间辛追有一些接近恼羞成怒式的不快。难不成自己的清苦还是装的？还想她怎么个最艰难法？跟过去似的，回到官司失败负债二十四万的时候吗？

她侧着一半身体在门中间，淡淡地苦笑自己大约是站成了一个望风的姿势，而落实了这一次"望风"的，是崔洛川从抽屉里拿出一个铅灰色的盒子来。还轮不到世界五百强式的安保政策，再加上平日会放在学校里的现金本来也不多，所以一切看来都很轻而易举，盒子打开了，有一些还没报的发票，有几张纸，还有一沓人民币，一百的五十的，加到一起目测也有五六千块的样子。

辛追漏听了自己松口气的声音，因为走廊里传来了脚步声，晚他们一步赶来的其他员工，正一个个气势汹汹地扬言不达目的誓不罢休吧。"你做初一，我做十五"，黑帮电影里听得多了，但今时今日都发现说一说其实顺口得很。辛追没有转过脸去看是哪个同事发出的威胁，平日里跟她分享打折心得的，带来手作的泡芙问辛追要不要尝尝的，说小孩数学考了年级第二的其实老师算错一道题的分数应该是年级第一的。辛追知道自己的脸色未必比对方柔软，也许也一早就难看了起来，有点杀气腾腾的，一副难得的不依不饶，既然是攸关"生计"的事了。

而这些愤怒的脚步，给了辛追一点点底气，她听着从门外迎来的咒骂，简短的词语组合着基本的意思，从想溜的鸭子身上拔掉几根毛也好，看来几台电脑最终都会保不住。所以，当她再回过头去，崔洛川已经走近她身边，动作非常干净，递来一个不知从哪儿找到的信封，短短的时间里，他连信封口袋都折得很笔挺，末了没有让辛追做出伸手接收的动作，而是主动把钥匙一起连同那几千元插进了她的挎包里。

"……啊……"辛追在神色中不由自主道了谢。

崔洛川到此刻才恢复成常态，细长的眼睛含了点半明半暗的笑意，然后他两手垂到身后，自己站到离辛追半步外，好像什么也没发生过。等接完一个电话，他对辛追解释还有别的事，先告辞了，但又忽然折回来，挂个笑再次开口，说交通大队那边他也不会忘记，让辛追别太急。

　　大部队过了中午完成了集结，辛追不太清楚是到第几轮开始，有人拔起了电脑的接线，原先沿着电线一路生长的灰尘和霉菌扬了起来。下一批人的目光开始转向几台教室里的投影仪。最初还只在语言中发酵，忽而就变成了单纯的行为，惊慌的脸变成了一张张仇恨的脸，抽屉都被打开，包括之前崔洛川替辛追率先"清理"过的那个。最后还真是那个已经被转移进她挎包里的信封，装着唯一能从现场搜刮到的现金赔偿——至少辛追是这么定义它的，才让她这个没准家境最差的人，此刻看起来最与世无争般地清高。然而她心脏跳得厉害，自己像是个叛变者，急于要从两手空空气急败坏的同事们中间率先退场才不至于暴露，多待一秒她都躁得厉害。

　　有人看见她移步向电梯，甩了句话过来问你就走啦，辛追一时结巴，忽然想起早上听说的传闻，便回答她想去楼上的亲子中心看看，既然两家原来倒霉到一块去了，不如打听一下，还能联合起来通通气。这话起得临时，但同事们一致觉得合理，旋即嚷嚷着要一起去，要组成联合调查大队，打倒一切不公正，兄弟姐妹们团结起来。辛追忽地就让人挤在了电梯门前，与尽早抽身的计划背道而驰了，她撒个谎说要上厕所，随后就到。等轿厢把同事们装满了往十五层的亲子中心运送，辛追从女厕所里步出，长长地舒一口气，她擦干手，再往挎包里掏了掏，那个信封还带着那份足够心安的厚度斜插着。辛追重新站到电梯口。

　　十五楼的亲子中心正搅起一个旋涡，一开始只是几位蹲守的家长面前停下了一个人，临近傍晚时来的那个年轻男子，但他递着名片问了两句，立刻把恹恹的家长们问得一股脑地活了过来。他们的无望搅拌进了希望，旋涡就这样由小及大地生成了。

班霆的手让人抓得紧紧的，一旦知道了他的工作场所，早已守株待兔多时的受害父母们，几乎弄错了重点地要把班霆当成猎物。他们才不管实习律师有没有执业资格，照样将班霆团团围住，左边一个右边一个宛如自动分配了和声部的演唱小组，把自己的遭遇一拍三叹地说了一轮又一轮。有位母亲情绪激动起来开始流泪，强调自己只是来城市里打工的，根本没有什么积蓄，她和丈夫熬到四十岁才得子，因而什么牙都能咬紧了，花了八千块买了一年的培训时间。

"律师先生，你不知道啊，我跟我丈夫，我们做什么的，我们早上去马路上卖煎饼的啊，早上卖煎饼，晚上卖红薯卖臭豆腐，我们就是这样赚钱的，都是一块一块的钱啊。我交的那八千里，一半都是五块十块这样的钱啊，我们赚的就是这样的钱啊——八千块我们要攒半年，不能说没了就没了啊！一点不见响地就没了啊！这怎么可以啊！"她倒向一边，眼睛和嘴角中组合出的模样唯有用"号哭"来形容，接过别人递来的纸巾时，也不加顾虑地让鼻涕擤出发泄的音量，毕竟这才是和眼下的境遇最为吻合的直白表现，根本不需要掩饰内心的煎熬和焦灼。她全身心地关注着一个最基本的生存问题，没有半分闲暇去在意其他。

"先别哭。你先不要哭。你把你的联系方式、你的名字、你孩子的名字，还有发票复印件先给我，当时也有签署合同吧？回家找找还在不在，之后送到这个地址就行了。"班霆半蹲下身才够到那位母亲，他一翻口袋，连名片都发完了，于是班霆掏着纸和笔，写完后撕下一页递过去，"就是这个地址。我现在也只是来了解情况。你们都已经报案了吧？最后案子接不接，我要先回去问所里的安排，另外也要看警方能不能找到这家公司的负责人。"

他的声音在这个人挤人的楼道里有些生存艰难，很快连班霆都觉得口干舌燥，再一看手表，原本以为不消一个小时就能结束的工作，居然延长到了两个小时。

班霆转向一边两位受害者家长代表："今天先这样吧，我还要回去汇报一声。"

"行行行，有什么消息，反正打你们所里的电话就行吧？"

"是的。但还是你们统一一个出口吧，商量一下由谁来负责对外的接洽。"班霆转了转脖子，每动一个角度便咔嚓地响一声，让对面的家长也不由得替他苦笑。

"今天辛苦了啊。"

"没什么。其实挺正常的。"班霆在剩余的力气中挺直了背，又稍稍抬高嗓门，话变成了是对所有人说的，"我先告辞了。"

终于能够按下电梯的"▼"按钮。

【 "那你用得着的时候再叫我" 】

照面总是很突然。

那个中午，辛追站在店堂里，墙上是老板手写的各种告示，不准这个，不准那个，但辛追认为自己才是踏着一个最大的警告标志。她一身失控的血液针扎般地披成杀敌又伤己的刺。

发现是她的那一刻，男生的视线下意识地飞快向旁边掠了一隙，仿佛要甩掉粘在刀鞘上的鱼鳞，或者是对某处的观众叹一口满是迫不得已的气。

这让辛追毅然决然地定住了刚想离开的身体动作。她不动，等待对方先发话。

直到班霆合上书，语调还是如两个月前那次在辛追的学校里两人偶遇时一样，既平又浅，一如阴天里的海平面，压根不打算区分天和海的漠然："不是拼桌么？不坐？"

辛追没有开口。

"要等我走的话……"班霆将原本架在碗沿上的筷子重新捏在手里，"大概至少还要一刻钟吧。"

"没必要。你吃你的。"辛追被激到了，拉开他对面的凳子，坐在班霆面前，她多少想让自己的动作"重重地"完成，可是很快发现这个意图一旦失败，看来就会更接近撒娇而非示威，于是她恢复成常态，她也可以让视线看着他的同时没有看着他，也可以让身体忽然冷下去了，由此整个人从一秒前难堪的涨红漂成了不屑的苍白。她既然坐在这张桌子边，就分得出楚河汉界。

只是班霆没有和她继续对立的打算，他一身的肢体语言都表明自己不在交锋的战场上，右手的放松也拷贝到左手，把书重新翻回到先前的页面。

辛追的午饭上了桌，变化是从这里开始的，辛追自己知道，她得预留好回家的车费，所以只要了一碗最素的汤面。几颗葱花已经是老板的莫大馈赠。辛追把碗往自己面前移，她抽出一次性筷子，拆了套，两根筷子掰开，开始一口口地吃。她是在那会儿忽然决定要改变策略，她不要那么快地走了，她要把这一次的面对面尽全力地放大延长。她低头时看得见桌子上的另一只碗，碗里是那位赢家一时吃不完的鳕鱼面，鱼胖得很，一只碗放不下它，头尾都高高地翘出边沿来。辛追一瞬觉得自己完全不必有任何尴尬和窘迫，她反而就应该放慢了速度，也是，两个月过去了吧，她完全可以让对方看看，自己现在是什么状况。把自己的一贫如洗给他看。

你看呗，你看得见的。这么近。就是眼下的我，和你有关的，你逃不脱关系的。怎么样。你看呗。

她一筷子一筷子静静地撩着面条，偶尔也被店老板忽然在哪里炸出的咆哮吓得那么一激。但很快又恢复到自己的节奏里。她以自己的节奏对抗班霆的节奏。两人都不说话，各自做各自的，用很缓慢的速度。一页书翻过去，她嘬一口汤。书翻得一点点不再对称，碗里的面也比方才泡得胖了些。

面是很好吃的，在辛追看来，好吃到她没有自己想象中那样食不知味。虽然量还是多，碗够她埋半张脸。但这么一顿下来，八成是食物的关系，她的心情渐渐变得好了起来，或许还够不到"好"，可足够平常了，平常到能够把注意力暂时分散。额头在初夏冒汗，她摸出口袋里的皮筋束了马尾。有人从旁边走过从身后经过，她就把自己的书包从脚畔转到背后从背后移到腿间。所以她好像是忘记了一般，没有防备地重新朝班霆看了一眼。

班霆也动着筷子，男生虽然吃得慢，每一口仍然是豪爽的。鱼也渐渐从碗沿上消失了。辛追发现他拿筷子的方法和其他人不太一样。紧接着她便将这个无用的发现从脑海中甩出。

倒是她自己的时间有限，面还剩一半，她不会浪费，转过去找到老板，正坐在店门口假寐。辛追提一点声音问："你好，我想打包……"

只一秒，余光里反映出对面男生的眼神重新回到她的脸上。辛追还在疑惑，店老板侧出半张脸给她，但只这一半的脸色就非常不客气了。后面的责备更是辛追意料不到的："要打包去别家店吃呀！跑我这里来干什么？我们这里不打包的，点的就全部吃完！吃不完收两倍的钱！"

辛追完全没有预料在一个寻常的要求后遇到这番对待，既是怕，又是气，僵得没法动弹，脸色铁青地转回来，她知道自己是把最后那句话听进去了，要命的那句话，眼睛里瞬时织出的潮意就因为那句话。

辛追飞快地将头压低，用力瞪着眼睛只为了可以让眼里不争气的潮湿加速干涸。原来她还是失算，遇到这种真正的窘困就一点也不能展示于人。她刻意的露怯不是真正的露怯，计划内的坦白也不是坦白。她仍然一点也不想给对面的人看到自己毫无准备下曝光的焦虑。她哽着喉咙，深深地吸一口气。

而对面的人把手里的书合上了。合得像一个转折。

班霆明白人更喜欢两套标准，随时取自己方便的用。这不是进了律师事务所后收获的，律师事务所里的见闻无非强化了它。年少时他就听过亲戚长辈把新闻里收礼的官僚骂成渣滓，隔天又目睹他们为成功送了医生红包而松了口气。从盲肠手术里康复的表妹总爱小尾巴似的赖着他，但一份学校作业左等右等还是没盼来亲戚长辈的签字，不得已由班霆完成伪装后，小姑娘的眼泪又在上面打湿了一大摊。每个人都这样，都需要可以支持自己的核心，不然活得太没有底气，所以原则从来不是坚不可摧的物质，它能被削成各种形状，撑起脸面，撑起利益，撑起空空落落的心。人人如此，家里的，学校的，一幢楼住着的，日后在一个事务所里站着的更是如此。同样一件事，搁在当事人双方身上就是各自一套言之凿凿无以撼动的理论，倘若交换了立场，人们也能立刻放弃平行世界里那个誓死捍卫的姿态，"我不可能"成了"他不可能"，"这没有理由"成了"这就是理由"，这份转变不会遇到任何阻挠，顺理成章得令人欣慰。

班霆知道自己走神了，走神算是一种简易的休息。还是那套随意修正的标准，这边他一再地被评价为不易接近，可"不易"的判断也是有范畴的，一旦涉及自身利益了，人群能当即撕掉他身上的标签，在另一边只恨他不能予取予求地私有化。原以为亲子中心的纠纷暂告一段落，电梯门开了，涌出十几张全新的，但又带着同一种愤怒的面孔，听说班霆正是来收集材料的律师，新的浪潮叠着旧的浪潮般地涌来，受骗的员工加上受骗的消费者，构成可怕的大阵仗。什么都要重来一遍，骂的，闹的，哭的，诅咒的，再重来一遍了。先前那位号啕的阿姨得把自己的遭遇再描述一次给新来的人群听，悲痛和愤怒都是不打折扣的统一。班霆的喉咙早就成了荒漠，嘴型扩出一个个有限的"啊""我知道了"，却发不出一点声音，他由此把那个"啊"又收回来，把"我知道了"咽回去，抿成一丝他自己并不知道的因为无奈而尤其突出的英俊。从楼下上来的女员工们还有一分走神的闲心，察觉到这个正在打着手势的律师看起来非常顺眼，所以没人顾得上发现说好一起来的人里怎么少了一个。

载着辛追的电梯到了一楼，她心情复杂地朝车站走，今天的事忽然繁杂严重到远超出她一贯的处理能力。辛追一时都想不起来是从哪里起的头，是被瓜分的电脑，同事们的维权行动，还是崔洛川血丝密布的眼睛，他的车静静趴出一个没有淋湿的位置，还有婷婷的力不从心。

电梯里接收不到信号，因此辛追走出大楼时手机里涌进婷婷发来的好几则信息。辛追立即加快了步子，她知道比起挎包里的五千块钱，还有一笔庞大得多的账得依赖其他人去结算。她连头也没回，下了大楼的台阶，除了一个从斜里冲出的小孩在轮滑上摔倒，惊起一片咋咋呼呼的非机动车警报，三四辆小摩托都拉出了破锣嗓子，尝试警告不知身在何处的主人们。可辛追也不过扫了一眼而已，很快她彻底消失在街角。

警报声到十五楼也有人听见，都担心是自己的坐骑遇了黑手，不少人暂时搁下班霆，探身去窗外查看。班霆腾出一只手抹着汗，身体乏起来，他意识到中午那顿面条被提前消化了，脑海中不由得闪过那个吵吵闹闹的空间。

店里的气氛总是时而紧张时而松弛的，谁都在这里碰过老板的刺头，现代人说闲也真是闲得慌，对这一传十十传百的"特产"趋之若鹜，最后让美食本身留下的虽不少，但觉得伤了自尊从此单方面封杀的案例更丰富。在这里坐一会儿，常能听到人吵，掉眼泪的也不罕见，但因为钱的原因，面前的女生大概是头一个吧。回到那个午后，十七岁时的班霆在心里算了算，乘以二后的那个价钱，的确能够筛选出非常非常少数，会为它而焦虑的人选。

他越发感觉这次碰面的意外。

最初班霆就有些恍惚，等想起为什么站在桌子旁边的女生会那样复杂而激愤地盯着自己，班霆不由自主地想叹气。

"不是已经结束了么？"

他在微小的范围内挪动了身体，这个幅度似乎就是为对方腾出了足够的和平共处空间，女生当然难以接受，连落座的时候都把"气呼呼"透露得有些过于明显。

如果按照自己的进度，只要再坐最多十五分钟就可以吃完走人，所以班霆没有什么心理上的障碍，更何况他一贯不觉得自己有什么难以面对辛追的地方。无论她怎样用眼神把自己的存在全盘否定，班霆继续有充足把握可以不受影响。

直到对方忽然开口跟老板提了一句打包。

完全是条件反射，他从读到半路的书本中抬起头来，目光落在辛追的脸上。随后果不其然，老板一视同仁的反应在女生心底结了层冰。班霆的视线顺着辛追的轮廓扫一圈，再怎么低着头，还是一目了然的。大概是被自己的糟糕判断所影响，一点点委屈和着难堪，女生想要在眼下弥补住破绽而维护自己的尊严，俨然快要到达临界点了。更何况，不知怎么的，也不知是从哪个时刻开始的变化，班霆以为自己好像也有点脱不了干系。她和她此刻的一切，是和班霆有关的。是合理是牵强，是致命是寻常，却仍是有关的。一张桌子吃饭似的有关，影子些微融着影子的有关，味觉和嗅觉近在咫尺的有关。

算了吧。

可以了。

既然也已经结束了。

不对吗，已经结束了啊。哪有那么多精力再来计较，你欠我还是我欠你。都觉得自己是被亏欠的那一方，各持着自己的"原则"。他的原则却从一开始就没有摇摆过——爷爷能够安息。唯一发生了变化的是，随着爷爷真正地得以安眠后，班霆的这条原则也和着一杯黄酒浇进了爷爷墓碑前的黄土。

于是他将书本收了回去，右手平摆在桌面，曲着一个轻微的弧度，因此离辛追很近，只在咫尺间。他的语气就仿佛从右手上传递出去，对辛追说："就放着吧。"

"……不行的。"辛追一个字一个字地说。

"我帮你好了。"

辛追抬头看了他："用不着。"

班霆重新倚向椅背，将先前的书翻回到之前阅读的页面，五官中的神情被辛追解释成故作姿态的冷笑，只不过他从阅读中二度抬头，正对着辛追，随后班霆抽过一旁桌上的纸巾，放在辛追的碗边，又摘下她脱在桌子上的筷子塑料套，扔进脚旁的纸篓里。

"那你用得着的时候再叫我。"他说。

Chapter . 07 / 第七章

〖 "女的怎么了" 〗
〖 "才十块钱的共犯" 〗

小时候总坚信着，只要赶在飞机出事坠地前的一刹那，
从飞机上跳下来就好了嘛。
笃笃定定的。长大真不好。变得不安全了。

【 "女的怎么了" 】

　　"我们那里的村干部，全都认识三个英文字母，到了乡镇干部，全都认识五个英文字母，然后呢，做到城镇干部的，就认识七个英文字母了，知道都是哪些英文字母吗？"酒精好像一群勤奋的耕牛，在那位富商的脸上耘出一层深深的红光，然后播下傲慢的种子，使他愈加坚信是自己的幽默正在驾驭整个场面。

　　贝筱臣的余光里，周围全是毫不含糊的笑脸。群众如此渴望，让那位富商终于在心理上成功返场，"猜不出来哈？听我讲——村干部认识哪三个字母呢？'KTV'呀。"在他特意留出的停顿里，欢笑应约而至，仿佛早已架在弦上，只等一声令下似的爆发了出来。"那么，乡镇干部认识哪五个字母呢？"富商再接再厉，不能辜负这派整齐的笑声，"就是'KTV'加'XO'呵！开始会喝洋酒了呀——最后城镇干部，又认识哪七个字母呢？"他手臂拦住右座女孩的肩膀，"'KTV''XO'，还有'WC'，喝多了就该尿了。"

好容易等来高潮的结局，大笑的有之，拍手的有之，原来这是一位多么风趣的大人物啊，所有赞美都应当源自真心吧，钦佩他的"机智"、他的"才华"、他的"见识"、他的"内涵"……而和他过亿的身价没有关系，和他有一个局长级的弟弟没有关系，和他一个电话便能拿到批文的通道没有关系。

赶在上司的目光找到自己之前，贝筱臣打着一个伪装的电话，一路"喂喂喂？"地躲出了包厢。

他朝空气里长长地呼出一口气，有架无形的飞机拖着白烟朝深夜的天空挣扎离开。不同于内部的金碧辉煌，这个 KTV 的入口朴素而隐蔽。只有三四辆豪车如同一座古皇陵荒芜后剩下的守卫石狮像，静静地暗示着地下应有的别样洞天。

头很晕，手掌也不安分地发烫，先前被灌了近十杯香槟，料是贝筱臣想尽办法，掺水的比例越来越大，可难挡他站在此时的冰天雪地下，神志却开出火星四溅的失控轨迹，他顺手朝边上的墙一倒，墙在动，还有些软绵绵。

"先生，你还好么？没事吗？"墙对他说话。

"哎？"贝筱臣把自己往另一侧扯了扯，却似乎收效甚微，至少在他臂膀下的墙还在。

"你还好么？"当对方又重复了第二遍，贝筱臣总算看清了，应当是随那位大富豪一同来参加酒局的几个女孩之一。他很快命令自己站直，甚至后退了半步，虽然被层层的醉意孵化着，但他尽量保持自己的笑容不至于轻浮。

"我没事，是真的。"

"看起来不像哦。"女孩的肩膀照样倾出一个角度，仿佛还在等待他重新回到自己身上，"说自己没事的人，往往才醉得厉害。"

"不信你考我九九乘法表，我可清醒了。"

女孩嘻嘻地笑了起来。"是吗？"她上飞的眼线为每一句话都加出无声的"呢"字语气助词，"那三十七乘七十三是多少（呢）？"

"稍等。"贝筱臣打开手机的屏幕锁调出了计算器软件。

"哎呀！"她这回的"呢"字是真真切切用嘴嗔出声来的，"太赖皮了呢。"

"清醒的人都知道该用计算器算嘛。"酒意的确是在寒风里一点点退去了，贝筱臣用三分之一的指腹轻拍女孩的肩，"我没事啦。外面太冷，你还是进去的好。"

"我才不冷，刚跟他们喝了一杯白的后出来的。"女孩把自己的身体半靠在门前，一点点堵住他的意思，眼睛却在额外的话题里发亮，"说起来，以前我就认识一个心算特别特别厉害的男生，真的，什么三十三乘四十四，五十五乘六十六，总之只要三位数以内的，他都能瞬间算出来，吓死人。不用计算器的哦。"

看得出女孩确实不冷，至少感官上并不冷，她只围了一件黑色的毛皮小披肩，和黑色的裙子中间，空出了一大片雪白的胸，可是它们眼下映着一层醒目的浅红色，在每一颗突起的小疙瘩上，之前喝下肚的黄汤还在不留余力地鼓噪着它们。

贝筱臣想起方才另一位同事对自己私下咬着耳朵："你以为她们是心甘情愿啊，喝一杯就能拿五百块呢，真的呀……就这短短两个小时，赚的比我一个月都多哦，呵呵……"同事的语气很难界定，嫌恶、鄙夷、惊奇，在一丝零星的羡慕刚要出发前又被根深蒂固的好恶观给驱散了。

"但你比她们好看呀。"当时贝筱臣不以为意地夹一筷子菜放到自己碗里。

"但我赚的比她们少呀。"同事把一根芦笋咬出了本不应该的咔嚓声。贝筱臣才看出来原来同事已经非常忍耐了，她心里其实有更直白和明确的形容，对那些女孩有更世俗和平常的定位。

"可那男孩有一点好奇怪的，就是他数学考试成绩又很糟糕，五次里三次不及格，真不知道他是数学天才呢还是白痴。"女孩最后嘟了嘟嘴，微凸的嘴唇翘出校园时代的可爱。或许这份简短的回忆真的照亮了几年前的她吧，哪怕它们用更快的速度消失了，女孩一抱紧双臂，胸前的形状便更加明显地跳一跳，满是今时今日占据了她的妖娆。

贝筱臣尽量友善地从女孩的手掌下抽回自己的胳膊，又一抹额头，多少泛着一点油光："什么时候才能结束呀？"

"几点了呢？"女孩从旁边凑上脸。

贝筱臣抬着右手看时间，一秒后才领悟到，改换成左手："……十点了。"内心一点点的懊恼乘着残存的酒意，扶摇直上而来。

能够在大学里迅速脱颖而出，正是因为贝筱臣首次参加新生大会时，出于方便理解的考虑，系主任拿着话筒在场馆里这样整队"那个脸圆圆的小姑娘，对，就是你这一排，全都往旁边再挪动两个位置""这个平头的男生，对，有点小痘痘的，你，你们这排往右一点"，随后是"那个卖相很帅气的小伙子，你和你这一排靠过来点"。

那个"卖相很帅气的小伙子"在周围目光都指向自己时，才明白过来。贝筱臣原本插在裤子口袋里的手举起挠了挠头，从脸上撒一把无辜的笑容。

这个故事一经普及，引来更多女生的关注，结果好比滚雪球，"卖相"和"帅气"的近义词们纷纷组合成不同的新句子做出进一步形容。为聊天而寻找的话题里，连"为什么你的手表戴在右手"一类的内容也不轻易放弃。

当时他怎么回答的？

“因为我女朋友喜欢站在我左边，方便她看时间咯。”

整个句子听得人满头雾水，唯有“女朋友”三个字成为最易懂的关键词。等到某天辛追出现在校园时，她背上靶子式地追满了无数苛刻的箭头。

“也算不得多漂亮吧，啧，我原先还以为会多惊艳呢，也蛮普通的啊而已。”对同性的挑剔总是难免。

“真瘦，腿比筷子还不如——筷子好歹还能夹住点东西，这两根摆明了在漏风啊。”还是咬了一点怨恨的嘴角。

“不是说男生喜欢带点肉的么？”下一个抱着自我安慰的观念不肯松手。

“信那些屁话有用吗？”总是有明事理的。

而所有叽叽喳喳的话须臾便凝结了，当辛追握住贝筱臣的右手腕把表面折到眼前。他几乎让所有的温柔都沿着手臂的弧度，还嫌不够地曲下自己的背，她们刹那想到了骑士，想到了幼稚园里一架美好的滑梯和长颈鹿，终于漫漫的难过开始悄然扩散了起来。

养成了多年的习惯果然不是那么容易就能抹去的，和辛追分手后贝筱臣摔坏了一块表。那天贝筱臣被航班延误滞留在机场，临近半夜，几个小时前还灯火通明的店铺早已纷纷打烊，土产的牛肉干或茶叶像犯人们在货架上隔着铁栅栏和自己面面相觑。而更显寥落的是仅仅十余名的搭乘旅客，让这番聚集仿佛是流放，如果不是漆黑的玻璃窗外仍有机场接驳车活动的影子，贝筱臣觉得自己所在的这一切都犹如突然从时间的流水线中被挪出的环节，静止在了萧索的宇宙里。

他拇指在手机上划一圈，从网页上打开几则新闻，读完后又退回到微信界面，与此同时，背后的两名女生捧着电脑，时不时发出附和的笑声，没有插耳机时，某个国产电视剧的旁白就在贝筱臣耳旁穿梭地突进。

"我大概知道她们在看哪一集哦，因为我和我老婆现在也在看，嘿。"刚刚跳出的微信里，同事阿槐把每个字都回复出了烧烤和啤酒的味道。

"你一个大男人有点出息行不行。"贝筱臣回复过去。

阿槐的文字也笑嘻嘻的："我没出息，但有老婆。"

"手机没电了，只能显示前半句。"也不全是玩笑，屏幕上早已不断跳出提示充电的信号。

"少来，对了，我老婆要我告诉你，演这剧的人里有辛追哈哈。"阿槐发了语音过来，最后几个字播放完，贝筱臣的耳边响起熟悉的音乐，再一看，屏幕已经在关机铃后暗成漆黑。

"……"眉头像要攥着从石头里榨出水的力气，他不由分说地从座椅上站起来，环顾四周后发现了目标的投币电话仪，贝筱臣三步并作两步上前，却在几米外就看清了那张"维护中"的告示。在投币型背面写的是 IC 卡专用，然而旁边的自动贩卖机里只剩五百元的电话卡可以提供。

贝筱臣没有犹豫，从钱包里取出仅剩的五张人民币，中间又有连续两张被机器判定为难辨真伪，迫使他来来回回试验了七八次。到最后，烦躁和焦虑已经完全将他习惯的神情重新布局，他像赤手端着一只滚烫的锅子，强忍着在抵达餐桌前决不能撒手。

"喂？"电话终于接通了。

"你刚才说什么？"

"什么？你哪位？"

"我贝筱臣。你刚说什么，你们看到辛追了？电视上？怎么回事？她出什么事了吗？"

"啊？等一下，什么？"阿槐八成反复确认着来电号码，要好好地梳理一番来龙和去脉。

贝筱臣的食指在电话机上敲一个心急火燎的凹痕："不是你自己提

到的吗？你听明白没啊？"

"哦！……嗨，就是，这剧情里说到古代，有个古代皇后不也叫这名字嘛……"

"……"仿佛中了一个堪称恶毒的笑话，哪里被闷住了，"有病吧！"他含糊地骂一声，捏着听筒的右手狠狠一挥，仿佛要击打出心里那个烫手的棒球，球击了出去，手腕上也应声而碎了一个固有的习惯。

表盘在大力的撞击下裂出叶脉似的纹。

他有些彻底地心灰意冷，改天去商场柜台买了新的，营业员径直往贝筱臣的左手上试戴，最初是别扭了一下，可转念他又隐隐地决定，不如就从此换了吧。

一旦察觉到自己无药可救的消沉，当它们和血液里残存的灼热混合到一起，一阵反胃让他难得地在额头皱起痛苦的纹路。

"还好吗？……就说你还是醉了吧？"女孩飞快地搀扶上来。贝筱臣下意识地想挡住，手背一刮，女孩一边的耳环被他打了下来，清冷的空气里发出戏剧化的一声尖叫。

贝筱臣瞬时醒了九分："啊，sorry，我帮你找……"可他一弯膝盖便察觉自己离预料中的姿势偏离了太多。

"唉，算啦算啦，我自己来。看见它在哪儿啦。"女孩大度地把贝筱臣往门里送一把，"你先回去的好。看。"她手指着走廊尽头，"都来找你了。"

贝筱臣终于由同事喊着回到了里屋，又被上司用无形的枪口顶着，不得不上前弥补性地又敬了两轮以示赔罪。当饭局结束，大富豪移动到包厢中央，手一扬，下面立刻多了一个随行的女孩，连同腰和臀都宛如准备好了，只等富豪的手摆上来后载着它们共舞一曲。随后他的脸从圆润的肩头上转过来，冲着四下问："吐内丝出去后到现在也没回来？"大富豪的酒量非同凡响，除了他的方言口音更加严重，把Tracy念成吐内丝之外，周遭的情况变化显然没有逃过他的眼睛。

"知道这段她们能赚多少么？"先前的同事再度靠近过来，她旗帜般地竖起一根手指，犹如宣告战役的开始，"就是一段舞哦。牛 × 不牛 × ？陪吃，陪喝，陪唱歌，陪跳舞——那么陪睡觉又能拿多少呢？"同事到底按捺不住。

"还不至于吧……"贝筱臣往嘴里放进小块西瓜甜一甜已然麻木的舌苔，"估计也就是吃吃饭，唱唱歌而已。"

"你拉倒吧！想得也太简单了！"同事遭遇背叛，非常不快。

贝筱臣撑起两端的嘴角，摆出一副充耳不闻的佯笑。为了避免眼神和舞蹈中搂紧的男女有接触，他闭上眼睛，盼望睡神能够踏过这个机关重重的场所尽快把他找到。

缓缓地，有一个稍带嗔怪的声音传进贝筱臣浅层的睡眠里："那么快就倒了？"

"呵呵，嗯。"同事忍耐着情绪，尴尬附和。

"对了，他姓什么呢？"闻到有些熟悉的香水味，贝筱臣判断挤到他身旁的是之前名叫 Tracy 的女孩。

"……姓'贝'，'贝勒爷'的贝。"

"哈，'贝'哦，不过好有趣的，比起'贝壳'，你倒是先想到'贝勒爷'呀？"

"哎？呵呵……"大概连同事都没有察觉自己潜意识里的刁难吧，她就是把在场的其他女孩通通蔑视成文盲了，遭到反问后，同事轻咳一声，转开话题去，"这个是你的身份证？前面在地上找到的。"

"哎？"Tracy 接过来，"嗨……是我的。应该是前面翻包时被它溜走的。哎呀太好了，谢谢哦。"

"不客气……"大概是不由自主喝了一口酒吧,"原来你叫裴七初啊?"

"呵呵,怎么啦?"

"就觉得挺好的……"

"我喜欢 Tracy 多点呢。"

"……哦……呵呵。"快要进入无话可聊的危机时,同事及时地抓住醒来的贝筱臣,"你还真睡得着啊。"

"嗯。"屋内的灯光暧昧地忽闪着,贝筱臣睁开了眼睛,也有一瞬看不分明。他的目光从同事女孩转向更外侧的 Tracy,并把这个原本普通的打量足足维持了半分钟,"还以为你已经回家了。"

"没呢。"鼻尖红得鲜艳,"刚在外面找东西。"

贝筱臣弹起坐直:"啊……耳环找到了么?没?啊?我再帮你去看下啊。"

"不用啦,不用了嘛。其实,这份人情让你先欠着也好啊,我一个朋友就这么教我的。"

"哎?"

Tracy 的眼线一会儿高一会儿低地动,连香水味都在飘摇,勾勒出正在扭动的身体:"你要觉得对不起,那我俩合个影呗?"

贝筱臣用已然清醒的眼神,盯着 Tracy 看了几秒,他放宽了心地笑:"当然可以啊。"

"你的承受能力也太强了,还是你们男人都这样啊?"

"'我们男人',这帽子扣得太大啦。"回程的路上,贝筱臣领先同事半个身位替她挡着风。

"你还有那心情跟这些小姐聊天……我怎么有点心寒。"同事说得半虚半实。

"嗯,确实没你那么反感。"贝筱臣领子竖得高一些,"女孩子出了社会，没准是更艰难些的。"

"这话太不舒服了，女的怎么了，女的就可以自甘堕落了？你以为自己是体贴啊，你这种说法反而是歧视哦！"

"我不是这个意思嘛。好啦，我道歉。"

"连跟我说话时都挤着个胸，有必要么，对我秀她的上围有什么好处？我又不会给她五百块。放着原本好听的名字不能叫，非要弄个不伦不类的英文名——真要起英文名的话，'bitch'不是更合适她，嘿嘿嘿。"

贝筱臣站住脚，一盏驶过的车灯在他眼睛里点亮了解封似的光："前面是听你说，她姓'裴'？"

"好像是吧。"已然打算忘记的样子，"怎么了？"

"挺巧的。我读书时，认识一个人，她也叫这个名字。"

"真的假的？"

"真的。啊，当然，不是同一个人。"贝筱臣把肩淡定地一耸，否决得太笃定，倒像完全不是在否决什么。深夜在这个新的城市散发出陌生的气味，谁知道呢，换一个品牌的啤酒，换一种出租车的顶灯形状，换一首晚流行了三个月的歌，换一条水养育出的树和这里的方言，角角落落都是对他而言陌生的气味。也难怪，出现唯一熟悉的字眼时，他会更快地认出它来。

"我叫裴七初。小你一届，高一（四）班的。"下句，"现在不是陌生人了吧。"

明明没有什么风的当下，却站得宛如迎着风的样子。于是乎女孩的名字是被那股无形的风，漂亮地拂在空气里，让人不管过去多久，仍会毫无障碍地回想起。

【 "才十块钱的共犯" 】

裴七初第一次坐飞机,起飞前某个地方响起小骚动,继续听下去后大致明白,有个小孩因为害怕哭闹不停,空姐的安慰也未见成效后,传来孩子父母颇为恼火的呵斥声。

于是在这场对峙偃旗息鼓前,隔着几排的地方持续着典型小孩子式的哭腔。任性的,又委屈。

小时候总坚信着,只要赶在飞机出事坠地前的一刹那,从飞机上跳下来就好了嘛。笃笃定定的。

长大真不好。变得不安全了。

"那怎么办呢？"

"那就，带把雨伞在身边，到了机舱门就打开，撑着跳的话好歹心里踏实点。"她对高自己一届的贝筱臣认认真真地开玩笑，同时眼光盯着两人手里各自的饮料，放下自己那杯奶茶时她不动声色地把纸杯朝对方的方向推动了一厘米。记得不知在哪里看过，倘若对方毫无意识地默许了这个细微的"接近"，那至少说明他对自己没有防备。可惜贝筱臣旋即下意识地用食指拨弄着杯沿，让两份饮料之间的距离又恢复成原样。裴七初倒是没有过多失望，毕竟能够和对方第二次面对面地坐在一张餐桌上，足以让她开心。

"他真的请回来了呀！比我想象中还要快。"女友知道后异常羡慕。

"是啊，我之前就告诉你了么。"

有二便有一。

三天前裴七初和女友在学校小卖部外设的餐桌上吃饭，很快女友在桌底下踢了踢裴七初的脚跟。裴七初顺势看去，哦，难怪女友激动，随便找了张椅子坐下的男生叫贝筱臣，至少是她很早前就打听到的名字。没多久，男生的同伴跟着走来，对话的声音一五一十传进裴七初的耳朵里。

"怎么啦，我还想你跑哪儿去了。"大概是找了有一阵，口气里颇为不满。

"在这里思索宇宙的起源。"相比之下，贝筱臣答得蔫头蔫脑。

"别扯啦，对了，有钱么，借我一下。"朋友指指小卖部。

贝筱臣没有回复，只说："喏，你看我脸上干净吗？"

"干净啊。"

"嗯，我的兜比我的脸还干净。"

裴七初就是和朋友在这个时候默契地发出友善的笑声，虽然只引来贝筱臣目光的回访，他没有过多在意，"干干净净"地和朋友继续关于先前的话题。

　　"我今天可倒霉了。"贝筱臣捋起右腿的裤管，虽然没有朝着裴七初的方向，但从下文还是能推断出来，必定是狠摔了一跤。

　　"怎么搞的？"

　　"扶老奶奶过马路的时候呀！"

　　"老奶奶把你过肩摔了啊？"又开始惯例般地彼此胡诌了起来。

　　"自行车在书店前面那个路口滑了，一下子飞出去五六米欸。"贝筱臣开始说实话，"还不止，我妈前面给我发短信，她早上居然从我那里拿了钱说是懒得去提款……搞错没有哦？我就说嘛，左眼皮从早上抽到现在，果然是左眼跳灾。"

　　"哎？我记得是相反欸？不是左眼跳财，右眼跳灾吗？"

　　插话进来的女生笑得很客气，让贝筱臣也不得不转过脸，完成一段他们俩的对话："……没吧。看我今天这衰样，哪有半点跳财的样子？"

　　"那。"女生歪过脑袋，"让我请你客好啦。"

　　贝筱臣按不住眉毛，挑成了惊讶的形状："谢谢哈。只不过，呃，对于陌生人的好意……"

　　"我叫裴七初。小你一届，四班的。"下句有得逞的甜，"现在不是陌生人了吧。"

　　学校里混合着把头发扎成马尾和用电发棒造型出一些微卷的两类女生，混合着在刘海下支起镜框和视力良好却依然佩戴黑色隐形眼镜的两类女生，混合着把运动服麻袋一样披在身上和把裙子顽强地穿到深秋的两类女生。

　　裴七初站在中间偏后一点点。冬天过去，及肩的头发遮挡住耳洞。

肤色透亮。随着不断捋卷起来的袖子露出更多。中等个头，却总是奇妙地让人误以为她的身高应该比实际数字更修长。作风直接明朗又大胆，用更直白的描述是"脸皮好厚哦"，好比对不认识的男生说"让我请你客呗"这种能让不少舌根闲嚼起来的事，同样照做不误。

对方是在她高中入学没多久便已经渗透了班内女生课余八卦里的人物。舆论一旦产生，裴七初也会在偶尔的照面后听旁人补充"就是他就是他，高二的那个贝筱臣"。回头再看，男生的步幅从背影里流露出走姿，在她的脑海重叠着一个外国电影里的年轻军官，他牵着马消失在原野上。

"会请回来的吧。"从小卖部到教室的路上，早晨起便积攒在电线上的雨滴，被风一吹有几颗掉在裴七初的额头，让她在一两个突袭间觉得舒服。

"你确定？"女友还半信半疑。

"嗯啊，不想欠别人人情的话……"裴七初笑笑说，"只要他有这个念头。"

"哎？"

"嗯。"只要有这个念头，欠的人情无论如何要还。就会请回来的吧。就会有后续了吧。

房门被推开了，然后是拖拖拉拉的脚步声，接着卫生间的玻璃移门发出不情愿的响动，一切都犹如制式般流畅，水龙头打开、马桶盖掀起的声音，直到惯性般的干呕如同压轴般赶来。整个屋子就只有厕所似乎是活着的，而且活得非常躁动，活得不好看。半天过去，固守在那里的动静放开了马桶，一点点爬了出来，带着飘摇的步伐，挪到床边。

Tracy 推推被褥下的一团人形，力道逐步加大，总算把对方赶得远了些，空出了足够自己躺下的位置。她和衣睡的，只有腰部的拉链在还没进门前就迫不及待地拉开了，当时突然顺畅起来的呼吸差点让她头晕目眩。

好像身体有一部分也顺着拉链泄露出去，原先屏息了很久的已经开始冰凉起来的皮和肉从那里碰到了床单，可下一秒 Tracy 很快地跳了起来，她松出的腰此刻气势汹汹地膨胀了不止一点点。

"都说了别把什么东西都扔床上，硌死人了，我不用睡了是吗？！"借着厕所间的光，Tracy 把床单上的几枚硬币、几枚发夹、两三本书和一支圆珠笔粗暴地扫到地上，"喂！死啦？"

被褥下的人无动于衷，仿佛用一个固定的身形玩笑般的回答她"死了"。

下一步便扯着对方的被子，Tracy 顾不上快要脱落的水晶指甲，将里面的人扫落出来。一旦掉进充满寒意的空气里，料是依然闭紧着双眼，但女孩的身体不由自主哆嗦了一下，她还想要佝偻得紧一点，Tracy 的嗓门追了上来："今天电视我去开户了啦，开户费一百二十块你记得给我哦！还有你的身份证在我包里，别忘了到时候拿出来，记得没？"

名字的来历是因为出生在农历五月初七的早上七点。据说在这前后的三天内都下了暴雨。于是大人推断这一定是个长大后很爱哭的小丫头。

成长却多多少少有些走样。十四岁下半年她喜欢一个当红歌手，对方来演出时她是唯一溜进后台得到签名与合影的人。虽然到了第二年时便渐渐抛离这种狂热，但还是把当初收藏的东西保留得很好。

十五岁时投入到网络，与之并肩站在一起的爱好还有漫画和足球。喜爱的漫画角色死了，或是支持的球队最终落败，女生只是眼眶潮两圈，没有哭出来。

与"冷血"之类的说法倒也不同，只是觉得还没到能哭出来的地步。更多时候她把手背在身后，微笑得刚刚好。

同时说："呀呀呀，我就说嘛，你一定会请还回来的。"

这表情必然让男生没有了退路，于是他再次表态："是啊是啊，怎么好意思欠你三天前的救命之恩。"

"嘿。"裴七初冲贝筱臣一乐。她咬扁着吸管，让饮料呈线状委婉地进到嘴里，也大大延长了喝完的时间，"哪至于呢。"

也没有突然就熟络起来般对话，还是客客气气的，无非被请客了以后再请回去这么性质简单。

"你高一？几班？"毕竟是第二次照面，贝筱臣发问的态度礼貌占七成。

"四班。"

"高一的衣服，好像跟我们高二不一样啊。"

"这里吧。"女生抽出衬衫下的黄色装饰缎带，"高二是蓝色的。"

"黄的好嘛。"贝筱臣打量了一下说。

"我也是这样觉得的。"裴七初笑着点点头。

差不多两人的杯底都要露空时，裴七初朝外卖窗口上贴着的一排饮料价目单看了看后，对贝筱臣说："其实不请还也可以。"

男生露出"什么"的表情。

"因为上次我付的钱，其实是在马路上捡到后私吞掉的。"裴七初说得难辨真假。

"哈。"贝筱臣咧开嘴笑，"就这样把我也变成共犯了。"

"才十块钱的共犯？一点也不响亮欸。好歹要做点更了不起的事吧？"裴七初朝他摇着头。

"那话怎么说的来着，看不起十块钱的人，以后注定要为十块钱而哭泣的。"话题从刚才起便走上寻常的放松状态了。

"你是说，就差十块而买不了回家的车票，躺倒在候车室的长椅上默默流泪那样？"

"……对。"为这一整句的场面勾勒笑着表示赞同。

"那到时可以向你借吗？"照例歪着头，裴七初没有停顿地反问他。放回桌面的奶茶第二次朝男生悄然地推进了一厘米。

贝筱臣的笑容停在一个末尾帧，一秒后才拉过去，他礼貌地点点头："可以啊。"接着又好像刚刚才听到自己说了什么似的局促起来，手指快要碰到鼻梁上，"……我想，嗯……没问题吧。"

裴七初一半的目光留在桌面上，"Nice"，她满足地想，这次它们如愿接近了，虽然只是近了一厘米，但她继续有充沛的理由开心。

把睫毛揉掉了好几根，裴七初又扯过地上一件难辨主人的外套裹住自己后从床上爬下来，刚刚发完脾气的 Tracy 大概是耗费完了最后一点动弹的力气，此时脸陷在枕头里发出沉重的呼吸声。裴七初把落在地上的硬币、发夹和圆珠笔逐一捡起来放到一旁的饭桌上。她扫一眼墙上的钟点后，开始磨磨蹭蹭地走进厕所梳洗。

马桶还散发着 Tracy 方才呕吐完的气味，两片菜叶几乎保持原封不动的形状，只是变了层颜色黏在内壁上。

裴七初按了冲水扭，一屁股坐在了马桶圈上。她慢慢地按压着有些浮肿的脸，直至一点点像脱下皮，她在镜子里苏醒过来。瞳孔里盛着一对褐色的火山口，而这份隐约的危险丝毫没有影响她整个脸甜美的曲线。

现在是清晨四点半，天黑得不容置疑，裴七初却是在昏睡了十个小时后迎来久违的清醒，她出了厕所，冲了一杯麦片给自己，一边顺势拿过手机，Tracy又在朋友圈里分享了今日份的纸醉金迷，九张红得发紫，紫得发黑的照片，不拘于春夏秋冬，造型、道具、表情，每天复制一次粘贴一次，Tracy就是在这些照片里过上了幸福生活，有钱的，快活的，异性的贴面象征着她是被爱的。

那个紧紧挨着Tracy的中年男人，裴七初能猜出七八分来头，Tracy几次炫耀似的拿对方的财产来武装自己，对裴七初展示收到的一条名贵围巾或是名贵裙子，举止间把它们当成天庭的羽衣了，披上身就成为从老家飞出的金凤凰。

打完哈欠，裴七初将手机放回去，她没有点开照片大图，Tracy死循环般的人生对裴七初来说不见得比垃圾短信来得更有价值。更何况即便她点开也不会错过什么，Tracy脑子不糊涂，所有分享都必然带着明确的目的性，让富商高兴，让同行嫉妒，让自己麻醉，既然如此，一个偶然出现并且再也不会露脸的新鲜男青年，或许为她陷入重复的日子带来数个小时的刺激，但Tracy还是拎得清，没必要念念不忘和大肆宣扬。手机相册里几千张相片，和男青年的合影未必是最格格不入的——红得发紫紫得发黑的基调里，Tracy也拍过一次灰蓝的日出，拍过一张湖绿的电影海报，拍过一丛橘黄的野花，倘若再往前翻久一点，Tracy还拍到过一张晃动模糊的裴七初。裴七初刚搬来的时候东西没备齐，拿着吃剩的一次性饭盒在水龙头前打水漱口。照片里她身上晕着一层动线，只穿着内裤的下身腿白得刺眼，叼着牙刷的动作还是看得清的，右手托个长方形塑料盒，动线也在饭盒上做了暗示，的确，下一秒裴七初就把它打翻，湿淋淋地跳起来，然后就是Tracy尖声尖调地怪罪上去。

Tracy应该想过要把这张误拍的照片删了，但不知怎么忘在了一边。

所以裴七初不会知道，自己和贝筱臣在Tracy的手机里都获得了过客的一席，隔着他人纸醉金迷的春秋互不相认。

高二和高一能够照面的概率还是少，裴七初觉得少。早晨的校门前，她略蹙着眉，一颗钻进新鞋的石头硌得她直疼，预备找扶手脱下鞋甩一甩，这时路那头出现了迎面而来的贝筱臣，裴七初心里不由分说地愉悦起来，连同之前体验痛觉的神经也得到了安抚。她的两腿摆脱刚才的挣扎动作，回到秀挺而轻盈的踏步中，线条升得很好，让在线条尽头结尾的皮鞋起了画龙点睛的作用。

再近一点，贝筱臣也认出了她，右手举起来打了一个不再陌生的招呼。

"呀。"她在那颗小石头上轻踮着脚，"不是说今天要下雨么？忘带伞啦？"

"哈？淋就淋吧。"贝筱臣看她一圈，"不是说今天要下雨么？穿这鞋怎么办？"

"等雨停了，地干了，再走。"

"太有魄力了。"贝筱臣夸得真心。

"做女生，这点觉悟还是要有的。而且，我们班今天来了个转校生，女孩。"一个话题结束后，裴七初想起来。

"哦，是吗？"贝筱臣听出她两句话里奇怪的因果逻辑。

"嗯，所以我觉得挺庆幸的，正好穿得漂漂亮亮的时候让她看见。"

"哈？……欸？"男生当然不懂。

"有种女主人开门说'欢迎'的感觉。"

"想多了吧。"贝筱臣很开怀的样子。

"肯定是想多了。但觉得也没什么坏处，对吧？"

她一路引着贝筱臣和自己完成愈来愈长的闲聊，路走得左拐接着右拐，上了楼梯过了平台，终于到了分开的岔口，男生把手摆成了"回见"的幅度，裴七初也配合着改变了笑容。

等到贝筱臣走得彻底干净了，她重心软软地一偏，单脚跳到扶手旁，脱了一边的鞋子，石子掉了出来，之前被它碾磨的地方形成了经历拷问般的汗渍，在右脚脚趾上淋淋地喘气，隔着袜子碰一碰也疼得她龇牙咧嘴。但裴七初以为还是值得。一旁是礼堂的落地玻璃，擦得太干净，让反射过的画面似乎都能在上面保留更久一点：裴七初一只脚穿着鞋，站得歪歪的，她从落地玻璃里打量着自己和刚才的贝筱臣。

顶在他和自己头上的那根虚线，倾斜出一种美妙的怜惜，这让她非常快乐。

尽管竞争激烈，裴七初心里明白这一点，可越是激烈她越是容易斗志昂扬，晚饭吃到半路也会把筷子倏地在碗沿上敲起来，继而扭着腰给脑海中的节奏伴舞。做妈妈的对女儿习以为常，从丈夫的电话中转过来问她："你爸在机场，问你还要不要那个牌子的护手霜？是什么牌子来着？"

"不要了，快夏天了，太油。"

"哦。"好像是那边已经听到了回答，"那你爸问你还想要什么。"

"啊？"裴七初把手腾出来，圈成喇叭状，"我——要——老——爸——快——回——来！就好啦！"

"这记蜜糖灌得哟。"长辈们开始互相欣慰地调侃，"你爸肯定甜得连北也找不着了。"

"我爸才不怕甜呢。他自己就是甜国的大国王。"裴七初的爸爸经营一家以巧克力为主的食品企业。小时候家里多的是各种果仁或夹心的巧克力。前者还能忍受，后者就无可宽恕了，所以裴七初到后期对巧克力的热情降到冰点，不时地问："你换到薯片公司去行不行呀？"而她的需求随心情一天一变——"服装公司呢？""爸你为什么不去开个唱片行啊？""爸，游乐园能开吗？"

"你当你爸爸是谁呀，国家领导啊，这小孩，太不知足了。"长辈们一边开着车，或者一边掸着床单，一边喝着茶，一边看着电视，就这样不知疲倦地否决她，却都不带真实的责备。裴七初听得出这句话是如何在笑意里结尾的，里面每一回都包含着某种允许，于是她一如既往地不认："不知足也是你们教出来的嘛。"

小时候告诉她，坐飞机其实根本不用怕，只要赶在飞机掉到地上的前一秒从上面跳下来，那就没事啦。告诉她这些的是爸爸。

后来和她打趣，说你要这么担心，以后带把雨伞在身边，总踏实了吧。开这种玩笑的是妈妈。

三二一，预备，跳。

下坠，再下坠。

没事的。笃笃定定。

Tracy 的手机在黑夜里发亮，跳出一条短信，裴七初瞥了一眼过去。

"后天晚上十点，×× 酒吧，老样子，五千块四个小时，干不干。"几十个字，在屏幕熄灭前足够裴七初看清楚。

她背着卫生间里的灯光站起来。那儿的灯泡是后换的，瓦数最高，所以 Tracy 说没特别的事少开它。

"反正你平日在家也没什么事做，那就别浪费了！钱不想着赚，电倒随便用。"拉拉扯扯地回到老问题上，Tracy 这个句子也问过裴七初至少十遍了，"或者，你到底干不干呢？一晚上就能赚四五千哦。"

Chapter . 08 / 第八章

〖 "是我家啦" 〗
〖 "你还想知道我的名字哦" 〗
〖 "那要换新的地方上班了吧" 〗

她看见自己变成又窄又长的薄薄一片，在凹凸不平的地板上，
在黄土的墙壁表面上，失去了支持的时候，
它简直是能往哪里折服就往哪里折服，能在哪里倚靠就在哪里倚靠。

【 "是我家啦" 】

　　和 Tracy 合租前裴七初自己一个人找过房子。她人生中第一次租借的地方，是从网上搜来的房源。数字挂在那里，无论核查几遍，依然是个三位数。在整个普遍以两千元为基数的网页上，格格不入得像一个过分简陋，懒得伪装的陷阱。或许也正因此，价格低廉的它并没有受到哄抢，仿佛那个被鱼饵包裹的钓钩已经彻底露馅，会依然跳上去贪嘴的唯有傻瓜。

　　但裴七初堂堂地去了，虽然她一条路走得坎坷又漫长。不仅换了两趟地铁坐到终点，出了站后又换两辆间隔半小时的公交车，最后她走的是道土坎，两边全是泥土砌的平房，远处有开始结穗的稻谷。等待她的房东是个大婶，带着她朝介于村和庄之间的民房里走，裴七初沿途嗅着干燥的土味，以前不知道它们其实不是一种嗅觉而更像是一种味觉，使她每吸一口气，胃里都充满了突如其来的沙砾般的饱胀。

大婶操着当地口音，一声一声喊着裴七初"妹子"，哪怕裴七初的年龄都尚不足以胜任"妹子"这个其实成熟化的身份。她跟着大婶走进一间平房。

裴七初看不见自己站在这间屋子里的样子，但是肩胛的酸胀提醒着她此刻正驼着背，头顶的瘙痒暗示着头发已经因为出油而粘连，她觉得视野有些模糊，那么她一直引以为傲着，仿佛歌里唱的"圆溜溜"的眼睛此刻也如同遭遇了曝晒的花朵，是强打精神地睁开。

"四百块，现在上哪儿能找到这样的价钱呢？知道我把这房子挂得那么便宜，我家那口子先前还跟我摔咧子。"

"嗯，四百是……"挺合适这个房子的标价。没有家具，更干脆点说，压根什么也没有。地板甚至不是水泥的，四壁刷着一层土，厚度让她无法判断是人为的杰作还是风尘。玻璃窗上贴着几面发黄的报纸，把整个空间过滤得更加沧桑。

"看妹子顶多是个大学生吧？大学生租这个顶合适。"大婶在屋子里一圈圈地走起来，似乎能在这空落落的四壁里走出怎样精致的九曲十八弯。

裴七初不太明白"大学生"和这间房子之间的"合适"，甚至仅仅是这间"房子"她已经不太明白。去奶奶家过年，奶奶家在老式的居民区里，走廊又黑又长，一侧七巧板式地塞了 01、02、03、04、05、06 户人家。假日去表妹家看书，两室一厅里堆满了东西，一个转身的幅度没有控制，就可能倒了十几本书外加一两件衣服。同学的父亲病了代表班级去探望，踩一阶在黑暗中兀自腐化的楼梯爬上去后，映入眼帘的有喝完的啤酒瓶和用空的食用油桶，装在一个纸箱里，四角都是老鼠留下的牙印——裴七初一度都觉得那些屋子全都很特别，与自己的生活截然不同的另一种拥挤、狭窄、局促或恬然。她从黑暗的楼梯上下来，不久回到了自己的家，朝"懒人沙发"上一躺，仰头看着电视里的广告，抄起饮料喝一口，余光里妈妈在天台上掸一条绒毯，"啪嗒""啪嗒"的是风在帮忙。

所以她不知道该怎样去形容这间家徒四壁的，几乎由黄土构成的"住所"。她站在房屋中间，却感觉不到踩在上面的双腿，能为自己和屋子之间架构起任何一点联系。随后大婶拉了拉一根垂下的灯绳。

挂在天花板中间的唯一的灯泡亮了起来，细微地摇摆着，牵动了裴七初和大婶的影子。她看见自己变成又窄又长的薄薄一片，在凹凸不平的地板上，在黄土的墙壁表面上，失去了支持的时候，它简直是能往哪里折服就往哪里折服，能在哪里倚靠就在哪里倚靠。

晚上裴七初在网吧里又滞留了一晚，外面下着雪，一旁的男人叫来了外卖的牛肉面，香味把邻座的裴七初也当成自家小孩似的安抚了一下。裴七初蜷着双腿在塑料制的椅子上打瞌睡，又不敢让姿势摆得太过楚楚可怜，她有意地张开嘴，口水使女孩的面容透出粗糙的憨和傻，头发也胡乱地缠绕在脸上，两手交叉抱着胸口，最后居然也能安然地睡下去。

第二天裴七初重走了一次前日的路，她从大婶手里租下了房子，之后一口气住了半年。洗澡的时候是自己烧了水，然后倒在大盆里，天冷就买了一个大块塑料毡子围出幕帘来，朦朦胧胧的它们被热气鼓起波浪，裴七初好像站在天灯的中央。一直到她认识个体院的男生，对方给了她一张免费的游泳馆充值卡，裴七初用一次约会换来了往后所有免费的洗浴。

前三个月房间里只有一张木板床，一个她花三十块从菜市场里买来的写字台，怀疑材质都不是合格的木料，拿手用力地撑一下也能让脆弱的表面裂出缝隙。凳子没有那么早采购，她在自己的旅行箱上坐了很久。可即便如此，裴七初依然会从商场里买一支唇蜜回来，往往只要这样一点点的颜色，就能立刻为她整张脸找回不曾受损似的光彩。

裴七初用这张脸去参加高中的校庆。想见的人都没有见到，出现的多是过去并不太熟络的同学们。途中有人上前和她搭声："七初？看起来没怎么变呀！"

"是吗？没有变得更成熟一点吗？"裴七初开着玩笑。

"没有呢，怎么说，正相反吧，还透露着一股'小丫头'的傻劲。"

老同学形容得模糊，裴七初把它笑成清晰："我可早就过了坐车免票的日子了。"

"再过个五十年，又可以不用花钱了吧，不要气馁嘛——"

裴七初和对方发出步调一致的笑声，停下来后她问："你们之前都在聊什么哪？"

"还不就是些八卦，但都没什么精彩的。"老同学说到这里，"刚说到也就有个还厉害点。"

"什么？"

"他们在讲，好像我们班里有谁，家里破产了啊。"老同学一摊手，"不过我也只听了一半，你知道是谁不？"

"知道啊。"裴七初眨眨眼。

"谁？谁？"老同学问得急切，瞳孔里全是蓄势待发的好奇。

裴七初觉得不会让对方失望了。她姿势像报幕般正经，唇红齿白地吐字："是我家啦。"得是多么小的概率，才能让人有机会做出这样的对白呢，她眼睛下垫着一层浓浓的笑。

"啊？什么？……哎哟，被你骗到了……我还当真的！你呀你呀！吓我一跳！这一张嘴说得跟真的似的，死性不改啊！"老同学的手指在裴七初脸上揪起埋怨的小包，像要扯破一个戏谑性的谎。

"哎，干吗不信啊。"裴七初感觉唇蜜已经彻底干涸了。此刻她好像是站在那个空空的泥土做成的屋子里，是在那个背景下，给予的回答，

"是真的呀。"

就在校庆的前一天晚上，裴七初在屋子里折腾一个组装的衣柜。这天暴雨从早晨便开始下，到了夜晚更是电闪雷鸣。而临近夜晚十一点，屋子里突然没了电。

唯一的灯光消失了，裴七初两手还停留在自己并不熟悉的一项工程里，眼睛在黑暗中跌跌撞撞地摸索了很久，直到一个闪电让她重新找回了视力。

可与此同时，女孩也发现，屋子里的每一寸每一厘，都背弃她而去了。它们联合起来，成为生疏而恐怖、阴沉而危险的物体。共处了几个月的空间，不仅没有给予她半点可以仰仗的安全感，更此起彼伏地预谋着，倘若她有片刻的疏忽，它们就要从这份漆黑里乘着闪电朝她跃起，将她生吞。

裴七初紧紧地攥着手里一根塑料轨道。她不想输给这份陌生的恐惧。其实仅仅牵扯上"输"或"赢"都让她不屑。即便害怕是真的，可它何德何能成为敌人？她安抚自己，挪到角落蹲下身，在窗子下借到来自邻居家的灯光，原来邻居家是没有停电的，他们放着电视也亮着灯，完完全全一个普通人家的感觉，不受丝毫风雨的影响。

裴七初团着身子坐在邻居的灯光下，像淋湿的动物要借一点温暖的炉火。她又找出手机，一首歌曲旋即"嗒啦啦，嗒啦啦"地在破碎的漆黑里唱起来。裴七初张嘴跟上去，一句一句，英文歌，大多数词不记得，就用哼哼代替，她歌唱得越来越大声，最后闪电也和准了节奏，在她的重音里往墙上甩了一笔雪白的墨汁，是饱满的恭维。

升入高一后，父母为裴七初换了新的手机。比起手机本身，她对待挂件的态度更加郑重。"选妃似的啊。"父母不住笑她。

一次端午假期之前，裴七初发现学校正在装修的体育馆忘了锁，她念头一起便溜了进去。因为工人们赶着小长假提前放工，内部一派空旷，也没什么特别好玩的。反倒是晚上回了家后，裴七初才察觉手机不见了踪影。她满脸烦躁，听见妈妈问："所以是被偷了？"立刻不耐地反驳："别乌鸦嘴嘛！"女生不愿相信那个"已关机"的通知，不死心地接着又拨了几次，最终她咬定那只是电池耗尽而已，和小偷没有关系，她往空气里赌咒似的下着狠劲，好在上天没让裴七初失望，等假期告终，她在重新开工的体育馆里找到了自己的失物。电是早就没了，手机壳上积了一层薄沙，经过层层筛选后胜出的 miffy 兔挂件从白色变成了黄色。

"但至少找到了呀。"新来的同桌女孩挺替她高兴。

"嗯，还好还好，唉，我居然把它给落在了那里，整整三天欸。"裴七初往下撇嘴，"抱歉啊。"

充完电后她打开"未接电话"列表，一个陌生的号码满脸不知情地留在记录上，看时间就在手机遗失后不久的入夜，多半是赶上了最后一分电力。裴七初对这串陌生数字琢磨不出端倪，犹豫该不该回拨，班主任踏着步子走上了讲台，她便暂时作罢。

写着"××高中三十五周年校庆"字样的卡片贝筱臣收到过，却一口气在茶几上摆到逾期，最终由贝筱臣的母亲当作废纸收走。她粗线条地问："你没去吗？"看见贝筱臣神色间写满难言之隐，反应过来儿子和曾为校友的恋人分手没多久，做母亲的顿时自责起来。

贝筱臣连忙打消她的内疚："不去也无所谓的呀。"

按照他的性格，原本该对类似的聚会抱以期待。毕业后有些老同学逐渐在人际关系中消失，没准这次能够找回一些。他潦草地怀念，经历过的两位班主任，男的有一副洪钟般的大嗓门，女的个头非常袖珍。班里有高中毕业后就北漂做了歌手的，续了几集的传闻甚至将之描述成荣获了某一届的电视选秀大赛十强。曾经和贝筱臣一同参加过校篮球队的队友，据说遭遇了一场病变后失去跑跳的能力，好在还能顺利地用拐杖走——这些人他都还想着如果能再见一见。

晚上他回到房间，打开电脑登录校友录的网页，果然十几幅合影已经被热心人纷纷上传了。贝筱臣将胸口的犹豫具象成不自觉的干咳，接着找到属于下一届的，原先辛追的班级。

果然辛追没有出现，使他的回避流于自相矛盾的落空。照片上，辛追的班级来了二十几人，比起四五十人的入学合影，消失在上面的面孔必然有着大相径庭的原因吧，出国了、高升了、潦倒了、没落了，极端的理由让他们耻于或羞于再和往日为伍。贝筱臣意兴阑珊地浏览，正要关闭网页前，他对照片中央的那个女生忽然升起一阵无端的好奇。

这个当下，离贝筱臣日后重新在 Tracy 嘴里听到裴七初这个名字，还需要一段时间，因而此刻的贝筱臣连照片上的女生他到底认不认识也有点模糊。时间耗损的部分太多，令线索急剧减少。可残留下来的种子，犹如不会被一条厚重的毯子覆没，它要在下面生动地凸起，成为某种结，某种障碍，迫使他停了下来。

没有穿高中的校服，发型也变了，短在肩膀上，整个人变得柔软了，像盆栽忘记从正午的阳台上移走那种蔫蔫的柔软。

毕竟早年的日常对贝筱臣来说差不多都淡忘了。他赶作业，打瞌睡，买一个三明治两口吃完，都是平凡的序列。有一天走进体育馆的贝筱臣首先撞上的是一双腿——女生上半身撑住栏杆，整张脸贴着体育馆的窗。

"……哎哟。"贝筱臣不由得顿了顿。

听到声音的裴七初低头，"啊。"她跳下栏杆，裙子扬了一个略危险的幅度，开口后声音里添了层给熟人的亲昵，"我没走光吧？"

"没。"其实贝筱臣直到这第三步，才从方才一系列不属于常理的出牌中镇定下来，他老实地说，"看什么呢？"

"土黄的墙壁好丑啊。"

"哦？"他踮起脚，勉强可以瞥见里头，"是不怎么好看。"

"对吧。"裴七初拍拍两手的灰，"前面放假时，我还不小心把手机落在了里面。"

"怎么进去的？"

"我会隐身术。"

"哈？"贝筱臣没有再当真，之后回忆起来，"哦，不好意思，我之前可能不小心拨过你的电话。"

"哎？什么时候？你是指打到我的手机上？"这下换裴七初看着一副陌生的牌面。

"就是放假前吧，我本来是想找辛追的，辛追是你的同桌，对吧？"

"嗯？是吧……但是……"裴七初晚了片刻才意识到，男生没有用"你是辛追的同桌"这样的说法，他站的立场有微妙的偏斜，"哎，等下，你和她认识？"

"小时候是邻居。"

"……那么巧？"

"嗯——那天有点事想联系她，但她没有手机，所以我托人问了你的，原本想看看你知不知道她的家庭电话之类。"

"我也还不知道……不过，等下……"裴七初觉得手里的线头突然活了起来，多而纷杂，游成一大团白色的忽而鱼忽而蛇的图案，她想解，又找不到落笔的开端，等到她抓住只属于自己的疑问，"……你给我打过电话？是假期开始前那天晚上吧？八点左右？"

"可能吧。噢，不过没关系了，辛追的家庭电话我后来已经问过了她。就是挺不好意思的，那时还想要麻烦你。"

"没什么……"裴七初把多余的枝条拨拢开，依然专心自己面前的小路——一条神秘而有野花点缀的美丽的路，"原来那个号码是你呀。"

"727 结尾的那个？嗯，是我……"

"谢谢啦。"

"啊？谢什么啊？"

裴七初朝体育馆扫了一眼，举起手机，把挂件上的 miffy 兔摇一摇。贝筱臣已经掌握了一定的规律，等女生把话说完。

但裴七初肩膀愉悦地一耸："哎，我运气很强的，会遇到很多，虽然很小，但很神奇的事。"

"神奇的？"

"嗯，神奇的，很小概率事件。"

"是吗？"

"是啊，好比，回家路上有时候会突然想哼歌嘛，结果回到家，一开广播，里面就放着我刚才哼的歌欸。"

"哈……"

"算吧？"

"算吧。"

"还有，我中考考试的时候，考场座位居然就分到我自己原本的位置哦。"

"啊，这个算。这个真巧了。"

"哈，那你觉得前面那个不算欸。"

"嘿——"男生抓抓头发，"还有别的吗？"

"有啊。"裴七初转过头，她看向暗乎乎的体育馆。那通唯一的电话，把封闭的房间照亮了一个小角落，电话铃声唱得欢欣，十一位数字从它的壳封上轮序滑过。没有嘴巴的 miffy 兔能够借着手机闪屏的灯光稍微看清高一点的天顶，它或许就能安下心来，没什么可害怕的。

【 "你还想知道我的名字哦" 】

　　裴七初按照 Tracy 提供租房信息上的地址找过去那天，来应门的 Tracy 鼻梁中间横着一块属于戏剧舞台的青紫，肿胀让裴七初很难一下子判断对方本来的模样。Tracy 的解释是自己刚做了鼻梁整形手术，但没隔一会儿裴七初又听见 Tracy 站在玄关朝电话里骂骂嚷嚷地表示绝不会咽下这口气，她的脚边卧着裴七初脱下的匡威，在四周一排高跟鞋的包围里一动不动地缩着，却还是被每个带器官字眼的用词震得似乎轻轻一抖。

　　裴七初想到"不入虎穴"四个字，心里默认大概会在这里丢了一条胳膊半条腿，先前她从电线杆的广告上抄下 Tracy 的手机号码时，内心寄予的期望便不是很高，可房间本身还是很好的，比起她当时租住的郊外简屋，散发着不能拒绝的诱惑力。阳台正对着小区里另一栋建筑的屋顶，有个四五十岁的妇女在自建的阳光房里挺滑稽地跳着韵律操，周围花草有的繁茂有的枯萎了，总之和平得像模像样。

等到 Tracy 脸上的肿胀完全消去，露出属于鼻梁真正的形状时，裴七初也在这里住满了一个月，知道了 Tracy 是做什么的。有时听见 Tracy 在卫生间喊她，裴七初甩甩双臂，走去替 Tracy 拉合背后那紧得快炸开的拉链，等时间流过五六个小时，又得在 Tracy 回家后替她拉开。一合一开间，Tracy 的身体像是被不断返工的一个手术，取出来放进去，也难怪裴七初常常从上面瞥见淤青或者血肿。

"今天有个变态，拇指的指甲那么长吧，就一直往你身体上掐，一直不停地，几乎就快抠下我一块肉，疼得我眼泪都快喷出来了，他倒一个劲地笑。我想这人绝对是个死变态，纯种的杂毛都不掺的，所以不能和他翻脸，结束后我还得一个人回来，万一路上被他拦截了杀掉怎么办，结果一忍就——"Tracy 扭过脖子朝镜子里瞄一眼自己的腰，"我 × 他妈！断子绝孙的王八羔子！"

"……哇。"裴七初朝那里深入地看一眼，连自己的腰上也在发凉，"真可怕。"

"得了。"Tracy 又忘了刚刚说过的话，"这其实都不算什么，我还遇见过更变态更不正常的。一想起来就恶心。"

"你要用什么东西冰敷一下么？"裴七初对 Tracy 的猎奇大百科没有兴趣。

"能用什么敷啊？"

裴七初从冰箱里撬出一块不知躺了多久的雪糕，连外包装袋一起扔给了 Tracy："这个，好用的哦。"

"你玩我的吧？"

"爱信不信。我该出门了。"

Tracy 的声音追在她后面:"你那台电脑关了没? 别想开着'睡眠'啊, 几个小时不用那电费你多出吗?"

裴七初在过道里把眼睛翻出一阵不耐烦, 如果面前有镜子, 她能看出这份不耐烦是十几岁少女对父母的做法。

给网店做模特是裴七初眼下的收入来源, 时长和密度都不均匀, 赶起来从早上六点就得开始拍摄。这天和裴七初搭档的是另一个女孩, 两人的第一次碰面里, 存留的竞争心理让她们彼此都没有率先和对方聊天。不仅如此, 裴七初还发现那个女孩悄悄把每条换上的裙子都折得更短, 大腿上几无悬念可言。

她们站在一处经过改造的艺术园区里, 原先的废旧厂房经过政府特批, 招揽来许多艺术家进行再创作。因而用废胶卷做成的雕塑、铁丝滚成的围墙、巨大的绢画灯笼, 使这里成为广受欢迎的外景地。

出工那么早就是希望可以抢夺地理位置的先机。蒙蒙的清晨里, 裴七初拍完一套服装要换下一套时, 连找个更衣室也是被免去的一环。网店店长拼命催促着"抓紧""抓紧", 裴七初和另一位女孩就在两排待拍的衣服中间, 脱得只剩下内衣裤。身体在冬天的薄霭中缩得更小了一圈, 让她的内衣带子频频地掉下肩膀。不远处的摄影师和助理眼神里预备着职业化的麻木, 可还是有短短一瞬让他们突然目光炯炯了起来。

今天的收入是六百, 比上一回缩水了两百, 店主在先前明说了, 最近上门应征的女生很多, 看在裴七初条件不错才没有更换, 言下之意哪怕减少了金额, 但这仍然是一种"恩赐", 需要她感激才行。

裴七初抽了五十在园区的餐厅里买了两杯咖啡给摄影师和他的助理:"如果有需要平面模特的, 请务必记得找我哦。"她往盖子上留下自己的手机号码, 又犹豫了一会儿, 还是没在结尾画颗潜台词丰富的

"心"。到此时，裴七初已经猜到自己的示好很难被搭理。本来也是，像摄影师这类的工种，一天里有半打女孩使来献媚的眼色都属正常。裴七初给的眼色不及其他人浓烈，藏的暗示又不及其他人确凿，连追逐的动力也远没有其他人来得强和多，工作被秋风扫过似的一点点稀疏起来也就合情合理了。

区区六百块，Tracy 在外喝两杯酒就能赚个翻倍回来，也难怪自己一直被她嘲笑。"不知道你图什么。"Tracy 的心总是不死，三天两头要活过来问裴七初，"你长得不错，身材么也还算可以——反正胸部这种东西，胸罩买小一号然后塞点东西就可以搞出来，我说真的咯，你对男人是有一套的，还是有骚劲的，瞪我干什么，我他妈是在夸你。所以咯，钱肯定好赚，就看你什么时候想开。"Tracy 把右脚从凳子上放下，换上左脚，她弓起背，在家里便全然放松着，腹部皱起了几层，手里的指甲油刷子上沾着亮晶晶的玫红色，好像是她全部的电力来源，"有什么想不开的呢。又不是要让你去陪睡觉——大老板们还不高兴睡我们这种人呢，花几个小时陪得他开心就行了。"

"哦，那我还宁可陪他睡觉算了。一样是卖，那就卖个价格高一点的，对吧？"

"你嘴巴接着硬呀。娘了个 × 的，接着硬呀。"

裴七初反倒笑起来。她从来不怕和 Tracy 顶撞，反而挺诧异对这种方式的自在。Tracy 用再脏的词语也无法激怒到自己一分一毫，或者说，恰恰相反，越粗鄙的说法越能让裴七初换上一张看热闹的脸，置身事外得异常明显。她是在俯视的，有什么给了她难以作废的台阶，让她哪怕每个月的房租还得东拼西凑地去赚，但还是在姿态里无可救药地高着。她继续对 Tracy 这样的人打赏似的给一丝怜悯，一丝客气，一丝饶有兴致的观察。

裴七初的傲慢属于有迹可循，小时候没准还用这副神色去招惹过任教的老师们，或者邻居，或者亲眷，或者同学。只不过先前衬着她这副笑容的是更配合的衣装，她头发香成进口产品的味道，但凡没被校服覆盖的地方都像雨后从枝干上往外冒的蘑菇那样，从一只手表、一双中筒袜上泄露她良好的生活品质。

同班的其他女生大多主动无视了裴七初的优势，可能她们认为自己也有着同样不落败的家境，自己无非手腕没有裴七初白皙，小腿没有裴七初修长罢了。没多久来了个转学生，倒是很坦白地用羡慕的眼神把裴七初看了又看。裴七初见对方瘦得眼睛里挣扎着一份天然的楚楚风情，手里的台湾凤梨酥推了半盒过去。

"我家还有好多。"她说的是实话，"我爸是做食品生意的，所以这种东西经常有，展会上发的之类。最多的是巧克力。"

"巧克力？"

"嗯啊。"

"好幸福啊。"

"也就那样吧。"裴七初从小听惯了同龄人对它雷同的喜爱，而她朝对方突然促狭地挤挤眼睛，"给你带点么，下次可以送给男朋友。"

"哎？哪有？什么男朋友？"

"高二那个，叫什么来着，等一下，我想想……"裴七初故意没有讲，右手在脑袋上抓得全是演技。

"贝筱臣？啊，不是，没有的呀……"

"哦？我以为你们是呢。"她温和却老练，老练却咄咄逼人地笑了笑，总算在对方的态度里确认了答案，下一步的微笑才是纯温和的，"原来不是哦。"

转学来的女孩温顺地点点头："小时候在一条街上住过。"

"嗯，他也这么说呢。"

裴七初抿出一个结束谈话的笑容，这是她宽慰对方又宽慰自己的表现。尤其是当她看见辛追在聊天的过程里有绝大部分的注意力都留在凤梨酥上时，逐渐地已经转化成裴七初对辛追的全部宽慰。

她渐渐冷却了对辛追曾有的防范——铃声连昏昏欲睡的语文课也穿不过，裴七初把头枕在窗台上按着自动铅笔，看笔头一点点送出长而脆弱的铅芯，到了危险的临界点，再推送回去，与此同时裴七初便对自己说"不急嘛"。

她实在不觉得着急，缺少分泌焦虑的细胞，人生里充满了恩宠的献礼。从小只要扯着父母的胳膊，摇出一个最属于女儿的角度，几乎从来就没有得不到的东西。尽管万能药偶尔也会失灵，可当时裴七初足够聪敏了，知道擦掉眼角失望的湿润，连话还哽咽得说不连贯，可她摆出了深明大义的样子："好的，那就算了，我知道爸爸还有妈妈你们赚钱也是很不容易的，这双鞋我就不要了，你们把钱省下来以后用。"当时她一介小学生，揣着这份仿效来的成熟，让长辈们不由得好笑又心甘情愿地溺爱。

一旦长大了，在家长会后蹦蹦跳跳地上去搂住长辈的胳膊，脑袋往肩膀一摆就是个广告似的截图，很多很多类似的爸爸或妈妈就在看到这一幕时稍稍酸涩了起来，想想自家的孩子每天回家就把门一关，连招呼也不打，更不要说想试探性地摸摸对方的脑袋时，被充满厌恶地甩开，浑身的警报都在响着，好像它们阻止了一场惨重的伤亡。"看看人家的小孩啊……"结果比起家长会上宣布的成绩，反倒是裴七初依偎着她爸爸时的画面带来更加刺激的后果，类似的爸爸或妈妈们纷纷地想，"理想家庭"里必然要有的场景，就应该是那个样子的。

把键盘噼里啪啦按了几遍，屏幕依然是黑的，裴七初从地上拾起电脑插头，她走到 Tracy 身后："谁让你动我电脑了？"

"我跟你说过了电脑不用就让你关掉吧？你自己没听见那怪谁？"

"我上次也说过'你再动它试试'吧？"

"是吗？谁记得？"

裴七初觉得自己连"心一横"的过程也没有，它早就批准了把力气输送到手掌上，不送出去就太过浪费，Tracy 桌前的瓶瓶罐罐被扫落在地，滚出起伏的叮叮当当。Tracy 惊诧胜于愤怒地瞪住她一秒，是给自己时间梳理事态。裴七初却更快，把 Tracy 甩上来的胳膊打回去，Tracy 刚化好妆的脸撞在镜子上留了大半个拓印，而就算这大半个也差不多能看出一副没有防备的五官，是如何失了颜色。裴七初听见自己的鼻腔里按捺不住地笑出一个音节，Tracy 在这个声音中被彻底激怒了，一把揪住裴七初的头发，从镜子里照见自己被拽变形的脸，裴七初的第一反应还是好笑，她试图挣脱，两人动作中谁的手肘磕到电灯开关，房间利落地黑下来。

手机铃声凑热闹地响起，不是裴七初的，也不是 Tracy 的。不对，裴七初发现，是 Tracy 的，因为和自己掰扯的对手忽然消失在了敌意中。这个不同以往的来电铃声，是 Tracy 专门为某个固定对象设置的，为了让她可以在任何环境下瞬间回过神。

黑暗里裴七初仍能感到 Tracy 的脸朝着自己，递来完全同伴阵营的目光，一分钟前的你死我活被勾销了，接着裴七初从空气里传来的呼吸中逐步意识到，搞不好这间屋子里有个人，异常地怕黑。

"喂，对，1202 室，姓裴，没错。是呀，好。"上个周末的傍晚，Tracy 挂了外卖电话，伸了半边的懒腰走到厨房。Tracy 在外时不时用裴七初的名字做幌子，这事裴七初很早就知道了，从她的感觉里，或许反而是自己利用着 Tracy，让 Tracy 把自己的名字石头试水般地往四处扔，尽管让裴七初隐约失望的是，仿佛自己生存的痕迹已经完全被遗忘了，怎么都打不出点动静。

裴七初伸着懒腰，又问一遍 Tracy 的真名。Tracy 躺在床上靠着床板，天气热了，她把衣服直接撩开露出全部的肚皮，腿也尽数露在夜风里："不是跟你说过了，没什么真名。"

"当我傻的啊？"

"你要知道我名字干吗？"

"问下不行哦？"

"不行。"

"喊。名字还有什么见不得人——"裴七初有的是闲工夫抬杠，"再说啦，以后你要是在外面死了，我想去认尸都没办法吧，因为不知道名字呀。"

Tracy 脸色难看下来："贱人你咒我是吧？"

"不敢不敢。纯粹未雨绸缪。"

Tracy 把手掌在腰上拍了拍，非常肉感的声音尤其"活生生"，三四下后她嘿嘿笑了笑："那讲个故事给你听哦。"

"什么故事？"

"你知道这套房子我怎么住进来的吗？"

"怎么住进来的？"

"有个男人说，跟我好，把我从老家骗出来，说要和我结婚，但后来把我踹了。"

"……房子是他补偿你的？"

"哈哈哈哈哈哈哈！"Tracy 笑得像被一针扎破，一股湍急的嘲讽铆足了劲来，"他不仅把我踹了，还拿我的身份证去借钱，追债的逼上来，把我所有的东西都拿走了，日本鬼子进村一样扫荡得干干净净，太扯淡了。"Tracy 的手仍然在她的腰上拍着，还是最直接而原始的肉和肉之间的声音，鲜活油腻，"我知道讨债的肯定没完没了，躲到外面，流浪了两个礼拜。直到旅馆也住不起了，最后在公共厕所前的凳子上睡了一晚上。半夜有个男人去上男厕，直接就摸到我身上来了——我也真是猪脑子，安全意识淡薄，不就是又饿又困么，厕所那么臭的地方睡了就不会想着吃了，我就这个念头呀。反正我吓醒了，跟他扭打起来，他被我一把抓烂了命根子，随后我又抄了块石头，虽然也吃了他几拳，可一通烂砸，倒是总算把他砸跑了。他的包和所有证件也落在了那里呢。"

"……哦……然后呢？"裴七初觉得自己是在听故事没错，里面有几分真和几分假正以她不知道的比例掺和着，所以她竖起了警惕，也是为了避免再被 Tracy 嘲笑她的"好玩"，没有接口。

"所以房子是我靠那时勒索的钱住进来的。"Tracy 像在说"今天的电视没有信号"那样，"你还想知道我的名字哦？"

"……不想了，一点也不想，求你别告诉我哦。"裴七初摇头，同时堵住耳朵。有点遥远地发毛，好在还是遥远。哪怕此刻住在同一个屋檐下，她认为自己离校园生活仍然比离社会的黑暗面近得多，尽管仔细想一想，校园生活明明早已远去了。

【 "那要换新的地方上班了吧" 】

　　一会儿是政治课，一会儿是数学课，一会儿是单纯的放羊似的自习——记忆里回回对不上号，跟每次在网上看视频前，不断翻新的广告一样，预示了这些全都无关紧要，裴七初只记得从政治（数学或自习）课里逃学回家时，刚扭开门锁，她发现房间里居然坐着不应该在这个时间出现的爸爸。工作的忙碌程度让他着家时间过少，多半是妻子女儿相依为命，但甚少露脸的一家之主显然更侧重质量而非数量，一礼拜里有两三天，他在夜晚风尘仆仆地从祖国各地、世界各国回来。裴七初托着下巴，朝一边正蹲在地上给丈夫收拾行李箱的妈妈说："你有没有怀疑过爸爸也许是搞间谍工作的，或者是吸血鬼？"她自顾自地推理，"你看嘛，他那么'行色匆匆'的，而且总是晚上出现……"

因此礼拜一下午三点半，绝对不是一个合格的间谍或者吸血鬼应该大摇大摆暴露自己行踪的时候。

逃课行为被意外撞破，女生脸色有刹那的不受控，一边编织着理由，一边故作镇定问："咦，老爸你怎么回来啦？好罕见。"女生在鞋柜边换了拖鞋后走进去，书包扔到角落。

裴七初的爸爸没拿报纸在手，也没有点烟，就这么坐在沙发上，手里拿着打火机，四个角轮流转过沙发扶手，脸隐在窗帘的阴影里，看不清表情也可能是遏制住了表情："哦。没有。"答非所问地不知什么做了否定。

"饭你没做吗？昨天剩下的不够了吧。"走去拉开冰箱门检查着，"出去吃吗？"

"七初。"

"嗯？"

"爸爸失业了。"

"啊？"突然听见的词语，明明不陌生却依旧一时没明白。

"爸爸失业了。"维持着刚才的动作，做父亲的看女儿一眼后看向窗，交替到最后不再看裴七初，视线一直落在窗外，整个脸色交替着一种难以诠释的沉寂，"我提的方案他们也不认可。既然这样，我当时就对王董说'再见'，不是，没说'再见'，我说'byebye……王董，byebye'。"说到这里他举一点手，在空中比画着一个弧度，好像要重演当时主动表态的潇洒。

可事实上，在裴七初的心里，只有一连串陷入死循环的"所以呢"。她没什么概念，真的没有。失业？就是没有工作吧？所以呢？再去找新的工作不就行了吗？不容易找？那还有那么多人要跳槽要转行？世界上绝大多数人都在工作着的吧？说明工作不是一个难以解决的问题呀？总能找到吧？不见得永远找不到咯？所以说，也没什么吧？谈不上大事吧？不做巧克力的生意了，可以去干和饺子有关的活吧，薯片的活呢，手指饼干的活呢？要不直接换掉算啦，开唱片公司，开游乐园……马路两边那么多楼房，楼房里的屋子，每一间里都有一份工作吧？

她朝父亲简短地点点头，动作一如既往地利落："是哦。那要换新的地方上班了吧？"语气里的轻松没有伪装，她确确实实这样直白地想。这个家里，早年也遭受过电话诈骗的损失，坏过几台家电，台风带来的雨水从露台像蛇一样游进了客厅，妈妈也曾经做过小手术取走胆囊里的结石，今年的股票似乎又亏了不少——百分百的"一帆风顺"绝对谈不上，最后都这样过来了不是么。"没有谁的人生永远顺遂嘛。"她就用这句空泛的真理为此刻做了总结，无形的手在句子里洒脱地一挥，仍然充满了富足的余裕。

但一个被摔坏的电视遥控器差不多否定了她的那些"所以呢"。

裴七初从自己的房间里冲出来时，被撞击力肢解成两节七号电池、一块后置盖板、一块前置滑板的遥控器，正在地板上比拟着什么叫"余音袅袅"。她有些惊讶地朝沙发上的父母看去，妈妈完全沉着脸，像一辆在转弯处不慎翻覆的水泥车，而坐在她身边的爸爸同样眉头紧锁，只不过他锁着更复杂的愁苦。

真真切切的愁苦，带来全然陌生的、有些距离感的爸爸，他完全如同负了严重的伤，以至看见女儿的刹那，神态里挥出了一个类似求援的小小的旗帜。

裴七初一只脚踏在门外，她想开个什么玩笑，"我还以为爆发第三次世界大战了呢"或者"好耶，早就想换个电视机了"，但话到嘴边被堵了回去。她能感觉到自己准备的无论什么戏谑调侃，都像折出一只简陋的纸船，却要面临着一道非常非常深的沟壑，下面是非常非常黑的海水。

　　所有妻子会用来责备丈夫的最常见的话开始重复播放："我早告诉你了……""你偏偏不听的……""劝过你几次啊……""现在怎么办，你说现在怎么办？""你听谁的都不听我的，偏偏不听我的呀……"轨道不长，十站之后就回到了起点，裴七初觉得自己在其中能做的只是一块使坏的小砖头，摆到铁轨上，尝试拦一拦那转个没完的车。她有时插嘴："遥控器按不出声音了！""这个广告拍得好下流。""妈，你这个话讲过两遍了啊。""我听过一个关于失业的笑话，说一个人失业了又不好意思告诉别人，被问到时就说自己在做进出口生意，进的是粮食，出的是肥料，哈哈哈。"没一会儿她觉察到，和所有放在铁轨上的砖块一样，她遭到了彻底的无视，车轮不费吹灰之力地将她的努力压成粉末，安然无恙地继续往下一站而去，下一站的站名已经等在那里了："这个家就是要被你弄垮了。就是你，都是你干的。"

　　手机来电的微光照亮丁点大的范围，Tracy却被放大了几倍，裴七初能看清，因为凝固而一分一毫变清晰的舍友。Tracy身上老油条的躯壳早就仓促地碎了，整个人失去了保护，连呼吸都满是忐忑。

　　这个时候裴七初便有种奇妙的感觉。也许Tracy说的都是真的。她从来没有撒过谎。她那些听起来匪夷所思的、可怖的、可悲的故事，无论大大小小都是真的。Tracy遇到很多变态的酒客是真的，他们翻着花样在她身上实现自己的喜好。Tracy也许本名叫许七初、韩七初、秦七初，也许比这个还要好听。又或者，Tracy其实年龄比自己还要小，过去比自己的家庭还要富裕。读的是市重点，英语优秀。没准是这样的。

　　与此同时，她被榨得连一件厚衣也没有，在厕所门口难挨地撑了半天终于昏昏沉沉地睡去也是真的。然后等一个力量草率而粗暴地将她的身体揉成一团，她在那个时候瞬间被炸醒也是真的。

有什么不可能呢。

裴七初忽然开口："要我帮你接吗？"

"找死啊？！"Tracy 斥责的口气却在恐惧中走调。

"哦……我可以告诉他打错了。"裴七初笑了个自己才嗅得到的无聊。

非常有意思的是,裴七初觉得,尽管她和 Tracy 共享在一锅稠黑里,她和 Tracy 呼吸彼此吐出的空气,她坐在 Tracy 刚刚挪开屁股还热乎的马桶圈,她听 Tracy 用粗口叱骂自己,她回个稍显造作的耸肩以示没所谓。她和 Tracy 明明发生了大范围的生活重叠,她天天在危墙之下懒洋洋地度日,却从来没有实打实地担忧过。裴七初永远安全。骄傲是褒义的说法,换贬义点的该是狂妄。当初女同学们在背后悄悄地说"脸皮真厚",到现在依然如此。哪怕她的家庭在重创下衰落:父亲的"失业"是面对妻女的说辞,实则是受他人唆使挪用了公司的资金却投资失败,大概起初父亲还试图尽全力挽救,家底从无形的到有形的都被抵押了出去。一键清零般,裴七初从懒人沙发里,从波点筒袜里,从来不及吃的进口糖果里,从三十四层的窗景里删除。父亲迅速销声匿迹,母亲有个姐姐在加拿大,说服妹妹去那里打工。裴七初是自己拿了主意不想走。她觉得没事,反正外国"既没有朋友,天气又冷,东西难吃",仿佛这些比她面临的处境更可怕。考虑到她当时高考在即,裴七初"如愿以偿"地一个人留在国内。她一个人,这个句型令除她之外的所有人都备感恐惧,母亲眼泪大颗大颗地往下砸,仍然没能动摇裴七初的安全感。尽管从没有人对她许诺过,没有一个声音曾对她响起,告诉她"不用怕,没事的",她只需自己知道,像知道日升日落的定理那样知道,没事的,伤不到她,什么坏事都伤不到她。她一定拥有什么神奇的能力,换个词它们叫"运气",许多神奇的小概率事件早就向她证明过——哼的歌下一秒在电视里播出,中考坐上熟悉的位置,又或者手机里响起的最后一则来电偏偏属于某个特别的人,他心无旁骛的样子多好，连带和他的结识也能被归类为好运的一种。那么裴七初当然可以相信，像相信动画片里，穿漂亮短裙和光滑小皮靴的女主角们都有超能力那样，可以为自己扎出名叫结界的东西，让她们穿过风暴穿过废墟穿过震耳欲聋的惊雷，胸口的领结也不会乱一丝一毫。

Tracy 的手机暗下去，但 Tracy 的屏息还在持续，接着果然一条短信跳了进来，Tracy 拿起手机扫了一眼，她忽地站起，却又旋即一屁股坐下。裴七初盯着她看，饶有兴致地。

"我要搬家了。"她对裴七初开口就是这一句。

"啊？"裴七初猜测那个短信可能威胁了点什么。

"我今天就得搬了。"

"什么？现在都十点了，而且你去哪儿？"

Tracy 已经从衣橱里拖出箱子："我有地方。有个姐妹去了澳门，之前住的房间空了出来，钥匙给了我。"

"……"裴七初看 Tracy 在房间里毫无章法地走，"可是……"

"你呢？"Tracy 突然问她。

"我？啊？我也要搬吗……"

"我怎么知道。"Tracy 手上的动作没停，被粗暴扫进行李箱的东西表明当务之急是离开这个是非之地，裴七初看 Tracy 把席梦思也翻了起来，从商标下面的一个缺口里伸手进去，摸出个信封。再普通的信封，从那个位置里被挖出来，必然是意义深重的。Tracy 急得连避开裴七初也顾不上了。

"我还得找几天房子呢。"

"随你便。"Tracy 去阳台上取东西，把裴七初搁在那里的行李箱顺手推来。跟了裴七初至少四五个年头，是她爸爸从德国带回的礼物，因为太喜欢，难得被她死忠地用了下去。箱子的四角磨损得差不多了，大大小小的托运标签也贴出了她每年的旅行轨迹，时间一旦过去良久，字迹变得看不清楚。裴七初走去把行李箱掂一掂，有点分量，里面装着平日不用的杂物，箱子转个方向，她看到了自己离家那次的托运贴纸——她第一时间给远在加拿大的母亲发消息说自己去大学报到了，她拍了录取通知书，拍了为读大学做准备的行头给母亲看，知道遥远的地方一颗心放了下来，裴七初开始走自己真正下决心的路，不用耗费每年五千学费的路，五千，买她手头的旅行箱都不够，但她眼下出不起了。她终于等到成人，放弃读大学是她成人后的首项选择。日后什么时候回来再修大学文凭都行吧，这样的例子并不少嘛，没准也能算她一个，裴七初尽量轻松地安慰自己，故意忽略必然的种种困难。她不愿让自己被困难包围，她不愿害怕，她最不擅长的就是害怕。

柜台小姐流程性地问她："里面有易碎品吗？"裴七初在一开始摇头说没有，忽然她怀疑其实有，一箱都是易碎品，然而最终她还是一贯地摇摇头。她上身半挂在柜台上，鸭舌帽压着眼眉，腿交叉站着，趁空朝柜台里望一眼，压在空姐手肘边的一长溜红色贴纸很醒目。图标上的杯子，脚被折断了，下面是一行英文，裴七初觉得自己学过的还没怎么忘啊，那是"易碎的""脆弱的"，是这个意思。

——没有。

Chapter . 09 / 第九章

〖 "你是我的朋友嘛" 〗
〖 "我妈喜欢就行了" 〗
〖 "高中生能做什么啊" 〗
〖 "商量那二十四万怎么花吗" 〗

以前她都是被动地任沉沦伏击，不需要去练习如何对男方的好，
去积攒对他的感激再拿来换成爱意，不需要去练习如何"恋爱"。
以前闭着眼睛也能看到，捂住耳朵也能听到，
憋住呼吸却让心跳不断失控，她什么都不用去做，
自有难以控制的外力一会儿凝成冰一会儿淬成火地掏空她。

【 "你是我的朋友嘛" 】

辛追回过神来的时候，她的两手已经出动了，它们现在拈着崔洛川风衣上的那条腰带，要为他调整一头长一头短的不平衡露出。崔洛川胳膊支在柜台上，感觉到背后的牵扯而回过头，辛追被他一看就醒了过来，她替崔洛川把那条跑歪的腰带拉对称了，然后不乏窘困地笑笑。她不知道该说什么，或许本就没有说话的必要。崔洛川投以了一个笑容，不像她的干涩，温和许多。两人走向放映厅时，辛追停下来说要去下洗手间。

她心有些乱，所以要从自己的面孔上好好确认。洗手间的镜子敞亮极了，把她照得远比预料中明媚一点。"明媚"的用法还是过火，但崔洛川连新工作都为她联系好了，曾经令她岌岌可危的生存压力忽而烟消云散。还是感谢崔洛川的人脉，告诉她一个新建成的高速公路收费站恰好缺人，辛追进去坐坐办公室每个月就有四千八。她努力避免自己联想到那个说法，但在和母亲的通话里还是讲述了出来，"天上掉的馅饼"，千真万确。而那么好的事会落到她头上，就因为崔洛川说了，"你是我的朋友嘛"。

好像是人生中第一次，她实实在在地沾到了人际关系的光，尝到了那层酝酿在社会阶层与阶层间互惠的甜头。加上之前崔洛川替她从语言学校里挖出的那笔现金，辛追连讨要工资的麻烦都不用沾了，她可以走得干干净净，一身轻松。仅仅三四天，事态逆转得她喜不自禁。既然心头所有的乌云全部驱散，回到现在这张近乎"明媚"的脸，也很合理吧。

那么同样合情的，她逐步地说服了自己，原先把门关得一扇又一扇似的距离感，辛追已经开了大部分的锁。没有那么厚颜的事啊，一次次地托人家帮忙，借助人家的力量，接受人家给的好处，却能依然装作对人家的好感不知情，界限分明地板起面孔和他做个没有其他可能的朋友——至少辛追觉得自己没有办法。她打心眼里感激了崔洛川，那会儿她还被招聘网站的各种要求打压得呼吸困难，崔洛川的电话来了，辛追接起时以为婷婷男友的事态有了进展，但崔洛川把好消息的配额给了她。辛追根本不用去听其他的细节，"四千八"这个数字一出，她当即从电脑屏幕的倒影里看见自己忽然绽放出的喜悦，罕见而外溢的喜悦从她的嘴角走得没了方向，使她看起来成了另外一个人。她没法不高兴，四千八对辛追来说，等同于一种新的生活了，她忽然被赠予了许多原先不存在的选项，让她也能给父母买点什么，给自己添点什么，她想过一双鞋，一款手机，一家从门面看起来非常厉害的餐厅，菜单是摆在门前的，她翻阅过，许多食材的搭配组合对辛追而言都是新鲜的……所以，哪怕她仍然不会踏进那家餐厅，不会给自己换新手机，买新的鞋，但她大可以为获得这些选择而欣喜。时间过去越久，辛追越感受到，或许贫穷起初只是一种不带情绪的陈述，可后头所有的鄙夷、厌恶、憎恨和莫大的恐惧都是来自贫穷引发的后果。其中最具决定性的一项就是匮乏，什么都匮乏。资源匮乏决定了选择的匮乏，选择的匮乏让人丧失了对风险的全部承担能力，以至绝大多数时候她和她的家人面前仅有唯一的路可走。"只能这么做"，父亲只能这么做，母亲只能这么做，她只能这么做。恶性循环因而生成，狭窄而单一的闭环里，彻底没有希望扎根的概率。

辛追走进放映厅里的时候，电影开场了三四分钟，她找到自己的座位排号，朝同样淹没在黑暗中的崔洛川挨过去。中间让其他观众的腿耽搁了一下，她最后那步有些跟跄，好在崔洛川伸手接住了她，接住了以后，崔洛川便捏着她的手一直都没有放。托光线昏暗的福，辛追可以尽情放任自己的脸烧起来，再让它慢慢地降回正常去，逐格逐格地下降，回到一个想明白了下决心了的自己去——她吸气，呼气，再吸气，攒满了，她的决心，而后辛追朝崔洛川的方向转过头，让他看见自己被银幕光点得发亮的眼睛，那点外来的光闪动得她双眸熠熠，然后她给了崔洛川一个不再和感激有关的甜蜜笑容。

此刻的辛追倘若让母亲看见了，她一定有所宽慰。先前辛追母亲听女儿口里冒出了一个新的男性名字，她算了算当中相距的时间，已然松了口气。做母亲的心情仍是丰富，喜悦、宽慰、好奇、怀疑和紧张并存，早年她不是没有担忧过，女儿太不擅长求助，这点倘若放在社会能力强的姑娘身上，未尝不是引人骄傲的长处，代表了一份颇具底气的自信，但对于她家这样的弱势群体，学不会求助常常沦为劣势，和自信恰恰相反，是因为自卑，自卑于身上寥寥无几的价值，默认没人愿意开出合理的伸手条件。

辛追母亲见得多了，女儿那时不时露馅的偷哭。早年班主任来家访，说可以帮忙申请区里批的特困生活补助，两天后班主任无奈地回电说辛追家的条件还不算"特困"，大概有吃有穿也有住的状况比起不少更底层的人来说仍算幸福，可还有别的方法，她去打听过了，暑假里年满十六岁的可以申请勤工助学，于是辛追领了一份表格又去听了个特别冗长的讲座，中心思想则一句话就能概括，"自强不息，人间大爱"，讲座好不容易结束了，一部分擅长此道的人拉着主办方谈感想，和辛追年纪差不了太多的人，但在更漫长的与贫困搏斗的日子里练习出了求生的大小办法。主办方也的确被他们打动了，最好的一批岗位和次好的一批岗位转眼分发完，辛追这样缩在角落干等通知的只能领到一个大家都不怎么乐意的"街道杂务"。辛追母亲肯定比她更明白这份工作的欠缺，和那些去国际赛车场维护秩序的，在大公司食堂担任配餐员的，属于"街道杂务"里的活一目了然地乱和碎。辛追母亲当然不会责备女儿什么，一如既往地心疼和无奈，倘若女儿能够学会运用一些自己的弱势，不再那么笨拙和自卑，就算结果不会逆转，可多少还是能轻松一点的吧。

所以当她听说辛追身边出现了一位很有能力的异性"恩人"，辛追母亲感觉自己的心提起来了，她不知道女儿是不是能抓住这样一次机会。

"机会"。

吸个气，呼个气，再吸个气，后面的笑容是辛追之前在厕所里试图练习过的，尽管镜子里笑出来的依旧是那个特别奇怪而陌生的人。笑得还是有点"她只能这么做"的苦衷。可她希望自己是没有苦衷的。她得让自己习惯崔洛川的好感，接纳他的帮助，甚至乐于他的陪伴。这份能力辛追一直欠缺。读书时每个班里总有一两个类似的话题人物，吸引了绝大部分妒忌与羡慕的子弹，辛追还一度作为反衬的参照，频频被作为例子拿来对比出"你的同桌好猛哦""你看见她涂唇膏了没""直接问男生要电话哦"。后来入了社会，同性之间的紧张度被漠然的人际网络稀释了，出现一两个标靶也不会再有人提起兴致去议论。难怪辛追认为自己努力效仿出的笑容，或许还是以早年同桌的女生为参考，除了她做不到的一点——支撑着那种笑容的还有一份昂贵的底气。她就是没有底气。

这场电影崔洛川看得不太安定，时不时有消息亮在他的手机上，即便如此，他右手打着字，左手还是牵着辛追的手，一会儿热着，触觉里渗出一些湿意，崔洛川就调整下接触面积，但仍旧得够在一起，等那层潮湿又消失了，他又挑出辛追的一根手指，食指到无名指，非常缓慢地摩挲着，从指间到指根。当辛追以为自己快要适应这样的接触时，崔洛川的手机屏幕又亮起来，他弯腰起身去外头接电话。辛追只顾得上说了句"这么忙啊"，崔洛川松开她的手"马上就好了"，留下辛追坐在座位上。

身旁的空气忽然挖空了一大块，辛追心头继续做选择题，她是应该"解脱"地吐气，还是应该"失落"地吐气。

不管最后结果如何，选择后者对眼下的她来说才是应当的，她觉得。

【 "我妈喜欢就行了" 】

市中心的傍晚时分最热闹，人群以某种高深莫测的规律交错游织着，集混乱不堪和井井有条于一身。小学生们拖着带轮子的书包过去了，最爱穿西装的房产中介骑着电动车过去了，下了班的年轻白领们被一列地铁送上地面，他们的神色更难看一些，眉心里注满了对自己和对城市的怨言。

班霆看着那个被小谊的尖笑擦过的女性，朝跑开的小谊投去一个集大成般的白眼，当然小谊是不知道，她的笑声滑板似的先一步载她离开，直冲到班霆面前仍然没有停，她继续尖叫着以班霆为掩护，两个一直追逐打闹过来的同班男生是她笑声的能量来源。小谊拽住班霆把他往左又往右地扯，好像班霆是她手里的一杆旗帜，小谊气喘吁吁的声音宣告了"临时停战":"好了啦,没了啦,我跟我哥走了。"而刹不住车的亢奋让两名男孩依然昂扬着嬉闹的热情,哪怕班霆已经带着小谊坐进了车内,男孩们照样在窗外比着夸张的鬼脸。

"哥,快开啦快开啦!快把他们甩掉!"小谊右手在鼻子上扭出一个更夸张的表情比回去,左手抓着班霆的袖管继续拧个不停。等车滑出去两个路口了,小谊的右手早早地回归,左手仍旧停在班霆的身上。不过这也是班霆早就习惯了的,衣柜里至少有一两件,在面料上没有下足本钱的,让年幼的表妹把笔挺的板型拧得有些走样。

小谊今天倒没多久就松了手,改在副驾驶上忙不停,警犬似的一会儿翻翻这里,一会儿翻翻那里。

"刚才那两个男孩是朋友?"班霆问。

"哇,吃什么,一千多块啊?"小谊找出一张餐饮发票。

"前面还缉毒大队呢,现在成反贪局了。"

"也不是朋友啦。"

班霆习惯了小谊"随机播放"的讲话方式:"小小年纪就脚踩两条船。"

"两条船才稳不是吗?"

"什么逻辑,我真担心你的学习成绩……"

"反正我以后要做歌手的,不需要学习成绩啊。"

"更担心了。"

班霆带着——应当说是小谊带着班霆进了店里,小谊刚升初中没多久,对美食的概念只停留在必胜客比肯德基高级上,加上她曾信心满满地对班霆说过"哥哥你做律师,打官司要赢的话肯定要多吃'必胜客'啊",同样是来自初中生的幽默感。

在等那份奶油蛤蜊汤时小谊睡着了,脸垫着菜单,整个上身挂在了餐桌上，手臂放松地垂着。这个动作倒让她看起来确实长大了一些。班霆经常和小谊照面，因而不太察觉到她脸上的婴儿肥是不是少了，或者声音变得圆了。对班霆来说，大部分时间小谊都是聒噪又神经的十三岁小女生，常常让他抵触《未成年人保护法》的存在。

蛤蜊汤和其他餐品上桌后，小谊醒过来，抬起头时脸上粘着一整张新品菜单，待班霆替她撕掉，小谊泛起充血后的一片红晕。班霆问她怎么这个时间就困了，小谊说她妈妈今天早上四点多才回来，乒乒乓乓地在家里翻箱倒柜，所以小谊算是从四点挣扎到了现在，班霆应该表扬她意志顽强才对。

"你妈妈怎么了吗？"

"忙着搞对象吧。"

"……搞对象？"班霆听着十三岁的小谊嘴巴里跳出这么一个不三不四的短句，她一口牙齿还在生长期里，却把这种词语用得很老练。

"汤里有虾肉啊！"小谊身体拧了一圈正又甩了一圈反。

班霆替她把虾肉拣出来："没了。"

"有个男人大概要做我后爹了。"小谊的话题跳回去。

"哦。"班霆就看着她这样在两个角色里切换，一会儿是继续往小孩模式里赖的十三岁，一会儿是成熟得走形的十三岁，"你见过？"

"来吃过饭。"

"什么样的？"

"有点胖。"

"你喜欢么？"

"我妈喜欢就行了。"

"你不喜欢？"

"比萨好吃！"小谊又一个瞬间变回去，比萨上的芝士在牙齿间怎么扯都扯不断，最后不光自己的手要上去帮忙，连同班霆手里的叉子也跟了上去。一顿饭班霆吃得累不说，回去路上小谊妥妥地睡着了，班霆得单手挎个铺盖似的提着她，这下有了对比，虽然小谊长大了很多，但换到同样的动作，他却是比当年轻松的。早年的小谊还更敦实些，鼓囊囊的胳膊显示那会儿的幸福生活，有时候来班霆家玩，能量耗尽后她一头扎进沙发靠垫里，班霆妈妈让班霆把小丫头换到大床上去，班霆将小谊的一截胳膊往自己脖子后面甩，十七岁的他小看了女孩的重量，不只呼吸重了起来，他的整个背都拉弯了下去，绷成了很紧很紧的弓。等到叔叔和婶婶看完电影回来接小谊，叔叔是可以单手就把小谊举起来的，举起来后小谊骑到了叔叔的胳膊上，至少目睹那个瞬间的班霆，还有一点点不服气。

把小谊送回她家后，班霆在楼道里遇上了小谊的母亲。

"哦，婶婶——小谊先睡了。饭带她吃过了。"虽然她和班霆叔叔已经在五年前离婚了，但称呼还是在习惯性的礼节中保持了下来。

"辛苦啦，谢谢哦。"婶婶全身的装扮都戳穿了她的谎言，但她开诚布公地放弃圆谎。原本这天下午是她给班霆母亲发了消息，说自己要去社区补课，希望有人帮忙解决小谊的接送和晚饭。但她的黑色领口连衣裙和明黄色开襟衫，还有刚刚吹完没多久，仍然停留了电吹风热度的烫发造型，加上什么书本也装不下的细链小包，班霆就算没有小谊事前透露的细节，也能猜想婶婶大概正忙于寻找下一段幸福。所以她顾不上小谊，顾不上家也是能够理解的。从刚才踏足的房间来看，婶婶很尽心地维持着一个家庭应有的良好水准，地毯只有死角处隐隐地发黑，茶几上还摆着干花，一目之下无可挑剔，让外人更容易忽略她的疲乏与寂寞。除了班霆出门时想着拉上房间窗帘，扯完了一面去扯另一面，手一撩才发现那边的轨道断了，不知断了多久，因为他看见那一面窗帘布上留着两个衣夹，显然是用其他能凑合的方法先让两面窗帘接到一起再说。而上一回来，阳台上那把新冒出的躺椅让班霆怎么看怎么奇怪，后来他等小谊翻出说明书来对照着才弄明白原来是婶婶把它装反了，叫人坐在靠垫上靠着坐垫。

所以班霆不会缺乏自知之明去评价婶婶的任何决定，由所谓的正义感把水搅浑，他只是有些怜惜小谊。用夹子把两面窗帘够到一起后，他快走到门口了又折回来，把夹子的位置调得低了点。

"下个礼拜，我有个好朋友，认识十几年啦，回国了，我们几个说好去玩一圈。你能带两天妹妹吗？"婶婶不拿班霆当外人，想要什么都直言不讳。

"我下礼拜四要出差，所以大概是哪天到哪天？"

"礼拜一到三啦，礼拜四我让你叔叔来接她好了。"

"行么……要不让我爸妈带着吧？"

"哎，那不用，妹妹说的，见了大伯伯大伯母一直很难为情。"

"嗯，好。"班霆相信婶婶说的话，这个排名应该是小谊心里的回答，按照她评出的舒适度递减——她和婶婶的住处名曰"家"自然第一，班霆的住处大约第二，哪怕叔叔再婚了，从亲疏关系上来说依然比班霆父母家强些。只是班霆不太清楚具体是从什么时候开始，他升到了第二。

离开婶婶家，小径上的灯让强行停泊的私家车接二连三地撞坏了，好在班霆走得熟门熟路，他过去有一阵经常来这个大型小区，那时私家车是罕见的，露出原本很宽阔的路面，一阵骤雨后打落的叶子给地砖上了新的花纹，当积水再厚一些，整个小区都被反射得发亮。

出了小区入口，班霆掏车钥匙前想买一瓶水，穿过那丛还熟悉的黄杨，印象中的杂货店却消失了，一整墙水泥糊得严严实实，门和窗都不见了踪迹。这个变化带来的猝不及防超过他的想象，以至他绕着此刻的灰色屏障无意识地走了两圈，好像能把先前的模样走回来。既然它的左右两侧都是没有变的，一个银行的取款机门面，一家晚上卖炒菜白天卖蒸饺的饭馆，偏偏中间的杂货店宛如遭到一口否决般地彻底消失了——原先应该是柜台的地方，柜台左边的收银机，柜台右边放着一口煮满茶叶蛋的锅子，还有插成孔雀开屏模样的棒棒糖，堆在货架中层的饼干、面包，堆在货架底层的草纸、肥皂、洗衣粉，堆在货架顶层的笤帚和衣架，一个从来冰不住饮料的冰柜。杂货店几易其主，每一任新老板似乎都挺满足于它的样子，除了简单修改一下招牌上的名字，连茶叶蛋的位置都不带挪动的，从冰柜里拿出的饮料继续一瓶赛一瓶地温。可不知为什么这一次的变动来得那么狠，如同把之前没有用的份额一起用了，于是什么都没有留下。当初他从高中放学回来，又绕个路去接小谊，到了杂货店门前小谊说要吃冰激凌甜筒；有时叔叔或婶婶说要去挑个西瓜，再把班霆送出来，在杂货店前叔叔想起买包烟，婶婶拿了两卷垃圾袋，和他道别时语气依旧亲切；后来为爷爷扫完墓，叔叔邀班霆他们上自己家吃饭，但叔叔按捺不住，刚走到杂货店门口就问了一声"哥，赔款你还没划给我吧"；后来班霆来找父亲，八成是和叔叔谈崩了，班霆发现一个疾步在怒火中的人，父亲罕见地停在杂货店门前的垃圾箱边朝里用力唾了一口……可眼下全部都被否决了，抹除得粗暴而彻底。连同那一天，暑假稀里糊涂地开始了，班霆把上完舞蹈班的小谊送回家后，拐去杂货店里买水。他进了店里，还是那个冰柜，门一开，内外的温度几乎没什么差别，但班霆习惯了，抽出一瓶朝柜台走，到了柜台前他满身摸着钱包，运动外套都让他翻得起了无辜的静电，班霆想起来钱包落在小谊家里。他在想着"没钱"两个字的时候，看见了从刚才起一直坐在柜台后面的辛追。她膝盖上搁着很大的化学课本，上面圆珠笔的线条画到一半，打断她的大概就是班霆进店的那个时刻。

　　班霆记得她晾出了片刻停顿后，对自己说了一句："这瓶才放进去没多久。"

班霆好像是忽然放松下来似的，他脸色很温：“我还回去。我没带钱。”

“啊？”辛追的眼睛没有移开。

“身无分文。”他的背上留着辛追的视线。

但现在什么都无影无踪，煮茶叶蛋的锅子，冰激凌甜筒，烟，垃圾箱，收效甚微的冰柜，辛追坐在柜台后面，台面玻璃反射出一层女生安静的倒影——全都没有任何预告地就消失了。

【 "高中生能做什么啊" 】

出了城市外环高速路，没有开很远就到了目的地，辛追让崔洛川载着她大概转了至少两圈，转得她有些头晕，车到了建在高速入口旁的一幢办公楼。崔洛川办事效率很高，辛追没等两天就由崔洛川送去办理入职手续。相比之下，关于婷婷男友的那桩"委托"宛如停滞，辛追每一次想要张口询问就感觉浑身都在煎熬，崔洛川给过她答复的，"已经托过去了，但最近抓得严，不好说，有消息第一时间告诉你"，那么她很难再找到施加压力的理由。没有消息就是没有进展，有了进展难道会瞒着不透露消息吗？唯独婷婷那边不好控制，女生的语调在这两天里退尽了先前的依赖和客套，她在婷婷心里又恢复成寄宿在自己家的、窝窝囊囊的小姐姐了。辛追只好先把婷婷全部的焦躁、不满和质疑都藏起来，藏成一个看不见的黑色的包袱，她天天背着这个不断膨胀的包袱和崔洛川碰面，忧郁着什么时候可以从中取出一些让他也明白情况。

崔洛川把车停到楼前的空场，辛追跟随他进了一间办公室，里面一个五十出头的男人站起来，和崔洛川之间看起来算熟，但还留了层常见的客套，一个夸奖另一个"又高升了"，另一个谦虚过来"哪里哪里，明明是嫌我碍事才让我换个地方"，可还没完，崔洛川那里不能让对方就这么真的谦虚了，还得再恭敬回去，"随便什么人能调到这里么，后面的开发区启用了，我们保险公司最清楚的啊，一辆辆开进去的都是什么价值的货"。辛追听他们大致地沟通彼此的状况，接着两支烟点了起来，她下意识地去帮忙倒水。五十多岁的男人注意到她，把留给崔洛川的客气也分一些出来，连说"谢谢谢谢"，崔洛川因此顺势地替辛追做了介绍，说这位是瞿站长，瞿站长非常帮忙，辛追以后在这里安心工作吧。而对于辛追，崔洛川用的还是那个说法"我朋友。谢谢瞿站长，以后都要麻烦瞿站长了"。

两人告辞了瞿站长的办公室，又一个同事从走廊旁边冒出来，问辛追的名字，说等下去人事那儿去填几个表格。

辛追手拉在崔洛川的手里，她很客气地点点头，答应对方："我们去吃个饭，吃完我就回来填。"

这天出发前辛追就对崔洛川提出过要求了，得让她请一顿饭才行，他不可以拒绝，说话的时候她的手已然在崔洛川的手里了，让她的要求接近寻常定义里的撒娇。不过辛追浑然不觉，她以为自己还在学，还在仿效，像这种并非从让人战栗的沉沦开始的感情，她要怎么去发展。以前她都是被动地任沉沦伏击，不需要去练习如何对男方好，去积攒对他的感激再拿来换成爱意，不需要去练习如何"恋爱"。以前闭着眼睛也能看到，捂住耳朵也能听到，憋住呼吸却让心跳不断失控，她什么都不用去做，自有难以控制的外力一会儿凝成冰一会儿淬成火地掏空她。

午饭的责任是确定了，但高速公路附近没有一家餐厅，辛追来时就一路盯着一闪而过的招牌们，可结果令她很失望，她又懊恼自己刚才说的一句"吃完回来填"，中间没有给出充足的时间够她去远一些的地方了，崔洛川看出辛追的为难，很爽气地说改天吧，正好他也有事要赶回去，辛追留在这里安心准备工作就行，傍晚会有专门的班车把她再送回去，所以今天就先到这里吧。

"那也行。"辛追的愧疚感少了一点，"谢谢你……"

"别急着谢，欠着的我可都记着呢。"崔洛川笑起来。

"肯定会请还的啦。"辛追也陪着笑了。

等崔洛川驾车离开，辛追回到办公室里去，和语言学校截然不同的办公室，闲适的松弛感不好意思明摆在台面上，大框架里还遵循着国企一贯的古板，小处则欣欣向荣地经营各自的游手好闲。辛追看到一大摊嗑到半路的瓜子，切了半个的苹果，座椅旁边堆出个画廊似的十字绣完成品，有一个电脑耳机开得很响，主人大概去吃饭了，耳机里时不时传来充满语气助词的韩剧对白，不用看都能想象出是女主角正和母亲吵架。

辛追在自己被指派到的座位上空落落地坐了一会儿，刚才那个提醒她填表的同事回来了，看到辛追后"噢"了一下，走到大概是人事的办公桌上抽出一张纸，递给辛追。

"基本的一些资料。"他对辛追解释。

"填完后放到那个桌子上去就行了？"辛追从自己的包里找到文具袋。

"对。"对方回到自己的座位上，继续嗑他的瓜子。

辛追一格一格地写，仔细得笔锋都变隆重，她填年龄，23，女，3月16日出生，学历大专，到了家庭住址那块辛追定了定，最后还是写了父母家的，没有好意思拿姑妈的地址出来鸠占鹊巢。基本的个人信息过去后，又问她之前的工作经历，辛追写下在语言学校里的大半年。

　　表格放回人事的桌面上后，嗑瓜子的同事大概是抱着有头有尾的工作态度，他站起来，扯过辛追的那张纸，好像替她检查似的一边看一边点头，辛追被他搞得有些情绪紧张，而后他说了一句："你工作经验不多啊。"辛追不明白他的具体职务，那没准只是一句最平常的闲谈，不包含任何批判或审核，可当下辛追还是有些惶恐，她对这份从天而降的工作始终无法确信。辛追条件反射般一个劲摇头。

　　"我读书时就开始勤工俭学了。"

　　"大三，大四？"

　　"高中时就有了……"

　　同事听得好奇起来："高中就打工？高中生能做什么啊？"

　　"……有……"辛追的记忆反倒突然卡了壳，她逼迫自己赶紧回忆，那曾经一批批被人瓜分完的名额里，"在赛车场里当礼仪，还有去欧美公司的食堂配菜，还有商场里的引导员，还有……差不多这种。"

　　"啊，难怪，我说呢，上礼拜我去博物馆里，有两个在存包柜台后面的，我怎么看怎么觉得他们小，胡子都没长出来欸。"

　　"大概就是了吧……"辛追仍旧站得直直的，等对方表态是否满意于她的工作经历了。而同事轻描淡写地嗯了一声，把她的表格半掷半丢地抛回去，嘴里那枚一直没吐干净的瓜子壳也吐完了。辛追这才如释重负地坐了下来。

　　坐下来后她有一阵恍惚，刚才撒的谎是否会惹出什么大问题。辛追从来没去过什么赛车场，没进过那些五百强公司的餐厅，没系过商场引导员的绣标，她只跟着一群社区大妈的指挥棒，今天去张贴自行车棚维修通告，明天去调查小区花园的健身设备损坏情况，有时候垃坂车坏了她也得跟着帮忙。基本补贴是街道一个暑假发的六百元，如果有额外的活会再调整。辛追问过什么叫额外的活，她有没有可能参加，一位大妈从办公桌后站起来，翻着手里发卷的记事本，告诉她街道接管了两条马路外的一个小区杂货店，因为现在手续还没全部办完，不能正式招工，不过假期可以让学生来帮忙过渡，每礼拜一三五去，收入能从六百提升到一千。辛追当时是快要急哭的脸，她扯着校服袖子堵在眼睛鼻子前，但肩膀还是一抽一抽的，声音也颤抖不停地说："阿姨您让我去！我想去的，您让我去吧！"

而这份应当被归类为"营业员"的真实经历她却忘了提，编了一大串没干过的活出来，辛追心里涸起一阵自愧的失意。

【 "商量那二十四万怎么花吗" 】

　　上了车的班霆心情很坏，他一边等待红灯一边推算导致这份郁卒心情的原因。在律师事务所的实习眼看要满一年，离拿到执业证不远了，跟随的老师却突然跳槽，还带走了四五个人。小田交了个医院病假条直接消失，班霆工作不止翻了一倍。这大概算其一吧。下午和小谊的照面还算愉快，虽然他明白小谊过得不那么快乐勉强算其二。随后见到了婶婶，这几年里婶婶和叔叔都不再是他愿意亲近的人了，可没办法，小谊是渡在鸿沟上的一条船。接着他走了一条让私家车毁得乱七八糟的路，路尽头没有了那家犹如游戏储存点一般的杂货商店。他对那个刹那中的迷茫仍然记忆犹新，标志不见了，他没有补充上饱满的体力和能量是其三。

　　班霆还记得，暑假尚未开始的某天，他照老样子去接小谊，小谊和他播报完班主任的新发型，她喜爱的动画角色居然死完又活过来了，叔叔和婶婶这个礼拜没有吵架后，也顺嘴说了一句："杂货店又要变了。"头上系着蓝色蝴蝶结的小街道办主任双手背在身后为世事无常而叹气。班霆一边把腰上松脱的校服重新系个结，一边问她什么变了。小谊说那个打工的哥哥要走了，因为老板很快要换，班霆说你是在难过见不到他啊？小谊毫不犹豫地摇头，一脸深沉地说原来她一进店门，小哥就知道她的需求，一盒抹茶冰激凌已经从冷柜后替她拿了出来："换了人以后还要重新去教一遍，很累的。"小谊在班霆的手里转了公主的圈，由他护着从台阶上跳下来。

　　"也不知道会换谁啊。"小谊努努嘴。

　　"希望你能满意咯。"班霆忍不住逗她。而小谊旋即将话题转往下一个，告诉他最近大头贴的机器出了新的，可以把人拍得像年糕一样白！

　　如果说那时班霆还不以为意，没过几天，暑假不紧不慢地开始了，他和商亮约了去游泳，就在区体育馆大厅前，班霆看见了辛追——对，热气腾腾的面馆之后，无声无息的杂货店之前，中间他还遇见了一次辛追的。不紧不慢，不慌不忙。"第几次了？"看到女生的那个瞬间，班霆有了隐约的预感，异常轻微但确凿，他已经不会去数是第几次了，这说明了什么呢，仿佛内心有一组持续的试验，等他去验证唯一的结果。

　　假期里谁也不愿意多穿一天校服，辛追上身换了短袖衬衫，但下身还是那条最常见的绣着学校拼音简写的浅蓝色运动裤。看清她手里拿着的暑假安全宣传手册，班霆以为她是在做什么公益活动。他当然不知道这也算街道的暑假工作重点之一，没有那么纯粹地高大上，是辛追当时暂定为六百元收入里的一份而已。

辛追也看见了他。班霆的裤腿朝上折了几折，露出小腿，他穿颜色很浅的蓝色 T 恤，像刚刚从日出中走来。

"哦，冠军啊。"她想着。

因为就在昨天下午，之前举行的生物竞赛让市教育局决心指定班霆所在的学校为生物特色校来重点推广，辛追正趴在街道办公室里做暑假作业，一位大妈推门后告诉她，等下去帮个忙，有个教育论坛要在她们片区的会议礼堂举办，暑假里调不到那么多帮手，辛追也去吧。辛追跟着另外几个人一起往那里赶路的过程里，渐渐把这件活和那个生物竞赛联系到了一起，"那个"上有她的重音。辛追没有出声，一直听到大妈在讲述与会者的构成时吐出了"冠军"两个字，辛追的喉咙里好像有突然咽不下去的东西，堵得人发慌。而这个东西，在她看见一列准备好的花束里，插着"班霆"的名牌时，带着清晰的陨坠感，消失在了胸腔里。

礼堂的后台角落里堆着箱子，四五个或躺或坐的凳子，不知拆下多久的丝绒幕布，辛追和其他人一样手里各被塞了一捧花。沉甸甸的一大把，还带着新鲜花束的有些粗陋直爽的香气，袭得辛追心跳越来越慢，于是她脑子里嗡嗡地听着"上去吧"，脚步三步并作两步地站到队伍尾端。只不过临到出发前又被拦下了，大妈皱着眉头数了几遍："怎么算多了一个？"问了半天，结论是有人缺席，于是辛追捧着她手里的花，站到了后台里。

她没有对自己强制什么，垂着手，目送台上的几个背影。交错往来的，人把人互相遮掩掉大半，能看见的无非是半个脑袋或一侧的肩膀。会场礼堂刚刚装修过，灯光新得不现实，每个轮廓都蒸出一层毛茸茸的暖意来。她一直站着，手指间漫漫染上了不知是水汽还是汗的黏腻。花束里主要是百合，暗处中不明缘由地透着一层银蓝色的光，辛追把配在花束中间的名牌插卡拿出来看了看，班霆的名字是手写的，一横一竖都糊去一些。

既然班霆没有到场，大妈又一句话拍板："要不你拿回家吧，不然也是浪费。"所幸辛追在这方面从不过度扭捏，她觉得花是好看的花，况且一定价格不菲，自己家的话，很久也未必有可能主动地布置上这样一束好看的花，所以没有理由额外地抗拒。回家的一路上，心情甚至有些曼妙起来如同也渗了香气，除了每到一个红灯前，女生捏了刹车停下时，一点点惯性便会让"班霆"的名牌滑落出来。辛追每每犹豫该不该顺手扔了，但绿灯便在此刻亮起。

由此第二天到了体育馆前，辛追看着班霆，她的手指不自觉地蜷缩了起来，好像当时染上的花香此刻继续作用着，所以她那样想着也那样开了口。

"'冠军'欸。"

"嗯。"班霆把"下午好"的招呼包含在里面。

"听说'学校以你为荣'了？"那个教育论坛辛追在后台只听了个开头，但大致意思不会有误。

"什么？"班霆明白过来，"哦，是吧。"

"……"辛追有些莫名地生气，但她又找不到合适的说辞。

"就算是一等奖，也是我花了一定功夫才拿到的，所以你不用想得太尖锐。"班霆看穿她的表情，淡淡地说。

"你这种个性会很讨人嫌的。"辛追有些底气不足地瞪着他。

"我就要改么。"班霆一点没有否决的意思。

"没来参加表彰大会吗？"

"什么表彰大会？哦，那个。家里正好有事。"

辛追的话是直愣愣蹦出来的："哦，商量那二十四万怎么花吗？"脱口而出的唐突吓了她自己一跳，但她只是意外而没有懊悔。辛追知道自己的黑暗面每次到了班霆面前便会不由自主完全失控，更何况她八成是在享受这样的失控，往日里憋屈得多了，煎熬得多了，只有在面对这个人时，才可以任由自己咬死败者的地位，被认为是徒劳的还手也好，徒劳的还手也是还手了吧。所以她完全不懊悔掷下这样莽撞低级的话，反正她从不认为自己有过怎样高级的时刻了。

果然男生的神态有了变化，在辛追眼中，那已经是可预测的景象——犹如反击的浪潮到来前，首先是突然退位下去的海岸线，露出大片湿漉漉的海滩——班霆突然朝辛追笑了笑。笑得完全不像一个笑容，仅仅是五官做出了笑的动作。有鼻息"呼"的一声，嘴角上提了，某个地方明亮了起来，却并没有随之明朗。

"你猜对了欸。"他看着辛追说。

一个法律研究备忘录，一个项目结构分析备忘录，三个法律尽职调查结果总结的备忘录……把它们最后核对完毕，逐一打印完，班霆发现自己必须去再吃一碗冰激凌。为了避免员工受事务所人事变动的影响，领导们病急乱投医地弄来一台自动冰激凌机，班霆最初看见它的时候给了一个再傲慢不过的摇头，但这回他按了按巧克力口味的把手，塑料皮嘴不情不愿地溅了两滴褐色糖浆出来后，直接喷出白雾，一个"待添加"的红色指示灯亮了，"你奈我何"式的鲜红。那一刻班霆久违地感受到什么叫火冒三丈。

雪上加霜的是婶婶预告的出游日期又无端提前了一天，周日晚上小谊打了五六个电话，班霆忙得没有接到，在看到来电记录的一刹那，他的心头被异常立体的恐慌攥了一下，幸好回拨过去立刻响起小谊的语调，说钥匙丢了进不了家，班霆问你妈妈呢，小谊说改成一早的飞机走了，班霆唯有让小谊乖乖在楼道口坐着不要乱跑，一定等他这边的会议结束后赶到。

离开事务所时临近九点半，班霆油门踩得用力，找到小谊时女孩还算听话，皮鞋尖在楼前挖一个尽量规整的小洞，手里捏着一只看起来黄哈哈的折纸蜻蜓，材料应该来自先前吃完的汉堡包。

"噢，哥哥！"小谊甩一圈书包。

"钥匙呢？"

"掉了啊。"

"掉哪儿了？

"我要知道掉哪儿了，也不至于搞成这样嘛。"小谊跟着班霆上了车，已经先把自己锁进了副驾驶的保险带下。

"你妈妈怎么提前走了？"一边开车，班霆一边问。

"不知道。"

"牙膏和毛巾我那里都有新的，但牙刷帮你买一支吧。"班霆想起自己还没做好准备。

"之前春节的时候，有一条香蕉味牙膏应该还没有用完欸。"

"早就干掉了。"

"啊——"

"拿去擦瓷砖了。"

"咦——"

"唱京戏啊。"

"京戏不会唱，要我唱歌给你听吗？"

"再胡闹下次就别住我那儿了，送去你大伯伯家里。"

"好啦，我乱讲的。"小丫头立刻乖乖坐直了。

"有那么怕你大伯伯么？"

"哪有，我一直都很喜欢大伯伯，还有大伯母的。"小谊一字一句说得像在诗朗诵，摆明了毫无诚意纯粹应付，没等班霆揭穿，她又努力扳直身体后瞪着后照镜，"我要长到多高，才能——从这里看到自己啊。"

班霆折了下镜子的角度，让女孩子可以细心观察自己的刘海或者雀斑："但我最近很忙。不能每天来接你。所以你放学后得自己回去了。没问题吧？"

"没问题呀。你记得给我钥匙。"

"知道。"

"我喜欢他们的。"

"啊？"

小谊话题跳回来，在班霆心不在焉地点头时又插了一句："不像哥哥你。"

"什么？"

"你就讨厌我的爸爸妈妈呀。"

班霆让小谊无意识的嘲讽撞得回过神："又信口开河了。"

小谊还是冲他笑嘻嘻的："没关系，其实我也不喜欢我爸妈。我们是战友哦。"

那段时间确实乱哄哄的，小孩子能感受的只是一场雨后忽然密密麻麻蹿出的竹尖，却不知地下盘根错节地酝酿了多久。长辈们吵得再凶倒也能记住在孩子面前遮挡一些，实在遮挡不住了，结果是连铺垫都干脆放弃的一股脑摊牌。

早上班霆在家换校服，是老师通知他出席颁奖典礼，领完奖后顺便发言几句。门铃响了，传来叔叔的声音，班霆想着换完衣服再去打招呼吧。他扣子一颗一颗地系，应景的是门外的推进也一截一截地恶化。叔叔大概是花了一整个晚上来寻找证据，只为反对与班霆家平分爷爷的赔款。"之前他的微波炉坏了还是我去修的啊，当初明明是你买的吧？为什么要我修？""你还好意思讲，你也知道是我买的哦？"什么都是逐步地来，新仇连带旧恨，一扯就拉出没完没了的线，直到把原本布面上的花纹都抽剥了大半。"老头子上个春节是在我家过的吧？你不是说之后的五一就放到你家么？怎么你偏巧五一又要全家出去旅游哦？哦，怎么，我们全家就不要旅游啊？""当年是谁留在城里？谁去插队落户的……""我在城里服侍老头子一服侍就是三十年！""有种你去告我！不然就给我滚！""你还别跟我提这个，判决二十四万的赔款你点头的时候问过我们吗？你家觉得二十四万就够了，我家可没答应！"

班霆缓步走到门边，父亲和叔叔都站了起来，不用想象，也知道什么叫作"神情激动"。突然之间，叔叔捏紧双拳在茶几上重重地一捶，班霆感觉到整个空气在传播着叔叔的愤怒，而茶几在酝酿了半秒后，用曲折变换的线条将叔叔的中心思想放射状地呈现了出来。紧接着一脚踏在碎片上的父亲随后跛足走到一边，血珠是圆的，从三三两两到聚成一元钱硬币大小的一摊。父亲过了激动的顶点，满脸是疲倦和厌恶，他指着大门："你给我走，你走吧。"而后他低头翻找着抽屉里的医保卡。

班霆连忙赶去："严重吗？让我看下。"他又架住父亲的一条胳膊，"我陪你去医院吧。"

"你不是今天还有活动么？"

"那个没关系的。"班霆没有和叔叔正面对视，去厨房取来了扫帚和簸箕。就在那时响起了重重的关门声，叔叔离开了。

所以在体育馆门前，他听见辛追不乏挖苦和嘲讽的那句"是商量那二十四万怎么花吗"时，班霆第一反应就是想笑。

而他在第一时间内也这样做了。他不掺杂质地想，哎，对，居然让你说中了欸。正中靶心原来是这么漂亮的一个画面，没有掌声才不自然。虽然紧随其后的，来源于更深处的烦闷和不屑，让他的笑只建立了开端而没有抵达结尾。班霆想起昨天陪父亲去往医院的路上，父亲不得不反过来安慰自己，给叔叔不断找着理由："非要让小谊进什么国际学校。""学费一下滚雪球了。""他最近大概是真的有点急。""和你婶婶之间也是，有些可能还是你婶婶逼得厉害。""反正气头上的话，都不用太当真的。"班霆一边看医生用工具往外挑着父亲脚底的碎片，一边静静地点头。

家境问题倘若可以作为背景资料加以参考，班霆在小学第一年暑假时就被送去美国参加夏令营这点，或许多少能说明问题。与自己家相比，叔叔婶婶的条件也没有差到哪里去，城市里最早那批购房者中就有他们的名字。两家人要说有冲突，过往也有，琐碎的有，严重的同样有，可事后还是相安无事地完结在一个太平画面里——班霆牵着小谊的手送她回家，叔叔婶婶有时一同再送班霆出来。小谊出生得很晚，年龄的幼小让她能享受两家人共同默许的额外宠溺，婶婶那会儿很懂做人地常常带头亏女儿一番，开玩笑说："你看你哥哥长得又高又帅，你这个妹妹怎么这么惨哦。"班霆母亲便反应迅速地出来圆话："哪有，小谊明明就是美女坯子的，肯定越长越漂亮啊。"你来我往地把名头上的好处来回推让着，只要没有涉及钱的话，这种推让只会增进感情，让彼此心理上都愈来愈舒服，愈来愈满足，只要没有涉及钱的话。

是真的，没错，让你说中了。班霆胸膛里宛如刚刚飞离了群鸟的森林，还没有结束它墨色的涟漪。他视线改往其他地方落，辛追手里的安全宣传单捏出一圈汗湿波浪线，班霆想起来问她："你还做志愿者？"

"……不行么……"辛追没法不撒谎。

"没有。"班霆摇摇头。

"但打工我也在做的。"辛追还是想把谎圆回来一些。

"打工？是什么啊？"

"嗯……"

"勤工俭学那种？"

"差不多。"

"在哪儿？"班霆是看见女生的眼神后才意识到自己的问话已经追出了一条颇长的路线。虽然不知道路要通往哪儿。

"和你没关系吧……"她确实也这么说了，对跟随自己而来的白色路标，辛追还是有些介怀。

"嗯，也是。"

等班霆微眯起眼睛从嘈杂的人群中将迟到的商亮认了出来，他朝辛追点了个告辞角度的头，辛追没有明确地回复，她额头被晒出的汗粒聚集到一起后描出两缕头发，贴着她的脸廓作画。班霆朝小广场的那头走去时，莫名觉得先前操作的那个试验里，答案应该生成了。这个答案使他没过多久在杂货店看见辛追时，不再有任何吃惊。

"身无分文。"班霆一边说着，一边把饮料瓶放回冰柜。辛追还是那身体育馆前的装束，坐在柜台后面。杂货店老板跟在后头，一瘸一拐地进了门，他让辛追去帮忙送个货："11楼303，点了一箱啤酒。3楼401，也一箱。"老板放下胳膊下的拐杖，脚上的纱布还没拆，斜在柜台边从口袋里摸出一大把零钱点着。

班霆见辛追站起来，她朝后排的货架走去，然后蹲成只剩一半的高，背朝自己，拖出两只纸箱，离班霆近了，她仍是这个姿势，背上没有眼睛，可她应该确信了班霆会让出路来。

班霆果然往旁边侧了个身，但这个举动引起他一连串的不适，他感觉自己让得像种袖手旁观。老板手里的钱清点完了，身体越过柜台去抽屉里找什么，对辛追瞥都没多瞥一眼。辛追自己干自己的，把啤酒搬出了门框，她的动作其实算轻快，一件体力活做得得心应手，和瘦弱的外在条件大相径庭。她又找到个平板拖车，但啤酒搬上去后拖车才暴露了问题，四个滚轮里坏了一个，翘得不怀好意。老板回想起来："忘记修了，我不是忙吗，三个轮子还能行吧，顶多你拖得慢一点咯。"辛追没跟他理论，人在扶手后推了两步后又掉个方向改成拖。滚轮在路面上大声抗议般一路叫得刺耳。班霆手握上去的时候它才停止了不满的尖叫。

他又把手放下来，对辛追说了一句："11 楼近，先送 11 楼好了。"然后取过停在门口的自行车推到辛追身边。女孩一直也没动，让班霆认出了她的默许。可能她脑海中有过各种挣扎，毕竟先前她还拼得满头冷汗吃完了最后一口面条，在那家面馆里倔强地留给他一个必须佝偻着才能行走的痛苦背影，但这回她是经过怎样复杂的，或者压根也不怎么复杂的思想斗争，默许了他的介入，班霆没来得及去细想。他把两箱啤酒搬上了车后座时，辛追就在前面替他掌着车把手，等班霆接过来，辛追再把平板车送回原地去，末了她小跑上来用胳膊护住啤酒纸箱，班霆推起车朝前走。

"有点像童工欸。"走了几步后他忽然说。

"没有啊。老板正好让车刮伤了而已。平日里都是他自己送。"女生的语调同样不咸不淡的。

"哦，是这样。"

"嗯。"又过去大概一分钟，辛追问他，"你不是住这里吧？"

"不是。"

"嗯。"

"亲戚家在这边。"班霆下巴抬了个方向。

"那儿？"

"对。"

自行车一路推过了成排的石墩，也过了干涸的喷水池，过了一架轰轰烈烈的山蔷薇，辛追在他身后数着贴在住宅楼上的门牌。到了 11 楼前，辛追抱起一箱朝楼道走，动作扎实而迅速，班霆便没有再搭一把手，他知道好在每栋楼都配了电梯。男生把自行车停到旁边等着。天色彻底暗了，楼里的灯一盏盏亮出家常的暖色，底层人家的客厅还能看出电视机的闪光，一张桌子前当妈妈的安排孩子坐下，当爸爸的端来一锅熬汤。随后辛追就从万家灯火里走了出来，好像是从任何一盏灯光下刚刚告辞，身上还沾着未散的热气和饭菜的香味。或许是被同样的气氛感染，她表情柔和了些。班霆重新推上车，她在后面扶着剩下的纸箱。

"其实不轻欸。"女生主动地开口，多半是刚才提起气来噌噌抱着走了几步后，发现它们的重量会自行增加。

"肯定不轻吧。"班霆顺着她的话。

"老板的腿早点恢复就好了。"她情绪确实起来一些。

再走两步，前面拉起一条隔离用的黄色条幅，泥沙堆成小尖锥，路翻新到一半，剩出一半供人走，另一半刚铺完的水泥仍然湿漉漉的。路变得挤了，这时两个小孩穿着滚轴溜冰鞋从后面滑过，辛追护着纸箱，自己的身体朝旁边歪，班霆迅速地掉头握住她的胳膊。

虽然没有跌跤，但两人同时踏进一旁另外一半的路面，在还没有干透的水泥上留下清晰的前后两个脚印。

"啊——"女生先是有些紧张，但随后却笑了起来，"这么深的脚印啊。"

"没扭到吧？"班霆把车扶正了回头看她。

"没。但这脚印那么深欸——有点像标本啊。"

"嗯……"其实不太像，但班霆没有说。

等到了第二栋楼，辛追送货上楼前跟班霆吩咐了一句："那你先回去吧。"班霆点点头，重新跨上车时又听到辛追补了两个字"谢谢"。他再转过身时女生已经大步流星地走开了，好像那两个字仍是她出口即反悔的谎言，多直视一秒也会动摇起来。然而它们始终是落了地也生了根，被它触摸到的班霆漾起一阵无端的松弛。他踩着自行车，在路灯下摇成一团并不常见的散漫的轮廓。经过那段修补中的水泥路时，路灯光下两个脚印鲜明得宛如一双眼睛，一个大点一个小点，一个深点一个浅点，不对称才有意思，不对称就更像是一副真实的表情，他和女生合作成的表情。班霆看自己左脚上，果然还留着灰白的一层泥点。

他忆起小时候淘气的事情：六岁或七岁，和同楼的男孩一起，把家门口新铺的一条水泥路踩满脚印，结果第二天便传来工人边返工边怒骂的声音。当时再淘气也知道了害怕，幸好重新铺整的路面非常光洁。

所以离标本相去甚远，留不到一天后更别提百年，不会被人发现，不会有人据此推测是谁是什么样的人是什么关系。

什么关系。

班霆只知道自己对于会遇见她不再吃惊，会和她说话不再吃惊，会对她的嘲讽选择了包容不再吃惊，会被她默许了援手的好意不再吃惊。"意外"的性质被抹去了，他认为自己是以一种科学理论的冷静接受了这个试验结果——

早前的课堂上，四五个人在偷玩手机，两三个人在打瞌睡，一两个人在交换零食，班霆也被睡意拖着后腿，他撑起下巴，眼皮还是慢慢坠下来。生物老师在讲台后的发言遵循着一个语调，缺乏使人振作的抑扬顿挫，班霆大约也有那么断断续续的十几秒被困怠截断了感知，何况课堂上的内容对他而言都是再基本不过的知识。个头矮矮皮肤黑黑的生物老师，一个语调的发音，说到哪儿了，那些被拆开的字句渗进班霆的浅眠，老师大概是在讲，为什么这道选择题的正确答案是 D，因为当一种刺激重复发生后，个体对这种刺激的反应就会减弱，类似警报、防御、攻击的反应，会减弱甚至消失，我们称之为"习惯化"。

答案是 D，"习惯化"，班霆不记得问题，只听见这个答案。压在他胳膊下的课本，空白处配着一幅简略的插图。稻草人和停留在他胳膊上的一只雀鸟，相安无事地守着一片稻田。

Chapter . 10 / 第十章

〖 "其实她也尽力了" 〗
〖 "然后我哥就会在法庭上救我对吧" 〗
〖 "我怎么说得清楚呢" 〗
〖 "你不检查下吗" 〗
〖 "这下，是你欠我的了" 〗

好了，她还是不欠他的。
她依旧可以带着"我已经不欠你"的苦楚遇见他，
听他说话，或者对他说话。
同时，看他一样带着"你已经不欠我"的孤高遇见自己。

【 "其实她也尽力了" 】

等后来辛追去重述那个清晨，她从只有上天才能通晓的角度去俯瞰——姑妈的家像一个小小的规整的盒子，厨房那块是热的，微黄色的光，一锅红豆在炉火上熬过了夜，其他地方没那么均匀，客厅里浮着时间悠游的影子，卫生间必然是冷的，一支自动清香剂鲸鱼般喷出一股白烟，从婷婷回校后阳台上就晒洗出一床等待收纳的白色被单，可惜没有足够的日照，几天了还是皱着正一面反一面的水纹。辛追看见自己躺在属于表妹的床上，她仍睡得熟，大概是没有梦，没有梦的时候人睡得最安稳。可尽管没有梦，她的动作还是有些游戏性的放松，被子一直拽过了下巴，由此泄密了双脚，她又翻身，两手钩着枕头把腰垫上去，动得很大方了，仿佛一道正在为喷香松软大结局做筹备的面点，撒的都是未成形的梦。但与此同时，姑妈却早早地起了，姑妈坐在床头，看起来醒了有一会儿，举动毫不迟钝，姑妈手里拿着什么，她翻来覆去地看了看，接着打开抽屉放了回去，而后她站在原地，唯独眼睛在某桩事件里急速地走。姑妈用眼睛为自己跋山涉水似的寻找线索。于是在上天的角度，辛追是可以看见的，姑妈曾经有一刻将脸转向了她这个侄女所睡的一墙之后。哪怕只是重述，姑妈的这一瞥照样让辛追的脉搏当即乱了套。很快姑妈还是将脸转了回来，否认的表情是留给自己的，把辛追的可能性予以了反对后，姑妈坐下来打电话。第一个电话拨出去迟迟没人接，挂断后再拨出的也是同样，姑妈看起来着急了，按着键盘是改发短信了吧。待问号送出，姑妈重新打出一个电话，这回倒有人接了，姑妈声音很直接地问："哎，你知道这个事吗，我昨天让基金帮我做一笔操作，结果今天早上收到银行的短信说扣款失败，告诉我卡里钱不够了，对……你不知道？你也不清楚？少了七万。真不是你动的哦……嗯，我等下就打电话问银行……不知道是不是婷婷啊，打电话估计还在睡觉，短信问她了……会是系统故障吗？……啊？是骗子？对欸，也有这种可能哦！嗯……反正我等下就去银行直接问，搞不好真的是诈骗短信……嗯，你那边怎么样，是哦，你们公司也算'逆袭'了，婷婷吗，前天来过电话，昨天没有，唉，你知道的呀，她跟你这个当爹的能有话聊，跟我就没啦……"

　　姑妈差不多把电话挂断的同时，睡在隔壁的辛追醒了，就这一面墙的屏障而已，当她站到了第三人的角度，发觉它多么完好地分割出了两个完全不同成分的清晨，像某一种的电源按钮，"开"与"合"各选一边。睡得浑然不觉的自己还散发着无知的愚蠢满足感，二十分钟后，她会伸着懒腰起床，三十分钟后她还跟姑妈过分亲昵地聊天，为姑妈热了牛奶，听姑妈与自己闲聊，那一问一答里有没有姑妈的旁敲侧击呢，至少当下的自己一点也没有觉察到，一个小时后她简单打扫完房间，随后步伐轻盈地出了门，迎接新生活新岗位的第一天。

到了办公室，辛追拖出椅子，她踮起脚尖让椅子带自己转了几圈，头是晕晕乎乎了，可属于自己的工作也被坐实了。她从手机里翻出昨晚崔洛川发来的"晚安"两个字，思忖着今天该不该自己来做这个开端。短信写得不流畅，一个字一个字地拆了织织了拆，几分钟里核心更换了几次，辛追想问崔洛川是今天出差了对吧，哪天回呢，想汇报她这边很好，文员的工作容易上手，想保证那顿欠着的饭她一定不会赖的，等他回来……当逐渐的松弛慢慢梳理出她情感的脉络后，她像是一面刚刚被修剪过的草坪，在新的生机中散发浪漫的香味。可是随后一则婷婷发来的消息在手机屏幕上方只露出了几个字，"我妈发现钱少了"，七个字，世界上有许多咒语都只有七个字，但这不会有碍于它们的巨大威力，一笔一画都能将山脊削成利斧，将人打回原形。辛追立刻就站了起来，站起来后她血向上冲，身体里的力量接到的指令仓促又混乱，也难怪它们毫无头绪地在一处过盛又在另一处虚软。她快步向外走，打给婷婷的电话被一声很漫不经心地"哦"开启了。

　　"你妈妈发现了？她怎么发现的？她问你了吗？你怎么说的？要紧吗？没问题？"

　　"……"很显然婷婷让表姐的追问惹得烦了，她回复了个漫长的无声简直堪比一场刑罚，良久后婷婷才拖出恹恹的语调，"知道了就是知道了呗，迟早会发现的。"

　　"那你告诉她了吗？"

　　"没有啊，我都还没跟她说，她发短信来问我有没有动过银行卡，我没回而已。"

　　"啊？这不行吧？"

　　"不行也得行，先拖着再说。"表妹看似咬定了掩耳盗铃的总方针，而后她话锋一转，"拖到你那边给我回音了再说。"

　　辛追看见枪口终于冲自己来了，忽而背上让汗打得湿了起来："我知道……我明白……我现在就帮你去问……"

"哦。辛苦了。"婷婷的语气听起来完全相反。婷婷在这几天的心理滑坡是女孩自己从未体验过的，辛追带来的消息一度令她高枕无忧了起来，垫的毕竟都是实打实的钱，还在读大学的婷婷不理解"行贿"这个词语中的各类牵制，她认为自己更像是做了一回消费者，买一个东西，钱都交出去了，商品应该随后就发货了吧，合情合理不是吗？然而后续一片空白中的等待既放大了煎熬的时间，也逐步瓦解了她的自信。以至前一个夜晚她躺下睡觉时，忽然有了一个预感，她动着嘴唇"估计不行了"，同寝室的其他女生做深蹲减肥，看美剧韩剧，剥着橘子，拆着薯片袋，婷婷静静看着天花板，如果的确不行了，怎么办，男友只能拘役，驾照吊销外加罚款都是小事，拘役麻烦在会留下记录，后面的日子会有影响吗，有也没办法吧……她用力咽了一下喉咙，好像那颗苦果依然得吞下肚。婷婷把造成这颗苦果的始作俑者全部在脑海中拢到一起，朝他们集体瞪了一眼——不识好歹非要酒驾的男友，害人不浅的男友上司，听到消息后只会口头安慰"别急别急没事没事"的无能室友，还有收了钱屁都不放一个的那位交通局什么人干什么的来着，通通受了婷婷一个发狠的白眼。等她把气都撒完了，翻了一个动静很大的身后，意识到辛追也在自己发起的批斗会里，只不过脑海里的辛追站得很远，神色是一贯的不安和怯怯。

婷婷叹了一口气："其实她也尽力了。"

辛追恨透了自己的效率低下，中午她给崔洛川的电话没拨通，八成崔洛川的飞机还没有落地，等他的电话打来时差不多是下午，辛追把前因后果跟崔洛川说了，听到那笔疏通费的来路并不正大光明，原来是从家长那里偷出来的，崔洛川"啊"了一声："你表妹算得上为爱痴狂了呵。"

"所以是不行吗，还是要再等一段时间？"

"其实我也一样挺急的。"

"嗯……"辛追瞬间没了底气。

"你别太慌了，我明天就回来，等我明天回来想办法，行么？"

"啊，好，等你。"

她挂了电话，让自己束手无策地看着那份忐忑怎么一点点压迫自己，只要有手机铃响，虽然结果往往是推销保险或商铺的虚惊一场，辛追的脸色却照样让那层惊慌裹得僵硬不堪。

下班后她干脆没有直接回家，婷婷可以凭借地理优势躲掉盘问，但辛追不行，只要想象和姑妈面对面，姑妈的神色一定还是克制住了什么的，她把疑问既郑重又不那么郑重地抛出："辛追啊……"这中间或许还穿插了一个别的什么动作，姑妈是在收拾碗筷，还是在拆电费的账单呢，"有个事我想问一下你……"在马路上漫无目的拖着步履的辛追想象到这个画面便站定了。

【 "然后我哥就会在法庭上救我对吧" 】

"哥哥，你有没有女朋友？"小谊的口齿让牙膏沫搅和掉了一半，正在倒牛奶的班霆装作没听到。而小谊对这个话题念念不忘，从卫生间折出上半身："我觉得我们的班主任周老师看起来还可以。主要是，你如果跟她谈恋爱，她一定会对我很好。"

"你们班主任就把你教成这样？那我不会对她感兴趣的。"班霆甩出一袋面包扔到餐桌上，手机上的工作邮件在一宿后攒出了两页，他对着一排群发又转发的"Fw:""Fw:"没了胃口。

婷婷把果酱罐打开，从里面翻出一块完整的草莓肉："她挺好的呀。有一次考试，我不是坐前排嘛，我看见她监考的时候偷偷脱了高跟鞋光脚站。其他人没有发现老师矮下去一点吗？好奇怪。"

"因为其他人都在认真考试吧。"班霆放下手机认真叮嘱,"我今天很晚才能回家。晚饭你别叫外卖,之后我会让你大伯伯送过来的。"班霆读大学时父母把房子换到了近郊的别墅,当他开始工作后班霆自己搬回了市区。有时父母想念儿子了就过来看看,以及每次班霆说不用了但父亲还是要带几个拿手菜过来,硬要等班霆违心地说"比餐厅做得好吃",家长才觉得此行算是圆满结束。

"我可以叫外卖的啊。"

"你大伯想来看你呗,怕你一个人出什么事怎么办。"

"哪会嘛。说得那么吓人。那,我现在要是冲出去喊救命,哥哥你会被当人贩子抓起来吗?"

"不会,只有你会被当成骗子抓起来。"

"然后我哥就会在法庭上救我对吧!"

车到了小谊学校附近,小谊忽然手伸进班霆的口袋掏了半天,班霆问你找什么,小谊连说哥你给我一张你的名片嘛。

"你拿着有什么用?"班霆见小谊拆下手机套,把名片藏了进去。

"你别管啦。"小谊答得让班霆毫无安全感。

"不许乱给,上面有我的手机号。"

"我妈都要结婚了。"小谊说完这句话就打开车门,蹦蹦跳跳地走了,让班霆自己去解决女孩跳跃思维里七零八落的暗号。邮件提醒及时赶到,催他在十点前准备好材料 ABCD。小谊的新爸爸不得不委屈一下,留到 E 的位置上。等班霆在十点前一身汗地完了工,早前他协助的一桩离婚案要开庭,班霆没有二话地跟着负责案子的律师去了。

离婚案不好看,被无数词语修饰过的争吵,"臭婊子"成了"原告","抽不死你"成了"纠纷",是不是就真的因此而体面了,还是原先粗糙直接的羞辱被伪装过后更加升级。班霆不过是单纯抱着一颗翘班的心,此刻坐在堪称"秽语大全"的法院里也好过忙到窒息的事务所。哪怕被告人不顾法官的出言禁止,跳起来把手指成一副在大街上的姿势，生殖器官们由此堂而皇之地出列，登场的姿态几乎是科学性的、理性的，有理有据地只为告诉在场所有人"你的玩意儿多糟"和"你那里多滥"，班霆抖抖睫毛，把之前的神游又深一层地潜下去。

这原本也不是一桩多么别出心裁的离婚案，班霆在女方来咨询时负责了接待一职而已。妻子说书似的讲了两个多小时的夫妻双双出轨史，再不苟言笑的班霆也没能冷却她的倾诉热情，恨不得描写丈夫和小三睡的那条床单是什么花色什么图案几成新。她一会儿哈哈大笑一会儿又含泪了，等听清班霆问："你对这次离婚，首先想要法院支持你哪一项诉讼请求？孩子，还是房子，还是其他？"他的笔杆在纸面上颇不耐地敲着，但女人突然朝他艳丽地笑："哎，你别这样。"

"什么？"班霆没听清楚。

"我惹你烦了？"

"……""是"字在他喉结上动了动。

"我挺招人烦的吧。当初他也是被我追得烦得受不了，才和我好的。"

"如果你想庭外和解，那也可以。"班霆不期望倾听那些格外"私人"的回忆，让坐姿更挺直些，西装的线条被重新抖擞过后，一下多出些公事公办的冷冽。

"和不了的，我知道。"女人努嘴，动作里是早些年里的年轻和莽撞，"反正这世界上啊，就是有我和他这种，绝不可能和和气气分手，非要挑什么是最难看的、最惨的、最不入流的——我和他在这种时候倒很有默契。比我们挑同一天带姝头回家还要有默契。"

"哦。"班霆放弃了，对方看来必须得经过一个阶段，就是那种得找到人，不管什么人，听也行不听也行，总之能让她对着把那些折磨与被折磨的日子说干净了才行。她逮到邻居，那就是邻居一边择菜一边听戏似的"嗯嗯"地应，逮到同事那就是同事渐渐围拢起来，嘴巴各自圆一个"呵"。当初叔叔和婶婶离婚时不就是这样的嘛，不仅亲戚朋友、邻居、保安，连小区里跳舞的老头老太们都知道了，并且他们

"知道"得极其客观，没有偏信任何一方的说辞，公平公正地下了结论，"最怕财产被偷偷转移嘛"。离婚是一桩由无数小事组成的大事，小到一个电饭锅、一张写字台、一盆兰花也要分个清清楚楚。就像现在法庭上的两方正在拿一台电视机当赌注，谁给情人发的邮件更多谁就输了。所幸叔叔和婶婶最终没有闹上法庭，撕扯了近一年好歹分了手。和班霆家的关系也急速地疏远，叔叔去年成了家，消息还是过了半个月，绕着几个圈子地传到了班霆家，班霆父亲那晚独自喝掉半瓶酒，相比之下婶婶因为带着小谊，关系要稍微近一点，班霆曾怀疑婶婶是拿他当了好使唤的托儿所所长，但他自己不排斥，所以也心甘情愿地认了。偶尔他试图提醒自己，脸色可以更难看一些的，对婶婶实在没有和气的必要。那时婶婶决心和叔叔离婚，甘愿把所有不近情理的标签都贴身上了，整个人被贴得面目可憎。但她继续以被害妄想为食，拿咄咄逼人的眼睛看叔叔，也看和叔叔顶着一个姓的班霆家，"敌""我"的区分像刀一样胡乱地划，又深又痛。班霆家莫名就成了这桩离婚中的重要组成。在婶婶散布出去的"舆论导向"里，她一个两姓旁人，对抗不过兄弟的血缘情深，所以邻居、保安、跳舞的老头老太们都知道了，班霆的叔叔把一部分财产转移给了自己的兄长，其中包括一颗足金的戒指，多少价钱他们不清楚，但听起来是个可以作为代表的，让婶婶忽而泪如雨下忽而捶胸顿足摆明自己遭了暗算的标志。

在班霆的记忆里，很少能搜刮到关于那颗金戒指的画面，大概是有，大概是爷爷那里传下来的，大概是爷爷的爷爷这样一路沾着灾难沾着逃亡守住的东西，因而无论它在市场上的价值究竟是多少，仅仅依靠历史的加注，也足够让婶婶将它定义成"传家之宝"。她越想越气愤啊，房子已经归属了叔叔，夺回无望，一辆车卖掉也只能分个几万块，原本以为无忧的生活真要逐一明码标价时，才发现那个数字简陋得可怕。她不得不燃起斗志，拼着豁出去的架势，至少一定要让叔叔把这颗戒指的归属交代清楚。

坐在法庭上的班霆温温地回想，嘈杂的环境音已经沿他的轮廓剥落，别人打得积极吵得开心，空气被煽得莫名火热，班霆是认准了这种气氛，才放任自己去回想的，这种错位的高温多少能将他的记忆从冷冽中挽回一点。

※

【 "我怎么说得清楚呢" 】

　　辛追一踏进门时就发现气氛近乎恐怖。姑妈膝盖上摊着一本杂志，但只翻开了第一页，压根没有半点被阅读的迹象，更接近用作障眼法的道具。姑妈坐在沙发上看辛追，一问一答都是平常化的，回来啦，嗯，回来了，没吃过吧，吃过了，路上堵么，还好，但姑妈的眼睛始终盯着辛追，那一连串的问题只是她建在河上的桥墩，它们是有目的的，为了送出最后的核心来。

　　辛追的心跳回荡在脉搏，像有个发报机在那里书写着绝笔的祈祷。但姑妈还是问了。

　　姑妈的语调努力保持寻常："辛追啊，我问你个事。"

　　辛追："啊？什么？"

　　姑妈："你知不知道你表妹，她最近有没有用过钱啊？"

　　辛追朝姑妈走过去："婷婷？用钱？你是说买东西吗？"

姑妈："不是，她有没有跟你说过，她最近缺钱？"

辛追以为自己拿出了毕生的演技："……嗯……好像没有。婷婷不会缺钱啊。"

姑妈："哦。"

辛追吃不准自己该不该继续："婷婷有什么事吗？"

姑妈："我卡里少一笔钱，婷婷那边找她又找不到。"

辛追脸色无法控制地尴尬了一瞬："啊——真的？怎么会……"

所幸姑妈没有针对辛追的意图："我再找她问问吧。"

辛追："嗯……"

她慌不择路地打算从失败的谎言里溜走，姑妈在身后忍不住又追问了一声。

姑妈："你不知道哦？你真的什么都没发现哦？"

辛追的手心潮起来，她痛恨自己不够聪明更别提圆滑，心藏得不够深，一点拙劣的波动就会泛在脸上，由此说的每个字都是耳光，一句话说完把自己也深深地厌恶透了："我不知道……婷婷没跟我说什么，什么也没有……"

在这时拯救她的是崔洛川的来电，电话里说着约辛追出来见一面，婷婷男友的事有后文了，辛追喜出望外地应着崔洛川的话，把自己裹在一阵风里飞速出了门。等挂了电话她才意识到自己刚才急于脱身，甚至没来得及发现崔洛川在电话那头的声音是拴着好消息的雀跃还是埋伏了坏消息的消沉。

可多少让辛追也颇为意外的是，无论是好消息还是坏消息，当她察觉自己是在赴崔洛川的约，她心里是踏实的，甚至满怀期望。崔洛川终于拥有了不同的身份，加速了辛追朝他走去的脚步，她踏着新生的仰赖和思念，停在路边等红灯时把发尾拆解重新扎了两回，顺了顺衣襟的褶皱，动作紧张但仍旧甜蜜。她回忆崔洛川如何地出现，上天待她还算留有余地，让他的登场非常及时，他的主动让辛追不适但她并不讨厌，而到底是，崔洛川由小及大的帮助，是她不能否认的最大理由。有人愿意相助原来是这种感受，被人帮助原来是这种体验，特别是它们与金钱和生计紧紧捆绑时，原有的担忧被轻易地瓦解了，取而代之的是一种莫大的庆幸和嗟叹。她从小不愿直接拿自己的贫穷出来做武器，是深信这个武器的力量微乎其微，除了招致别人处处另眼相待的"体谅"，令早就缺乏平衡的社交更加精疲力竭之外，根本没有实质的用途。过往的所谓坚强只是别无他法，越是亲密的人越无法接受对方的施予，于是自尊如履薄冰，只要接近就能听见它在两人的脚下发出不堪重负的报警，所以曾有的恋爱也在警报声后不得不退场完结了吧。

　　如此说来，崔洛川大概从一开始就是以帮助者的身份出现，两人之间的生分既拉开了距离也挽救了辛追的自尊，陌生人的善意下附加的压力原来是会小得多的，小到可以坦然地道着谢感激他，只不过对辛追而言，她到底觉得仅仅道谢还是不够，她需要好好地见一见崔洛川，握他的手，或者把手给他握。就算这份感情是从施恩与报恩开始，但她此刻也欣然接受。没错，来来去去都是一个"恩"字。

　　崔洛川坐在街心公园的长椅上，抱着双臂，头垂得很低，是一目了然的疲乏。辛追知道他连日舟车劳顿，在他身边很轻地落了座。崔洛川转过头来，看着辛追的同时也把两眼里的血丝给了她一个巨大的暗示。辛追忍不住握住他的手，崔洛川把她的掌心软软地搓平。

　　辛追试图为他打气似的，提了点语调："饭吃了吗？没吃的话，我带你去吃烤肉吧，你现在肯定需要烤肉。就是190广场里那家。"

　　崔洛川先重重地叹了口气："辛追……"

　　辛追心里的不安被点上了一圈火："嗯？怎么了吗？"

　　崔洛川抚在辛追头上的手滑到她身后，将辛追往自己胸口揽了一下。

辛追透过他的肩头看着远处的霓虹灯光："……还好么？"

崔洛川的声音过了很久才乏力地传过来："对不起，怪我……"他的话音迷迷糊糊的，辛追耳朵追了半晌，但关键的意思她还是明白了，她身体抖了一霎。

辛追还是希望自己误会了："怎么了？为什么怪你？"

崔洛川的手压在她背上的力气变大了，是一个很怨愤的投射："怪我。"

辛追被他箍得人一阵僵硬，她终于使出力气来挣开崔洛川的双手，她将一脸的惊慌摆到崔洛川面前："那个关系没托成吗？所以还是没有办法？"

"嗯。"崔洛川点点头。

"嗯……但……这事也不怪你，能成当然很好，要是不能成也很正常的，不怪你啊……"辛追让崔洛川两只失常的眼睛惹得一股心酸，她语调再温柔些再宽慰些，已经做好了最坏的打算。

"不，怪我……"崔洛川的喉结极其艰难地动了动，"那笔钱……"

辛追仿佛有短暂一秒的失重："啊？那笔钱……"她跟着重复一次。

崔洛川两眼的血丝织过了界限，他好像因为痛感而闭上眼睛："钱现在不知在哪儿。"

辛追一点也没有察觉自己的右手在一刹那用失控的力气死死扣住了崔洛川的手腕，宛如在失事的飞机中，外来的强风撕扯着她，迫使她用全部力气抓住最后一线求生希望。她的感知全部转换成了听觉，崔洛川失落的模样，从皮肤外渗入的寒意，忽然干涸的舌头，尽数转成了听觉，几个字告诉她，婷婷从姑妈那里偷来的钱，经过辛追之手不知去向。

等辛追日后回想起那个瞬间，她很奇怪地看见的却是十六七岁时的自己面无血色地抓着崔洛川的手腕。确实是，怎样也替换不进去真正情况下的她。唯有像独枝一样的十几岁的辛追，如同随一个砸破的花瓶倒伏在地，能供自己维持的蓄水四溅得那么远，可她只能面对覆水难收的结局。她一身学校里洗旧起球的蓝色运动服，头发扎着马尾，眼睛一会儿空洞一会儿紊乱起来，手还没有放开崔洛川——果然是只要遭遇金钱问题的碾压，那个十几岁的自己就会登场。辛追后来想过，大概是因为自己有一部分成长确实永恒地停留在了那时，当年曾经遭受过的巨大打击，犹如圆融的一滴树脂，将还来不及振翅逃走的自己从此保留了下来，成为一种暗号。所有和钱有关，自钱引申出去的担忧、惊慌、窘迫、苍白、无地自容、愤怒和怨毒，全部得以保留。这样一个辛追，成为以后同类境况下通用的答案。

她两眼睁着十几岁时呆然的痴相，嘴唇不自觉地发抖。大脑隔着冗长的时光下达恢复冷静的指令，焦虑而频繁，宛如一支支箭试图穿过风雪。

"怪我。"崔洛川看着她在自己身上冷透了的手指，"现在是，张三说李四收了，李四说给了王五，王五说不是还给张三了么……"

辛追动了动嘴，却不知该说什么。她的思维笔画还在仓促地抢夺和分配，一句一句全都先于她的主动思考。

"没办成，就该把钱还回来。""不是吗？""收钱办事。""收钱办事。""那没办事的话，不能收钱啊。""把钱还回来啊。"

但这些都不是核心，辛追忽然明白了。她之所以丧失了全部的信心，只因为有一件她最害怕的事情正在逐字逐句地完成。

辛追披着自己十六七岁的影子，一边凝视那个影子一边笑起来，嘴角弯出彻底的认命："我怎么说得清楚呢？……钱不是我的。我怎么能说清楚呢？……我会被怀疑的。"

她最害怕的就是这个。

"她们会怀疑我的。"

【 "你不检查下吗" 】

　　暑假完结后，杂货店的帮工也暂告了一段落，而后进入了寒假，辛追重新回到了杂货店里。她一度雀跃的心情，却在第三天就因为收到一张假币而毁得干干净净。老板中午时过来收账，一捏就知道了，假币做得再真,对老板这样手指上"千帆过尽"的人来说,指纹就是 X 光，准确率百分之百。老板不气恼也没有埋怨，还是一样的脸摆给辛追:"那就从你工资里扣掉了哦。我跟你说过的，你记得的吧？ "

　　辛追原本乖乖地站在老板身边等老板收完账，她眼睛瞄着地上一小行蚂蚁，蚂蚁们齐心协力搬着一粒话梅核。

　　所以她没明白:"记得什么？"

　　老板把那张假币在辛追眼前掸了掸，让辛追听清假币扇出的风那么软，假得一点派头也没有。

老板走后，辛追手里就多了那张粉红色的钱，毫无价值的钱。还好后面久久地没有客人来，让她不至于收拾不了颓丧的情绪，没哭，但情绪是坏极了的，情绪坏到她回家，坏到她上床睡觉。晚上九点而已，母亲早早地关了灯。从官司结束归还完赔款以后，每天一到九点辛追家就熄灯睡觉，一个月的电费三四十，而这次她损失了一百。

　　辛追睡不着，眼睛盯着天花板，仿佛肉眼中能看见光怪陆离的宇宙，它们在自家窄小的屋顶下互相碰撞，毁灭又重生，紫色的红色的波长犹如海洋里活动的藻类，一划就是一千年。然后她听见房间一角传来的怪声，毫无征兆地出现，辛追完全惊醒了。视界太黑，判断不了当下的时间，就在她正要坐起身去仔细查看时，那个怪声音断断续续地传来，它们自黑暗中积蓄，苦积成涩，涩积成殇。

　　是辛追父亲在哭。

　　入睡前辛追听说了，父亲最近在打的几份工里，有一份去幼儿园送配餐的活，活干完了，幼儿园打了个电话过来说对接餐品的某某老师转头发现手机不见了，你们知情吗。接电话的工头问这话什么意思啊。幼儿园那边的回答因为之前看见你们送餐的工人偷拿过配餐里的蛋糕。辛追父亲赶忙解释，不是偷拿的，是有两个班级的小朋友对鸡蛋过敏，所以他才获准先拿走的。但嫌疑横竖还是逃不掉，工头应付完两句又转而劝辛追父亲，连说我相信你，我肯定要帮你说话，说得挺动情，再跟一句，真要一时糊涂，我也会帮你圆回来的，你就说是不小心拿错了。辛追父亲蒙了，好像被工头直接看穿他破旧罩衫上的口袋，口袋里一个用了八年的钱包，钱包里最大的面值是一张五十。这可能是比发现手机本身更有力而直接的证据。

　　后来过了十分钟，幼儿园又来了电话，说不好意思哦，搞错了，某某老师的手机找到了是一个小娃娃拿去玩了，不过……电话里还是口气一转，以后还是让你们的工人别再偷蛋糕了。怎么着也得给自己的失策挽回点颜面不是。还是得从别的地方论证，我们没有看错人啊，我们没有冤枉他啊，他手脚本来也不干净啊。

辛追父亲不是以控诉和抱怨的口气来讲这件事的。他一天的气力要做几份工，再匀出一半去辩驳去吵架去分个是非，怎么算都不值，是非能值几个钱呢？所以他只是疲累地提醒，以后都要更仔细点，更周全点，他们眼下如同站在低洼处，偏见的洪水来时一定先挑辛追家里淹起。父亲说得非常平淡，不想激化出任何多余的情绪。只等到入夜良久，他一想到当初是怎么被招呼去，这鸡蛋糕有的小朋友不能吃，扔了浪费，你要不要。他高兴极了，手在裤子上正反来回擦了几次接过来，捧着一家人第二天的早饭觉得今天真是个好天啊。

看不见的时候，只有父亲的哭声最完整。在夜色里凿一条曲曲折折的路，打通的每个地方都是精神的命门。

辛追不敢动弹，一点点来自女儿的反应都会扼杀这一次释放，并且更增加他已经足够的不堪和懊恼。

她憋住呼吸，停留在属于父亲的无力中，任由自己去吸收。父亲的哭声也会交替着高低和粗细，像一个笨拙的人初次织的毛衣，疏密不均，薄厚不匀。尽管它们的腐蚀性比女生想象中的还要强数百倍，一并带走了她原先放任在黑暗中的胡思乱想，不再有亘古的星云，她所躺的是家一室一厅的小房子，桌子上放着阻挡苍蝇的塑料罩，里面有一盆吃剩的炒豇豆和两个馒头，就是明天的早饭了。

而她损失了一百。

辛追几乎没有感觉到什么阻力就下了一个决定，这个决定很不光彩，但令她在那一秒陡然放松了下来。

她想好了，要找机会把收到的那张假币用掉。一百块对她来说是大钱。这个损失她无论如何吞不下去，吞下去了也消化不了。什么道德正义，公序良俗，在肚子里攒再多，也盖不住一声饥肠辘辘的咕噜叫唤。所以省省吧，让她做个坏学生，品质恶劣，人格低下的坏学生好了，一百元假币的糟糕之处可比这些要直接得多。

可第二天她在马路上走了几个来回，攥着钞票的手还是湿漉漉地长在了裤子口袋里，没拿出来。她不仅仅害怕被人发现，更害怕变成一个因为金钱而"堕落"的人，高中女生受到的教育里，这个词语总以异乎寻常的高频出现，老师们从不会详细说明什么叫堕落，因此辛追认为掌心里那张发潮的假币就是堕落的前因。

她又失落又沮丧，到了得去店里帮忙的时候，辛追刚坐下，小谊拉着班霆走进来。中间隔了两个季节，但更多的意外是在于过去单独在店里招呼过的两个客人，头回一块出现。尤其是小谊脸上挂着老大两泡眼泪，到了柜台前，突然将手掌里的一团粉红色半扔半抛地砸在柜台上，辛追有些错愕地站起来，听小谊说要买火柴，辛追刚想问要多少盒，小谊说要买全部的火柴，到这里辛追已经明白不了了，班霆拦上来，把小谊朝外拽了拽，脸上有些罕见的不自然，他朝辛追摇摇头，连说了两遍"不是"，又说一声"不好意思"。

小谊抛出的一百元已经在柜台上滚了两圈掉到了地上，辛追捡起来握在手里，不知下一步要怎么做，店门外一个中年男子气势汹汹地走进来，没有说一句话，也没朝班霆看哪怕一眼，径直把小谊抱起来就走，小丫头蹬腿大哭，尖叫着喊："你和妈妈都说了要把我们家烧掉，你们说了的……"过了良久，好像还能隐约听到一个女儿对家长的强烈控诉。

等到店里的空气完全恢复，班霆转向辛追，他表情不太好，看得出刚才的事让他心里既窝火又丧气，所以他的声音也消沉了些。

"你别介意。"

"哦……不会。"辛追呆呆地看他。

班霆打完招呼就朝外走，辛追目送他人影彻底消失，坐下来，有些晃神地摆弄着身边的计算器或塑料袋，再过片刻她才着急地跳起来，跑出去朝班霆喊了一声。

"喂！——喂——"

男生站住了，远远地朝辛追转过身，辛追小跑两步追上他。

"钱没还给你们呢。"她说得有些气喘吁吁。

班霆眼睛睁大了一些："……没还？不是早就还了么？"

辛追听出他的误解，不由得自嘲地笑了笑，她手朝口袋里探："给。"

没料想捏出来却是两团皱巴巴的钞票。

一真一假。

　　小谊的校徽落在副驾驶上，让下午搭了一段车的前上司王律师硌出一大段玩笑话，连说还以为是谁的耳环，那可就发现了班霆的秘密女友。班霆表示拥有这个校徽的"秘密女友"再过两个月才满十四岁，他一个学法的还不至于明目张胆地去碰高压线。王律师就着问下去，班霆你谈女朋友了么，见班霆摇头，王律师说想着先立业也没错，但别一不小心就耽搁了。转而又提醒安排好最近的工作，别被压垮了。班霆忍不住接了一句那是托老师您的福。王律师呵呵地笑起来，倒是听不出一点歉意的。刚才他和班霆的遭遇实在是巧，班霆刚走进电梯，王律师跟随进来的步子快得像守候伏击，虽然他很夸张地"噢？！"了一声，拍班霆肩膀的动作充满了惊喜。简单聊了两句无关痛痒的话，班霆感觉到王律师还有其他话要对自己说，这不王律师都跟着他一路走到车头前了。班霆想那好吧。

　　"班霆，你执业证快拿到了吧？"

　　"嗯。"

　　"拿到后考虑跟我走么？"

　　"……"班霆朝前上司看了看，"后面的事我还没想过。"

　　"那想一想呗。你和小田，我都非常信赖。小田跟我更久，姑娘毛病不少，但优点也很突出，思路特别活，剑走偏锋型的。所以你们俩，我都挺舍不得。有可能的话，想要再和你们一起工作。"

"谢谢王律师。"

"当然你如果更喜欢那些离婚啊、讨薪啊、分房产啊这些案子，就当我没跟你提过吧。但如果你想做资本市场，公司并购类的案子，你回去好好想一想。"

"嗯。"

王律师想要把话题轻松化："也真不好说，没准你真的喜欢离婚案多点呢。我得先调低我的期待值。"

"您别开我玩笑了。"

"是哦。怎么会喜欢呢。现在的离婚官司，工作量都集中在找钱和分钱上。律师的工作像在宫保鸡丁里面找鸡丁一样，有什么意思呢。"

前上司说得完全正确，过去小田一天里接到过六个电话，都是同一个人打来咨询的，把所有能怀疑的都怀疑了个遍，小田按捺着火气听对方一套套地写剧本：股票亏了是不是骗人呢，钻表让海关没收了是不是骗人呢，公积金销户也是骗人呢。小田最后是怎么总结的？当律师后，就知道感情都是可以靠钱衡量的，"任何感情,无一例外！""外"字都破了音，小田喝着水润润干渴的嗓子。

所以当年班霆对叔叔和婶婶那么厌恨，也是冤枉了他们么？既然没有人是例外。叔叔前脚刚和班霆家把赔款分完,过程难看得一塌糊涂,后脚婶婶摊牌感情不和要离婚，更难看，更一塌糊涂。乌糟糟的局面前，叔叔和婶婶都不知该如何下手似的，婶婶因此下意识地把本属于班霆爷爷的那颗金戒指当成了象征，既然它成了遗产，叔叔有了份，那离婚时必须拿出来分割，古董戒指的形象毕竟明确很多，虚无的股票债券远不能及，所以她得以这颗消失的戒指为目标，完结这场离婚大战。可叔叔两手一摊非常干净，不知道，没见过，没拿到过，你问我大哥去。婶婶找上班霆家，得到的答案也是一样的，不知道，没见过，没拿到过，你问你老公去。婶婶气自己看不出真假，回来再和叔叔大吵，一人一句比赛谁撂得更狠，在狠话里把这个家拆得七零八落，比赛着谁能把它毁得更彻底就算赢了，终于叔叔咬牙切齿地说那就一把火烧个精光，夫妻共同财产？放你妈的屁，一堆黑灰，分一半出来也肯定够埋了你这个臭老×。乒乒乓乓的话，小谊每一句都听见了，她不需要明白每一个字，也能知道中心思想是什么意思，也能知道自己是为了什么号啕大哭。小谊一副离家出走的决绝背影跑出了门，她是在楼下先打了个电话给班霆的，等班霆急匆匆赶来时，小谊二话不说先从他身上挖出一张一百元，然后拖着班霆去附近的小卖部，她要把所有的火柴都买走，这样叔叔婶婶就失去纵火的工具了吧，班霆是这样推测的。但当时他不知道应该如何插手，叔叔找来了，径直越过他，把小谊抓起就走，班霆他一个高中生，看着叔叔一脸让"家务事"折腾得发黑的脸色，胸口重重地闷着但毫无办法。婶婶为什么要和叔叔离婚，叔叔年轻时是在整个南边的舞厅里都叫得响名字的公子哥，卖相好，出手更是大方，不过没关系，进账也一样多，叔叔脑子活，小买卖也能做成大生意。而婶婶怎么从追求着叔叔的众多年轻姑娘里的一个变成了婶婶，又怎么过了十年决心要离婚，大概是叔叔渐渐倜傥不起来了，脑筋也不及以前活络了，原先一家殷实的底子，只有管账的婶婶最清楚它怎么在变薄。当班霆爷爷的事情一出，叔叔懒了近一年的眼神立刻亮起来，亮出以前那种在广州走私香烟时的光。果然随后叔叔铆牢了这半年的收入就靠老爷子的官司了，先跟被告方斗，结束了再跟同为原告的班霆父亲吵，能多要到五千块也行，多要到五千块他也能再休息一个月，打打牌泡泡脚。要不到就休息半个月，打半个月牌和泡半个月脚。最终班霆父亲给了句话，顶多看在小谊还年幼的分上，就当是把日后的压岁钱一次付你了。叔叔回家后跟婶婶分享这个喜讯，那天入夜他睡得格外香，在他的鼾声如雷里，婶婶想，她该离婚了。婶婶每晚都在孕育这个念头，开始只是挑刺、争执，叔叔以为无非夫妻之间的小矛盾频繁了些，渐渐从夏跨过了秋，婶婶心里的果实独自恶化，然后跟随第一场冬雨，哗啦啦地揭了大幕，"离婚"两个字正式摆上台面来。

所有这一切，轮得到外人管么，连班霆父母都嗅到了事态越来越正式化的味道，不是一两次握着手的谈话就能化解得了的，开始在饭桌上尽量避免提到叔叔一家，怎么提呢，同情地？慨叹地？恨铁不成钢地？不在同一个屋檐下，话说得再动情也是闲话。

于是班霆只能短暂介入，让小谊掏走身上的零钱，然后又被小谊和叔叔在争执中撇开，无效而又不伦不类。

他离开的路走得不太直，背后一个有些耳熟的声音喊住了他。

"刚才小妹妹把钱忘在店里了。"女生在自己的衣服口袋里挖了挖，手掌在班霆面前摊开时，里面却是两团纸币。

"哦。谢谢你。"班霆说话就抬手摘走了其中的一团。旋即他发现女生的双颊腾地红了，是她自己也无法言说的一片通红。她身体的某些地方一定是在不自觉地绷着力气，以至当班霆做出选择后，那是一种事成定局、瓜熟蒂落的认命。

"怎么了？"班霆不知道她认的是什么命。

女生的手指慢慢团起来，将剩下的钱捏得很紧："你不检查下吗？"

"检查什么？"班霆用两根手指潦草地搓开纸币，依然不明就里。

"……没什么。"辛追的右手还是维持着拳头，"就这样，我得回去了。"

"好……拜。谢谢。"

"不客气……"

班霆忍不住还是多目送了一会儿辛追。女生走得飞快，右手却几乎没有摆动，一直护在胸前，但再过片刻，她的背影忽地塌了一层，两肩认命似的垂下来。班霆仍然猜不到她认的什么命。

时间没有给予辛追充分的思考余地——如果班霆是把那张假钞拣走了，她应不应该高兴，应不应该觉得老天开眼而坦然接受。根本不容她细想，班霆的指尖在她掌纹上快速地滑过，所有尚未成形的险恶预测和紧随其后的不安忏悔，因为那个火柴划过般的动作，在她两颊高密度地沸腾了。

她是那会儿发现自己原来一点也不希望的。她一点也不希望欠班霆一分一毫。明明是花了多么大一笔代价，才得到一个冷冰冰的声音为"双方从此两不相欠"落了锤，让他们两家的关系获得一个生硬的平衡，最后叫张假一百块搅了局算怎么回事呢。

所以当辛追等不及，她放慢步速，将班霆选剩下的那团纸币揉平后，仿冒的触感当即令她的肩膀落了下来，安心地、认命地落了下来。

好了，她还是不欠他的。她依旧可以带着"我已经不欠你"的苦楚遇见他，听他说话，或者对他说话。同时，看他一样带着"你已经不欠我"的孤高遇见自己。

唯独在最后，让辛追隐隐不悦的是，她想，看吧，人和人的运气就是差别那么大，糟糕的倒霉的厄运缠身的，永远都是她的相识，而不会沾班霆的边。

✧

【 “这下，是你欠我的了” 】

辛追推门的时候姑妈在打电话，姑妈的语气不只严肃更有气愤。

"我已经去银行问过了好吧，就是你回学校前那天晚上，凌晨三点五十分，我们家外面那个 ATM 机上提的钱。现在一查都查得到的，你还要骗我？你要不要我再去调监控摄像啊？这样有意思吗？我是你妈欸，你对你妈还要这样瞒？万一我真去报警了呢？闹大了的话你还收得了场么？"

姑妈越说越气，连进门的辛追也没多看一眼，辛追却没法从这里躲开，她双脚断电似的被定在原地。她不能错过一丁点姑妈和婷婷间的信息交流，说到哪一步了？婷婷说了钱是派什么用场了吗？钱是要救她那犯错的男朋友吗？婷婷会劝姑妈说你别怪我，你别怪辛追啊，辛追没有错的，她是我硬拽进来的，她没有干任何对不起人的事，她不会对那七万块下手的，她虽然没有什么钱，可不会干这种事的……

辛追的双唇咬得全无血色，她只觉得脚底发凉。低洼地什么时候开始蓄起了水？什么时候的暴雨完成了突袭？残叶泥沙没过她的脚底，里面会不会游出一条蛇，吐着芯子认准她？

崔洛川还一度试图安慰她，说她只要好好解释，不会有问题的，她行得端坐得正，辛追被他不知情的体贴伤得一阵惨笑，断断续续地把自己的真实近况告诉了崔洛川。崔洛川沉默了半晌，又将辛追重新拥抱回去，仿佛他很早也猜测到辛追的家庭背景。必须是这样的背景上，才会让辛追把眼前的安全感奉为圭臬，对存量的关注远多过增量，继而视丁点善意为巨大恩赐，全方位低估自己的价值和爱。

"不管怎么样，都有我的责任。你别害怕。"崔洛川的手在辛追的背上温柔地抚。那一刻辛追是燃起片刻勇气的。

可单独面对姑妈的时候，她的脸还是煞白得非常醒目。姑妈挂断电话转向了辛追，告诉辛追她勒令婷婷后天，也就是礼拜六回来说清楚。姑妈不是在乎七万块，而是女儿的这个行为背后到底发生了什么事。婷婷拿的这个数字跟"生活费不够"差了十万八千里，姑妈害怕的是别是被骗进什么传销组织，尤其婷婷越是瞒，这份走歪了的猜测却咬得越狠。

可辛追只听见一个"后天礼拜六"的时效。等后天，婷婷就回来了。婷婷、姑妈和她，三个人往客厅里一坐，一开始是婷婷和她站在一边，一起面对姑妈，她是婷婷的亲密战友，值得婷婷咬紧牙关也决不出卖。但很快，并且一定，辛追就只剩一个人，要面对婷婷和姑妈，告诉她们，七万块经她手后丢了。

辛追带着个脑海中的模拟法庭，心力憔悴地挨到了第二天傍晚，婷婷连续给辛追打了好几个电话，辛追不敢接，婷婷据此推测出辛追的躲避事出有因，她来电的频率陡然上升了。辛追的手机在桌上振个不停，引来同事接连的注目。迫不得已，辛追按下了接通键。而后她几乎不知道自己说了什么，只有婷婷一句句的追问快马加鞭。

"姐，那事后来有消息了么？""哦？！怎么说？""不行？不是都说了只要给七万……哦……""真的不行？""等了那么久欸——""那不行就再说咯，钱大概什么时候退回来？我好找理由搪塞我妈""什么？"

"什么——"婷婷的尾音像断了绳索的担子，高高地吊起来，一股巨大的不信任和厌恶，就通过这两个音节淋漓尽致。

"没弄错吗？

"你不是骗我吧？

"丢了？

"什么意思啊？丢了是什么意思啊？

"你搞什么啊!

"怎么会啊？

"靠！"婷婷骂了一声后摔断了电话。

辛追看见自己的影子投射在一旁的电脑屏幕上。十六七岁时面色惨白的辛追，五官不自觉地抽搐成一种鲜明的丑。丑极了。她看那个倒影。嘴角发抖，眉毛下垂，眼睛里满是惧怕和厌恶，对事态的惧怕和对自己的厌恶。这份完全不受时间影响的面容，或许才是她真正的样子，告诉她，无论过去多少年，十几岁也好二十几也好，哪怕三四十，但凡任何一件与金钱有关的苦难突发登场，她一直维持的日常都会失守。谁让她既无能力又无方法，倘若说过去的人生经历给过她任何教训——其实连教训也谈不上，被反复强调的只有那一朝被蛇咬的恐惧。她对这种恐惧才是最了解的，最鲜明的，最无法忘怀的。

辛追把脸再次扭向电脑屏幕上，那张二十三岁的脸，最终是由恐惧所统治的全部丑态。

真的丑极了。

就是那一刻，辛追的记忆里浮现出班霆。非常久违地浮现出他。隔着六年，两千多天，山长水远。

应该是最近的变故，在她内心发起了一场地震似的持续动荡后，什么都纷纷松落崩塌了，原先的架子倒了下来，架子上面的壁画砸了下来，画后面锁着的一个箱子重新露了出来。

那个箱子是关于班霆的。

她藏在那里的。

辛追将座椅转正，她和电脑上倒映的人影静静地互相观察。

六年前的那一天，她留给班霆的最后一面就是这样吧，丑极了的面孔。把那个箱子捧起来，都不必打开，她就能想起来了。自己是怎么一点一点地，从班霆身畔挪开步子，用这副正在迅速成形的丑陋面孔站到他的对面。

她再一次站到他对面的位置。眼眶里还蓄起多余的泪水，仿佛她的可怜还彰显得不够，眼泪是她这类人的标配，缺了标配就少了点什么，就不够凄惨和无能了。

唯一不同的是，除了标配以外，她的眼泪里是多了一个额外的成因的。她那时是怎么死死地盯着他？用力地盯着他？为了让他看清自己心里的一句话。

"班霆。这下，是你欠我的了。"

Chapter . 11 / 第十一章

〖 "我知道你的意思" 〗

〖 "我还是相信你的" 〗

〖 "我不怕脏的" 〗

〖 "我要还你的" 〗

〖 "你跟我走" 〗

时间是可以不断细分下去，
细分到或许世界上从来没有什么是真正同时开始的，
总有最微小的，更微小的刻度里，
它们差着那一丁点，带有遗憾美的一丁点。

【 "我知道你的意思" 】

其实班霆已经仔细回忆不起，各种过程究竟有着怎样的一帧一画。暑假过去后，寒假也眨眼就要完结。两人的接触有限，多半是彼此对视一眼，连点头的客套动作都很罕见。可没多久班霆开始发现，似乎连那个对视的动作，都慢慢被放大，放大得接近凝固的状态。这份凝固也有对方的参与，因为班霆看见辛追停了手上的事，好像是很全心全意地去完成一个明明只是"擦肩而过"的交会。时间也许没有完全静止，可还是放缓了脚步，由此辛追被看得更清楚了一些。仍旧是带着距离感和防备心的，但除此以外，女孩身体里还是有被什么劝服后的放松，让她一点点地回到了平常的样子，不是"敌人"，不是"被告人"的样子。这副样子里，偶尔甚至会松动出一丝只会发生在异性间的闪烁，使她在其中小小地拘谨和羞赧着。

班霆看见辛追把刚刚从玻璃台板下拿出的一瓶橙汁又放了回去，随后再度拿了上来。

这样一个无意义的来回。

是个大阴天，天光一派凄迷，云却堆成温厚的样子，风一会儿大一会儿小，一阵凉飕飕里交织着一阵暖烘烘，总之都掺着矛盾和对立，但偏偏把它们都不容分说地包容到了一起。班霆伸出右腿支在地上，自行车在辛追面前停了下来。

"……啊。"但他没准备好要说什么。

"噢。"可话也照样被接了下去，"你来了？"指的是来班霆的亲戚家。

"嗯。忙么？"其实挺明显的。

"也没什么要忙的。"不知怎么辛追就走出了柜台。现在两人隔着门槛站着，"寒假里你还去补习？"辛追看见班霆挂在车筐里的书包。

"有个进阶班。"班霆不怎么喜欢"补习"这种说法。

"生物啊？"

"嗯。"

"我原来一直蛮想问的……"

"什么？"

"你对生物感兴趣？"

"……有什么问题？"

"第一它算冷门吧，第二么，你看起来不像……"

"什么样子的人算看起来'可以'像的？"

"我说不好……但也没别的意思，就是……"

"嗯。"

"嗯……就是……"

"我觉得'活着的'东西挺有意思——一开始就是这个原因。"班霆下了车，把它倚着墙。

"'活着'的。"辛追重复一次。

"现在学的东西不是研究怎么算'活的',怎么算'死的',但开始就是对这个感兴趣而已。想知道它们是怎么被划分成两边的。"小时候糊涂的意识也有了冥冥中的姿态,顺着走下去发现风景虽和意料中不同但也是好看的。

辛追眼睛落在水泥地上,一行蚂蚁,不知道是不是同一行了,这回搬的是面包块而不是话梅核:"一年级的时候学校安排我们养蚕,那会儿不知道,叶子上滴了点水想喂它,结果倒把它给喂死了。还有兔子也是不能喂水的吧,读三年级的时候同桌的一只小兔子也是这样死了……但你说的肯定不是我这种吧。"

"嗯……不算是。"

"你没有养死过小动物吗?"

"就没养过。"班霆倒想了想,"我爷爷养过猫,但时间很短,两个月不到它就跑了,不知道去哪儿了,现在也没找到。"等说出"爷爷"两个字,班霆才从女生脸上找到那份不设防后的尴尬,由此换他了,两个人就这样打着时间差彼此尴尬了起来,班霆到此刻才意识到,能够尴尬也是好的,比先前更加直白的怨恨要柔和了许多。

"云不算活的吧。"是辛追先打破沉默,她看着远处的天。

"生物角度上不算。"班霆也不由得仰起脸。

"但看起来是活的。"

"嗯。"看起来。

"地球是活的么?"

"生物角度上也不算。"班霆看了看辛追,"我知道你的意思。"

"嗯……"

"你今天什么时候走?"班霆忽然问。

辛追回头看墙上的钟:"啊,到点了。"

"不用等别人来接手吗?"

"不用,给我钥匙了。"

"我瞧瞧。"班霆说。

"哦？给。"伸手。

"……"才回过神来是毫无用处的要求，班霆只好再加了一句，"这门应该不好锁吧。"

"你说外头的铁门？是啊，锈成那样了。特别紧。"

"我看下。"他边说边朝一侧走，上下看了看铁门的插销，手指放进去拽了拽，再松开，果然满手都是铁锈味。班霆回头看了看几步后的辛追，在她的眼神里第一次找到了同仇敌忾的感情，班霆的声音起得有点涩："……是挺难拉动的。"

"那我帮你？"

班霆有点失笑，略过辛追的问题，门关到一半，那会儿就起风了，风不小且持续，一阵扬沙自淡由强地从路面往空中卷，两人都不由自主地半闭上眼，等空气里的味道渐隐了下去，又同时睁开眼睛。

时间是可以不断细分下去，细分到或许世界上从来没有什么是真正同时开始的，总有最微小的，更微小的刻度里，它们差着那一丁点，带有遗憾美的一丁点。可在那个当下，当班霆松开眼睛，辛追和他保持着在所有刻度里的同步，他们同时看见了彼此。女生半举在额前的手留了微薄的影子在脸上，肩膀微偻着。男生前发还留着小簇竖在方才的风里，人依旧是挺的，但和旗杆似的笔挺又不太一样，他的一切都是从小到大，从内而外被良好养育的，因此他从那个优秀的环境里朝她发声"有片叶子"，他指指自己的脑袋向辛追示意，见辛追摸得南辕北辙，就替辛追取了下来。还真是一片压根谈不上好看的，更接近腐败的垃圾一般的叶子。

不知道为什么，当时辛追突然觉得极其委屈。连破败没有生命的叶子，也会挑人，也知道该往什么上头落，知道什么才是配它的。

辛追把叶柄在手里旋着一个又一个三百六十度，她很轻地开口："我接下来就不来了。"

班霆算了算："下礼拜才开学吧？"

"但这里的活到明天为止。"

"噢。"班霆吃不准自己是什么神情，"那明天见。"

辛追听懂了："明天你还来？"指的不是来亲戚家了。

"会的。"

辛追回想着："你妹妹，好久都没见她了欸。"

"嗯……放假就更赖在家里不出门了吧。"班霆觉得没必要跟辛追说实话。叔叔婶婶的离婚大战陷入僵局，拖拖拉拉好几个月，有时候绕出去个极大的圈子，跑题跑得都没边了，谁更不爱谁一点这样的话都拿出来说了，有什么意义呢，接着还不是折返回主旨上去，戒指呢，别想私吞那颗戒指，婶婶不会放过它的，放过的话就动摇了她为自己做的一整个离婚策略。每天一轮死胡同，从爷爷的那颗戒指开始，物质攻击完了精神攻击，精神攻击完了再物质攻击，最终再以类似的骂街收场。前天小谊给班霆打了个电话，内容讲得七零八落，问了两道功课又问手机游戏最高是几分，又问明年升初中了欸，初中是不是很累，班霆回答她你要是家里待得不开心，我以后每天过来带你出去玩一会儿。小谊立刻挂断了电话。但班霆知道那恰恰表达了肯定的意思，今天下午他午睡都没有醒透，小谊的电话早早地就催过来了，开口就说定了今天五点半，哥，你不要放我鸽子哦。

班霆不知道自己走了好一会儿神，他定定地注视着辛追手里那片已经死去的叶子："……嗯，我得走了。"

"啊，好。"

班霆双手交握了一秒，又松开是因为他发现自己原来是受了面前辛追的影响。女生正把两手十指交叉地垂握在身前，好像里面盛着个不贵重但也有分量的碗盏。

"那明天见。"班霆说。

"再见。"辛追说。

从事务所下班回家后，班霆倒是比小谊还早回来一些，小谊说今天轮到她出黑板报，中间打打闹闹一阵，再分点五花八门的煎饼或奶茶，不拖拉才怪了。班霆开灯，看房间里原先属于自己的那一部分乱糟糟，现在加上了小谊的大部分乱糟糟。一件背带裙勒着餐椅的脖子，两只嫩黄的袜子东一只西一只经营异地恋情，等班霆察觉家里的饮用水差不多喝完了，要找送水公司的联系方式，小谊的作业本把书桌堆成要塞，班霆翻找时最上头的一本剪贴本滑落下来。

他捡起来看了一眼，八成是学校布置的什么课外作业，要求收集五十张不同的云彩照片，当然对初中生的要求更进一步，收集完以后得查明是什么云，是什么成因，有什么特征。小谊刚刚完成三分之一，图片贴得多，注释虽然还没跟上，书写倒异常仔细，没有一点对付性的潦草。尽管在家里总是一副让人难以省心的样子，可只要大人们不在，她能够把自己管理得很好。班霆刚想给奖一朵无形的小红花，转眼明白过来那是因为小谊的童年伴随着父母离异。他将手里的剪贴本合起重放到一边，注意到首页上贴着一行字，大概是标题，主语"云"谓语"是"，后面跟着长长一条填空线。

应当是让学生完成以后，自己在标题上进行总结吧。

而没有任何犹豫，宛如条件反射般，班霆听见脑海里响起自己的声音，对这道填空做了回答——

"云是活的。"

紧接着他皱了下眉。

什么话？

打哪儿来的？

没头没脑。

更何况错得离谱。云从来不是活的，生物角度上，新陈代谢、遗传、应激性……一个条件也不满足，一丁点也不沾边。云怎么个活呢，母体从万米高空倾覆，留一爪求生后的伤痕，既细又长，数道横跨着血红的天空；还是繁衍了愤懑的骤雨，嚼碎所有鸟鸣，又在地尽头将曙光一饮而尽；有时饥不择食，连山峰也是猎物；但更多的还是败在落日下，任夕照一剑一剑刺穿。但这些都不再是客观现象了，都是人在寄情时添油加醋的产品。说到底还是舍不得将世界简单地做两分法，有些明明白白非生命的事物，还是要让它们跨过那条分界线，要它们尝尝人的活法，共享人的喜怒哀乐，分承人的生老病死。

班霆想起曾经有一位生物老师说过很有趣的话，别看科学家一个个都特别严谨无情的样子，但所有的科学到头来都是为了满足人类的情感而服务。飞行器飞得更快，生命老去得更慢，天更蓝，海更清澈，宇宙的源头被解开——全是为了满足人类的情感。当然那会儿班霆并不理解话的意思，他并不清楚人类的情感代表了什么。

小谊到家的时间比预计晚了不少，班霆电话刚打过去，小谊推开大门进来，书包某个地方嘟嘟响着来电铃声。

"九点了欸。"班霆放下电话。

"哦。"小谊快快的。

"饿么？"班霆看她无精打采的样子。

"不饿。"

"怎么了？"

小谊坐到餐桌旁，人往桌上一倒，班霆眼疾手快地把半罐没喝完的啤酒挪开。

"看见我弟的照片了。"

"你弟弟？你什么时候冒出个弟弟？"

"我爸朋友圈里发了个照片。我看见他们家了。"

"……哦……你看见了啊。"

"和我爸长得挺像欸。"

"乱说什么，明明是带过来的孩子吧。"

"嗯，我想——了很久，很久，我前面把回复都想好啦，'祝你们幸福'，不过我没还是没发出去。我真的想——了很——久，很——久。"

班霆手掌在小谊脑袋上抚摩了一下："什么'祝你们幸福'，电视剧看太多了。"

"算了啦。要朝前看。我要朝前看，对吧。"小谊直起身，跳站到凳子上，比出领航员的姿势，"哇，冰山——好大！要撞上啦——"

班霆等她把整场灾难大戏演完，拍拍她的胳膊："下来。"

小谊耷下脑袋，重新滑坐到餐椅上，重新挂回桌面："哥哥你会不会生气啊？"

班霆将小谊扔在地上的书包捡起来："什么？"

"我要真的祝福我爸的话。"

"啊？"

"你会不会生气啊？"

"生气——什么意思？我为什么要生气？"班霆觉得小谊这次的思路跳得比往常更快。

"哎哎，算了。"小谊想起什么似的，她掏出手机划了半天后亮出一张照片给班霆，"喏，我跟你说过的，我的班主任。我跟她说啦，你也没有女朋友。还行吧？我们排列过的，我们这个年级里，她算第二好看。第一好看的已经结婚了，所以你就不要想了。"

班霆看小媒婆一脸运筹帷幄，两步上去抓着她的座椅靠背，连人带椅子一起，又轻又快地放倒在地面上。

"干吗啊！"小媒婆仰面瞪着餐桌上的吊灯。

班霆懒得跟她再废话，来来回回地跨过小媒婆收拾着屋子。

"还是你已经有女朋友了啊？"小谊不起身，维持原状躺在地上。

"你见过我哪个女朋友了？"

"好像是没有。"

"所以你就信口开河？"

"但以前……"小谊这会儿一骨碌爬起来，"哥，你不是早恋过的嘛？"

班霆关停了厨房间的水龙头，他脸色不太好看："什么？"

"不是吗？我爸还说呢，让我不要学。"小谊朝班霆再看一眼，急匆匆地摆摆手，"我就说嘛，你就是讨厌我爸的，哥，你不是在生气那是什么？"小谊边说边摘过书包，一步一步朝房间里退，脸上的笑容变得讨巧起来，"好了，我去做功课了，我很乖的，所以不能罚我的。拜拜。拜——拜——"

客房门咔嚓一声关上了，班霆重新旋开水龙头，已经洗过一次的杯子被他又洗了一遍。

【 "我还是相信你的" 】

礼拜六来了。辛追从没有经历过那么长的倒计时。每一分钟她都会产生希望，下一分钟再眼看它破灭，这一茬茬短命的幻想快淹得她没法呼吸。实在不行，就认了吧，七万块算她欠的，但转眼她又被自己这副虚张声势的模样几乎要逗笑，吹的什么牛皮呢，逞的哪门子能呢？她有什么资本来拍胸口？父亲一个月领六百块低保，再交八百五十块医药费，两眼从沉睡中睁开就为了看女儿出来装英雄好汉？那就推干净，她没动过这钱，所以和她没关系，她无能为力。然后呢，继续天天赖在姑妈家鸠占鹊巢？把属于婷婷的枕头都睡瘪了，姑父从新加坡买回来的高级枕芯，落得那么难看的一个凹陷。

辛追心里苦不堪言。上天仁慈地给了她一个喘息，礼拜六单位安排了临时会议，辛追一早就赶去了。她心不在焉地看时针往前打圈，再怎么不情愿，结束的时间照样到来。她两腿沉甸甸地走向崔洛川的车。来时就是崔洛川送的，中间几个小时他还自愿等候着，辛追不忍心，但崔洛川强烈要求，他知道辛追的麻烦，知道今天就是摊牌的日子，直说这个情况必须多多陪伴。

回去的路上，辛追再问了一遍，钱的去向知道了吗，崔洛川的回答没能令她转忧为喜。辛追紧闭双眼倒向车窗，她觉得自己是在被车辆载向刑场。婷婷的飞机应该是中午一点到的，现在三点了，两个小时里，姑妈和婷婷能够说到什么地步呢，亲生母女之间的四条胳膊啊，有哪条会朝她拐呢。

辛追眼泪上来了，她用力扭着脖子，不让崔洛川看见。烂了一肚子的话，辛追却一句都不能拿出来对崔洛川讲。每一句话都是婷婷指责过辛追的："没搞错吗，没骗我吗，什么意思啊，搞什么呢？"尽管没有最后那个骂人的音节，但仔细想来，辛追完全可以同样地去质询崔洛川，用比婷婷更甚的语气，婷婷怎么对她生气和不满，她也应该怎么对崔洛川生气和不满。

可她就是张不开这个口。除非她和崔洛川再认识得更深一些，更熟稔一些，关系比现在亲密一大截，辛追可以更直接地表达自己的喜怒。但眼下不行，眼下崔洛川是她唯一的己方，是唯一有能力的己方。她受崔洛川的帮助已经够多了，这个当口出来反咬的话那就不是人干的事了，决不能让一时的意气破坏她和崔洛川之间的关系。

车缓缓地减了速，辛追抬眼看见通向姑妈住处的小区路径，她的心已经冷掉一半，带着伸头一刀缩头一刀的应激式麻木，她打开车门。

崔洛川的手握上来，将辛追的左手牢牢地抓紧了。

"真不是你的问题，你别害怕啊。不会的，没那么严重。"

辛追再没有力气挤出个应付的笑。她脸颊一直是木的。崔洛川盯着她的眼睛再看一会儿，五根手指一根根交握进来，是最大面积的接触。

"我会想办法的。"他说。

辛追松开他的手，不知道自己是点头了还是摇头了，但一步步走回去的两腿依然沉重得很。有什么办法呢，就这点时间里，能怎样呢。而她一打开家门，看着沙发上坐定的姑妈和婷婷，两人同时看向辛追，辛追就想起缺席审判这四个字。然后婷婷是用力地瞪了她一眼吧，姑妈则调整了下坐姿，后腰不再靠着沙发而是往前挪了一点悬空，姑妈挺直了腰坐好，审问的姿态一目了然。

"辛追回来啦。"

嗯。回来了。然后呢。

"你先换衣服呗。"

别催我，别那么着急行不。

"婷婷跟我坦白了。"

看吧，你们都等不及我先把衣服换了。

"我好好地说了她一通。太乱来了。真的是。"

鞭子都是腾空挥的，威吓性地挥的，哪一次是真落下去的啊。婷婷是怎么被养育大的？被教训过最重的话就是一个"乱来了"吧。

"其实你也是被骗的，我知道。我还是相信你的。"

辛追觉得自己嘴角忍不住扬了一下，大概是配合地苦笑？姑妈果然还是一如既往的语气，一如既往的态度，包括一如既往的"但是"吧。

"但是这笔钱，肯定不能就这样不明不白没了。你比她清楚具体情况，所以还得你帮忙。你得跟我说具体的啊，我好弄清楚了，啊，你先坐啊，这么站着干吗……"

辛追口袋里的手机响起来，打乱姑妈刚刚酝酿好的开场，辛追掏出来看来电人是崔洛川，犹豫了一下该不该掐断，姑妈倒很宽宏地抬抬下巴示意你先说好了。

辛追在玄关处尴尬地拧了半周身体，末了还是示意她去走廊通话。

崔洛川在听见辛追"喂"了一声后舒了很长一口气。

"我真怕你不接。"

"啊？怎么了吗？"

"你还好吗？她们问你了吗？"

辛追瞬间没了力气："正在……"

"钱我找回来了。"崔洛川突然说。

"啊？"辛追听不太懂。

"我就在楼下，你来吧。"

辛追赶紧跑向走廊尽头的小窗，四层楼下，崔洛川的人影果然在那儿站着，看见辛追了，朝她挥了挥手。

"找回来了？这么快？欸？你不是才说……真的吗？是真的吗？真没骗我吗？"辛追一路冲下楼梯，电话她不敢挂断，好像挂断就会终结了这个天大的好消息。她气喘吁吁地一路向崔洛川确认，四楼，三楼，二楼，直到睁着不敢眨的眼睛站在他面前。

崔洛川手里握着他的钱包，他从钱包里抽出一张银行卡，递给辛追。

"七万块，就打在里面。"

"真的么？就还回来了？"

"嗯，你先拿去，先给你表妹要紧吧。"

"啊？"

"哦，还是我直接帮你转账过去？我是觉得拿着卡看起来更实际一些，你跟她们解释的时候也清楚些。密码我发你手机上？"

"那，不，不是……你的卡，我不好随便……"

辛追把那张簇新的银行卡翻过来倒过去看了几遍，卡背后签着崔洛川的名字。辛追的眼泪当即成了形，几天来满心的委屈高高地溢出了墙，轰隆隆地在她心里塌出一片失控的酸软。

"还回来就好……还回来就好了……"她就能说得清了，从洼地里爬出来，看那条红白相间的蛇变成无害的井绳，不会再咬伤自己了，不用害怕了。起死回生原来是那么幸福的感受，没错，就是幸福，她过去很少实打实尝到幸福的滋味。不同于快乐开心愉悦，幸福只能是由精神世界在最本质层面发动的，因为它踏平的是最害怕的障碍，建立的是最需要的安全，才能带来起死回生的局面。

崔洛川握着辛追的手，他弯了一点腰，这样可以就着她的眼睛，久久地再看她一会儿。他眼镜后的视线轻微地笑了笑，接着就要伸出手来揽住辛追，揽住她后或许还会朝她的额头落个吻，两人的关系实实在在地亲密了，但崔洛川的动作半道上改成了告别手势："赶紧去吧。"他朝辛追抬抬下巴后转身离开。辛追看清原来他是让一个手机来电截走了，而她内心如释重负的快乐还在沸腾，她深呼吸了几次也镇定不了它们，等一口气跑回四楼后看走廊尽头映出的天空，连云层也是沸腾的，在似曾相识的夕照里，它们也是似曾相识的活生生。

【 "我不怕脏的" 】

　　那个寒假里在杂货店的最后一天帮工，辛追缺了席。早上起来辛追母亲扭伤了腰，没法出门上班了。"上班"这个词是辛追自己定义的。三天前，母亲说她也找了份工作，辛追问是什么，母亲流畅地回答熟食店里要个帮忙打包的，辛追说那好欸，以后是不是可以吃到很多便宜的熟食了？牛百叶，还有素鸭什么？母亲的应对同样流畅，告诉她店里生意很好，难得有卖剩的，就算有，哪里轮得到她这个刚上工的人啊，辛追想想的确是，不无遗憾地咬咬嘴唇。可惜才忙到第三天，辛追母亲起床到一半，腰椎跟她使了坏，让她大汗淋漓地又躺下了，不得已，她差遣辛追去和街道就业办公室的人打个招呼，辛追嗯嗯应着，她急于出门，怕杂货店的打工迟到了，连母亲紧跟着的叮嘱也没有听完整："你跟他们说完就走啊，别东打听西打听，人家要嫌的——哎——知道吗？——"

　　辛追嘴上说着好的好的。到了就业办公室，听她说完，负责接待的年轻大学生脸色却立刻愁苦起来，又叫来旁边另一位年龄相仿的同事，两人交头接耳了一番。辛追困惑地站住了，在熟食店里打包原来是个非常重要的工作吗，不然她们的表情为什么一副如临大敌的严肃？

"那能抽调出谁啊？张叔说了肯定不会再干了，那个，那个，叫什么来着？"

"黄伯啊？他儿子上回还把我骂了一顿呢，说我让他爸干这个活是虐待老人。我冤枉不冤枉……"

"是什么活？"辛追插进去问。

"啊？"

"……不是熟食店吗？"她有了一些不祥的预感。

"什么熟食店？"两个人一起朝辛追转过脸来，双倍的莫名其妙。

十点的时候，班霆把自行车停在杂货店门前，走出来的是店老板。大叔左手兜着一箱矿泉水，然后扯过一边的拖车，在搁板上干脆地砸出一阵尘烟。

班霆眼睛朝店里探了个来回："那个……"

"要买什么？"

"买……"班霆犹豫起来，"水……"

"什么水？"老板在意着时间，等不及班霆回答朝他一摆手，"哎，我急着送货，你要么等我回来，你先慢慢想啊。"

"没别人了吗？"班霆问。

"别人？"

"不要留人看店吗？"班霆没有说出辛追的名字。

"没啊。"

"哎？"

"哦，你说那小女生啊？她不来了。"

"不是说今天是最后一天么？"

"对啊，来电话请假了。大概有什么事吧。"老板只管把班霆撇在身后，拖着车去送货了，只有临走时象征性地把门拉了一大半，咯啦啦咯啦啦的，铁门用生锈的部分抗议。

班霆重新跨上自行车，离约定接小谊出门的时间还有太多富余，他沿着一边的花坛兜了两个异常匀速的圆，男生的裤腿擦着从花坛里延伸出的接骨木枝条，不对，明明是矮红子吧，怎么回事，两种天差地别的，还能搞错么。一阵强烈的无趣袭来，班霆捏住刹车，自行车再度停住了。

放晴的冬天，充沛的阳光险些把什么都变了味道，光照得地上的跳房子图案仿佛童话，照得窗台上的盆栽成了水彩。辛追走出就业办公室的大门，迎接在她面前的就是这么一个明媚的冬天，安逸的冬天，缺乏悲欢离合的冬天。晒在外的拖把结了一层透明硬壳，小婴儿被床褥裹得紧紧的，一桌菜烧得太多，最后一个还烫嘴，第一个已经凝起了油花，唯独上厕所辛苦些，脱裤子前还得做个心理准备，却照样在马桶上坐出一圈哆嗦——这样一个温和得无聊的冬天。

辛追知道母亲的工作到底是什么了，和"熟食店"构成黑色幽默般的大相径庭：附近两条弄堂里住着几十位腿脚不便的老人，弄堂又没经过整修，所有人每天早上整整齐齐地提着马桶出来刷成一首市井之歌，对那些行动不便的老人总是难题，居委会便安排了一份专门帮忙老人倒马桶洗马桶的工作，换了好几个人后，问到辛追母亲那里，没有任何难度地得到了满口答应。于是前两天母亲是这样上班的，站在排污池旁边，那里堆着她逐个收齐的十几个马桶、尿壶或是痰盂罐。辛追母亲旋开一侧墙壁上的水龙头，提起一只塑料桶和马桶刷，在里面利落地刮起圆圈，声音仍旧干劲十足，连同一招一式间被带动的身体区块，虽然动得难免有疲态，可整体依旧是积极的，和人打招呼时也是昂然的。

"不辛苦啊！当锻炼身体，当摇呼啦圈了。

"老人家需要嘛。那肯定义不容辞咯。

"还好，还好，冬天有冬天的好处，换作夏天的话肯定更加积不得。

"对，就是楼梯难走，太黑了。"

辛追在日光下站得浑身僵硬，像半死过去，五官中间都是咸味。她飞快地搓了一把脸，在内心自我解释，工作没什么高低贵贱，都是以劳动换取价值，所以干吗为母亲心酸，干什么活不是活呢，帮别人倒倒马桶刷刷盖子也没什么奇怪的不是吗，谈不上因此而自轻自贱吧。

所以刚才她不仅没有丝毫抗拒，反而主动地对就业办公室里的人提议："我顶我妈行么？"

两个年轻的女大学生很是吃惊："这怎么行啊？"她们把辛追来来回回看几遍，一个问，"而且你还是学生吧？你多大？"

"十八了。"辛追往上再报了一岁，她知道十八岁是个可以不受很多限制的岁数。

"但是……"

"就今天，就今天一天。"辛追迫切地想了解，母亲是怎么工作的，她认为自己作为儿女非常有义务知道。

"十八岁的话……"两个女大学生互相对视一眼，法律上是没什么问题，但她们依旧不太相信，"你做得了？"

"啊，我妈做得了的话，那我肯定也没什么问题。"

女大学生把辛追又看了一遍，这次目光里不是分析她的年龄，而是分析她的家境和经历，于是辛追获得了第二轮的认可。

"但很累的哦，体力活来的。"

"没关系。"

"而且……"

"我不怕脏的。"辛追打断她们。

辛追拿着一份表格，上面打印了所有需要这项服务的人家，包括名字和住处。她又去一旁的杂物间领了个水桶，水桶里是一块抹布和一把马桶刷，辛追认出马桶刷的握把被人重新缠绕过，蓝色的绒线是从母亲的旧毛衣上拆下来的。

从杂货店悻悻离开的班霆比约定时间提前了半小时把小谊接走。两人在附近的大卖场里百无聊赖地泡着，小谊把手边的涂色画册全部完成了，每张纸页都让她涂得重了半斤，整个天空都是大块大块的褐黄。班霆把手机翻转过来看时间。

"回去么？"

"哦。"小谊不会因为出了门就欢天喜地起来，由班霆带领着外出的时间，更像是抽走多米诺骨牌列里的一枚，没法阻止骨牌的继续倒伏，但多少延缓了一秒的速度。

"还要买什么吗？泡芙要吗？"

"不要。"

"好吧。"班霆收拾了东西，小谊跟在她身后。

"哥哥，你走得太快了……"小谊的声音拉了四五米。

"噢……"班霆站住脚步。

"你急着回去啊？今天周末欸。"

"是你该回家吃午饭了。"

"我又不饿。"小谊脸拉得老长。

"那你还想去哪儿？"

"算了算了。老师教过，不能强迫别人。"变成小谊跑在前面拉着班霆的手，"那就回去吧，快！快走呀！"

一排公用水龙头直接安装在弄堂的过道里，住户们早上一起洗马桶，中午一起洗菜，从不觉得有任何不妥，如果是夏天更热闹，晚上有人接根管子，穿条裤衩直接冲澡。辛追把大衣脱了挂在最远的水龙头上，单穿一件毛衣是冷点，可活动起来方便许多，更何况再跑了几家以后，发根腻起了一层汗。先是单号里的，总共八户人家，取马桶，倒马桶，洗马桶，把干净的再送回去。这工作确实主要靠力气，再仔细点就可以做得很不错。辛追一边抢着胳膊，一边考量，母亲每天吃得消么，关键是要上上下下爬那么多户人家的楼梯，马上隆冬了，全程冷水作业势必会得冻疮吧。

等她把单号人家的最后一个马桶提回去，接下来是双号的，还好，少了一半，才四户。临近完工，辛追的情绪甚至有些满足。她那会儿是一点也不抵触，不嫌恶了的，既然她的劳动有很好的成果，洗得干干净净以后，再送它们回到各家各户的日常里去。日常生活怎么可能没有废物和秽物呢，都是肉身凡胎，都吃五谷杂粮。所以她干的活，母亲干的活，决不会低人一等。

辛追撩起上臂擦掉额头的汗水，进了对面的大门，她扶着木头栏杆上了一处亭子间。过了三级台阶后，辛追整个人消失在浓郁的黑暗里。

离开小谊家，班霆骑车拐上马路。周末的午后，整条马路空出一种异样的安详。有一刻路上连额外的人影也没有，只有班霆看见自己呼出的白气，它们到底是消失了，还是回归了天空中逐渐丰茂起来的云。

再往前，路面却断了，一辆挖掘机在路中间静静地停着，圈出两条横幅，一块蓝色标志牌，让过往车辆绕道，煤气管道手术进行到半途的马路，此刻连医生护士都没有，还是异样的空场，整个世界的力气不知道都使到哪儿去了。

班霆打一圈自行车把刚要掉头，但他看见旁边的弄堂口，想起来有过一两次，小谊带领的，小游击队员从第一天自己上学放学后就把附近的每条阡陌小路都摸熟了，所以班霆曾经以她为导航，抄过弄堂里的近路。

好啊，他想。

头顶错落有致的衣架，错落有致的棉衣线裤，错落有致的天空没有鸽子或其他鸟类来点睛，某家某户的一台电视，谁落座时压到了遥控器，喧哗的广告声顷刻间匀给半条弄堂一起分享。

班霆循着记忆里小谊东挥西摆的胳膊，到底后他右转。

真正的一幕班霆错过得很完整。如果刨除了嗅觉，还是可以被描画的场面，甚至未必有他人在听闻中想象的夸张。他们在自己的假设中掩住了口鼻，然后挥着手说"别讲啦，我还要不要吃饭，恶心死了"。但换作当时真正在场的辛追，她几乎没有当即意识到气味的异常。液体和半固体虽然是滴滴答答着，也无非是让黑色的木头楼梯颜色深了一层，没有外界推定的那么"斑斓"，绝对没有。她飞快地从楼梯拐角爬起来，飞快地将倾翻的马桶提直，再飞快地去外头的水龙头下打了一大盆水，她已经不觉得吃力，端着水盆小跑回事发地，沿下水道的方向把地面和楼梯先冲一盆，不够，再跑回来，第二盆，还不够，来来回回跑了六七次，直到有人被方才的声响惊动，推开门或窗户，在看清状况后也"哇呀"一下很快又关上了门窗，辛追没法理会，还得再去接水，还是没冲干净。没有那么快冲干净的。

差不多到此刻，所过之处开始回荡起零星旁观者的言语。辛追在其中闷着头，她的身体开始紧缩。

味道在光照下开始反攻，直接挠进辛追的胃里，她憋很长时间的气只在过场换半秒的呼吸，否则的话就会忍不住找一段稍微清新的空气去干呕。冲完了水，得找个扫把来划拉，然后再冲一轮，最后还得想办法把地拖得不那么湿，冬天里不结冰已经够滑了，再结冰那摔的人就不只是她了。这个时候辛追还能维持身心合一的稳定。没什么，她对自己说，就是出了个意外，怪她自己不好，黑灯瞎火的就踩空了。不要多想了，不要再想了。只不过是，一个不太好看的意外。

就是这样。

就是这样。

她从浓郁的气味里站起身，然后勒令自己不必去想了。不适合在这里想的东西很多。它们大多干净笔挺，想一想都是不礼貌的。

等到局面总算收拾得过得去了，辛追回到水龙头前搓着最后一轮抹布。刚才摔到的屁股和扭到的脚腕这会儿才得空向她诉苦，她咧嘴抽两口冷气，撑着水池边沿低头检查伤口，看清了半条裤腿上飞溅的污渍，还不止，沿着找上去，毛衣下摆、袖口，或许一直再往上，到脖子，到头。

辛追手摸到一半，又垂下来。她想，手也不干净啊。

她想，得弄干净啊。

她想，怎么把自己弄干净呢。她又将水龙头旋到最大，水柱哗啦啦地粗成棍子，腿先伸过去受它的刑罚，不冷啊，然后半转过身，腰，然后够不着了，得蹲下才行，冷的，到底是冬天，毛衣没有脱，应该脱了毛衣冲吧，但不对啊，毛衣也脏啊，那就一起吧。冷的。冷的。冷的。冷的。非常冷。

辛追整个人水淋淋地站起来。身体里所有的血都没有逃过刺激，她的脸一片艳红。

【 "我要还你的" 】

　　姑妈面色上闪过一丝笑意，辛追知道自己没有漏看，就在姑妈三成的困惑，五成的怀疑，两成的不悦中间，看似已经被占满的心情，还是留了一条缝隙的空间，让姑妈为了失而复得的七万块钱舒心了短短的零点零一秒。

　　再掉头去看婷婷，婷婷的神态更好理解，一半是对事情就这么完结的结局备感乏味，就为了这么个折腾让她专程回来一次，好笑。另外一半就是干干脆脆的愤恨了，既然钱回来了，男友的事也就彻底宣告没戏了吧，竹篮打水一场空。

　　可这整个看似回到原地的过程对辛追来讲不是一场空，只有她自己知道从身不由己的激流中重新被救起的一瞬，她发生了怎么样的变化。

　　姑妈家很快就恢复了寻常的温度，婷婷收拾了两下就出了门，不知道是不是能见到她那注定要吃苦头的男友，姑妈追着问了两句，那你晚饭回不回来吃啊，没有得到回复，她便脸转向辛追，手里还拿着崔洛川的银行卡的辛追，姑妈没有急吼吼地接过去，七万的数字不小，但也没有大到真让她丢了笃定的仪态。

"你看这事折腾的……你以后可别被婷婷牵着鼻子走了，她懂什么啊——唉，我得去做饭了，你晚上不出去了吧？"

"我晚饭也约了人了。"辛追扯了个大家都心知肚明的借口，"而且得赶紧去一次银行。"

"哦，那我一个人就简单弄了。"

"嗯，姑妈那我出去了。"

辛追关上门时身体衰竭似的软了一层，像从玻璃纸中剥落出来的蒸蛋糕，没法再好好地站。她下到底楼，天已黑了，看不见一丝云彩，月亮大得惊人。

辛追给崔洛川打了一个电话，没人接，但旋即一条短信发了过来，很简单的五个字"抱歉，在开会"。辛追独自和短信对话："嗯嗯，好的。"她轻轻地动着嘴唇。再把和崔洛川的短信界面整个浏览一遍，其实他们之间的相处还不长，手指没动多少下聊天记录就走到了头。可辛追知道此刻这些无关紧要，认识是长是短无关紧要，聊天是多是少无关紧要，崔洛川对她而言已经是另一个人了，没有办法忽略和轻视，没有办法忘怀——换言之，她意识到了，她眼下很想见崔洛川。辛追抬头看一眼天，没有云，巨大的月亮。

可能再去掉一个字，很想崔洛川。

中间的差别她说不清，但只改一个字，就什么都变了。她被这个修改激着了，笑着甜蜜的听天由命，继而又含蓄地苦涩起来，因为辛追不是不清楚，说白了，崔洛川是如何突围的？她最急缺的东西，他给了。钱和安全感。钱，也是安全感。

于是当夜深了，辛追见到崔洛川下车走来的时候，她毫不犹豫地加速成小跑，离崔洛川一米远，他先张开手臂，辛追吻合上去，还撞出一点疼。可她疼得也开心，她得让崔洛川知道，在等待他的这几个小时里，她怎么把想见的见字去掉了，她想他，心口暖得没有杂念。

辛追从拥抱中先探出上身："看来不信星座真的不行欸……"

崔洛川笑笑地看她："星座说你什么了？"

"说我这个礼拜会很辛苦，严重的话搞不好会迷失，但挺过去就好了。"

"有贵人帮忙吧？"

"倒不是说贵人……而是……"辛追脸红起来。

"那是什么？"崔洛川朝她逗趣地看一眼，然后率先把话题跳开，"钱你转过去了？"

"啊，嗯。"先前在柜员机上操作完了，"你回头记得把密码改了哦。"

"也不用啊。"

"那怎么行？"辛追翻着钱包要把卡还回去。

"有什么不行？"崔洛川阻断辛追了动作，再度揽住她，辛追感觉到头发上渗入崔洛川的呼吸，"你又不是别人。"

辛追心像被揉碎的饼干，酥甜撒了一地："连累了你……"她脸贴着崔洛川的衣领，"后来弄明白了吗，钱是卡在谁那里的？谁那么坏！"

"后来啊……"辛追看见到崔洛川的喉结上下动了动，"没有呀。"

"没有？那，啊？……什么？"辛追飞快地卸下崔洛川的拥抱，为了直视之后他的每句回答，"什么意思？"

"就是这个意思呗。"崔洛川朝她耸了耸肩。

但辛追立刻轻松不起来了："可你不是已经把钱拿回来了，啊……"她让忽然曝光的真相狠狠地蜇了一下，"不……"

"没关系的。我说了我会负责的，而且我也应该负责啊。"

"不是……不要，怎么能让你来出？"

"还好，七万块，没到把我老底刨光的地步啦。"

"那也不行。不可以。"

"你先把钱还了就好，我这边会想办法再去追追看的。"

"这是你的钱，我不能动你的钱。"

"为什么不能？"崔洛川忽然问。

"……因为……"辛追知道自己打了个哆嗦，这个哆嗦的原因是从未体验过的幸福，还是从未体验过的不安，还是两者兼而有之，因为什么，因为钱啊，她一直以来，全部的幸福和全部的不安，都是由钱来发动和终结的。

"说了你不是别人。其他人我肯定不会这么做了。"崔洛川温柔地捧起辛追的脸，像掬起一捧映着月亮的水。

"我要还你的。"辛追的心在胸腔里复杂地融化着，她是既心疼，又感动，还是顾虑着，顾虑着自己这样接受幸福的赐予，到底应不应该。那一刻她突兀地想起很小的时候躺在床上，看母亲拿着拖把在拖地，拖把是旧棉衣扎的，母亲的动作像大书法家，粗糙的水泥地回回吞没掉她的笔锋，而辛追继续安安稳稳地睡在床上继续她的午觉，五岁，或者四岁，不知道生计是什么意思，不知道家境由什么组成，不知道钱是什么，毫无概念，只需要睁着惺忪的眼睛，看蚊帐角落的一只蚊子，谁比谁活得更自在呢。辛追通过崔洛川镜片后的眼睛回想，到底有多久远，她离那一刻的无知，那一刻的轻松，那一刻的幸福到底有多久远了。

崔洛川用拇指揉开辛追脸上心酸的追忆，他的目光渐渐地落在了辛追的嘴唇上，很快地，吻来了。在它发生前，辛追仍然是那个念头，"一定要还的"。只不过随着亲吻的继续，她的身体开始失控般地发抖，她不知道这层战栗的原因，绝对不是一个词或者一句话能够概括，不明白，大脑彻底失去控制权，到最后连牙齿都开始打架，让崔洛川不得不提前结束了它。

"怎么了？"他并不气恼，有些好笑地盯着辛追，"怎么了呀？"

辛追没法回答，她不知道是怎么了。

"很冷吗？"崔洛川继而问道。

有多冷，她换了一身从来没有过的颜色，在冬天的傍晚开出艳丽的花朵。水遵循物理原则，滴滴答答或是黏黏糊糊，将衣物和皮肤强行粘合完又生硬地撕开，冷感即刻被痛感取代，痛得她一动不能动，她裹着一身晶莹的光，一动也不能动。右手垂在关停的水龙头上，左手握着半空的拳头。脚边仍是盆、马桶刷、抹布，全都湿淋淋的，毫无悬念地和她组成了同类。

中了咒语了啊，黑魔法将她凝固起来，动画片里常有这样的情节吧，旁边的盆啊布啊原本都是伙伴。可她是惹出了什么祸，她撒的谎有那么严重么，从一开始就再漏洞百出不过么：找上母亲的工作没人愿意做，当然没人愿意了，一个礼拜就纷纷辞职，不是因为对老人们没有爱心，而是愿意接受这份工作的人多半也不是出于献爱心的高尚目的，仅仅是它能弥补自己在生活中看似小实则大的一个窟窿，恰恰鉴于这点，从九转八回的漆黑楼梯中，提着三四天累计下的排泄物，一桶两桶十几桶，开始让人被掐着脖子般直面自己过于潦倒的人生真相，只有到了此刻，才恍然大悟，原来自己已经悲惨至此，所以一个个才仓皇地，从这份"工作"中脱逃了吧。

很大的一个谎言啊——辛追在心里默念。她过的是和许多人截然不同的人生，这"许多人"里，随便走了一个出来，就让她招架不住。

辛追眨了眨眼睛，眼皮掀起时弄堂尽头来了一个人。

完全不知道他为什么会在这个时间，出现在这个地方的人。

所以她才突然之间动了一下，右脚朝后退了一步，咒语被破解的刹那，她身体上游过一阵咯啦咯啦的响声。

班霆的自行车骑得很慢，他偶尔仰起脸来，往不规则的天空投去轻微的一瞥。他还在心无旁骛地辨认着方向，并不是第一时间发现了远处那个不同寻常的人影。自行车再蹬两下，过了牛奶箱，过了死去的爬山虎，再蹬两下，路面上的水渍重起来，把跳房子图案也染糊了，生成一条斑驳的新箭头。

箭头指向的女生，轮廓小了两圈，她的眼睛亮在一种完全异样的艳红色里。

班霆是先在她的眼神里失了方向，随后才认出她来，认出来后的下一秒却再度把她丢了——女生缀着一身透明的锦，日光在上面完成了最后的刺绣，每一针都炫目得刺眼。判若两人。

等很多年后班霆坐在法庭上，他想起那个冬日，那个扭转了一切的日子。它恍若前世了。那区分前世和今生的又是什么呢，从来都是死亡啊。必须隔着生死的河，才有了那么干净而寂然的回望。总得有什么死过一次才行，肉体上的，精神上的。死过了，就再不必谈割舍，更不会牵挂了。没有事物可以跨越"生"和"死"的界限，这是生物课上最先学到的一个定理。由它划出的分界那么平和，没人质疑，也吞噬了所有试图逾越的愚蠢冲动。站在第三者视角上，穿过弄堂狭窄而迂回的天空，班霆看见自己就这么停了下来，停在辛追铸就的不规则水塘前，他朝辛追不解地看去，单纯地不解地看着。他确实丈二和尚摸不着头脑，怎么也猜不出前因后果，弄堂里有井吗，还是有河，她在哪里失足了吗？湿得那么完整……必须等时间迢迢地过去了许久，把他们俩都改造成另一个人，他活在新的一个自己里，看旧的自己，才知道哪里不对。哪里都不对。

"……怎么啦？"班霆下了自行车，他把女生再看一遍，把她身边的水盆、水桶、长长的刷子、搭在水池沿的抹布加在一起看一遍，看它们和她怎么化作一个意识上的整体。

女生好像动了动，手臂，或者脚，或者动作仅仅是脑海中一个意图，在实现的过程中还是夭折了。班霆盯着她的眼睛，她眼睛的视线却绕开他，去看他头顶的天空，什么时候挤来了一层云。

"水管裂了么？"他真的只能猜到这里。

他真的只能猜到这里欸。辛追心里掠过一阵淡淡的笑。她知道自己是被男生无知无觉的眼睛活生生地逮住了。这副样子再也掩藏不住。落汤鸡似的自己，落水狗似的自己，没一个好词。从来都没有好词。只有残留在身上的污浊趁她不备开始了烈烈地重生，它们以水为媒介，缠上她的腿、她的腰和双臂，要把她完全包裹成陷落在沼泽里的一个空罐头或一片枯叶。

她举起手潦草地挥了两下，明知什么也掩饰不了，或许她只想赶男生走。这个场面，他多待一秒都让她受不住。她看班霆，依旧很好的站姿，头发深过影子，眼睛里撒的网还没收，一心一意要将她逼进真相的空气，离了隐瞒的浊水她怎么活。

辛追匆忙地转过身，利索地收拾起东西。但班霆又上前了一步，脸离她更近。辛追往外躲，却躲得不成功，她的身体早就一大半脱离了大脑控制，目前它们由外界随意打发，刮了风，她就哆嗦，云遮了太阳，她也哆嗦。除了她自己，什么都能控制她。她拿起马桶刷时，轮到班霆的声音控制了她——

"你这样怎么行？"

辛追手一松，马桶刷漏掉到地上，她才站直了，朝班霆看："还好啦。"

"会冻出病的。"

"还好。"辛追挪着脚步去摘挂在旁边的大衣。

"去哪儿？"

"我……"辛追回头看见班霆已经替她把杂物收拾进塑料桶里,"回家吧。"

"嗯。你赶紧回家。"

"好啊。"辛追走向班霆,朝他伸手。

"干吗?"

"这个得还掉。"

"还去哪里?"班霆看她每次翕动嘴唇,就送出大团的白烟,"我去。"

"那边——那扇绿色的门,进去后,右手是工具房。"辛追没有跟他再客气。

"好。"班霆跨上自行车,骑了两下又回过头,看见辛追抱着红色大衣,以极慢的速度朝路的那一头走去。

辛追没有哭,她什么表情也没有。早就冷成了木头,毫无知觉。她用手背去蹭了蹭脸颊,手背和脸颊都交了知觉的白卷。也是,半斤对八两。她都不知上哪儿找一块稍微热乎的自己,可以匀给其他的部分相濡以沫。手里的大衣呢,大衣是新年时母亲给买的,所以比平日里的衣服都贵一些,辛追不清楚具体的布料成分,但直接穿在湿答答的毛衣上,坏了怎么办,掉了色怎么办。

身后响起一阵动静,那个人又回来了。

班霆捏住刹车:"你回家?"

"嗯。"辛追不太想说话,说话都是在耗费热量。

班霆看一眼她的双手:"你不会就这么走回去吧?"

"不远。"

"开什么玩笑。"男生严肃地皱了皱眉头,同时一条腿支向地面,把自行车朝辛追倾斜了过去,"我送你。"

"噢,不用。"

"上来吧。"并不是商量的口吻。

"不用了。"但辛追也不是。

班霆下了车，他的表情比方才凶了一点，一副不再同辛追讨论的决心。而后他手搭上自己的外套，拉链拉到底后，一个带着点野蛮的挣脱，动作很快，仿佛还能看见焐在他身上的热度，来不及散。

因此那份热度好像是从他身上扯过去的，来不及察觉换了主人，把辛追一视同仁地包围起来。

顷刻间，被他的气息握住了。就是这个动作，握住。辛追缩小了。在它的掌心里，在掌握中。既有控制，又有包容，握得有点不讲理，握得又有点小心翼翼。飞行员外套的绒质内里，经历了男生今天的全部，或许还不止，冬天的话谁都会把衣服再多穿几回吧，那也许是前天，或者大前天，穿的次数多一点，留下的味道也深一点。辛追想，这大概是那么久以来，自己离班霆最近的一次。

她终于没有谢绝。只是看着瞬间单薄起来的男生，她抬抬右手。

"可你也会感冒吧。"

班霆仍旧拒绝与她做耗时的沟通，三两下将辛追手里她的红大衣叠进自行车框，他看着女生，语气隐隐地烦躁起来："你家在哪儿？快点上来。"

【 "你跟我走" 】

崔洛川成了辛追第二任男友后，这是比之前传统得多的交往，不指别的，单从形式上而言。连续两个礼拜，崔洛川每晚接辛追下班，两人吃完饭，再到辛追姑妈家附近走上一个小时，路上的灯暗一点，崔洛川手里的动作会上来，不过还是克制的。辛追的心情时时刻刻在变，有时觉得紧张或尴尬，有时又洋溢起母性觉得这样的崔洛川有一点点可爱和可怜。

等到第二个礼拜也结束，那天晚上崔洛川载着辛追离开餐馆后，忽然问她，要不要去他家坐坐。

辛追当即"啊？"了一声，语调特别地大惑不解。

"后面还有事？"崔洛川眼睛里含着笑。

"没，但时间不早了……"

"会么？"崔洛川吱了一声，在辛追以为话题结束时，他又开了口，

"你还记得么，以前我想约你吃饭。"

"记得。"

"这次不行，下次也不行，但一直坚持下去，你还是会答应我的。"崔洛川这时转过头看辛追，"所以这次真的不行？"

"坐坐……"辛追避开他的目光，"那好吧。"

崔洛川的家原来在郊外，车开进一片黑漆漆的阴影，路边烛台似的地灯压根勾勒不出别墅群的整体轮廓。

辛追自然很惊奇："你住这儿？"

"嗯——"崔洛川掏出钥匙开了大门。

"你就住这儿？"辛追跟着他走进去。

"怎么了吗？"崔洛川开了灯，玄关、客厅、厨房、楼梯，那种电视里挺常见的别墅结构随着灯一盏盏亮起，也在辛追面前揭了幕。

"上班方便？"

"有车的话好点，但堵起来也是没有办法。"

"你一个人住不怕哦？"

"怕什么？"

"真奢侈。"

"好好，我奢侈。你先坐。"崔洛川把辛追安排到沙发上，拿起茶几上一个遥控器，沙发对面的假壁炉亮起了拟真的火光。

"真奢侈！"辛追又笑他。

"渴么，水要么？"

"好，白水就行了。"辛追往沙发里挤了挤。很奇怪，她比自己预计中放松得多。

"我说了吧，没什么的。"崔洛川也发现了这点，边说边端着水走过来。

"嗯……谢谢。"或许是因为这屋子够大，稀释了应有的压力和生活气息，让辛追没有心跳加速起来，没有乱了呼吸。这个房子离崔洛川是有距离的，所以成不了他的分身，连带杀伤力小了很多，辛追察觉到了。还是因为她自己离崔洛川仍有距离？但她和崔洛川之间的距离是会拉近的——等辛追喝完小半杯水，崔洛川虽然坐在一侧，却始终观察着她的每个动作，当她刚刚将玻璃杯放到茶几上，崔洛川便伸手搂住了她。

辛追是觉得痒了，于是她不由得笑着站起来，躲避的姿势还是有些明显，崔洛川托着下巴看她。

"不会是第一次上男朋友家吧？"

"什么？……什么呀。"辛追有些气短地脸红。

"好吧。那顺便帮我个忙，搁板上的电视遥控给我一下。"崔洛川流畅地给两人找台阶。等辛追四根手指夹着遥控器递过来，好像十厘米长的塑料盒子也是个不错的屏障，崔洛川忍不住问："你到底在怕什么呀？行啦。我不会干吗的。你放心吧。"

辛追被戳穿似的眨了眨眼。她再次环顾四周，崔洛川的家，崔洛川的房子，崔洛川住的地方，一个可以拼合出完整的他的空间。

"好。"她不由得释然地笑笑，重新坐回崔洛川身边，让他搂着，两个人静静地依偎了一会儿。辛追心里的鼓是一点点停了的，大概就是信赖了吧，辛追这样推断，还有什么原因吗，崔洛川就是可信赖的人啊，他说了不会就不会。不会变卦，不会出错。不会有问题的。

小谊做完功课后就睡了，班霆还得为明天的工作提前做准备，用电脑敲出一连串机械的键盘音。这时门铃突然响了。班霆看墙上的钟，深夜一点。他心里疑窦重重，朝门外喊了一声："谁？"一个陌生的女声响起来，回答倒出乎意料："外卖啊。"

"什么？"班霆拉开椅子，站起来朝大门走去，看了看猫眼，的确是个提着塑料袋的年轻姑娘站在门前。

班霆打开大门："我没有叫过外卖。"

"不是你的吗？"

"谁点的？"

"姓吴的小姐。"

"这里没有什么吴小姐。"

"你这里不是2号楼302？"外卖的姑娘语调着急起来。

"是3号楼。"他梳理出结果了，"2号楼是旁边那栋。"

"啊？哦——旁边？哦！不好意思……"

"没什么。"班霆目送她有些狼狈地离开后关上门。

待他回到客厅，小谊揉着眼睛出来上厕所，一张口，嗓子还是哑的："什么人啊？"

"外卖送错地方了。"

"哦……"小谊朝卫生间走，两分钟后她回来，"我还以为是谁。还以为哥哥你在跟人偷情呢。"

"班心谊，我真的要警告你了。"

"我是梦游，梦游说的话都不能算的。"小谊朝班霆扯了个鬼脸，接着伸了个很大的懒腰，"我睡觉了哦，哥哥你也早点睡啊。"

班霆舌尖上不耐地"啧"了一声，他瞄了下时钟，今晚得通宵也说不定。果然直到凌晨三点，班霆还是没法离开写字台，他扯过手边的毛毯，打算就着书桌打个简短的瞌睡。

班霆不承认是因为小谊的提醒而做了梦。他是个很少有梦的人。做梦对他来说更接近一个积怨即将瓜熟蒂落。是梦最后完整了它的形状，让它从长久被自己忽略的疯狂生长里完成了最后一关的突破。它赢了，它结结实实地饱满，完完整整地坠落，在地上砸了一个湿润的浅坑。梦里是听不见声音的，或者说听不见具体的声音。所以只是记忆、想象和梦境三者之间彼此角力，彼此瓜葛，彼此篡改。

他的自行车载着辛追到了女生家门前，他还等了一会儿，得确认她好好进了屋子。不然的话——你看，她真的没有进去，停在门前敲了半晌，又冲着锁眼看了半天，然后她转过脸来了，一脸的情况不明。班霆迎上去，问家里没人么，辛追摇了摇头，再问那你没带钥匙么，辛追说偏巧今天出门时临时换了大衣，所以钥匙没带过来。两人一高一低地在房门上重新敲两个和弦，声音却落进了无底洞一般。辛追脸色有些慌乱，嗫嚅着难道她母亲出了什么事。好在这时旁边一个邻居提着饭盒过来，看见辛追了，给她递消息，她母亲硬撑着独自出门了，说要抓紧时间配点能涂的药。班霆问走了多久，邻居看着手表算了算，说也没走多久。辛追说那就行，她在门前等，边说边作势要把班霆的外套脱还给她。班霆正想拦，碰到她的手吓了一跳地缩回来。

"你不行吧……"班霆顾不得别的了，将辛追的手握住后，证据似的摊开在两人面前，要她跟自己一块确认，"你冰成这样了？！"

"我……啊……"女生的手掌上是一片淡灰色的纹路，她看进去了，伸另一手要把它们剥清似的，在上面划了几下。

班霆想，必须得先进到室内去，眼看就是黄昏了。进哪里呢？

其实根本不用绕着圈子想了几个地方，ABC 的，一开始他就有了答案。自行车载着两人过来的时候他就发现了——两家隔得一点也不远，班霆家和辛追家。三个路口的关系而已。只有房产中介们才会关心，三个路口就构成了地价的天壤之别，一个被人叫作上只角，一个被人叫作下只角，上只角买个厕所，都比下只角买个卧室贵……这些对班霆来说都是不着边际的概念，他脑海中只有一个打算。

班霆重新将外套在辛追身上裹紧，抓住她的手腕没有松开："你跟我走。"

那天父母还没回家，班霆父母过去念同一所大学，一早就出发去参加同学聚会了，说是很晚回来。所以班霆不太担心会造成什么突发会面，况且会面了又如何，问了他，他就说是同学，应该就没事了吧。再退一步，就算败露了又怎样呢。既然他们两家彼此再没欠对方什么，恼羞成怒的一方才是心里有愧吧。

所以他打开门后直接走向了卫生间，中途抄起空调遥控，发狠似的开到三十摄氏度，然后他在卫生间里拆出一条厚重的新浴巾。这会儿他发现辛追没进来，班霆再朝玄关看去，她依旧站在门外。她眼睛睁得很大，眨眼的速度像一个故障的慢门。

"没关系的。"班霆看不出她在定格怎样的画面，"我爸妈都不在。"

但班霆不会知道，辛追是被大门打开后，一个属于"班霆"的家凝固住了。从她的角度能看到的全部，沙发、茶几、墙角的置物架，上面有奖杯，近处的灰色地毯上三双拖鞋，班霆还没来得及穿走，哪双是他的，灰蓝条纹的，还是褐色的？餐桌擦得很干净，他是坐的哪个位置？肯定是有固定的位置吧。辛追站在门外，想象他将背影或侧面留给自己。可哪面她都不敢多看。近处的椅背上还有一件黑色大衣，一看就是属于男生的。但这个"一看"是从什么基础上得出的？辛追紧了紧身上的外套，忽然之间，它所透出的班霆的气息已经彻底淡去了，因为它也清楚，这扇门后才是真正的归属，它可以解甲归田了。

所以她动弹不得。门后面是班霆的每一天，每一月，每一年，他从那里走出，又从那里离开，拖鞋、茶杯、靠垫、专用的筷子、电脑、枕套，他就是在这个地方，成长为与辛追截然相反的良好的样子。

班霆走到辛追面前了，他脸上罕见地浮了层红色，是刚才风驰电掣骑车骑出的一层汗，红得很浅，染不下去。但好歹他一贯的淡然上多了层伪装，让他看起来非常地体己。

就在属于他的家前，他这样盯着她，眼睛里还是一个心无旁骛的问号："你是怕什么呢？"

卫生间不是那种奢华的大，却依旧宽敞，辛追拿起电吹风看看，又捧起那条浴巾，味道也是新的，没有被任何人染指过。班霆在外敲敲门，说他找了台取暖器，给她放门口了。辛追把门打开时，班霆还蹲在取暖器旁研究它的插头。

"好像要接变压器。你等我一下。"

辛追看班霆走去厨房，找了一番又消失在北阳台上，过一会儿男生带着成果回来了。这回变压器是有了，但三眼的插座卫生间里却没有。班霆建议说，要不去阳台上吧，那里插座肯定有多余。阳台是封闭式的，铺着长绒的地毯。辛追没有话，跟着他一路走。到了阳台她坐在皮制矮凳上。班霆把电暖炉放到她脚边，又把电吹风和浴巾给她拿了过来。炙烤的热度一旦上来，辛追便呆呆地坐定了。她舍不得动。这样地暖啊。活过来的感觉是非常舒服的。她最小幅度地在脑袋上拉扯着浴巾，脑袋也热烘烘起来。浴巾上很快会多了她的气息。

班霆在旁边稍微站了一会儿，看女生慢慢地恢复了自如，他走到厨房去，翻找着家用药箱。

辛追听见不远处发出的响声，细碎的动静，再闭紧眼睛，还能听见走钟的嘀嗒声，取暖器的嗡嗡声，还有浴巾在她头发上预谋着一次滑落的窸窸窣窣。这个家里的声音，安静得活生生的。她睁开眼，班霆已经拿着药瓶走了过来。

"喝完应该就没事了……"班霆边说边旋开瓶盖。

"好。"辛追伸手接过来。

女生扬起脖子，脑袋上盖的浴巾就势滑下去，一场揭幕，将她的脸整个坦白在班霆眼前。回过血色了，却也还差口气，脸上那层绒毛还是透明的。药不苦，相反甜得锁嗓，所以她闭着的眼睛抖了一下，一个不自知的埋怨。

班霆转开视线，茫然地看向阳台上的窗户——他发现原先一如往常的玻璃窗，这会儿起了一层极浅的水汽，乳白色已经完成蔓延，淡化了窗外的火烧云。

水汽？班霆有点糊涂。

辛追把最后一口药水喝完，道了谢将瓶子还给班霆，接着她重新抄起浴巾，将头发再用力地揉了一次，每个动作都在为湿漉漉、热烘烘的阳台递进。

哦。

打她那儿来的。

湿漉漉的、热烘烘的她，融化了一部分在阳台上。像颗被投进冷水杯里的奶糖，很有限而又无言地融化。

班霆手指下意识地在水汽上刮了一条弧线。他毫无根据地觉得指尖此时该是甜的。

这会儿就该醒了。

应该在这会儿醒来才行。

这个梦，再继续下去就毁了。

班霆驻足在那颗完成的果实前，捡起它。

已经晚了。

已经来不及了。

醒来也改变不了。现实是落地生根的，根上结出的是苦果，追究梦里的种子必然是缘木求鱼。

他拿着药箱回去的时候，还是辛追关掉电热器的时候？班霆父母提前回来了，可不是只有他们回来，叔叔和婶婶一起来的。婶婶的嗓音率先破门而入，看来是在楼下就堵上班霆父母了，纠缠到这里来。

班霆的心一沉，但他很快劝服自己，没事。他也那么看辛追，没事。辛追是相信了他的，没事。她刚刚从班霆的家里暖回来，在他家的阳台上把自己和班霆蒸成两个小小的烧卖。她怎么会怀疑呢？

叔叔婶婶要吵就接着吵吧。反正和班霆没有关系，和辛追更没有关系。他们上门得那么突兀，让班霆父母都没有额外的精力分配给辛追——发现了她，嗯嗯点个头，继而在班霆的解释下再嗯嗯点个头，然后对儿子说，快六点了，你同学要回家吃饭么？不想让"家丑"暴露在外人面前。班霆说，差不多了，那我送她走了。那会儿四个大人谁也没有发现，快一年前的，官司宣判的那天，就是这个女孩和他们出现在同一所法院。或者说，他们谁也没有料想过，那个女孩眼下站在这里。

"别再骗我了，我咨询过律师了，这种情况下我可以让法院追查的，小谊她爷爷的那颗戒指。你们谁都不承认。那能丢到哪里去？自己长脚跑了吗？"婶婶站在门前，站成两家人进退维谷的样子。

"你是入了魔了，这样鬼打墙一样，你咬定我们拿的，可也要有证据啊。"班霆妈妈说话还算和气点。

"那你们帮我想想啊，你们不惦记那个戒指也就算了，这点钱对你们家来说算什么，九牛一毛啊——那就发发善心告诉我咯，提醒一下我，还能掉在哪里。"

"我们真不知道，老爷子死了就再没看见过那颗戒指。遗物都是我们一起去收拾的——阿弟看见了么？"

"我看见什么了我。"班霆叔叔眼睛瞪起来，他早就耐心失尽，恼怒不堪，一挥手指向妻子，"你脑子是被枪打了，你狂犬病吧？咬自家人咬得失心疯，你怎么不去怀疑外人啊。老爷子的戒指不见了，就不能是外人拿的啊？当初他死在那家浴室里，你怎么不去怀疑他们啊。啊？怎么就不能？怎么就不能是他们把戒指从老爷子身上扒走的呢？"

班霆提着辛追的大衣要给她，她没接，大衣掉在地上。班霆弯腰的时候叔叔把整段话都说完了，说得有理有据的。

"你去问你律师，搞不好再告一次，他们就把戒指吐出来了呢？！

"去公安局立案呀！反正一年都没到，你可以去立案的！

"有空来怀疑你老公，怀疑你大伯，你怎么不去怀疑外人啊！

"再去告呀，我帮你！

"我给你他们家的地址！

"名字，我帮你，我抄给你！"

叔叔在说什么？

班霆直起腰，他觉得自己应该是错过了什么，只能是错过了什么，不然没法解释，眼看快成了"一年前"的事，过去时态忽然被全盘否定，告诉你，什么都没过去，一直在持续进行，是你的疏忽造成了错。现在想回头都来不及了，你的靠近你的默认你的暗许，邀请她入了网，现在是一网打尽的时候了。

辛追站在一窗的火烧云前。冬天火烧云非常罕见。所以连上天都预谋好了。上天先放了一把火。云被烧得活起来，在垂死中挣扎地活，颜色变化一阵赛过一阵凶恶，冽艳的伤口宛如同归于尽的号角。她脑海中响起了怎样具体的尖啸呢，吵得她不由得移动双脚，一点点站到了班霆对面。她还是想笑的吧，她想笑这个滑天下之大稽的造谣。可到头来依旧是恐惧占了主导，巨大的恐惧熟练地操作着她的嘴角抽搐起来，两颊发硬，眼眶里浸满无力的泪水。四个大人终于发现了她，也许还后知后觉地认出了她，毕竟那副神情是似曾相识的，又惊惧又绝望，厌恶完所有人后最厌恶的反而是自己。接着她用这双眼睛朝班霆投去一眼。

班霆当然知道她在那一眼里说了什么。

六年前的一天，云比他们任何一个人都更有生命，一半天空都在翕歙地临终，像某个稀有的祝福，衬得一场只发生在两人之间的死亡悄无声息。那之后六年过去，直到今天班霆也没有见过辛追。

全宇宙至此剧终 I

作者　落落

ZUI Book
CAST

出品人　｜郭敬明

项目总监　｜痕　痕

监　制　｜毛闽峰　赵　萌　李　娜

特约策划　｜卡　卡　李　颖　赵中媛

特约编辑　｜非　非　张明慧　邱培娟

营销编辑　｜杨　帆　周怡文　田安琪

*装帧设计　｜ZUI Factor(zui@zuifactor.com)

设计师　｜胡小西

内页设计　｜董　璐

封面摄影　｜落　落

出品／上海最世文化发展有限公司

官方网站／www.zuibook.com

平台支持／剧说　ZUI Factor

图书在版编目（CIP）数据

全宇宙至此剧终. I / 落落著. — 长沙：湖南文艺出版社，2018.4
ISBN 978-7-5404-8394-4

Ⅰ.①全… Ⅱ.①落… Ⅲ.①长篇小说—中国—当代 Ⅳ.①I247.5

中国版本图书馆CIP数据核字（2017）第275386号

上架建议：畅销 / 文学

QUAN YUZHOU ZHICI JUZHONG.I

全宇宙至此剧终. I

作　　者：落　落
出 版 人：曾赛丰
出 品 人：郭敬明
项目总监：痕　痕
责任编辑：薛　健　刘诗哲
监　　制：毛闽峰　赵　萌　李　娜
特约策划：卡　卡　李　颖　赵中媛
特约编辑：非　非　张明慧　邱培娟
营销编辑：杨　帆　周怡文　田安琪
装帧设计：ZUI Factor(zui@zuifactor.com)
设 计 师：胡小西
内页设计：董　璐
封面摄影：落　落

出版发行：湖南文艺出版社
　　　　　（长沙市雨花区东二环一段508号 邮编：410014）
网　　址：www.hnwy.net
印　　刷：三河市兴博印务有限公司
经　　销：新华书店
开　　本：787mm×1092mm　1/16
字　　数：311千字
印　　张：24
版　　次：2018年4月第1版
印　　次：2018年4月第1次印刷
书　　号：ISBN 978-7-5404-8394-4
定　　价：42.00 元

若有质量问题，请致电质量监督电话：010-59096394
团购电话：010-59320018